Staread
星文文化

长夜破晓时

轻轻 作品

长江出版社
CHANGJIANGPRESS

图书在版编目（CIP）数据

长夜破晓时 / 轻轻著.
—武汉：长江出版社，2019.9
ISBN 978-7-5492-6698-2

Ⅰ.①长… Ⅱ.①轻… Ⅲ.①长篇小说—中国—当代 Ⅳ.① I247.5
中国版本图书馆 CIP 数据核字 (2019) 第 215736 号

长夜破晓时 CHANGYE POXIAO SHI / 轻轻 著

出　　版	长江出版社
	（武汉市解放大道 1863 号）
选题策划	付　裕
市场发行	长江出版社发行部
网　　址	http://www.cjpress.com.cn
责任编辑	李　恒
特约编辑	付　裕
封面绘画	舒泳之
封面设计	苏　涛
版式设计	ABook- 小一
印　　刷	三河市嘉科万达彩色印刷有限公司
版　　次	2019 年 12 月第 1 版
印　　次	2019 年 12 月第 1 次印刷
开　　本	880mm×1230mm 1/32
印　　张	10.5
字　　数	332 千字
书　　号	ISBN 978-7-5492-6698-2
定　　价	38.00 元

版权所有　盗版必究（举报电话：027-82926804）
（如发现印装质量问题，请寄本社调换，电话 027-82926804）

Content 目录

第一章
盛夏与怀　1

第六章
君心我心　203

第二章
类似爱情　43

第七章
不负相思　239

第三章
佳期如梦　95

第八章
生死茫茫　281

第四章
情深缘浅　131

第九章
繁花落尽　321

第五章
红尘道场　173

第十章
暖春又至　325

第一章
盛夏与你

七月，盛夏。

柏香市的日头毒了一天。好不容易等到日落，热辣的余温却都揉进了风里。温茗送走最后一个客人，正要关门，门被一双大手撑住了。

"老板娘，这么早关门啊？"是熟悉的声音。

温茗松了门，往后退几步，见进屋的是崇安酒店的保安李立新。崇安酒店和温茗的文身铺子只隔一条街，两人经常遇上，久而久之就熟了。

"小李，我说过很多遍了，喊我名字就可以了。或者叫我老板，别带'娘'。"

李立新挠了挠后脑勺，笑得一脸憨实："好好好，我记得了，老板娘。"

温茗动了动眉角："找我什么事？"她伸手摸到柜台上的烟盒，给自己点了支烟。

"哦，给你介绍生意呢。"李立新侧了侧身。

温茗这才看到，他身后还站着个男人。

吊顶的风扇"嘎吱嘎吱"地响，窗户紧闭着，里里外外都是热气，但那个男人的神情有点冷。

"延哥想搞个文身。"

温茗轻轻呼出一口细长的烟圈，她的目光隔着朦胧的烟雾，落在那个男人身上。

"为什么要文身？"

不是要什么样的文身，而是为什么要文身。男人默默看着她，不知是在思索答案，还是拒绝回答。

气氛有点尴尬。

李立新干笑两声，跳出来打圆场："哎呀老板娘，真没见过你这样做生意的，总招客人不高兴。你想啊，顾客去商场里买个东西，结果商场老板非要人家解释清楚买回去做什么，否则不给卖，这合理吗？"

温茗不为所动："我这里不是商场。你知道，我的规矩不是一天两天刚

第一章 盛夏与你

定下的。我从不随便给人文身,尤其是连自己为什么要文都不知道的人。"

"老板娘,规矩是死的,人是活的。你就看在我的面子上,给延哥行个方便。"

"看在你的面子上?"温茗笑了,桃花眼一弯,眼底的光芒像午夜星河。

李立新被她笑得有些底气不足,他转身看着身后的男人:"延哥,要不你和老板娘说说,你为啥要文身?"

温茗把烟夹在指间,再次看向那个男人。男人穿着T恤,胳膊裸在空气中,线条健硕分明。同是站着,比起刻意昂首的李立新,他的站姿有种浑然天成的硬挺。他的五官很好看,只是好看得没温情,因为眼神太过锐利。

"算了。"他对温茗简单地一点头,看向李立新,"走吧。"

李立新朝温茗猛眨眼睛,温茗没留人。等眼前两人都转身出去,她掐灭手里的烟,站起来,关了门。

天有点暗,夕阳的最后一点余晖渗透进云层,慢慢消失。风拂过来,还是热的。秦延拿着两瓶汽水从小卖部出来,扔了一瓶给李立新。

"哎哟,谢谢延哥。"

汽水刚从冰箱里拿出来,很冰,李立新接到之后,立马换了个手。秦延已经拧开瓶盖,仰起脖子往嘴里灌,他喉头翻动几下,瓶里的水少了大半。

"怎么是个女人?"

"啊?你说谁?"

"那老板。"他没带"娘"。

"对,就是个女人。"李立新用手抹了下瓶身上的那层水雾,"之前忘了和你说……你不会是介意吧?"

"换一家。"他很干脆。

"没得换,这片儿只有她一家文身店。"

秦延蹙了一下眉。

李立新很会察言观色,他马上指了指那家已经关起门来的文身店:"老板娘虽然脾气古怪,但人还是很好的。"

秦延没出声。仅一面之缘,评价不了好坏,他只是单纯觉得,文身师是个女人,会很不方便。

李立新还在解释:"每个去她店里文身的顾客,老板娘都会多问一句'为什么'。其实她也不是真想知道原因,就是给人最后提个醒,敲个警钟。毕竟,文身是一辈子的事,而很多人只是一时冲动,根本没有原因。就像我,当初想搞个文身玩玩,就是被老板娘拦下来的。要是没有老板娘'为难'我的那一下,我现在哪能在崇安找到保安的工作,是吧?"

秦延走到街口树下,顺手掏出烟盒,见李立新跟过来,往他面前递了递,抖出一根,示意他抽烟。

李立新摇手:"我不抽烟。"

"不抽烟?"秦延扫了他被烟熏黄的指甲。

李立新笑道:"以前抽,最近戒烟呢。我老婆管得可严了,现在工资都得上交,没钱买烟。不抽了,怕烟瘾上来又控制不住。"

秦延没勉强,一抬手,自己抿走了冒头的那支烟。

李立新兜里有打火机,他赶紧摸出来,一手挡风,一手拨动打火机给秦延点火。秦延探过头去,捻着烟蒂,深吸一口,吐出一团浓烟。

他想起刚才文身店的女老板,那一嘴烟圈细细柔柔,被她吹得风情万种。

男人抽烟和女人抽烟,到底还是不一样。

"延哥,你要真想文身,明儿我再带你来一趟。你随便编个理由就好,老板娘也就意思一下,我就不信她还能听出真假来。"

秦延安静地把烟抽完,烟头丢进垃圾桶。他看着文身铺子的方向,动了动脖子。

"我再想想。"

早上六点三十分,温茗醒过来。

卧室窗帘紧掩,一片漆黑。空调半夜就停了,空气闷热,她皮肤上凝着一层薄汗,动一动就难受。静音落地扇摇着头,吹出的风都是懒散的。

温茗进浴室冲了个澡,刚套上衣服,电话就响了——是戒毒所。

"请问是温侯生的家属温茗吗?"对方是个女人。

温茗拉开窗帘。窗外朝阳初升,但阳光已经有了温度。

"是。"

"上周你提交的探视申请已经批准了，怎么没来啊？"

温茗的目光落在对街的人行道上，那里有一群戴着小黄帽的小学生正手牵手过马路。绿灯跳黄灯时，一个穿着黑色T恤衫的男人忽然跑近。他扛着一个小男孩，两三秒之间，快步追上人群，把肩上的小男孩塞进队列。小男孩被颠得七荤八素，等站稳之后，他扶正自己的小黄帽，回身冲男人敬了个礼。男人站在原地，一动没动，但温茗看到，他在笑。

"你好，请问还在听吗？"

"哦，我不想去了。"她淡淡地把话接上。

那头的女人愣了一下，像是没料到她会这样回答。

"提交了探视申请，也不一定要去吧？"

"对。但如果有时间，还是来一下吧。戒毒是个痛苦又磨人的过程，家属的鼓励与支持非常重要。"

温茗没作声。

电话挂了。她倚在窗台上，出了会儿神，马路上的男人已经不见踪影，耳边有声音在回荡。

"你竟然报警？！我是你老子！！"

"如果你有时间的话……家属的鼓励与支持非常重要……"

她走到衣柜前，给自己换了身裙子，拿上遮阳伞出门。在水果店挑了些苹果、香蕉和梨。结账时，发现柜台边有新鲜的橘子，她多看了一眼。

老板娘立马拿了一个掂在手里推销："姑娘，要不要再挑点橘子？我们这个橘子啊，甜得嘞……"

温茗没等老板娘说完，就拣了一大袋。老板娘喜滋滋地替她结账，最后不仅抹了零，还非得送她几颗圣女果。温茗没要，她不喜欢吃番茄，大的小的都一样。

戒毒所位于柏香市的西郊，在一片葱翠绿林的掩映下，比市中心凉爽得多。温茗一下出租就看到了门口高挂的八个大字——"珍爱生命，远离毒品"。她站了一会儿，被装着水果的袋子勒红了手臂。

今天是戒毒所开放日，前来探视的家属很多。

温茗坐在大厅里，看着边上的男人伏在妻子肩膀上放声痛哭的样子，心忽然就软了。

"老婆，我知道错了，以后就算打死我，我也不会再碰那玩意儿了！你相信我，我很快就能出去。这段时间，家里上下多亏了你，你辛苦了……"

朴实的妻子抹着眼泪，一句怨言也没有。

温茗搓着手边的塑料袋子，等着温侯生。等了十几分钟，才看到他由警察带着，晃悠悠地过来。

温侯生剃了平头，人瘦了，也很憔悴。温茗站起来。他斜了她一眼，又挪开目光，站在原地好久没动。警察推了他一把，他才不情不愿地过来。

两人面对面坐下，谁都没说话。耳边闹哄哄的，哭泣声、低语声萦绕不散。

温茗沉口气，叫了声"爸"。温侯生昂着头，没答应。她也不和他计较，打开面前的塑料袋，将最后挑的那袋橘子推到温侯生面前，说："橘子，你喜欢的。尝尝吧。"

温侯生睨了一眼，表情也没缓和。

温茗又沉下一口气，拿了一个，把皮剥好，放到他面前："水果店的老板娘说，很甜的……"

"别和我假惺惺！"温侯生抄起橘子，猛地往温茗脑门砸下来。

"啪"的一声，温茗感觉额角一凉，橘子汁淌了她一脸。她还没反应，周围的人先吓得跳了起来。

"告诉你，我不吃你这套！"温侯生站起来，拎了拎自己身上统一的强戒衣服，"我变成这个鬼样儿，还不是你害的？你个没良心的东西！"

他说着，倾身过来掐住温茗的脖子。温茗被他按在椅背上，一瞬间透不过来气，她舔了舔嘴角的橘子汁，酸得发苦。

甜个鬼呀！

警察发现动静，抄起警棍，朝他们这边跑来。

"我和你没关系，你给我死一边去！"温侯生一把将她甩在地上，动作极快。

温茗磕在水泥地上，仰起头来瞪着他："要是有得选，你以为我想和你有关系？"

"还敢顶嘴？我弄死你！"温侯生再次扑过来，粗厚的手指眼看又要卡住温茗的脖子，有个男人忽然冲过来，将温茗挡到身后。他一个利落的擒拿，把温侯生扣在地上。

人群逃窜，温茗只看到那人坚挺的背影，像座山一样护在自己面前。

同一时间，警察也跑到眼前。

"怎么回事？"警察拿警棍戳了戳温侯生的脑袋，温侯生不服气地甩着脖子。

男人把温侯生攥起来，推到警察手边。

"谢谢……"

男人扫了警察一眼："不用。"

温茗坐在地上，冷眼旁观温侯生狼狈地被警察拎走。她也很狼狈，一头酸涩的橘子汁，滴滴答答地落在裙子上，胸口湿了一片，就像溢奶的新生妈妈。

男人转过脸来，目光落在她身上。温茗认出他，是李立新那天带来的客人，也是今早在马路上扛小孩的男人。

目光相交，有一瞬间，温茗以为他会弯腰扶她，但是他没有。

"出门左拐，有洗手间。"男人扔下这句话就走了。

温茗看着那抹黑色的身影消失在门口，才撑着地面，慢慢站起来。

大厅里原本的温情被温侯生搅得荡然无存。那些戒毒者和他们的家属都远远看着温茗，神色或复杂或担忧。

几个年轻的警察围过来，大叫着："都坐好！坐好！"

温茗毫不在意地掸了掸身上的尘，出门左拐。

世界上的大多数人都能知错悔改，但还有少部分人，即使撞上南墙，也不肯回头。温侯生就是这少部分人中最无赖的存在。温茗知道，摊上这样的父亲，是她的命。

她进了洗手间。宽大的镜面映照着她脏兮兮的脸，她扯下发圈，头发都黏住了，垂在耳边，了无生气，像刚干了一架回来。温茗拧开水龙头，开始洗脸。水温凉凉的，拍在脸上，很舒服。

衣服上的污渍，她没处理。这裙子布料轻薄，若是洗一洗，效果等同湿身。丢脸事小，湿身就难看了。

从洗手间出来，温茗又看到了那个男人。他正从办公楼的方向过来，冷着一张脸，行色匆匆，看到温茗，停了停。温茗预感他有话要说，就在原地等了一下。

果然，他朝她走过来。

"你好，有个事情想请教你一下。"他说得客气。

"什么事？"

"文身的事。"

"工作的事，去我店里说，我现在没心情。"温茗拨了一下自己湿漉漉的头发，一双眼睛在阳光下发亮，像只慵懒的猫，还莫名的美丽。

秦延目光凛然，不解风情。见人转身要走，他下意识地拦了拦。

"怎么？"温茗盯着他骨骼分明的手，眨眨眼，"不让我走？"

"我不是这个意思。"秦延收了手。

"那是什么意思？"

"我明天去店里找你。"

看着他正儿八经的样子，温茗莞尔一笑，存心逗他："哦，原来是让我等你的意思啊。"

秦延不说话，就这么无声地站着，高大的个头压着她，气势上占尽优势。温茗见逗不了他，退了一步，打开伞，走了。太阳光将她胸口的那块水渍晒得发烫，她抬手扇了一下，又凉了。真是奇怪的感觉，和这个男人一样。

秦延回身，看着温茗的背影。

她打着一把烟灰色的伞，闷闷地罩在头顶，跟朵乌云似的。不过，伞下却是好风光。她头发散着，连衣裙是米色的，裙摆高于膝盖，露出一双修长匀称的小腿，白嫩、洁净，让人想起夏日荷塘里的水莲花。

他原地站了会儿，又折回办公大楼的方向。

温茗一回家就扒了裙子洗澡，好像只有在凉水下过一遍，才能洗去温侯生今天带给她的挫败感。

她不该去看他的,他们温家的人根本不需要温情。

洗完澡,她顺手把裙子也洗了,晾在阳台上。

这日天气很热,又没有什么风,水珠子笔直地往下落,砸在温茗脚边。她躲进屋里,关了门,把风扇开到最大,对准了自己吹。等身上凉下来,她拿出自己的绘本,趴在床沿边练手。

2B铅笔的笔尖钝了,却正好勾勒出那个男人后背的轮廓。温茗望着白纸上的寥寥几笔,脑海里不断回闪的却是他冲出来护住自己的瞬间。

魔怔了吧?

一定是的。

她扯掉白纸,揉成一团丢进垃圾桶。

隔日,温茗开门很早。其实客人预约的是下午,但她记得有人预约了一个模糊的时间。

"我明天去店里找你。"

也不知是谁给他这样施施然决定的权利?不过,她不同他计较。毕竟,他救过她。

一整个早上,秦延都没有出现。下午,预约的客人到了,温茗一忙就把他忘了。直到太阳西落,他才姗姗来迟。

温茗正要关门,听到一声狂躁的轰鸣,见秦延驾着他的重型机车,停在了她的面前。

傍晚依旧无风,他穿着深色的T恤和裤子,长腿支在地上,摘了头盔,鬓发上染了一圈汗意。那神态,和他的车一样,性感得像是一头豹。

"你来晚了,我要关门了。"温茗说。

秦延从车上下来,一把按住她的门:"我就问一个问题。"

温茗的力气自然比不过他。她松了手,说:"我饿了,要关门做饭。"

他想了想,说:"我请你吃饭。"

温茗的目光跳了一下。她倚在门框上:"我不随随便便接受男人的邀约。"

秦延揉了下太阳穴,很头疼的样子。温茗看出来,他应该没有与女人周旋的经验。她笑了笑,心是软的,但并不打算就此给他方便。毕竟,这样无趣又有趣的人,她明天还想见到。

"明天再来吧。"说完,门关上了。

温茗关上门,又在门后站了一会儿。门外没什么动静。

她转身上楼,一路扬着嘴角,虽然她自己也不知道为什么心情这么好。

手机放在二楼的方桌上,她上去的时候,正在响,是个陌生号码。

温茗以为是要预约的客人,接起来,刚说了句"你好",对方就叽里咕噜地说了一大堆。她越听脸色越沉,直到最后才接上话:"我立马过来。"

挂了电话,她匆匆拿上钱包,跑出门。正是饭点,路上没什么车,她一边关门,一边张望。

秦延的车还停在门口,但是人不知道去了哪里。

温茗越过他的车,跑了几步,就看到他从对街的小卖部里走出来。他嘴里叼着一支烟,刚把烟盒塞回裤兜,正要点火,一抬头也看到了温茗。

她朝他招了招手。秦延左右看了看,确定她是在朝自己挥手,才走过来。

"你能载我去个地方吗?"温茗问。这个要求突兀又不合理,毕竟她刚刚给他喂了闭门羹,但她现在没办法。

果然,秦延慢条斯理地吸了口烟,说:"我的车不随随便便载女人。"

以其人之道还治其人之身,没毛病。

温茗是个倔脾气,被拒绝了,也拉不下脸来死缠烂打。她转身想去路口等车,电话又响了。这次是董凌凌,约她打麻将。

"我今天没空。"温茗一口回绝。

董凌凌不死心,在电话那头嚷:"你又没有男人,大晚上的能有什么事?"

"我奶奶晕倒了,我得去医院。"

"你还没被你奶奶折腾够啊?晕倒就晕倒了呗!这种人,要是换了我,收尸我都不去……"

温茗直接挂了电话。

第一章　盛夏与你

路口正好过来一辆出租车，她还没来得及跑过去，就被别人拦走了。目之所及，马路上空荡荡的。

她看了看手腕上的表，正不知该怎么办，秦延绕上来，站到了她的面前。

"走。"他对着自己的车晃了一下脑袋。

温茗没动，想着他为什么突然改了主意。他也不搭理，一个人悠悠往回走着，走了几步，回头看看，见她还没跟上来，才补了一句："过时不候。"

温茗一咬牙，小跑着跟上。

头盔只有一个，上车之前，秦延递给了她："戴上。"

她犹豫道："你呢？"

秦延没答，直接抬手一扣，扣在她头上。温茗闻到一股淡淡的汗味，不难闻，反而带着雄性荷尔蒙的气息。

头盔对她来说有点大，耷拉在一侧，空落落的，怎么都晃。

"自己扣上。"他说。

温茗抓住扣子，滑了好几次，才听到"吧嗒"一声。

秦延长腿一跨，上了车，随着他双腿使出力道，车身正了。

"哪个医院？"他问。

"柏香医院，中心小学后面的那个。"

他点了下头，说："上来。"

温茗看了看他，脚踩踏板，手扶着车身，坐上去。幸亏，她今天穿了裤子。

重型机车车形前扑，后座稍高，温茗一上来，就把秦延的腰夹紧了。他皱了皱眉，余光瞥见她的腿。那感觉，就像在腰上绑了两斤棉花，又软又白。

温茗坐上去，又稍稍调整了坐姿，两人贴得更加严丝合缝，腿与腿的厮磨间，很快有了热量。

"别乱动。"他提醒她。

温茗"嗯"了一声，手很规矩地扶着他的肩膀。他发动车子时，她能感觉到他肩胛骨的颤动，充满力量。她很想知道，他腰上的触感是什么样的，可她不敢肆意去抱。这个男人，绝对会把她甩下车的。

车子动了，车速一点点加快。

风拂上来，一开始还是热的，但很快就凉爽了。风里有栀子花的味道，干净、恬淡，却因为混了他身上的烟草香，变得催情。

温茗悄悄往前，贴上他的后背。触感一如想象的那样，宽厚坚硬，轮廓分明。她的心，一时温柔，一时狂跳。

秦延身体僵了一下，什么都没说。但这不是默许。车速慢了，似乎是留时间等她调整姿势。温茗不傻，连忙松开。

一次就好。刚才抱的那一下，足够了。

路上畅通无阻，很快就到了医院。温茗跳下车，把头盔摘下来还给他，道了声谢。他什么都没有说。

医院门口，车声人声，声声嘈杂。温茗逆着人流跑，一路打电话，没再回头看一眼，也不知道他有没有离开。

奶奶程佩在五楼的病房。电梯拥堵，她直接跑上了楼，凭着刚才护士在电话里说的信息，找到了人。

程佩已经醒了，靠在病床上，手上打着点滴，脸也是冷冰冰的。

"奶奶。"温茗叫了一声。

程佩听到声音，回过头来看着她："你爸的事情，你知道吗？"

"知道。"

程佩顿时发怒："知道也不把他给救出来？那种鬼地方，是人待的吗？"

温茗抿了抿唇，缓缓地说："我救不了。"

"你不是有个了不起的男人吗？你救不了，让他去啊！"

"我没有男人。"

"骗谁呢？我都听你爸说了，有个开着百来万豪车的男人经常跑到店里去找你。怎么着，不是你相好？"

"不是。"

程佩冷嗤："我看是没个正经工作，叫人给甩了吧。"

温茗不说话。她刚才跑出一身汗，现在站在空调底下，凉风一过，钻心的冷。

第一章 盛夏与你

"今天要不是老葛说漏了嘴,我现在还被你蒙在鼓里。我不管你用什么办法,反正得把你爸救出来。他待在里面,我放心不了。"

"他出来,你就放心了?"

程佩被温茗这不咸不淡的态度激怒了,提高嗓音:"什么意思?你不想救?"

"奶奶,"温茗无力地唤了一声,"他吸毒啊。你知道什么是吸毒吗?"

"吸毒怎么了?压力大了,抽点儿怎么了?"

温茗扶了下额,一瞬间竟不知该哭还是该笑。她的头开始疼了。

"压力大?人活着,谁还没点儿压力?压力一大,就去吸毒?你能不能别……"

——这么不讲理。

后面半截话,温茗收住了。眼前这个不讲理的老太太好歹是个病人,她记得。

"别什么?你倒是说啊,我怎么了?"程佩咄咄逼人。

"你太宠你儿子了,他就是这样被你宠坏的。"温茗拿起了床头柜上的缴费单,不想继续交谈。

但程佩还在兴头上,她不依不饶地攥住温茗的胳膊,闹起来:"我就他一个儿子,我不宠他宠谁?他是我的命!你就给句痛快话,到底救不救!你要是不救的话,我今天……"

"随你。"温茗打断程佩的话,顺势甩开她的手,"是我报警把他送去强制戒毒的。我觉得这才是救他最好的方式,如果你不认同,我也没办法。"

"什么?!"程佩险些晕厥,等反应过来,立马抄起一个枕头砸过去,"你说是你报的警?你有病是不是?那是你亲爹!"

温茗没躲,程佩又拔了输液管,跳下床来,抡拳砸她。因为病着,程佩力气不大,温茗受得住,也就由着她了。

"当初生你的时候,我就和你爸说了,要不得要不得。养儿防老,养女儿顶什么用!看看,现在叫我说中了吧!你这个小白眼狼,这些年,白瞎了喂你的米饭,你给我滚出去!我不要看到你,给我滚!"

正合温茗的意。她握紧手里的单子，头也不回地拉开了病房的门。

门外，走廊通明。她一抬头，看到秦延倚在墙上。

"你怎么在这儿？"温茗蹙着眉。

秦延侧了侧身，面对着她，手一抬。温茗看到，自己的钱包正握在他手里。

"掉了。"他说。

"谢谢。"温茗说。

秦延面无表情地点了一下头，转身要走。

"哎！"温茗拉住他。

秦延的目光扫过她的手，她掌心很凉，有一种异于季节的冰凉。

"还有事？"

"有烟吗？"她知道他有。

"我想抽烟。"温茗说。

秦延停了两秒，说："去外面抽。"

住院部的门口，路灯明亮，温茗坐在长椅上，仰着头，看着秦延给她递烟。他手指很长，但不是那种绣花针似的修长，而是粗粝带茧，一看就很有力量。

温茗接过烟，又问他要了打火机。风在枝头摇曳，她身上已经回暖，火光跳出来的时候，甚至还觉得燥热。烟点燃了，她轻吸一口，就被呛到了。男人的烟，太浓太烈，她抽不惯。

秦延默默站着，冷眼瞧着她咳红脸的样子。

半晌，她终于适应了这味道，手里的火星晃了晃："你不来一支？"

"不抽。"

"看来烟瘾不大。"

秦延没出声，他的烟瘾是不大。他以前没有抽烟的习惯，最近刚开始的。他看得出来，她也是。

温茗又抽了两口，咳嗽断断续续的，烟圈都吐不利落，但她就是死嚼着那根烟，好像，这是她此时唯一的支点。

"你刚才都听到了吗？"她问。

"一部分。"

"从哪句开始?"她的瞳仁里有一抹强掩的镇定,眨眨眼,又淡下去。

秦延觉得自己触到了不该碰触的东西。

他耳边回荡着刚才那些对话,寥寥数语,却让他看到一个畸形的家庭。吸毒的男人,不讲理的老人,扭曲的三观……联系之前在戒毒所的那一幕,他对此时正在眼前抽烟的女人,瞬时多了几分怜惜。

不管怎样,她是好的。

"养儿防老,养女儿顶什么用……从这句开始。"

温茗笑了。一看就知道他在撒谎,一定都听到了。

"这个世界总是充满偏见的。"她弹了弹烟头,烟灰擦着她的头发飘走了,"抽烟的女人,离婚的女人,大龄单身的女人……或者,就只是女人。"

秦延等着她的后文。

"当然,也有一些偏见是男女通用的。比如,文身。"

浩瀚的夜幕,妖娆的女人,她坐在路灯下,执着香烟,吞云吐雾的模样,每一帧都有悖世俗的目光。但此时,她的声音却洋溢着别样的善意和温情。

"我明白你的意思,"秦延说,"我不会后悔文身这个决定。"

出了医院,天已经黑了。温茗直接打车去了董凌凌那里。

董凌凌的棋牌室在瑞口街。瑞口街在柏香市很出名,所有深夜无眠的男女都喜欢来这里找乐子。

棋牌室的冷气开得很足,温茗一进门就打了个响亮的喷嚏。

前台站了几个客人,有男有女,听到声音,都回过头来看她。她搓了一下鼻子,正要找董凌凌,就见她从二楼跑下来。

"哎哟霍少,今天什么风把你吹来了?"

站在人群中间的那个年轻男人,拨了一下上翻的头发,对着董凌凌叫:"有没有大点儿的包厢啊?我这几个朋友今天在你这里玩,你可得给我招待好喽!"

"行行行,霍少一句话的事儿。"董凌凌一边招呼着这群看起来来头不小的客人，一边对温茗使了个眼色，示意她稍等。

温茗点点头。

一行人随着董凌凌上了二楼，凌乱的脚步声渐渐消失在过道里。前台的小妹许久没见温茗，兴奋地叽叽喳喳，但温茗没什么力气搭理，她快饿死了。

"有没有吃的？"温茗问。

"茗姐，你还没吃饭哪？"前台小妹转身往柜子里一阵翻找，推过来一盘瓜子，"水果都在楼上，这里没什么吃的，你先吃点瓜子吧。"

温茗知道没得挑，顺手把柜上的那瓶啤酒也打开了。

她平时不喝酒，怕影响第二天的工作，但今天特别想喝一点。才喝两口，温茗脸颊上就有了颜色。瓜子壳被她咬得"咯嘣"脆响，却一点都不招人嫌，反而很有趣。

前台小妹托腮看着她，说："茗姐，你怎么磕个瓜子、喝个小酒都能美成这样？"

温茗回眸笑了笑："什么样？"

"就是……就是不言不语，也有万般风情绕眉梢。"

"董凌凌喂你吃什么了，嘴这么甜？"

"没有啊，我说的可是大实话。你这样太撩人了，我要是男人，看到准心动。"

正说着话，二楼有人下来，是董凌凌，还有刚才被她称为"霍少"的年轻男人霍一北。

温茗嘴角还维持着笑意，淡淡的一抹，配合着她慵懒回眸的角度，的确惊艳撩人。霍一北一时有点挪不开目光。前台小妹悄悄挤眉弄眼，一脸"看我说中了吧"的得意表情。温茗不以为意，低头继续嗑瓜子。

"霍少，我就送到这里啦，你慢走。"董凌凌甜腻腻的声音飘过来。

霍一北回过神，临走，略为浮夸地强调一句："让他们吃好喝好，账都挂我名下。"

董凌凌连连点头："好嘞，你放心吧，绝对不跌你的面儿。"

霍一北出去了。董凌凌站在原地冲他挥手，直到门口那辆白色的法拉利轿跑掉头开走，才转身。

温茗还保持着那个姿势,瓜子壳落在她的手边,酒瓶已经空了一半。

"死丫头,不是说不来吗?"董凌凌拉开凳子,在温茗面前坐下。

温茗看着她:"刚才不还娇滴滴地说话吗?怎么这么快就现出母老虎的原形了?"

董凌凌哼了一声:"你能跟人家比吗?那可是照顾我生意的金主。你是什么呀?就会来我这里骗吃骗喝!"

"很有钱啊?"

"可不!"董凌凌也捡了一把瓜子,嗑起来,"看到刚才那车没?最新款的,少说也要上千万。"

"那种跑车空间太小,坐着不舒服。"

"啧啧啧。"董凌凌白了温茗一眼,"你还嫌弃上了。那你倒是说说,什么车坐着舒服?"

温茗想了想,一瞬间,扑面而来的竟是刚才抱住秦延腰身的感觉。

那种性感的、狂野的、自由的、心跳的感觉。

她喜欢,那样的。

"我就是随便说说。"

"行,在我面前,说说就说说,到外面可别拉仇恨了。多少姑娘巴不得坐那样的跑车呢,你太清新脱俗,会被鄙视的。"

"我一点都不清新,我也很世俗。但是我知道,我不喜欢那种被束缚的感觉。"温茗说罢,又仰头喝了一口酒。

董凌凌和温茗十几年的朋友,温茗的过去她都了解。她知道,温茗此时嘴上是在说车,但其实话里话外都与车无关。她说的,是她的感情。

温茗喝了点酒,一夜睡得特别踏实,虽然早上起来房间仍然闷热无比,但是她的心情并没有很糟糕。她冲个澡,随便吃了点早餐,就下楼开门了。

今天一早就有客人预约,是个刚大学毕业的年轻小姑娘,来温茗店里好几次了,很热切地想要一个文身。尽管温茗多次提醒她,有文身并不利于她接下来的面试和找工作,并且给了她足够的时间考虑,但是小姑娘直到最后都没有听从温茗的建议。

她说:"老板姐姐,你以为还是旧社会啊,大家觉得搞个文身就是地痞流氓?现在,文身就是一种爱好、一种时尚。我觉得有文身很神秘、很性感,没什么不好的啊。如果一家公司因为我有文身而对我产生偏见,那么我也一样看不上他们狭隘的企业文化。姐姐,你都干了这一行,怎么观念还这么老土啊?"

温茗笑笑:"我不是对文身有偏见,也不是观念老土,我只是给你提个醒,毕竟现在很多单位仍是不接受文身的。文身对我来说只是工作,几个小时、几天就能完成,可对你们来说,是一辈子的事情。不过,既然你已经决定了,我自然会尊重你的选择。"

小姑娘准点到店里。几天不见,她还是活力四射,看到温茗就"姐姐、姐姐"地叫个不停。温茗挺喜欢她的。

文身的图案是条小锦鲤,按照小姑娘的说法,这是一条能转运的小锦鲤。

温茗通常对于客人自己选择的图案都不会发表看法,但小姑娘却兴致很好,一边嗷嗷叫疼,一边对温茗解释:"小锦鲤真的特别灵,微博上好多人都信。我每次有什么愿望,都会转发许愿,最后真的都能实现。它能让我考试顺利、身体健康,我觉得把它文在身上,能让我安心。"

温茗笑而不语。

"是不是挺傻的?"小姑娘有点不好意思地挠了挠后脑勺。

"没有,我觉得挺好的。"

"真的吗?"

"嗯。很多东西,信则有,不信则无。正如很多人相信佛陀,诵经抄经,让心有所依托。相信锦鲤,也是一样的道理,完全可以理解。"

"对啊对啊,姐姐你说得真对。"

"信与不信,正如文不文身,都是自己的一种选择罢了,不必太在意别人的看法。"而且人生在世,有个信仰,会活得比较有支点。

锦鲤图案很简单,色彩也不复杂,温茗花了两个小时就完成了。处理完毕,她拿出保鲜膜给小姑娘包扎文身的伤口。

小姑娘不解:"为什么要裹保鲜膜呀?"

温茗摘下自己手上的一次性塑胶手套,扔进垃圾桶,开玩笑道:"因为小锦鲤还很新鲜。"

屋里忽然起了一丝微不可闻的带笑的轻哼。

温茗抬头,看到秦延不知道什么时候来了。他站在厅中,身形高挺,虽然背着光,但隐约可以看到上扬的嘴角,很短的几秒,但确实是笑了。

小姑娘探头,视线越过温茗落到秦延身上,顿时两眼放光。

"哇!老板姐姐,这是谁啊?客人吗?"她压低声调,鬼祟间却充满了窃喜。

"是的。"

"哎哟,好好看啊,忽然觉得文身师是个很幸福的职业。"

"怎么?"

小姑娘拉着温茗的胳膊,凑到她耳边轻轻地说:"你让他脱,他就得脱。而且,你想怎么摸,就能怎么摸。"

温茗笑出来,目光肆意地在秦延结实的手臂和性感的喉结处流连。

他今天的T恤是白色的,和麦色的皮肤搭配,再加上那张禁欲系的脸,的确容易让女人春心大动。

"我是不是来得不是时候?"秦延开口。

"没有,不早不晚,来得刚刚好。你稍等一下。"温茗说。

秦延点了一下头,在小姑娘花痴的注视下,退到门口。

温茗拍了拍小姑娘的肩头,示意她回神,也顺便回答她之前的问题:"使用保鲜膜,是为了避免伤口和衣服纤维等外界物质正面接触,减少感染和损伤的可能性。你回去要注意,两三个小时之后就可以拿下来了。"

"那明天还需要包扎吗?"

"不用了,伤口通风,痊愈得比较快。"

小姑娘去前台付款,温茗心情好,给她打了很优惠的折扣,乐得她合不拢嘴。小姑娘离开后,店里就剩下温茗和秦延两个人。

温茗走到水龙头下,拿洗手液仔仔细细地洗了一遍手。她的手,刚刚握了钱。

"今天来得挺早。"她扫了一眼墙壁上的挂钟。

秦延"嗯"了一声,说:"现在有时间回答我几个问题吗?"

温茗挑眉,把手擦干:"我怎么觉得,你不是来文身,而是来审犯人的?"

他缓了缓,语气没那么硬了:"我在找一个文身,需要你的帮助。"

"还真不是来文身的?"

"找到了,就会文。"

"那要是找不到呢?"她有点惋惜,"你就不文了吗?"

他眼眸黑漆漆的,往里看,有一种沉稳的坚定。

"一定得找到。"

温茗从抽屉里拿出一本册子,又在笔筒里抽了一支铅笔。凳子被她用脚勾到了窗口的木桌边。她坐下来,把画着文身手稿的册子一页一页翻过,最后停到空白页。

"你描述一下,那文身什么样?"她说。

秦延走到她身边,看到她握笔的手指,又细又嫩,在阳光下,白得近乎透明。温茗仰头看着他。他的目光下意识地挪开了。窗外,行道树树形整齐,枝叶茂密,整片整片葱翠的绿色间透着一股无形的沁凉。那是,大叶女贞。

"嗯?"她发出催促般的一声轻吟。

"一个骷髅人,头上盖着一块黑布,手里拿着武器。"

她的笔一直没动,似乎还在等他更详细的下文。可是,他已经没有下文了。

"就这样?"

"对,我掌握的信息只有这些。"

温茗有点无语地转了几下笔,说:"这么抽象,我很难画出来。能不能具体点?比如,这个骷髅人是坐着还是站着……"

"坐着。"

"武器的样子?"

"类似刀叉。"

"你确定是盖着块黑布?"

秦延想了想,答不上来。

"你们男人,是不是看衣服就是衣服,看裤子就是裤子?"

"难道不是?"

"就没有款式吗？"温茗拎了一下自己身上的衣服，"看看，我这叫衬衫，你那叫T恤。"

说到他时，她的手极自然地扯了一下他的衣摆。随着她的动作，秦延感觉到有一阵风钻进了他的体内，凉凉的，还带着一股子清香，类似洗手液的味道，却比那更好闻。

温茗很快松了手，转而朝门口遥遥一指："刚才那小姑娘，她穿的是背心。这样说，明白了吗？"

秦延抽了下嘴角。

"所以，你确定是块黑布，不是披风？盖头？或者斗篷？"

见秦延始终沉默，温茗放弃了挣扎。她的笔在纸上"刷刷刷"地动起来，不过不是画，而是将秦延刚才说的信息用文字的形式记录下来。

写完，她动了动手腕，余光不小心瞥见秦延。他正低着头，认真核对她写的内容。他们距离很近，他的手掌撑着桌沿，窗玻璃倒映着他们的身影，乍一看，好像她正依偎在他的怀里。

风轻云净，阳光灼人，她的脸和耳朵很热。温茗不自觉放轻了呼吸，怕惊扰了这一刻的安谧。

过了会儿，秦延出声："你见过这种类型的文身吗？"

"没有。"

"那能不能帮忙向你认识的同行打听一下？"他语气温和，是求人帮忙的态度。

温茗唇角一勾，突然站起来。那一瞬间，她几乎顶到秦延的下巴，幸而他反应敏捷，快速后退站稳，两人才没有撞到。

秦延有点错愕，而她似笑非笑，满眼都是狡黠的光。

"我为什么要帮你？"

秦延一下子没反应过来。

温茗眯着眼，甩了甩头发。脑海里有个邪恶的小人在提醒她：为难他一下，再为难他一下，这样，就可以把相处的时间拉得长一些，再长一些。

"我的意思是，我帮你，你能给我什么好处？"

"你想要什么？"

两人面对面站着，一个低着头，一个昂着头，却有种势均力敌的感觉。

"我想要的，你都能给？"

"只要不是过分的要求……"

"怎么才算过分？"她打断了他的话，并且上前一步。

随着她的靠近，秦延又闻到了那淡而沁人的香，一点一点侵进他的领地，危险又直白。他的脸色凛了凛。

温茗看出他的抗拒，忍不住笑出了声。她收敛玩闹的心思，退到桌旁，把刚才的那张白纸扯下来，连同铅笔一起推到秦延面前，说："把你的联系方式给我。"

秦延仍有戒备。

温茗也不笑了，明眸微愠，瞪着他："你在想什么呢？如果没有联系方式，万一我打听到这个文身的消息，要怎么告诉你？"

他这才拿起笔，在纸上写下一串号码。还有，他的名字。

秦延。原来他叫秦延。温茗这才想起来，他们从来没有相互介绍过自己。

"我叫温茗。"她说。

秦延抬眸，点了下头。

"你爱喝茶吗？"

"从不喝。"

"哦，我就是那个'茗'，'碧瓯浮花酌春茗'的'茗'。"

秦延把纸笔推还给她。温茗拿起来，又仔仔细细地看了一遍。他的手是舞刀弄枪的手，字却是舞文弄墨的字。

"平时一定有很多女人问你要手机号码吧？"

他选择性失聪，说："谢谢，改天请你吃饭。"

"别改天了，择日不如撞日，就今天吧。"

秦延又怔了一下，温茗很享受看他被自己杀得措手不及的样子。

"好。"

他很爽快，这让她雀跃。时间也刚好到饭点，温茗拿了钥匙，和秦延一起出门。

秦延已经做好准备，想着她会狮子大开口，狠宰他一顿，或者故意刁难，绕大半个城市也难定一家店。可温茗却就近找了家普通的川菜馆。

她实在是清奇难懂的性子，有时候比想象的任性，有时候又比想象的省事。

秦延一走进饭馆的门，就被空气里浓浓的辣味刺了鼻。温茗倒是自然，甚至很享受这样的味道。她一看就是这里的常客，老板和老板娘见了她都很热情。她也熟门熟路的，半点不需要人招待，落座之前，自己去前台拿了菜单册子。

"点菜吧。"她把菜单放在桌面上，调整到两人都能看的角度，侧着身子，一边翻一边看他。

"你想吃什么就点。"他说。

"那你呢？"

"我没关系。"

"你这是……迁就我的意思？"

"你觉得是就是。"

她弯了一下眉角，无意间竟流露出一种单纯的满足，秦延的心软了一下。

"那我就不客气了。"温茗按照两人的分量，点了辣子鸡丁、水煮肉片、麻婆豆腐和椒油扁豆。她对着服务员报菜名的时候，秦延没有发表任何意见。他拎起桌上的水壶，给两人面前的空杯满上水，自己端起先喝了一口。

大厅里客流涌动，细语高声间，终归嘈杂了点，只有他们两个很安静。

温茗时不时看一眼秦延，他就坐在她的对面，但形神间总有一种别于他人的精神劲儿。那种劲儿，让他显得很有距离感。

"你为什么要找那个文身？"温茗打破沉默。

"没什么。"

"你直接明说是不想让我知道原因，就可以了。"

"你的确还是不知道的好。"

这个话题聊不下去，温茗一时也找不到其他的，索性沉默。等了一会儿，菜都上了桌。

"吃吧。"他说完，绅士地将菜都推到她面前，等温茗先夹了一块肉片放到碗里，他才拿起筷子。

温茗饿了，低着头只顾自己吃。天气炎热，大厅里的冷气又跟不上，火辣辣的味道刺激着味蕾，也刺激着汗腺。很快，她就满头大汗。

秦延手上的筷子在戳了块麻婆豆腐之后就放下了，但这样看着她吃东西，真的很有食欲。至少，他从没见过一个女人能吃得这样酣畅淋漓。幸而她的皮肤底子好，就算流汗也并不显得油腻。甚至，那张原本莹白的脸因为多了几抹红光，像不小心染了胭脂，更添风情。

秦延把纸巾盒推到她手边。

"谢谢。"温茗抽了一张，抹了抹额头。劣质的纸巾，遇水就化了，变成颗粒状，黏在她的脸上，就像洗澡时搓下来的死皮。

"那个……"秦延指了指她的脸，"沾上东西了。"

她连象征性地摸一把脸的这个动作都没有，直接就把脸往他面前一凑："哪里？"

秦延忽然意识到，她就是故意的。不是没有察觉，而是故意没有察觉，不是不知道在哪里，而是故意不知道在哪里。他想了想，还是顺了她的意，抬手将她眉上的纸屑轻轻摘下。

粗糙的指腹，温柔的发力，肌肤相触的瞬间，温茗觉得自己好像被电到了。她看向秦延，他依然面无表情，只是在她的目光转向他时，端起水杯，又喝了一口水。

气氛忽然变得怪异，怪异中滋生了温情，让人沉溺。

温茗低头继续吃，等到吃得七七八八了，才发现秦延一直没怎么动，问："你怎么不吃？"

"不饿。"

目光扫过他面前的碟子，上面放着几个挑出来的辣椒，她恍然："你不吃辣？"

"不怎么能吃。"

"那你刚才怎么不说呢？"

"请你吃饭，你爱吃就行。"

温茗有点感动，但面上却冷冷一笑："秦延，你是有求于我，才对我百依百顺的吧？"

秦延反应了很久，这时间足够让他想出一个说辞，但他最后点了点头："是。"

温茗胸腔里憋了一团气，要发作，又忍住了。她没想到，他就这么承认了，连敷衍地哄一哄都不会。这个男人真是一点情趣都没有。

"你不怕我一不高兴就反悔吗？"

"你已经答应了。"

"女人都是善变的。"

秦延又喝了一口水。他平时不吃辣，刚刚只尝了一口，舌头到现在仍是麻的，喝水其实没什么用，但此时除了喝水，他想不出任何化解烦躁的方法。对面的女人，花头太多了。

"这个文身很重要……"

"不要试图对女人讲道理。"她一本正经地教育他。

秦延揉了一下太阳穴，强忍住掀桌的冲动。

温茗看他敢怒不敢言的生涩样子，心情忽然又好了，笑着问："你是不是没交过女朋友？"

他自然不会回答这么私人的问题。

两人正僵持不下，前台那边传来了吵闹声。

"你个臭小子，胆子肥了是不是？现在连店里的钱都敢偷了！"老板正揪着一个小个子男人的耳朵，破口教训。

温茗认得那个男人，他是店里唯一的男性服务员大圣。

"老板，我真没拿！"大圣昂着头，肩膀因为老板的动作都疼歪了。

"你没拿？你没拿，是钱自己长脚跑了吗？"

"不信可以搜啊，我身上没有。"大圣将自己两边的裤袋都翻了出来，"你看，真的没有。"

"是你傻，还是你当我傻？谁偷了钱，还光明正大地放在身上？"

大圣都快急跳脚了："我真的没有拿，老板你不能这么冤枉人啊！"

"那是谁拿的？刚才不就只有你一个人在这里吗？"老板急吼吼的，气愤到想出手打人，老板娘和前台收银的小妹边拉边劝。

店里不少顾客转头看热闹，大家先入为主，被老板带偏，也都觉得钱是大圣偷的。

"你吃饱了吗？"秦延见温茗点头，站起来，"那我去结账。"说完，往前台走。

老板正吵着要报警，秦延走到他面前。他搭着老板的肩膀，低头说了几句什么，老板的脸色就变了。大圣趁势一把推开老板，委屈地夺门而走。老板娘想去拦，但是没拉住人，她转身，对着老板一通推搡抱怨，似乎是在指责老板对大圣的态度。

看热闹的人都发出了唏嘘声。这状况，一看就是老板误会自家员工了。所有人都很好奇，秦延对老板说了什么。秦延倒是淡定，结好账，转身看着温茗。

温茗还坐在原来的位置。两人目光对上，他便朝门口晃了晃脖子。温茗站起来，小跑过去。秦延等在门口，为她拉着门。

正午十二点，热浪滚滚，温茗一脚迈出门口，就感觉脸被烫到了，她下意识地往后退，却一头撞在紧随着她出来的秦延身上。在川菜馆里坐了这么久，他身上干净的味道却丝毫没有被掩盖。

宽阔的街道在阳光下发亮发烫，只有各家店铺门廊下的一条狭长的阴影，贯穿东西。

秦延拉了她一把，将她推进阴影里，自己走到阳光下。两人肩并着肩往前走，却像是分属不同星球，始终都有一线之隔。

"你刚才和老板说了什么？到底是谁拿了老板的钱？"

"老板的儿子。"

"你怎么知道？"

"我看到了。"

秦延进门之前就看到了那个穿着柏香高中校服的男生，和一群混子蹲在门口，几个人一边打闹一边互飙脏话。他起初没在意，直到那个男生推门进来，晃荡着走到前台，快速地打开收银抽屉，抽走了几张百元大钞。

他一直盯着那个男生，判断着是否需要制止，但男生拿完钱并没有跑，而是绕到老板面前，又和老板说了几句话，才出门。

秦延以为，老板是知道的，可是紧接着，就出现了老板愤怒抓"贼"的一幕，他这才意识到不对。

"你怎么知道那个男生是老板的儿子？"温茗也是来过店里好几次之

后，才知道老板有个正在念高中的儿子。

"我猜的。"

那个男生进店之后熟门熟路，而且他走到前台收银区这么敏感的地带都没有人警觉，显然是店里的自己人。还有，他和老板站在一起时，两人的面貌形态有很多相似的地方。这种相像，最好的解释就是强大的基因。

"观察这么敏锐，你是做什么工作的？"温茗一边走一边绕开脚边的障碍物，他们的距离忽远忽近。

"这个，你也还是不知道的为好。"他说。

"我什么都不知道就这样帮你，会不会有风险？"

"你放心，我绝对不会害你。"他眼眸黑沉，以她的视角看去，好像装了一整个盛夏的绿荫。

温茗抿了抿吃辣吃到深红的唇："可我怎么觉得，你已经在害我了？"

秦延不解。

她笑得娇媚："你长得这么好看，存在就是一种祸害。"

秦延轻咳一声，别开了头。温茗看到，他耳朵有点红——真是经不起逗。

两人回到文身店。几分钟的路程，走出一身的汗。

"要不要进去凉快一下再走？"温茗拿钥匙开门。

"不用了。"秦延拒绝得很干脆。

她倚着门框，长裙被风一吹，盘踞在腿边。

"怎么？怕我吃了你？"

他一本正经地回："文身的事，麻烦你了。"

"好。"她的声音在笑，"我一定会联系你的，你等我啊。"

接下来的两天，温茗很忙。除了店里的客人，还有一个程佩让她头疼。

程佩每天都要来店里哭一哭、闹一闹，搅得温茗连生意都做不了。最后，温茗没了法子，只能暂时关门谢客，也对程佩避而不见。程佩意识到，死缠着温茗，让她救温侯生没有一点希望，便让了步，转而只要求温茗带她去戒毒所看一眼儿子。

温侯生前几天才在戒毒所里袭击了温茗，现在要探视，可能性不大。但温茗还是顺了程佩的意,提交了探视申请,没想到,隔天就批下来了。

温茗带着程佩去了戒毒所,但她没有进去。这点自知之明,她还是有的,他们母子情深的时候,她实在没有必要去掺和,免得又遭罪。

戒毒所门口有棵大槐树,枝繁叶茂,槐花飘香,很是阴凉。温茗坐在树下的大石头上,等着程佩。门口的警卫时不时看她一眼,特别警惕。不知为何,温茗忽然又想起了秦延,他也常常露出那样的眼神,平白无故,但是特别性感,就像是丛林深处的猛虎,有一种与生俱来的王者气度。

秦延到底是个什么样的人呢?她记得,他们之前在戒毒所也遇到过。他为什么会来戒毒所?

温茗思绪凌乱,没有答案。最后,想来想去,她只在乎一条——这几天,他有没有等她的电话?

呵,就算有,也只是在乎那个文身而已。

等了约莫半小时,程佩才出来。她精神萎靡,一双眼睛哭得又红又肿,温茗有心上前宽慰几句,但是程佩一见她,又开始骂:"没良心的东西,你倒是进去看看你爸啊!看看他都被你折腾成什么样子了!"

温茗赶紧拦了一辆出租车,把人塞进车里。她报了地址,也付了车钱,仁至义尽。

出租车走了,温茗一个人又在戒毒所门口站了一会儿,才慢慢往回走。

柏油马路被晒得发烫,她的凉鞋底薄,走着走着,脚心也开始发烫。她想打车,可是身上的钱不够。正无奈,耳边忽然传来摩托车轰鸣的声音。

温茗惊喜地转头,见秦延的车已经停在了她的身旁。

"嗨!"她兴奋地打招呼,"好巧啊!"

他抬手掀了头盔上的玻璃镜片,看着她。

"你能载我一段吗?我没钱打车。"

"文身的事情有消息了吗?"

"没有。"

"是没有消息,还是没有打听。"

"嗯……没有打听。"

秦延黑眸一沉,有了怒意,但他并没有发作,而是发动车子,直接走人。

风里多了一丝汽油的味道，高温下，闻得人恶心难受。

"喂！"温茗急得大叫，"我不是故意没有打听，是因为这几天没时间……"

车子一溜烟，拐进了小道，没了踪影。

他根本没有听她说话！浑蛋！都说了没钱，还把她丢下！简直没人性！

她边走边暗自腹诽，等走到大路和小道的交叉口时，一抬眸，发现秦延连人带车停在树下，并未走远。

温茗的人生经历过大小纷争和狗血无数，自诩已经练成金刚不坏之心，却在这一刻，突然有点鼻酸："你不是走了吗？"

秦延表情很冷，只说了一句："上车。"

她默默走到他的车边，刚才一肚子的怨言，此时全都化成了心虚。秦延不太想搭理她的样子，但依旧把自己的头盔让给她。温茗上了车，调整好坐姿后，抱住了他的腰。

"干什么？"他侧了侧头，眼角的余光都是凌厉的。

"我刚才走了很长一段路，好像热得中暑了，头很晕。不这样，我怕自己会掉下去。"她的声音从头盔里传出来，闷闷的，听不出真假。

秦延有点不耐烦，但只能由着她。

车子动了，速度一点一点加快。温茗将他抱得越来越紧，她柔软的胸紧贴着他结实的后背，两种截然不同的触感，却因为这亲密无间的距离，像是融到了一起。风在咆哮，秦延血管里的热血也在咆哮。

这女人，真是个妖精。他想，送她回去后，再也不要和她有什么瓜葛。文身的事，她不想帮忙就算了，他还可以想其他办法。至少，这个节骨眼上，不能把自己搭进去。

戒毒所距离文身店很远，车开到半路，秦延实在忍不住，朝她吼："能不能松点手？"

"我晕。"她理直气壮。

"都要捂出痱子了！"

温茗这才微微往后一仰，腾出了空隙。

两人身上都冒了汗，黏糊糊的，犹如欢爱之后的感觉，暧昧至极。风灌过来，填满他们之间的空隙，凉而舒爽，像是一种解脱。

　　秦延的车速更快了。

　　好不容易到达目的地，温茗下车，把头盔还给他。秦延脸色还是不好看，他接过头盔，没说话，也没给她说话的机会，直接走了。

　　这次，是真的走了。还很生气。

　　温茗站在原地，看着他的车消失在街角。莫名的，她有点恐慌。她从没有看着谁的背影产生过这种感觉，当年母亲走的时候都没有。

　　她掏出手机，编辑了条短信发出去："老头，明天在家吗？我想来看看你，带酒。"

　　隔日一早，温茗拎着一坛子二锅头，出现在陈水街的江心苑。她的师傅韦书林住在这里。

　　温茗一口气上了六楼，等站定按门铃时，额角已经覆了一层薄汗。门铃响了很久，没有人应，她放下酒坛，坐在台阶上等，一边等，一边拿出自己的绘本扇风。

　　没一会儿，楼道里传来爽利的脚步声。温茗听出来，叫道："师傅。"

　　韦老手里提着绿色的环保购物袋，袋口莴笋西芹冒着头——原来是买菜去了。他挑挑眉："臭丫头！还记得我这个老头子呢！"

　　"怎么不记得？时时刻刻都记着呢！"

　　"你有这么好的良心？"

　　"啧啧，怎么说话酸溜溜的？"温茗笑，"是不是上个月给你买的酒又喝完了？"

　　韦老哼了声，把手里的袋子丢给温茗。温茗接过看了一眼，他买了她最爱吃的五花肉。他们一人提着菜，一人提着酒，进了屋。她提菜进了厨房，一样一样拿出来，等捣鼓好出来，老头已经开了她带来的酒，正喜滋滋地喝着。

　　"说吧，是不是遇到什么事了？"他问。

　　温茗点点头，坐到他边上："最近有个单子，客户要求的文身有点特别，我想向你打听打听。"

"什么客户能劳驾你亲自帮忙找图案？"

温茗想了想，说："一个帮过我很多的客户。"

韦老抿了一口酒，手里的小酒盅晃了晃，语气迷离："做生意，最好不要牵扯太多情面上的东西。"

如果换了平时，她一定乖顺听劝，可今天她没作声。

过了一会儿，温茗正要对韦老说起那个文身的形状，就听他又开口："对了，晋泓最近联系过你吗？"

温茗一怔："没有。"

"听说他快回国了，前几天给我打电话，还问起你呢。我以为他会联系你。"韦老的话听不出情绪，只是淡淡地陈述，但温茗有点恍惚。

"我们已经不联系了。"

以后，也没有联系的必要。

秦延坐在楼道里，指尖的烟燃了一半。

"哎！哪个队的？"他听到有人朝他大喝，回过头，看见两个穿警服的男人，一个年过半百，一个还很年轻。

"冉局。"秦延掐了手里的烟，站起来敬了个礼。

"是你小子啊。"冉韫伸手拍了下秦延的肩膀，对身边的年轻警察介绍，"认识一下，这就是我常常和你们提起的秦延。"

年轻警察看着秦延，敬了个礼："秦队，久仰大名，我是柏香六队张明军。"

"你好。"秦延开口，因为刚抽了烟，嗓子有点哑。张明军笑了，很腼腆。

冉韫转头对张明军说："你先回去吧，我和秦队聊一会儿。"

"是！"张明军对秦延点了点头，转身快步下楼。

空阔的楼道里，只剩下两个人。冉韫抬脚碾了碾地上的烟灰，问："什么时候开始抽烟了？"

"最近。"

"刚才看你坐在这里抽烟，那流里流气的样子，有那么几分意思了。"

"夸我？"

"可不！整个队里，除了你，谁敢坐在这里把烟抽成这样？"

秦延勾了下唇："这好像不是夸我。"

冉韫瞪了他一眼，多少带着点纵容。

两人慢慢往楼下走，穿堂风带着梧桐叶的清香，很凉爽。

"文身的事情，调查得怎么样了？"冉韫问。

"暂时还没有进展。"

"你只有一个月的时间，现在已经过去五天了。"

"我知道。"

"看来，这次任务要比想象的棘手啊。"冉韫拧着眉，"欧翰夫妇常年行踪诡异，见过他们的人寥寥无几，但是欧翰身上的这个文身，很多人都知道，几乎可以说是他的标志。能不能顺利伪装成他，打入穆达团伙的内部，这个文身很关键啊。"

秦延沉默着。

"文身的事情，你多费点心，其他方面，局里都在安排中。你要是有什么困难，也可以提出来，局里一定会尽全力帮助你的。"

"明白。"

"对了，木强怎么样？"

"还在戒毒所。"

"什么情况了？"

"仍旧不太好。"

冉韫长叹了一口气："希望他能快点挺过来。"

"我昨天刚去看过他。"秦延远眺着门外的那片绿荫，声音也有点凉，"这次被迫吸毒，对他打击很大，不仅是身体上，心理上也是。他的意思是，等戒了毒，不会再干这一行了。"

"你有没有劝劝他？"

秦延摇头："没有。缉毒本身就是一件危险的事情，卧底更是。选择了这一行，我无怨无悔，可我不能要求别人。他不想干了，是他的选择，无可厚非，我尊重他。"

冉韫背着手，眼底颜色深重："你说得对，木强做什么选择，都是可以理解，也必须尊重的。当然，他不想干了，还会有别人来干。"盛世之下，总要有人为这万家灯火负重前行。

秦延还没说话，就感觉到手机在裤兜里震了震。他掏出来看了一眼，是条短信，来自温茗。

"文身有消息了，一小时内出现在我店里，过时不候。"

秦延盯着这行字，甚至能想象她打下"过时不候"四个字时的表情。他和冉韫告别，开车前往文身店。

下午店里没有客人，但是门开着。秦延将车停到树荫下，快步走进大厅。

温茗正坐在方桌前，一边握着笔涂涂画画，一边啃着苹果。听到秦延进门的声音，她抬眸看了一眼墙上的钟。秦延也看了一眼，从收到短信到他出现在这里，一共只花了二十多分钟。

"来得挺快呀。"温茗咬了一口苹果，咀嚼着问他，"该不会是抱着手机在等我的消息吧？"

"你找到那个文身了？"

"问你话呢，是不是啊？"她咽下嘴里的果肉，舔了舔唇，"看你昨天走的样子，我还以为你不会再理我了呢。"

"有图片吗？"秦延现在好像找到了和她相处的最佳模式。那就是她说她的，他说他的。他不是没听懂她语气里的委屈和抱怨，可他觉得他们实在不需要这样腻歪的关系。

难道，还要他来哄她吗？

温茗见他不答，也不勉强。她慢悠悠地将手里的苹果啃干净，把果核扔进垃圾桶，然后收拾好绘本，将笔记本电脑拿出来。

秦延看着她打开了电脑。桌面壁纸，是她自己的照片。

照片是在海边拍的，背景是一片宽阔的蓝海，她站在金沙滩上，穿着一件刚过腿根的白色衬衣，长发被风吹得凌乱，眼神却很干净。她的红唇与海的颜色相称，整个画面充满了慵懒的气息，那种撩人的风情好像能冲出屏幕。

"我美吗？"温茗没抬头，但是她知道，秦延在看着照片里的她。

"美。"

温茗笑了，仰头瞥他一眼："答得这么乖，是迫不及待想要看那个文身图案吧。"

秦延没否认，也没告诉她，是真的很美。

温茗打开一个装满文身图案的文件夹。文件夹盖住桌面上的她，秦延的思绪缓了一下，就见她鼠标一路往下拉，打开了最后一张图。

图片有点大，过了几秒才跳出来。秦延眯了一下眼，任由屏幕上的骷髅人撑满自己的视野。

"按照你的描述找到的。它不是一般的文身图案，是古希腊神话中的死神。"

"死神？"

"对。"温茗指着骷髅人，"它穿的是黑色斗篷，手里拿的是一把镰刀，专用于收割生命，是死亡的象征。"

秦延拿出了手机，将镜头对准屏幕，似乎是在拍照。

她觉得奇怪："你想要的文身，难道还需要别人确认？"

秦延把手机收好了。

温茗站起来，斜倚着身子，难得一脸正经的样子："你和我说清楚，你到底是想干什么？"

"不干什么，我只是拍照给女朋友，看她喜不喜欢。"

温茗彻底愣住，眼底一束光倏地暗下去。

秦延见她这样，也愣了一下。但他很快掩住，趁热打铁又补一句："等我回去确认一下后，再联系你。"他说完，就转身大步流星地往门口走。身后，安静得一点声音都没有。他忽然觉得，心头好像压了块石头，有点沉。

等出了文身店，秦延给自己点了支烟。他猛吸一口，张嘴放烟的瞬间回了回头，可从外往内看，逆光，什么都看不到。

车子停在树下，绿荫挡住了阳光，可即使这样，车座依然有点热。他倚着车，把烟抽完，然后发动车子，回了局里。回去之后的第一件事，就是拿出手机，把刚才拍的那张照片转发出去。

没几秒，他的手机就响了。秦延接起来，没马上说话，直到对方先喊了一声"秦队"，才开口："是这个图案吗？"

"没错。"

"你确定？"

"确定。"大魏语气坚定,"欧翰曾在我面前换过衣服,我见过他的文身。虽然我之前形容得很抽象,但那只是我语言表达能力有问题,我的记忆力没有问题,我刚才一看到照片,就确定了是这个图案。"

"好。"秦延顿时有种如释重负的感觉,顺势又问,"你那边有没有什么异常?"

"放心,欧翰夫妇车祸身亡的风声,一点都没有走漏,这里一切正常。"

挂断电话,秦延又从相册里翻出刚才拍的那张照片。功夫不负有心人,他终于找到了。这次真是多亏有温茗帮助,才能这么顺利。

照片上,温茗的手也意外入了镜。那细白修长的手指,在可怖的骷髅人的对比下,显得格外好看。秦延想起之前对她冷淡的态度,还有误以为她不上心时的愤怒,以及刚才故意为之的谎言,多少有些愧疚。

他甚至忘了对她说谢谢。

温茗一晚上没有睡好。

前半夜电压不稳,空调一直开不起来。后半夜空调终于开始工作,但没过多久,又自动关机了,她热得烦躁。

睡不好,直接导致她白天状态不好。一早起来,她连抽了两支烟,才勉强醒神。幸好早上预约的客户,图案很简单,她只花一个小时就搞定了。下午没有人预约,后面两天也没有。

温茗打扫了一下店里的卫生,准备关门补觉。这时,秦延来了。

外面的天不知什么时候阴了,风有点大,吹得女贞树的叶片"哗哗"作响,好像快下雨了。

秦延还是那样,一身黑衣,却自带光芒。

温茗倚在前台,看着他,问:"先生,有事吗?"过了一夜,她好像不认识他似的。眼神到称呼,都是生疏的。

秦延无所谓,只是说:"我要文身。"

他走到跟前,一副配合她装初次见面的模样,将手机里的照片亮给她看:"这个图案。"

温茗扫了一眼他的手机。看到他昨天拍照片的时候还将她的手拍了进去，她态度软了些，问："确定要这个文身了吗？"

"确定。"

"你把死神文在身上，你女朋友不会觉得不吉利吗？"

"她不信那一套。"

温茗浅浅一弯唇："哪一套啊？"

"迷信。"

"不迷信啊。"她慢条斯理，逐字逐字，意味深长，"她是科学家呀？"

秦延觉得她是故意找事儿，没答。

温茗的笑容渐渐深了："那她是做什么的？"

"你不需要打听得这么清楚。"

"怎么？还没编好吗？"温茗眸间的光一凛，语气笃定万分，"秦延，你压根没有女朋友。"

昨晚，她翻来覆去，思来想去，凭着女人的第六感，她总觉得，他是故意这么说的。

"温老板，我只是你的顾客。"

他的潜台词是："顾客是上帝，你对上帝管太多了。"

"为什么要假装有女朋友？"温茗无视他的提醒，继续追问，"是怕我想做你的女朋友吗？"

秦延一脸铁青。

"你觉得我喜欢你吗？"她凑到他的面前，一张脸上仰着，楚楚动人。

"你昨晚没睡好？"他突然问。

"你怎么知道？"

"难怪精神状态有问题。"

温茗反应了几秒，瞪眼道："你骂谁神经病呢！"

秦延转身，作势要走："我明天再来。"

"站住！"温茗跑上去，绕到他前面，张开双臂拦住他，"你打算纹在哪个部位？"

他眉角一松："灵魂归位，可以说正事了？"

温茗听出他的打趣，心莫名酥了："不是不迷信吗？你刚才和鬼说话呢！"

他笑了笑。一瞬间，时间好像静止了。

温茗咕哝："你还没回答我刚才的问题呢。"

"后背。"

也许是因为戒毒所的那次相救，温茗一直觉得，秦延身上最吸引她的部位，就是后背。她掀开文身室的帘子，指指里面："进去，把衣服脱了。"

秦延蹙眉道："现在？"

"怎么？还不愿意？"她先往里走，"早晚都得脱，为什么不能是现在？"

屋里的灯被打开，灯光很温和，也明亮。秦延走进去。文身室的空间不大，麻雀虽小，五脏俱全，设备也很齐全、很专业。温茗推开椅子，斜靠着墙壁，抱肘看着秦延。

屋外风声越来越大，间或伴着轻微的响雷。这场雨，应该是逃不掉了。下雨挺好的，柏香市入夏以来，已经有半月没下雨了。每日都在燥热和粉尘中来回，让人心生疲惫，是该来场雨，滋润一下大地，也滋润一下人心。

秦延在温茗凉凉的眼神里，抬手掀了自己身上的T恤。

"轰！"雷声骤然变响，窗外的闪电劈裂了温茗的理智。她的目光流连在眼前这个男人健硕的身体上，像是着了魔。入行这么多年，有不少男人在她面前脱过衣服，可是就在刚才，那一秒的震撼，却是温茗之前从未感受过的。

原来，秦延的T恤下藏着比想象中更精壮结实的身材。那流畅自然的肌肉线条，那里外毫无色差的麦色皮肤，甚至是那条横在人鱼线上的疤痕，都是诱人的。

"看够了吗？"他出声。

温茗眨了眨眼，却没有挪开目光："光看看当然不够。"

"那你还想怎么样？"

"转个身。"温茗的手在空气中旋了个圈。

秦延盯着她，她坦然与他对视。两人僵持了片刻，终是秦延先妥协，他慢慢背过身去。

屋外依然雷声阵阵，间或劈起闪电，但屋内很安静，那种静是连呼吸都得小心翼翼去呵护的。

温茗一点一点靠近他。地上,他们的影子叠到了一起。秦延感觉到,背上一阵沁凉,好像窗外的雨淋了过来。这个女人,竟然在摸他。

"你……"

"你的图案打算要多大?"她的手随着她的话移动,就像是一把正在丈量的尺子。

"撑满整个后背。"

"那就是……"她的手慢慢下移,最后停在他的腰窝处,"到这里。"

温茗说罢,用手指戳了一下那凹下去的小旋涡。秦延整个上身都因为她这个微小的动作紧绷起来。

"温老板……"他实在怀疑她假公济私。

"你是第一个叫我温老板的人。"她的声音有点哑,"他们都喜欢叫我老板娘,可我一点都不喜欢。为什么要带'娘'?女人只能做男人的附属品,不能自己做老板吗?"

秦延耳边响起了当时在医院听到的那些对话。他能想象,温茗是在怎样一个环境里长大的。他也能想象,她对于男女之间的偏见,存有多么强烈的不满。

"他们或许,也不是那个意思。"

"哦?那是什么意思呢?"她像较了真的孩子,"你又是什么意思?"

"我没别的意思。"秦延没打算和她继续这个话题,他并不期待自己三言两语就能抚慰她的伤口。

"还有……"他转身,摘下了温茗还停留在他腰上的手,"说话的时候,动口就够了,不需要动手。"

温茗对他的抗拒视而不见,收手的时候,还捻了捻指腹。她觉得,指腹上已经留下秦延身上的温度,而那种震撼的感觉,也在触到他的那一秒,烙进了她的心里。

十指是连心的。

"这个图案有点大,需要分两次。"她一本正经谈公事的样子,倒显得秦延小家子气了。

秦延懒得计较,问:"一次多久?"

"一次多久?"她的目光瞬时暧昧起来,"这得看你呀。你一次能多久?"

秦延紧盯着她。

温茗笑了："我的意思是，得看你一次多久能恢复。"

"一般需要多久？"

"一周吧。"

"也就是说这个文身得花两周。"

她意味深长地说："你的理解能力挺好的。"

秦延沉默了几秒。他觉得自己就像是一辆稳步前进的火车，而温茗一直在试图将他拉出原有的轨道。

"能不能快点？"

"你赶时间吗？"

"我想尽快完成。"

"为什么？"温茗收敛神色，"这么不想见我吗？"

"当然不是。"他有点烦躁，但他很自然地在"不是"前，加了个"当然"。

这句解释让温茗的心情特别舒畅，具体理由是什么顿时不重要了。

"我不同意缩短周期。"她停顿了一下，"这是为了你好。"

她很坚决，看不出来是否藏了私心。

秦延想了想，如果两周之内真的能顺利解决，那么也是能接受的。

"好。"

"你同意了？"

"你专业，你说了算。"

"就不能把前半句去掉吗？"她又逗他。

秦延不动声色地沉了一口气。

雨还在下，刚才的瓢泼只是一刹那，现在雨势已经小了很多。他把攥在手里的T恤套回身上，问："我什么时候可以开始文身？"

"明天就可以。"

"好，那就说定了。我先走了，明天见。"秦延说罢，走出文身室。

"喂！"温茗跟出来，叫他，"下雨呢，坐会儿吧。"

"这点雨没事。"

"如果淋坏了发烧，是不能文身的。"

秦延的脚步停住了。温茗笑了笑，觉得自己已经抓到秦延的软肋。

　　"等雨停了再走吧，我给你泡茶喝。"温茗走到橱柜前，打开柜门，搜罗了杯杯罐罐出来，摆在方桌上。回头，看到秦延还站在那里，她推了一下凳子，说："坐啊。"

　　秦延折回来，但是没有坐下，只是看着桌上的东西出神。他是个粗人，渴极了连生水都能仰头灌下半壶。茶、咖啡这类需要花费工夫去煮泡、品尝的东西，对他来说，太过细腻，不适合他。

　　"你等我一下。"温茗说着，转身往楼上跑。她的裙摆在他眼帘里摇曳，她的人字拖亲吻着木质的地板，发出"噔噔噔噔"的轻快声响。

　　没一会儿，她下来了，手里拎着一把热水壶。这种天气还备着热水，大概也只有她了。

　　"怎么还不坐？"

　　"不用泡茶这么麻烦。"

　　"我自己要喝啊。"她语气里带着些许傲气，但秦延明白，那种刻意的傲气只是为了缓解他的拘束。

　　他坐下了。温茗把茶叶罐拿过来，秦延扫了罐身一眼，上面写着"西湖龙井"。

　　"去过西湖吗？"他问。

　　温茗笑了笑，有点惊喜于他竟然主动搭话，回答说："没有，你呢？"

　　"去过。"

　　"都说上有天堂，下有苏杭，那里风景一定很美吧。"

　　"是不错，很适合生活。"

　　"有机会真想去一次。"她的眼眸亮晶晶的，亮得诱人。

　　秦延不再看着她，只"嗯"了一声。

　　"如果你下次还去的话，叫上我吧。"

　　突然又是一声雷响，温茗正在拨热水瓶的塞子，被雷声一惊，塞子从她手里滑落，蹦了两三下，被秦延一把按住。木塞一头是冷的，一头却有点烫手。他一转手，递回给她，把烫手的那头捏在自己掌心里。

　　"谢谢。"她笑。

秦延有点晃神。她为什么那么爱笑？不，是为什么总对他笑？

温茗倒了适量的茶叶进玻璃茶壶，又将滚水凉了几分钟，才开始泡茶。看得出来，她很专业。

"学过？"秦延问。

"嗯，学过。"

秦延的目光扫过屋里摆放着的几瓶花，那些花看似随意，其实也是精心插剪过的。

"你会的挺多。"

"是啊，女人多学一点东西，遇到心仪的男人，才可以显得魅力无限。"她又在笑，"就像现在。"

秦延低下头，不去看她的眼睛。

水入茶壶，茶叶沉浮，几秒之后，茶汤嫩绿明亮，空气飘起恬淡沁人的香，和她身上的味道融在一起，像槐花香。她的神情，专注到有点虔诚。

忽然之间，他又记起她对他说的"我叫温茗，'碧瓯浮花酌春茗'的'茗'"。

温茗拎起茶壶。茶水从壶口潺潺而下，撞进茶杯里。空气里的茶香更浓郁了，她把其中一杯茶推到他的手边，自己在他对面坐下。

"尝尝吧。"温茗说着，拿起茶杯，先抿了一口。

秦延不习惯这样小口小口地喝茶，但是现在情势逼人——他如果一口干，就显得太对不起温茗刚才那一番倒腾了。他学着她的样子，别别扭扭地抿了口，瞬时，一股甘冽鲜爽的味道席卷了他的舌尖。

"怎么样？好喝吗？"温茗看着他。

秦延点头。

"有时间的话，多喝点茶吧。抽烟的人，喝茶好。"她的声音淡淡的，但细听之下，能听出温情。

秦延笑了一下。

"你笑什么？"

"没什么。"

"我的话很好笑吗？"她盯着他。

"不是。"秦延又抿了一口，他好像已经适应这样喝茶的方式。

温茗眉眼弯了一下，转头，与秦延一道，静静地望着窗外。雨还在下，淅淅沥沥，雨幕中的世界，很模糊。只有他们身边的彼此，清晰而真实。

一个下午，他们没聊什么天，就喝了一壶茶，可是温茗分明感觉到，他们的距离变近了。

秦延等到雨停才离开，离开的时候，他说："温老板，谢谢你的茶。"

认识这么久，他很少用这样平和的声音与她说话。他多数时候都是冷漠的，好像没有感情，但今天她感受到了，即使尚不强烈，但还是有了。

机车的轰鸣声里，温茗也听到了自己心底花开的声音。

那天晚上，温茗睡了个好觉，也做了个好梦。她梦见秦延，在西湖边上。虽然她从未去过那个地方，但是梦境那么真实，和她在电视上看到的画面如出一辙。

那也是盛夏。入目是大片大片的荷塘，接天的莲叶，映日的荷花，粉红、碧绿、蔚蓝横织交错，荷香弥漫在湖岸的两旁，远山倒映在湖面上，一切平静美好，正如他们一起品茗的这个午后。

秦延牵着她的手，他们散步，拥抱，接吻。夕阳垂落，夜幕降临，当梦境中的男女身影突然交缠之时，温茗惊醒过来。

空调正在运作，发出沉闷的声响，她在黑暗里坐了好一会儿，才意识到自己在颤抖。

呵，真是不争气。白天就摸了那几把，晚上就做春梦了？

温茗开灯，进浴室洗了把脸，坐在窗台上开始抽烟。清寂的月色和缭绕的烟雾里，她又想起了秦延性感的背沟和背肌。无可否认的是，这个男人的身体的确对她有着无尽的诱惑力。

像是看一眼就会上瘾的毒药，她想拥有他。

第二章

类似爱情

下过一场雨之后,隔日的气温终于有所回落。

因为那个梦,温茗后半夜都没有睡好,翻来覆去,总觉得哪里不踏实。不过,早上起来,她的气色却意外的好。

秦延来得很早,温茗一打开店门,就看到他叼着一支烟,坐在女贞树下,像座雕塑般,望着马路上那群唱着儿歌的小学生。

"我在马路边,捡到一分钱,把它交到警察叔叔手里边,叔叔拿着钱,对我把头点,我高兴地说了声,叔叔再见……"

他竟然听得出神了。

"喂!"温茗叫了声。声音不大,但是他听到了。秦延回头,看到她开门了,就把手里的烟掐灭,站起朝她走来。温茗没等他,自顾自地进屋,洗了个苹果。

"早。"

"早,吃早饭了吗?"她问。

"吃过了。"秦延扫了一眼她手里的苹果,"你还没吃?"

"没有。"她甩了甩苹果上的水,咬了一口。

"就吃这个。"

"嗯。"

"这个能吃饱?"

"吃不饱怎么的?你心疼啊?"温茗笑。

秦延蹙了蹙眉,识相地闭了嘴,走到一边坐着等她。

她故作骄矜地眨眨眼,说:"没关系,我长着小鸟胃呢,饿不到。"

秦延没接话。她又在他对面坐下了。这场景很像昨日再现,只是秦延想起的是那杯茶,而温茗想起的是那个梦。

"昨晚睡得好吗?"她问。

"还好。"

"我睡得不好。"

秦延又没接话。直觉告诉他，此时不接话是最安全的回应。

她继续说着："我做梦了，梦到自己被吃了。"

秦延看着她，没有意识到这个"吃"字的意味深长。他只见到，她一口一口啃着苹果，眼睛因为没有睡好有点红。这样的她，真像啃胡萝卜的小白兔。那么，昨晚在梦里吃了她的，一定是大灰狼。这么想着，秦延无声地勾了下唇。

"你又笑什么？"温茗凑近他，赶在他开口说话前，又飞快地补一句，"不许说没什么。"

"想你的噩梦。"

"谁和你说那是个噩梦了？"

"不是？"

"当然不是，"她说话的时候，有苹果汁的清香飘荡，"那是个美梦。"

在她暧昧的眼神里，秦延忽然听懂了。他拉开与她的距离，站起来松了松脖子，看向文身室，问："什么时候可以开始？"

"我还没吃完呢。"温茗扬了扬才吃一半的苹果，"刚才不是还担心我吃不饱吗？怎么又催起来了？"

"我不是那个意思。"

"不是哪个意思？不是担心我吃不饱？"

"不是催你的意思。"

"哦，那就是担心我吃不饱。"

秦延争不过，干脆闭嘴。

温茗吃完苹果，把门一关，就去洗手了。

秦延发现，她洗手总是很细致。洗手液会按两遍，每遍之后都认认真真地冲洗干净，像幼儿园里刚学会洗手的小朋友，带着一种神圣的仪式感，这与她说话时潦草轻佻的态度完全不一样。

"进去吧。"她一边对他说，一边低头查看自己的手指。她的手指很干净，没有留指甲，也没有做美甲。

秦延转身，进屋开了灯。温茗紧跟在他的身后，看到他的动作，略微惊讶。

文身室的吊灯开关位置隐蔽，而且那排有很多一模一样的按钮，连在一起，一般人就算看到过温茗开灯，也不可能一下子就找准位置。这个男人的观察能力，有多么敏锐！

那么，拥有这样敏锐观察力的男人，他到底是做什么的呢？

秦延走到文身床边，未等温茗开口，就把T恤脱了。那精壮健硕的身体，再次暴露在灯光下。

温茗感叹："你这是一回生两回熟啊！"

"早晚都得脱，为什么不能是现在？"

这句话、这语气，有点熟悉。温茗反应了几秒，当意识到他这是在学自己说话时，突然大笑起来。

略显狭小的空间里充斥着她的笑声，爽朗如风，还有她带笑的眼睛，明亮皎洁，像是两弯月亮悬在眉下。

秦延背过身去，问："还需要我做什么吗？"

"稍等。"温茗止住了笑，却止不住上扬的嘴角，"先消个毒。"

秦延别了一下头，看到她用灭菌器对文身机消毒，又是很仔细严谨的模样。她工作起来，与她笑时一样，让人着迷。他忍不住，又多看了几眼。

"看我干什么？"温茗抬眼，与他的目光对个正着，"你是在监督我的工作吗？"

秦延收回目光："我相信你是专业的。"

"专不专业不敢讲，但是你放心，我绝对会对我顾客的身体健康负责任。"她停顿了一下，"你也是我的顾客，所以我也会对你负责。"

秦延轻笑了一下。他对她，自然是放心的。

"你又笑了。"温茗深吸了口气，"你最近对我笑得有点多了，该不会是觉得对我笑一笑，我就会给你打折吧？"

"不是。"

"那是为什么……对了，你好像都没有问过我价格，你不怕我以霸王条款的标准向你收费吗？"

"这里就你一家店，不管你怎么收费，我都别无选择。"

第二章 类似爱情

"听起来挺无奈的。"她将文身机消完毒之后,绕到他面前,"不过你放心,让我开心的顾客,我都会给他们打折。"

"我不会哄人开心。"

"我不用你哄,你在我面前,就足以让我开心。"

秦延的手搭在文身床上,忽然很想去掏烟。他以前真的从不抽烟,甚至有点排斥,可是这短短的几天,就习惯了。人的意志,是那么薄弱的东西,所以遇到容易上瘾的,无论是什么,都该离得远远的。而秦延知道,温茗比烟更容易上瘾。

前期的消毒工作完成,温茗才坐下来,说:"第一次文身吧?"

"嗯。"

她在他背后发出轻微的笑声,手按着他的腰肌,说:"别紧张,我技术还行,不会把你弄得很疼。"

秦延无奈地轻咳了声。

温茗按着他的腰,又来回调整了几下角度,秦延不由得屏住了呼吸。她的手心很凉,即使戴了一次性塑胶手套,那种凉意也没有被阻挡。

"我先文线,你放自然点。"她捏了一下他的肩膀。

秦延更不自然了。

"别乱动,要开始了。"

随着她的话音落下,秦延感到后背的右下角一阵刺痛,好似被蜜蜂蜇了一口,那痛感随着她的动作,一点一点在他背上蔓延,让他清醒。

"感觉怎么样?疼吗?"中途,她停下来询问。

"不疼。"

她继续,时不时和他聊上几句。

"你挺耐疼的。"

"还行。"

"真让人省心。"她的手在他背上游走,"我经常遇到受不住疼嗷嗷乱叫的顾客。"

"你怎么办?"

"告诉他们,乱叫就加钱。"

"管用吗？"

"当然。"她有点小得意，"没有人会和钱过不去。"

秦延勾了一下唇，不过她没有看到。

屋里安静了一会儿，她又问："真不疼？"

"不疼。"

"是不是没什么能让你觉得疼的？"

"为什么这么问？"

"我觉得你像个钢铁人。"

"夸我？"

"是啊，夸你呢。"

"我当然会觉得疼。"说到"疼"字的时候，他的声音压了一压。

"什么时候？"

"就刚才那一下。"

温茗笑道："不好意思啊，手抖了一下。"

话题又停了。简短几句对话的工夫，秦延已经适应了这种疼痛，温茗也渐渐进入状态。

墙壁上贴了一面大镜子，透过镜子，他看到她专心致志、全情投入的模样，真像个艺术家。不过，文身本来就是一种艺术，只是它改变了艺术的载体和工具。而这种改变，从某种意义上来说，反而能让人更好地表达自己的情感和思想。

艺术是自由的，它没有高低贵贱之分。

"哎呀！"温茗突然叫了一声。

"怎么了？"秦延转头看她。

"我的头发掉下来了。"温茗甩了一下头，额前那缕碎发随着她的动作垂柳一样晃荡着，挡住了她的视线，"你帮我拨一下。"

秦延一愣。

"快点呀。"她凑到他跟前，又甩了一下头，"我自己动手的话，得浪费一个手套。"

毕竟这样很不卫生，头发上可能有细菌。为了防止感染，文身过程中的每一个细节，都值得多加注意。

秦延还在犹豫。

"你在考虑什么？"温茗忍不住揶揄，"就碰一下，又不会怀孕，我也不会就此赖上你的。"

话都说到这份儿上了，秦延再不帮忙也说不过去。他扬手，用两根手指小心翼翼地夹住温茗那簇头发，往后轻轻一拨，扣到了她的耳后。这看似简单的一下，却让秦延花了大力气，可头发不争气，他一松手，就又落了下来。发梢拂过他的手背，那丝微痒像是挑衅。秦延伏过身去，又试了一下，还是不行，他有点急躁，甚至没有意识到，自己和温茗的距离已经近到连呼吸都纠缠在了一起。

温茗想笑，但却极力忍着。

"怎么办？"秦延问她。

"什么怎么办？"

"你的头发不老实。"

"哦，它可能随我吧。"

秦延无语。

温茗下巴一抬，说："看到那个柜子上的小夹子了吗？拿过来，帮我夹上。"

秦延顺着她的视线看过去。果然，柜子上有一排小夹子，蓝的、绿的、粉的、黄的，颜色丰富，很可爱，一点都不像是温茗会买的东西。

"之前的一个小顾客落下的。"温茗好似看穿了他的想法，解释道，"我给她打电话，让她来取，她说送我了。"

秦延把夹子拿过来，放在手心里端详了几秒。

"是不是觉得我这个年龄不适合用这些东西了？"

"没有，你看着挺小的。"

"真的吗？"温茗兴奋，"那你看我像几岁？"

"十八。"

真是好敷衍的一个答案。

秦延摘了个粉色夹子，一手将她的头发固定到耳后，一手打开夹子，按上去。尽管他看上去已经很小心了,但是温茗还是感觉到头皮上一阵疼痛。

真是个大老粗。

"好了,行不行?"秦延问。

温茗来回摇了摇头,虽然过程不太美丽,但结果还是好的,她的头发被彻底固定住了。

"行。"她说。

秦延"嗯"了一声,转过身去的时候,又往镜子里看了她一眼。

温茗皮肤白,特别适合粉色。侧影映在镜面里,远远一看,就像是戴了一朵粉色的小花,浑身都洋溢着青春的气息。

秦延想,她是适合这些东西的,一切美好的东西。

一个早上很快就过去了。虽然秦延不太懂文身,但是他能感觉到,温茗的工作效率很高。背上都是麻麻的刺痛感,但并不难忍。反倒是温茗,因为长时间保持一个姿势,肩胛骨僵硬酸涩。她打电话叫外卖,点餐的时候,一直揉按着脖子。秦延看着她,两人的目光在镜面里撞上。

"想说什么?"她问。

"干这一行很累吧?"

"又关心我?"

"别见缝插针。"

"谁?我吗?"她明知故问。

秦延没作声,一副"除了你还有谁"的神情。

温茗把手机放在一边,摘了一次性手套,丢进垃圾桶,用脚勾了一下椅子,坐到他对面,开始抽烟。

"这年头,没有一行是轻松的。"她吹出一口轻烟。

秦延想了想,她说得很对。

"行行都有难念的经,做文身师虽然辛苦,但至少不用冲锋陷阵,也没有什么危险,比起很多职业,这两点就是幸福。"

秦延点头。

"你这是认同我的说法吗?"

第二章 类似爱情

"是。"她的三观挺正的。

"那你是做什么的？危险吗？"她突然问。

这个问题，他记得她问过，而他也曾拒绝回答。可是这会儿，这样的气氛下，她再次问及，他竟觉得无法再次隐瞒。

温茗夹烟的手指垂落在椅子边，袅袅散开的烟雾好似流逝的时间。

"还是不能告诉我，对吗？"温茗自嘲一笑，"我看起来那么不值得信任？"

"我不是这个意思。"

"你总说你不是这个意思，却从不告诉我你到底是什么意思。"

秦延垂了一下眸。

温茗凑过来，盯着他小腹的疤："那么，你能告诉我，这条疤是怎么来的吗？"

秦延下意识抬手一按，按住了那条疤痕。

"怎么？这也是秘密？"

"不是秘密。"秦延的手松了松，指腹摁着疤尾，又摩挲几下。

"那是怎么？害羞了？"

秦延把手放下，目光挪向别处："我这条疤是割阑尾留下的。"

"我怎么觉得不像？"

"你割过？"

"没有。"

"那不就好了。"

难得，也有温茗接不上话的时候。秦延笑了笑，觉得有点饿了。他想起她刚才叫的外卖，顺势扯开话题："你这里还管饭？"

"不管。"温茗掐了烟，看了看表，"你要我管饭也可以，反正羊毛出在羊身上，我可以加到你的费用里。"

"好。"

外卖准点送来了，温茗开门去拿。

"老板娘，平时无辣不欢，今天怎么这么奇怪，都不让加辣？"外卖小哥的声音传进来。

"有人吃不了辣。"

"谁啊？"

"要和你交代？"

"哈哈哈，不是不是……"

一阵笑声过后，门关上了。

外卖很清淡，温茗吃得不多，但秦延吃得很饱。午饭过后，她又去洗了一遍手，没怎么休息，就开始继续文身。

夏日的午后，最容易昏沉瞌睡，但温茗的状态却并未受影响，她安静而专注地工作，没什么多余的话，只是在将近两点的时候，让秦延帮忙打开了窗台上的收音机。

窗外，大叶女贞在阳光下绿得发亮，枝叶在风中发出"刷刷"的微响。收音机里，一个男人正用充满磁性的嗓音低沉地歌唱。

"我在二环路的里边，想着你。你在远方的山上，春风十里。今天的风吹向你，下了雨。我说所有的酒，都不如你……"

歌声把人的思绪都带远了，秦延有点晃神。他不知道温茗是什么感觉。或许，这对她来说只是一个寻常的工作日，但对于他来说，这次的文身经历比他想象中美好太多。他一辈子都不会忘掉这样一个慵懒的午后，这样一个专注的女人。

临近傍晚，又下了一场雷雨。雷声轰鸣，雨势磅礴，但小小的文身室里，一切依然平静，好像窗外的风吹雨打是另一个世界的事情。

雨止的时候，温茗也停下了手里的动作。

"好了吗？"秦延问。

"没有。"温茗伸了个懒腰，"刚刚上完色，晚上还得做一下阴暗处理，不然图案没有立体感。"

秦延似懂非懂地点一下头。一整个下午，温茗话不多，但是文身到了哪一个阶段，她都会告诉他。作为女人，她太能撩拨男人的心了，而作为文身师，她很让人安心。

吃过晚饭，工作继续。

秦延其实很想问一问温茗，问她累不累，但他又觉得，她有自己的节奏和步调，用不着他干涉。

晚上十点二十分，终于结束。温茗摘下手套的时候，打了个哈欠。

"这个图案有点复杂，而且面积很大，加班也只能完成一半。等过一周，恢复得差不多了，你来找我，我再给你文上另一半。"

"好。"

"今晚不能洗澡。"

"好。"

"不洗澡你女朋友会嫌弃你吧？"她看着他，情绪不明，"无论如何，今晚不能剧烈运动。"

秦延不再说"好"。

"听到了吗？"

"我走了，再见。"秦延拿起自己的衣服。他背上糊了一层保鲜膜，动作有点僵硬。

"秦延。"她又叫他。

秦延转头。明亮的灯光下，她正对着他笑，那笑容有点疲惫，但仍然不失生动。

"晚安。"她说。

秦延走后，温茗锁了门，又抽了根烟，才有力气上楼洗澡。

她已经很久没有这样，连续工作十几个小时不休息。换了一般顾客，她一定会拒绝，可是秦延，她拒绝不了。

尤其，她能感觉到他的迫切。虽然不知道他是个什么样的人，也不知道这个文身对他的意义和作用，但就是想帮他。哪怕他骗她，说他有女朋友，那么蹩脚又刻意。

温茗洗完澡之后又把衣服洗了，等收拾好上床，已经是后半夜，可她仍然没有睡意。她知道，秦延今晚一定也睡不好。她摸到床头柜上的手机，给他发了条短信。

"记着，要趴着睡。"

发出去很久都没有收到回复。等待的间隙，她不知不觉也起了睡意。迷迷迷糊糊，这一觉睡沉过去，竟然到了隔日下午才醒。

温茗醒来的第一件事就是去看手机，可是手机里依旧没有秦延的回复。失落感瞬间浓重起来。

这算什么？河都还没过呢，就开始拆桥了？

起床之后，温茗去了趟超市。家里的冰箱已经空了，什么吃的都没有，连之前买的那一箱苹果也吃完了。每天叫外卖，也不是办法。

不是周末，超市却意外的热闹。货架后面，不少人坐着玩手机，估计就是来蹭空调的。

除了蔬菜和水果，温茗还特意去采购了一些泡面。虽然吃泡面并不健康，但有时候的确是方便之选。温茗口味偏重，平时泡面都是挑辣味的，可今天，她选完之后，觉得应该再挑几包不辣的，以备不时之需。

她打算折回去，在货架旁转身时，推车一甩，正好撞到身后跟上来的人。

"啊，不好意思。"她道歉。

被温茗撞上的男人留着胡子，眼神略凶。她没在意，拿完面之后，就去排队结账。哪知，走出超市，那个糙胡子男人又跟在了她的身后。虽然保持着距离，也不是鬼鬼祟祟的模样，但终究怪异。

温茗不由得警觉起来。

超市到文身店的距离并不远，但温茗为了甩掉那个可疑的男人，特地打车绕了一圈远路。好在，那个糙胡子男人在她上车之后，就没有再跟着她了。她想，或许是她太神经质了。

等温茗回家，天已经黑了。

塑料袋里的蔬菜经过一番折腾，耷拉着脑袋，毫无生气。她想了想，最终还是选择了泡面。热水现有，泡面一点都不费事，但煮菜就太费事了。

没一会儿，空气里就飘起了辛辣的味道，温茗坐在方桌前，看着马路上的霓虹，不知为何，又想起了秦延，心里莫名踏实。

她忽然很想给他打个电话。

温茗从来都是想做什么就做什么的性子，既然昨晚短信已经发了，也不需要再装什么矜持。她把手机拿过来。响了两声，就被接起。他那头意外的嘈杂，温茗"喂"了好几声，才听到他的声音传过来。

"有事吗?"他压着声音。

"也没事,就是问问,昨天文身的部位有什么不适感吗?"

"没有。"他答得干脆。

温茗把泡面盒上的叉子拔下来,抵在唇边,想了想,问:"我给你发的短信收到了吗?"

"收到了,谢谢提醒。"依然干脆。

"收到了,为什么不回?"

那头沉默了几秒:"温老板,你的售后一直这么好吗?"

温茗哑然,恍惚间,似乎听到那边有女人的声音。她的心一个咯噔:"你在哪儿呢?"

秦延还没有回答,屋里忽而"刺"的一声,温茗看到窗前有团影子闪过,紧接着,眼前一片漆黑。

"啊!"温茗下意识地叫了一声,站起来时不小心撞到了桌角,手机一下掉在地上。她摸黑走到窗边,想看看外面是不是有人。那团黑影又跳了过来。

"喵!"原来只是一只野猫。

温茗松了一口气。她不是胆小的人,但今天从超市回来之后,一直疑神疑鬼的,心里总觉得不踏实。她蹲下去把手机捡起来,屏幕还亮着,手机并未摔坏,但是通话已经断了,应该是秦延把电话挂了。

她轻哼了声,把手机里的手电筒功能打开,屋里这才有了光亮。

隔壁商店的灯都亮着,应该不是断电,可能只是跳闸了而已。她这里经常跳闸,她早已经习惯了。

电闸在二楼,温茗拿着手机照路,正准备上楼,忽然听到一阵猛烈的拍门声。她心头一紧,下意识将仅有的手电筒的光也按掉了,制造一种无人的假象。

夜很安静,门外的人将门捶得又凶又急,温茗不敢出声,她脑海里不断回闪的,是今日在超市碰到的那个男人的眼神。

"有人吗?"门外的人喊。意外的,竟是秦延的声音。温茗一怔。

"温茗!在不在?"他的声音一如既往地充满磁性,甚至因为多了一丝焦急，变得温情，"温茗！温茗！"

黑暗里，她的嘴角慢慢扬起来。

"温茗！"秦延开始撞门。

"我在！"温茗赶紧出声制止，她可不希望自己明天还得找人来修门。

秦延听到她的声音，停下了动作，温茗顺势把门打开。门外一阵凉风拂进来，她眨眨眼，看着眼前的男人。他站在门廊下，披着月光，一身的清明皎洁，只是眼神有点凌厉。

"没事为什么不出声？"

"你这么担心我呀？"温茗笑，"担心我在里面被人挟持吗？你放心，如果我被人挟持，一定会叫你救我的。"

"被挟持的时候叫救命，歹徒还会留着你的命让我来救？"

"那我该怎么办？"她凑到他眼前，"要不我们来对个暗号吧。如果我被人挟持，我不叫救命，我说反话让你滚，好不好？等等，这个好像不太好，如果我被人挟持……"

"你能不能念自己点儿好？"秦延打断她。

温茗一拍脑门："也是，都被你绕进去了！我怎么会被人挟持呢？"

秦延无语，到底是谁绕谁？

秦延往里看了一眼，看到一屋子的漆黑，不禁皱了下眉头："刚才怎么回事？"

温茗想起自己那一声惊叫，顿时明白了他会出现在这里的原因。她眼波一转，刻意将声音放软，故意道："突然停电了，我有点害怕。"

秦延快速往边上扫了一眼，做出判断："周围都有电，应该不是停电。"他作势要进屋，温茗让了让，擦身而过的时候，两人的手撞在一起，温茗顺势一把挽住了秦延的胳膊。

他的胳膊，结实有力。

秦延看了她一眼。

"我怕。"她软糯糯的，整个人贴上来，改而抱住了这只胳膊。温茗自己都不知道，她的演技可以这样好。

秦延信以为真，拨了下她的肩膀，稍稍拉开两人的距离，但是并没有推开她。

屋里凝着一股辛辣的泡面味。

"电闸在哪儿？"秦延开了自己手机的手电筒，往屋里照了一圈。

"楼上。"

"可能是跳闸了。"

"跳闸？跳闸该怎么办？"

"我上去检查一下电闸，方便吗？"

"方便。"

当然方便。

秦延转了身，温茗跟在他的身后，紧紧握着他的手腕。

两人的脚步声交错在楼道里。越往上，泡面的味道越淡，而女子闺房的馨香越浓。秦延不由得放慢了脚步。身后的人不知何时又贴了上来，他们离得很近，近到他一转头，或许就能将她吻住。

"温老板。"他想提醒她别靠得太近。

"你叫我什么？"

"温老板。"

"不，我是说，你刚才在门外，叫我什么？"

秦延微微挣了一下她的手。

"你刚才叫我的名字了。"温茗在黑暗里微微一笑，"以后，你就直接叫我的名字，我喜欢你叫我的名字。"

秦延没回应，只是问："电闸在哪个位置？"

温茗松开了他，抬手一指："阳台上。"

秦延顺着她指的方向，穿过卧室，推开玻璃门，很快找到了电闸。他一手举着手机，一手掀开电闸上的塑料盖子。温茗看着他仔细检查的模样，也没出声告诉他，自己知道是怎么回事。

在男人面前，女人适当地示弱，能得到更多的保护。她享受这种感觉。

"是跳闸了。"秦延说着，按了一下复位按钮，重新将电闸开关推了上去。瞬时，空调发出"嘀"的一声，楼下的灯重新亮了起来。

"好了！"温茗故作惊喜，两眼放光地看着秦延。

"重负荷和漏电都可能引起跳闸，最近家里的电器使用的时候注意一点，看看有什么异样。"

温茗想了想，问："空调你会修吗？"

秦延挺无语。她是把他当成万能的修电工了吗？

"我的空调半夜总会自动关机。"

"找专业修理空调的师傅来检查一下，我不是很懂。"

"检查过了，他说内机外机都没有毛病。"

秦延揉着太阳穴，四下望了望，看到空调外机就在阳台的另一边，外机边上堆了很多东西。他径直朝外机走过去，可因为视线不佳，刚走了几步，脑门就撞到了什么。

晾衣架发出"吱呀"一声，秦延停了下来。

温茗转身，把二楼和阳台上的灯都打开了。光影下，她晾在阳台上的内衣正在来回晃动。他一抬眸，扫到眼前的小东西，立马挪开了目光。

温茗憋着笑，坦然自若地走到他前面，将悬在她头顶的浅色蕾丝内衣和同款式的内裤扯下来，倚着玻璃门往里一扔，扔在了自己床上。

"不好意思，忘收了。"她转头对秦延说。

秦延无视她带笑的眼神，弯着腰避开晾衣架，走到空调外机前。

"这些纸盒子有用吗？"他随手拎起一个，往里看了一眼，纸盒子里面还是纸盒子，几乎都是平时拆快递留下的。

"没用。"

"没用就丢了。"秦延一脚踩下去，几个纸盒子都被他踩扁了，踢到一旁。

温茗看着他。

他解释说："外机周围有阻挡，通风不良，也可能造成保护停机。"

"你不是挺懂的吗？"

"这是常识。"

"你在暗示我无知？"

他没否认，只是蹲下去将他刚才踩扁的纸盒子都叠在一起，抱起来往楼下走。温茗连忙跟上。她的房间亮着灯，可他经过的时候，目不斜视，丝毫没有兴趣的样子。

楼下，泡面的味道依然很浓烈，甚至没有了香，只剩下了辣。

秦延帮她把纸盒子都丢到门外的垃圾桶里，拍拍手，折回来说："我先走了，再见。"

"哎，等下！"

"嗯？"

"谢谢你啊，今晚帮我解决了很多麻烦。"

"不客气，只是礼尚往来罢了。"毕竟，她也帮他解决了大麻烦。

"不坐会儿再走吗？我可以帮你检查一下后背的恢复情况。"温茗想留住他。留不住，多说几句话也是好的。

"不用了，我还有事。"他说罢，转身就走。

温茗站在原地，看着他的背影，不知为何，总觉得他还有话对她说。

果然，秦延走了几步又停下，回头对她说："少吃泡面，对身体不好。"

温茗笑了，拉长语调，乖乖地应了声："哦。"

秦延快步上了车，温茗这才意识到，他今天开的不是之前那辆重型机车，而是一辆轿车。

车子启动，娴熟地转了个弯儿就开远了，车尾的灯光在温茗眼底一点点暗下去。她觉得，她又开始想他了，明明刚说完再见。

温茗回屋就把泡面扔了，但她还是不想做饭，正愁吃什么的时候，董凌凌的电话过来了。董凌凌找她，除了打麻将，永远不会有第二件事。

她直截了当地问："有吃的吗？有吃的我就来。"

董凌凌说："你过来，跟我们凑一桌，我让老沈给你做你爱吃的煲仔饭。"

老沈是董凌凌特地招来给棋牌室员工做饭的大伯，手艺超群，拿手的菜系很多，温茗最喜欢的就是他做的煲仔饭。

架不住诱惑，她最终还是奔着棋牌室去了。棋牌室最近生意都还不错的样子，门口停了很多车。温茗一进屋，就看到董凌凌叉着腰，正在训人，脾气火爆。前台小妹对她使了个眼色求救，温茗耸耸肩，表示爱莫能助。

老沈的煲仔饭已经做好了，温茗一边听着董凌凌骂人，一边吃饭，丝毫没有被影响胃口。董凌凌约来打麻将的另外两个姑娘就坐在温茗对面，她们要减肥，晚上只吃水果。

"董姐今天是不是心情不好啊？"说话的是小庄，董凌凌的学妹。比起失婚的董凌凌，她的人生看起来圆满很多，刚刚嫁了个大老板，要风得风，要雨得雨。

"她这点脾气，你还没摸透吗？如果心情好，能把我们都叫来？"分析的是元眉，写字楼里的高级白领，大龄未嫁，每天都在等着自己的白马王子突然降临。

"你说得也对，不过她为什么心情不好啊？"

元眉摇摇头："我哪儿知道？"

小庄看向温茗："茗，你知道吗？"

温茗正吃到兴头上，忽然被叫到名字，来不及擦嘴，就抬起头来说："不知道。不过还能为什么，肯定是去相亲又被嫌弃有婚史呗！"

董凌凌的个性，温茗太了解了。她这辈子都过得傲睨自若、宠辱不惊，唯一能戳到她爆点的，就是那场因为瞎眼嫁给渣男而失败的婚姻。

本来也没什么，自己做错了选择，自己承担结果就罢了。但是这个世界戴着有色眼镜的人太多了，董凌凌因为这段离婚经历，在相亲时不知被人戳了多少次脊梁骨，好像失婚女人就没有权利再追求自己的幸福一样。

所以，她真正不满的是这种莫名其妙的歧视。

"她又去相亲啦？"小庄抓不到重点。

温茗翻搅着面前的米饭，忽然觉得没胃口。

棋牌室门口停下一辆法拉利，元眉看了一眼，目光就直了。

车上下来的男人有点眼熟，不过温茗已经记不清了。男人推门进来，原本正发火的董凌凌一见到他，立马换上笑脸，叫了声"霍少"。温茗这才想起来，他就是那天在这里碰到的富二代。

霍一北进门就盯着温茗看。温茗手里握着饭勺，对他突如其来的注目礼还没有反应过来。霍一北笑了。他这一笑，把所有人都笑蒙了，包括董凌凌。

"霍少，你这是笑什么呢？"

霍一北没理会，径直朝温茗走过来。温茗眯了下眼，霍一北用胳膊支着桌面，凑到她的眼前。

"你想干什么？"温茗问。

霍一北置若罔闻，直接伸手朝她唇角探过来。

温茗一把将他的手截住："我问你，你想干什么？"她提高了声调，怒意明显。

董凌凌吓了一跳，赶紧跑过来，想打圆场，但是霍一北手一抬，将她拦在了身后。温茗冷着脸，霍一北却和颜悦色，显得很有耐心。他把自己的手机拿出来，打开拍照功能，调到自拍模式，然后将屏幕对准了温茗。

温茗扫了一眼，看到屏幕上的自己，唇角黏着一颗白白的饭粒。她一愣，随之冷笑了一下，并未露出霍一北期待中的窘迫神情，反而慢条斯理的，一舔舌，就把唇角的饭粒勾走了。

这样，都是风情万种的。

霍一北脸上的笑意更深了："一般女人在我面前摆出这种姿态，我都会觉得她是故意的，但你……"

"我怎么了？"

"你是吗？"

"是个鬼！"温茗把饭勺撂进碗里，没好气地说，"麻烦让开，你影响我食欲了。"

董凌凌见状，实在忍不住了，她一把揽住霍一北的胳膊，劝道："霍少，你可千万别生气啊。这人就是这个狗脾气，你大人大量，别和她一般计较。"

霍一北不以为意，他朝温茗友好地伸出手："认识一下吧，我是霍一北。"

"柏香霍氏的太子爷？"元眉惊叫。

霍一北有点得意。

温茗又想翻白眼了，可是董凌凌正站在霍一北的身后瞪着她，还对她比了一个抹脖子的动作，示意她别乱来。

"温茗。"她妥协，握了下霍一北的手，很快松开，"刚才谢谢提醒。"

"不客气。"霍一北笑了笑，解释道，"我没有恶意，只是刚才那一瞬间，觉得你很可爱而已。"

"我也没有恶意,只是刚才一瞬间,觉得你很轻浮而已。"

霍一北没计较,董凌凌先崩溃了,她赶紧拉了拉霍一北,说:"霍少,你的朋友都在楼上等你呢,赶紧上去吧。"

温茗低头继续扒饭。

霍一北应了声好,又凑过去,对温茗说:"下次见。"

温茗没出声。

董凌凌带着霍一北上楼了,小庄和元眉还蒙着。前台小妹冲过来,一脸八卦地对温茗说:"茗姐,我告诉你,这个富二代十有八九对你有意思。上次在这里见过你一回之后,他每晚都来我们棋牌室。"

"所以呢,说明什么?"

"比我们高级的棋牌室多了去了,他这不是摆明了来偶遇你的嘛。而且啊,他还和我打听过你呢。"

"你说什么了吗?"温茗问。

"我哪敢乱说啊!我就和他说,你是老板的朋友,不怎么熟,其他一概没说。"

"聪明。"

前台小妹得了温茗的夸奖,笑嘻嘻的。

元眉不怎么买账:"这个霍少不是挺好的嘛!又帅又有钱,你不喜欢吗?"

"又帅又有钱,我就得喜欢?"

元眉撇了下嘴。小庄这次倒是挺敏感,她笑着对温茗挤挤眼:"茗,听你这口气,好像有情况啊。怎么的,有喜欢的男人了?"

"是啊。"温茗坦荡荡的。

"哟,真是好奇,能让你喜欢的男人会是什么样?"

三个女人凑到温茗面前,等着她回答。温茗拨开手边已经凉掉的煲仔饭,望着窗外那一排迷离的霓虹,出了一小会儿的神。

"说呀!怎么还卖起关子来了?"小庄催促着。

"他是个……把死神背在身上的男人。"

"什么?"

小庄她们都没有听懂,温茗也不打算解释。

董凌凌正从二楼下来,听到她们的对话,不由得提醒:"你啊,有我这个前车之鉴摆在眼前,就得吸取教训。挑男人,可千万得擦亮眼睛,别找那些不三不四的渣男。"

小庄和元眉都笑了。温茗也扬了下唇角:"我知道。"

"你知道?你知道个鬼!全世界最好骗的,就是你这种女人了。"

"我什么女人啊?"

董凌凌走到她身边,揽了一下她的肩膀,说:"你这种女人啊,平时没人对你好,看似刚强得要命,女汉子人设,但其实呢,特别柔弱,别人随便给你点温情,你就能动心。"

温茗笑而不语,心底却因为董凌凌的话狠狠一颤。

可不,她就是这样的女人。

她为什么会对秦延有好感?秦延不仅没有对她示过好,甚至多数时候都是冷淡的,可她偏偏沉溺在他偶尔的温情里。他在戒毒所的相救,他把唯一一个头盔让给她时的那点侠义,他的克己,他的神秘……她统统都喜欢。

可她对秦延了解多少呢?他对她又是否有那么一点动心?

窗外月色寂寥,忽然沉进心里。

麻将散场,已是午夜。

这个时间,要是换了柏香市的其他路段,应该已经没什么人了,可是瑞口街仍然很热闹。尤其是棋牌室对面的酒吧,除了歌声嘹亮之外,欢声笑语也不断传出来。

温茗走到马路边,正要伸手拦车,忽然又看到了秦延刚刚开到她文身店的那辆轿车。

他也在这附近?

温茗正想着,一转头,就看到酒吧门口,秦延架着一个穿着很性感的女人走出来。他身旁还跟了一个女人,穿着破洞的牛仔裤,染了一头的奶奶灰。

那位穿着性感的女人似乎喝醉了,走路摇摇晃晃的,重心全在秦延身上。她边走边骂嚷着什么,声泪俱下。秦延沉着一张脸,面无表情,不附和，也不劝慰。

温茗退到大树后面，他们并未看见她。

走到车边时，秦延掏钥匙给车解了锁，把醉酒的女人塞进车里。动作不温柔，但看得出来，已是小心翼翼。

"那里！"

随着一声叫喊，酒吧里忽然冲出四五个拎着棍子的男人。他们清一色穿着酒吧的工作服，快速朝秦延包抄过来。

温茗的心一紧。她紧盯着秦延。

这时候，秦延只要快速上车离开，就可以避免冲突，但他看到那些人之后，不仅没有离开，反而停下了开门的动作，转身斜倚在车身上，掏出烟盒，慢条斯理地给自己点了支烟。

路灯的清辉落了他一身，袅袅的烟雾在他指尖奔腾，温茗看着他，不知为何，忽然想起《古惑仔》里的陈浩南。

为首的男人冲到秦延面前，棍子还没来得及挥过去，就被秦延一把扭住胳膊，摔在了车身上。

秦延吐了嘴里的烟头，抬脚碾灭，随手从裤兜里掏出什么，拍在引擎盖上，转而摁着那个男人看了一眼，又在他耳边低语了什么。

男人的气势顿时软了。

温茗想看清楚引擎盖上的东西，但秦延很快就收了回去。隐隐约约间，她只瞧见了个轮廓。

那好像……是把枪。温茗呼吸一滞。

那厢，秦延已经松开手里的男人，棍子被他折断了丢出去，正好砸在众人面前。那些人吓到集体往后退了一步，大气都不敢出。

秦延冷冷扫了他们一眼，上车离开。

温茗站在树干之后，看着秦延的车远去，久久不能回神。她胸腔里的心，从未跳得这样快过，就好像刚才和秦延差点打起来的人，是她。

她拦了一辆出租车。上车的时候，才发现自己腿有点抖。司机问她去哪儿，她沉了一口气，镇定下来，报了地址。

夜深了,车子驶出瑞口街之后,一路安静。司机晚班疲乏,懒得和她搭话,温茗正好望着窗外的景致出神。

秦延到底是什么人?

那个去过一次再也不想去第二次的戒毒所,那个恐怖的文身图案,那把来历不明的枪……

他,到底是正是邪?是善是恶?

司机不识路,兜兜转转开错了地方,温茗心不在焉,也没发现,等回到家时,已经是凌晨一点。她很困了,但没有直接上楼,而是开了文身室的灯,进去坐了坐。

这两天店里没有生意,秦延是用过这文身室的最后一个客人。

文身册子放在一旁的柜子上,温茗拿过来,翻到了最后一页。最后一页,是秦延的文身手稿。在这样静谧无声的午夜,这个骷髅显得更摄人了。

死神。

温茗想起,那日师傅韦书林找出这个文身图案时,那略微沉重的表情。他说:"这不是一般的文身,只有亡命之徒才会将它背在身上。"

她当时对"亡命之徒"这四个字没有多大的感觉,甚至认为是韦老夸大其词,可是此刻却忽然觉得害怕。恐惧,从心底滋生出来。

当天晚上,温茗没有睡。她在网上反复查阅关于这个文身的资料直到天亮,但没有结果。

之后两天,她一直被一种莫名的情绪笼罩,大门不出,二门不迈,就躲在空调房里避暑。她还是很想秦延,换内衣时想,走到阳台时想,看到空调外机也会想,但她没有联系他。

当然,秦延也不会主动联系她。

直到第三天,温茗的冰箱空了。她没法子,只得在一大早出门,赶在太阳毒辣之前,去一趟菜市场,那里的蔬菜比超市新鲜。

温茗采购了将近一星期的食材,回来时拎着大包小包。穿过街口时,她碰到了那群戴着小黄帽的小学生。今天,他们唱的儿歌是《数鸭子》。

孩子们一个个都兴致高昂,尤其是队列中背着格子书包的小男生,他抬头挺胸,走路带风,有种别于其他孩子的气势。这种气势,让温茗想起了秦延。她不禁多看了那个孩子几眼。忽然,她认出来,这不就是那天秦延扛着跑的小男孩嘛!

《数鸭子》唱完了,孩子们开始两两结对地聊天,唯有那个小男孩,一个人默默的,不再说话。

"嘿!"温茗与那个小男孩打招呼。

小男孩目不斜视,根本没有注意到温茗是与他说话。

温茗不死心,走近他,抬手拍了下他的肩膀:"嘿,小帅哥,我和你说话呢。"

小男孩扭头,一脸警觉地看着她,没作声。

温茗笑了:"你这么酷,是像谁呀?"

小男孩不理她,继续往前走,脚步更快了点。当然,再快也快不过温茗这个大人。

温茗与他肩并着肩走,认真思索着怎么搭讪才会让孩子有兴趣理她。她知道,这个孩子一定和秦延有着千丝万缕的联系,不然,秦延不会扛着他过马路,也不会用那样深沉的眼神远远望着他。或许,一直困扰她的问题,她能从孩子身上得到答案。

"小帅哥,美女和你说话呢,你都不理吗?"

"你知道什么是绅士风度吗?"

"你这样拽,将来会交不到女朋友的。"

"你真的不理我吗?我兜里有好吃的哟。"

"糖糖喜欢吗?"

温茗恨不能把自己的心掏出来给这小屁孩了,可是孩子全程冷漠脸,完全不把温茗放在眼里。估计这孩子的爹妈从他在襁褓里时,就开始给他灌输"不要和陌生人说话"的观念,这才让他养成了如此坚不可摧的防御能力。

温茗与他们一起穿过分岔路口,又与他们一起等红绿灯、过马路。她无论找什么话题,说什么笑话,搬出什么卡通人物,都无法与孩子拉近距离。

这性子,简直就是缩小版的秦延——这个念头在温茗脑海闪过时,她忽然怔住了。

难道……温茗赶忙绕到孩子面前,盯着他的脸仔仔细细地打量了一遍,确定他的五官没有一点像秦延，她才微微放了心。

"喂，小子！你认识秦延吗？"她忍不住问出来。

孩子突然转头，有了反应。

"认识吗？"温茗追问。

"你再跟着我，我就找人报警了！"

报警？温茗一蹙眉："干吗这么生气？我就随便问问，不认识就不认识呗。"

小男孩眼里有种类似大人的沉着，说："那你别再跟着我了。"然后继续往前。

温茗不放弃，仍旧跟着。孩子瞥她一眼，忽然一溜烟往前跑出了队伍。温茗心一紧，她怕孩子会有危险，伸手去拦，可是没拦住。

"秦延叔叔！"

随着一声叫唤，温茗看到葱翠的行道树下站了一个男人。他慢慢蹲下来，看着小男孩，眼神温柔宠溺，张开了双臂。

小男生奔进秦延怀里，紧紧搂住他的脖子。相较于刚才面对温茗时的淡定老成，这一刻，他才真正像个柔弱的、需要保护的孩子。温茗能感觉到，这小男孩对秦延是多么的信任和依赖。

秦延将他抱起来，单手轻轻一勾，毫不费力的样子。随着他的动作，小男孩的格子书包在晃动。

温茗走近他们。

刚刚还埋首在秦延肩膀上的小男孩，回头扫了温茗一眼，轻声对秦延说："秦延叔叔，这个阿姨一直跟着我，还一直和我说话，她好奇怪。"

"那你是怎么做的？"秦延问。

"我没有理她。"

"你做得很对。"秦延摸了摸小男孩的脑袋，"不要随便和陌生人说话，这个好习惯要保持。"

"好，你放心，我一直记着你和妈妈说的话呢。"

"乖。"秦延对小男生笑了笑，依然是那样温柔的眼神。

温茗忽然有点羡慕这个小男孩。

戴着小黄帽的队列从他们身边经过，儿歌嘹亮，这次唱的是《黑猫警长》。

"秦延叔叔，我得去上学了，不然会迟到的。"小男孩从秦延身上挣下来，自己跑进队伍里，又转身对秦延挥手，"我走了，再见。"

"再见。"秦延也对小男孩挥了挥手。

这整个过程中，他们两人竟像谁都没有看到温茗似的。温茗不太乐意，对他说："为什么不和孩子介绍一下？我不是什么怪阿姨，我是你的朋友。"

"不需要。"

"什么意思？"

"他不需要知道这么多。"

"可是这样，他会一直觉得我是坏人。"

"是啊，你为什么跟着他？"

温茗语塞。她该怎么告诉秦延，她跟着这个孩子，只是为了向孩子打听他是不是坏人。

"这孩子敏感，你下次别跟着他了，也别让他知道我们是朋友。"

"为什么？"

"我不希望他产生惯性思维。下次再有其他陌生人和他搭话时，他都会觉得那可能是我的朋友，这样对他不好。"

"这孩子是谁？"

"你不需要知道。"

"不会是你的私生子吧？"

秦延看了温茗一眼，表情严肃。

"我开玩笑的。"她说。

他的表情依然没有缓和。

温茗意识到，这个孩子对于秦延或许有特别的意义。可那是什么呢？不管是什么，她只在乎一点："秦延，连孩子都那么信你，你一定不是特别坏的人吧。"

刚才，那个小男孩扑到秦延怀里的一刹那，她看到了，这两人眼底都是一样纯粹干净的光芒。她豁然开朗——不管他是谁、在做什么，只要他还能露出那样的眼神，就说明他的心至少有个部分是温暖的。

"你说什么？"秦延一时没有理解温茗的意思。

"没什么。"短短几分钟之内,温茗已经说服了自己。既然知道无法从他嘴里得到答案,也无法控制自己不去想他,那么,就忘了所有,只记得刚才他把孩子抱进怀里时的那个瞬间吧。

秦延又看了温茗一眼。

温茗有意扯开话题。她一歪头把目光落在他的背上,问:"文身恢复得怎么样了?去我店里,我给你检查一下吧。"

"好。"他意外爽快。

两人并肩走在街上,早上的太阳虽热,但尚且还能忍受。

秦延看到她手里的袋子,主动伸手,说:"给我吧。"

温茗还没反应过来,袋子已转到他的手里。她松了松手掌,看到指间红红的勒痕,一时有些感慨。这么多年,她习惯了大事小事都自己来,从没想到,有人能帮忙提个袋子是这样幸福的事情。

到了文身店,温茗开了门,屋里比屋外凉爽很多。

秦延放下东西之后,就进了文身室。他总是很有分寸,时时都在有意无意地分划与温茗之间的界线。他知道,在这个文身店里,他该待的地方是哪里。

温茗自己喝了口水,也给他倒了一杯,但秦延没有喝。他脱下衣服,背对着温茗。

"这几天有什么感觉?"

"前些天有血星子渗出来,这两天有点发痒。"

"都是正常现象。"温茗戴起手套,仔细看了看他的伤口。

伤口已经开始结痂,她交代道:"觉得痒也不能抓,以免脱色。"

秦延点点头。

"另外,尽量穿宽松的衣服,洗澡的时候不要用力搓擦文身部位的皮肤,不要吃辛辣的食物,不要剧烈运动,也不要喝酒。"

"这些你都说过了。"秦延提醒她。

"我知道我说过了。"温茗把手套摘下来,往垃圾桶里一丢,"那你做到了吗?"

"听你的意思,像是在怪我没有做到?"

"别不承认。"温茗看着秦延,冷冷一笑,"有天晚上,我看到你从酒吧里出来。"

秦延把衣服拿起来,往头上一套,两条有力的胳膊穿过袖子,干净利落。

"去酒吧就一定是喝酒吗?"他问。

"谁说你喝酒了?"

"那你是指什么?"

"我是说剧烈运动。"

"嗯?"

"带两个女人一起回家……"温茗摩挲着自己的下巴,凑到秦延面前,"你吃得消吗?"

秦延轻哼了一声,意味不明。

眼前的女人媚眼如丝,忽然有了恼意:"秦延,真看不出来,还以为你是小白兔,没想到原来是大灰狼啊。"

她吐字时的呼吸扑扇在他脸上,像蝴蝶振翅,看似微弱无比,却在他身体里掀起了连锁反应。秦延手一抬,猛地一把按住了温茗的后颈,瞬时,两人的距离近到几乎脸贴着脸。

"你记着,没有男人会是小白兔。如果一个男人让你产生这种错觉,只能说明一点。"

"什么?"

"他对你,没兴趣。"

秦延松开了她,抽离得如同刚才贴过来时那样突然。温茗还未抑制住自己狂跳的心,就被一盆冷水迎头浇下。

"你的意思是,你对我没兴趣?"

"没有。"

"我不信。"

"信不信由你。"秦延很坚决。

文身室内有了剑拔弩张的味道。温茗沉了一口气,仍不死心。

"那你对什么类型的有兴趣?"她回想了下那天晚上看到的那两个女人,"性感的?还是时尚的?"

"总之不是你这个类型。"

"我什么类型？"

"既不性感，也不时尚。"

"秦延，你眼睛没毛病吧？"温茗站在原地，晃了晃自己的裙摆。那黑色柔软的裙摆，在她纤长白皙的大腿间晃荡，形成强烈的视觉冲击。

"我不性感？我不时尚？呸！我告诉你，女人不是穿得布料少就是性感，不是把头发染得五颜六色就是时尚，性感是气质，时尚是衣品……"温茗话音未落，秦延的手机响了。

他默默看了一眼屏幕上的号码，当着温茗的面接了起来。那头明显是个女人。温茗安静下来，屏息听着，可是什么都听不清楚。她只看到秦延的表情冷冷的，眸间暗沉，没有情绪。最后，挂断电话之前，他说："我马上过来。"说完就站起身。

"喂！"温茗张开双臂，拦住了他。

"让开。"

"你不会真的有女朋友吧？"

"让开！"

"你不说清楚，就不让你走。"温茗一脸破罐子破摔的表情，"有还是没有，给句痛快话！"

秦延拧了拧眉。

"说呀！"她气急败坏地捶了一下他的胸膛，却被秦延一把握住胳膊。他稍一用力，温茗就被扯到了他身后。这悬殊的力量对比，充分说明，她想拦他，根本没门。

秦延大步出去。温茗正失望，忽然听到他低沉的声音从门口传过来。

"没有。"

戒毒所门口。

秦延停了车，快步穿过岗亭。门口的警卫向他敬了个礼，他点点头。日头开始毒辣，他的T恤上黏着一层汗，快走到探视大厅的时候，迎面走来两个女人。染着奶奶灰发色的叫蒋婷，另一个是她姐姐蒋莹。

"秦延哥。"蒋婷对他招手。

秦延的脚步慢了下来，他盯着蒋莹，目光有点凌厉。蒋莹似乎也并不待见他，她一边扯着上衣的吊带，一边扭头故意望着别处。

"秦延哥，我姐已经见过木强哥了……"

"你就这么着急？"秦延猛地上前一步，几乎伸手掐住蒋莹的脖子，吓得她一屁股坐倒在地。

"秦延哥！"蒋婷扑过来，一把按住秦延的胳膊，"你别这样，冷静一点好不好？"

"别和他废话！"蒋莹站起来，掸了掸热裤上的灰尘，扫了秦延一眼，"我和关木强之间，根本不需要你多事。他都同意分手了，我还要过你这一关？你以为自己是谁？天王老子也没你这么多管闲事……"

"姐！"蒋婷打断蒋莹的话，"你也别这样……你忘了？秦延哥前两天还救过你呢！要不是他，你都被酒吧的人打死了。"

蒋莹冷哼了声："他救的不是我，是关木强的女朋友。现在我和关木强分手了，以后就桥归桥路归路，互不相干。我就算真的被人打死，也不劳烦秦大队长出手。"

秦延沉着脸，眸子里像在酝酿一场风暴。他冷静了几秒，放软声调："木强如今正在戒毒，是最需要人支持的时候。就算要分手，能不能等他把毒戒了再提？"

"我为什么要等？你知道女人的时间有多宝贵吗？这么多年，我和他在一起，我得到了什么？他给过我什么？现在，他还跑去吸毒！"

"他吸毒是有苦衷的！"

"他吸毒有苦衷，我去陪酒，就没有苦衷吗？有苦衷，又怎么样？在这个世界，不是每一个苦衷都会被人理解！我不想理解他的职业，也不想让自己的未来和他再有任何瓜葛。我求求你们，求求你们都放过我吧。"

"蒋莹……"

"秦延，你不用再劝我了。实话告诉你，现在有个很好很优秀的男人在追我，我打算和他在一起，你就当是我无情无义没有良心吧，我只是想让自己过得好一点。"蒋莹说完，转身就走。

太阳高悬，阳光如此毒辣，风里有槐花香，但香也是沉重的。秦延胸口闷闷的，像是挨了一拳，但是痛却无从诉说。五年的感情，对于一个常年行走在枪林弹雨里的战士而言，那就是往前走的光，是活下去的希望。

就在几天前，木强还跟他说："秦队，等我把毒戒了，就不干这一行了。我想找份安全稳定的工作，攒点钱，娶莹莹。"

"秦延哥，"蒋婷还站在秦延的面前，"你别生我姐姐的气。感情是两个人的事，我们外人无从知晓，也不好勉强。"

"我没想要勉强她。我只是希望她再给木强一点时间，至少，不是现在离开他。"

五年，就算不爱了，难道连一点情分都没有剩下吗？在这个时候，哪怕只是毫无交情的陌生人，伸手拉一把，很难吗？

"秦延哥。"

蒋婷感到秦延的无力，那是她从未在他身上看到过的情绪。一直以来，她认识的秦延都是无畏无惧无私的，他何曾这样，计较人情，却又失望透顶。她有点心疼，悄悄握住秦延的手掌，但很快被挣开了。

"你先回去。"他说。

"好吧。那你进去看看木强哥，我们有事再联络。"

秦延无声地点了下头。

两姐妹的身影，很快消失在秦延的视线里。他给自己点了支烟，还没抽一口，回头看到禁烟的标志，又默默掐灭，径直去了戒毒所的办公室。

"我想见一下关警官。"

年轻的警察小张站起来，答道："秦队，你来得不巧。关警官的女朋友刚来过，两人好像正闹不愉快呢。关警官心情不好，刚刚和我们交代了，说他这几天想静一静，不见任何人。"

秦延沉默片刻。

小张见状，以为秦延有事，立马又说："秦队，如果你非要见，我也可以再进去问问，没准……"

"算了。"秦延笑一下，"我也没什么事，就是顺道过来看看他，不用麻烦了。"

"好嘞！"小张没多想，拉开一张椅子，"秦队，来都来了，坐会儿再走吧。"

"不打扰了,我还要回局里处理点事,你们忙。"他想了想,又补一句,"关警官就劳烦你们多照看着点,有事随时联系我。"

"好嘞。秦队,你放心,我们一定会照看好关警官,让他早日从这里出去。"

"谢谢。"秦延走出两步,忽然从窗口看到探视大厅里坐着几个人。

他折回去,叫了一声:"小张。"

"哎?秦队还有什么指示?"

秦延朝探视大厅的方向抬了抬下巴:"今天温侯生又有人来探视?"

"是的,之前你不是知会过嘛,所以今天的探视申请,我也批了。"

"以后不需要特批了。"秦延的目光落在程佩左边的糙胡子男人身上,"今天来探视的是谁?"

"那是温侯生的母亲和弟弟。"

秦延眉头一蹙:弟弟?

秦延第二次文身的日子很快就到了。温茗提前一天发短信提醒他,让他不要忘记。破天荒的,他给了她回复,但也就简单的两个字:"收到。"

这是他的风格。他说话,好像一直都是这样简洁有力,就像那天他离开时说的那句"没有"。

呵,没有。他以为,这样承认自己没有女朋友就算了?

温茗想,有种就永远别栽在她手里,不然,她也绝对不会让他好过。

隔天,温茗依旧很早开了门。趁着秦延还没有来,她给自己洗了苹果,泡了麦片。最近这两天,早上都很凉快,她的食欲不错。麦片的奶香很醇,她刚舀了一口,就听到门口传来声响。

"来啦。"温茗笑着转头,但随之,笑意凝在了唇角。

进门的不是秦延,而是三个凶神恶煞的男人。温茗认出为首的那个糙胡子,就是在超市跟踪过她的男人。

"你们找谁?"温茗放下了手里的勺子,站起来,冷静地与他们平视。

"找温茗。"糙胡子连声音都是凶气十足的。

"找我什么事?"

"温侯生是你老子,没错吧?"

温茗心里一个"咯噔",随即了然,原来是温侯生招惹来的是非。

"对,我是温侯生的女儿,但是……"

"别但是了!只要是温侯生的女儿,接下来的事就好商量了。"糙胡子笑了一下,顿时显得额角的那道疤痕有点狰狞。

他抽走了温茗身边的凳子,往方桌前一坐,说:"你老子欠了我们很多钱,他说他还不上了,让我们来找你。"

"什么钱?"

"这你就别管了,总之……"

"买毒品的钱吧?"温茗打断糙胡子的话。

糙胡子眯了一下眼。他曲起手指,慢悠悠地敲打着桌面,语气不快:"妹妹,有些话,你我心知肚明就好了,何必说破呢?那多没意思啊,是不是?"

"我没钱。"温茗直截了当。

"没钱?"糙胡子扫了一圈温茗的文身店,"不能啊!你爸可说了,你自己开店当老板,还有一个很有钱的男朋友等着娶你过门。照他这么说,你应该是钱多得花不完才对,怎么到你这儿,就变成没钱了呢……你们两个,到底是谁在说谎啊?"

"我们没人说谎。我爸不了解情况,他说的那个有钱男人,我们早就分手了,我没从他身上拿到一分钱。另外,我自己开店当老板没错,但是开店容易守店难,我这文身店的收入,交个房租之后,勉强够生活开支。你让我孝敬孝敬老爸,买包烟的钱有,但买毒品的钱,不好意思,真没有。"

"哎呀妹妹,你这人怎么这么轴呢?张口闭口都是毒品,多难听啊!"糙胡子不悦。

"的确很难听,也很耻辱,但不照样有人在吸,照样有人在卖吗?"温茗把"卖"字咬得很重,说话的时候,目光如炬,让人难以直视。

糙胡子自然能听出她的嘲讽,手掌一展,猛地掀了桌子。盛着麦片的杯子沿着桌面滑下,"啪"的一声,一室奶香,一地狼藉。

"哼!听你这意思,是不想还钱了?"

"我没欠你钱。"

"父债女还,是不是你欠的都一样!"糙胡子说着,扬手对身后的两个大汉做出指示,"关起门来给我搜!不管是现金还是值钱的东西,都给我带走!"

那两人得令,快速把门关上,开始楼上楼下翻箱倒柜地搜东西。

"你们这算私闯民宅,算抢劫!我可以报警的!"温茗冲过去,还未拦住人,就先被糙胡子推倒了。

"还想报警?"他在温茗面前蹲下,把自己的手机递给她,"来,报警,你报警!"

温茗瞪着他,一把抢过手机。

糙胡子一掌甩过去,打在温茗脸上,顺势抽走手机,骂道:"还真敢报?你家那老婆子的命还要不要了?"

温茗的左脸颊火烧火燎的,她一把揪住糙胡子的衣领,急问:"你把我奶奶怎么了?"

糙胡子将她的手拂开:"怎么不怎么,还不是得看你老不老实。"

"我真的没钱!"

"那就滚开!"

糙胡子踹了温茗一脚,自己也开始翻找。几个男人下手没有轻重,屋里一下子就乱了。

"老大,你看!"糙胡子的手下献宝似的扬了扬手里的钱包。

温茗看到钱包,眉头一紧,挣扎着从地上跳起来,叫道:"钱你们可以拿走,但钱包还给我。"

糙胡子打开钱包扫了一眼,"什么玩意儿!这点钱,你当老子稀罕啊!"

"老大,她这么在意,说明钱包很值钱啊。现在很多女人手里拿的包,看似平平常常,其实值好几万呢。"

"是吗?"糙胡子将信将疑,"那就收着,继续搜。"

"包不值钱,你可以拿走,但把里面的照片还给我。"

"照片?"糙胡子把钱包夹层里的照片取出来,看了一眼,冷嗤道,"你想要,我就得给?搞搞清楚现在是什么状况,想要就给钱!不然休想!"

温茗咬着唇,静默了几秒。

忽然,门外传来了敲门声。

屋里所有人都一怔。糙胡子警觉地望向温茗,他抄起果盘里的水果刀,走过来顶住了温茗的小腹,对着她朝门口扬了扬下巴,示意她把人打发走。

"温老板!"是秦延。

温茗斜了一眼墙上的钟,他今天来晚了。

"温老板!"

糙胡子手里的刀用了用力,瞬间划破了温茗的裙子。温茗感觉到刀刃的冰冷,张了张嘴,却没发出任何声响。

"温茗!你在吗?"门外的人改了称呼。

温茗沉了一口气,对他喊:"叫什么叫!跟你说多少遍了,让你别缠着我,你怎就这么厚脸皮呢?我不会开门的,你给我滚!"

门外没了声音,静悄悄的。过了一会儿,似有脚步声离开。温茗的心沉沉浮浮,眼神也是。

糙胡子很满意温茗的表现,收起水果刀,说:"一边待着!别耍花招,不然老子宰了你。"说完,继续翻找屋里的抽屉。

温茗不动声色地往边上挪了挪,死盯着门口。她知道,秦延一定没走,他一定还在门外。

果然,几秒之后,"嘭"的一声巨响,门板倒在地上,一地粉尘乍起,在空气里飘扬。糙胡子他们一晃神,就见门外有个人影冲了进来。

秦延进屋之后,快速地环视一圈,看到温茗安然无恙,眉头明显松了一下。

"哟,还有帮手!"糙胡子一声叫唤,重新拿起刀子,朝着秦延扑过去。

秦延面色冷静,在刀砍向他的时候,快速擒住对方的胳膊,用力一拧,就把刀震到地上。两个手下见状,赶紧围过来,对秦延左右包抄。

在酒吧门口遇到秦延的那晚,温茗就知道,这个男人一定身手不凡,但她没想到竟如此不凡。纵然眼前都是彪形大汉,对他来说,以一敌三也不在话下。

一番打斗之后,屋里已是凌乱不堪。糙胡子他们三个眼见秦延没那么好对付，倒也识相，彼此使了个眼色，就想撤了。这时，一直在旁边没出声的温茗突然冲过去，攥住了糙胡子的衣服。

"把钱包还给我！"

劣质的T恤在拉扯间破碎。温茗因惯性倒地，一头撞在凳脚上，顿时眼冒金星。她顾不得疼，对秦延求助："秦延，我的钱包！"

秦延了然，快速地勾脚，绊了一下糙胡子，趁他趔趄，准确夺下他手里的钱包。钱包落地，里面的钱与卡散出来。糙胡子想伸手去捡，却被秦延一脚踩住了手腕。

"啊！"他惨叫一声，推开秦延，拔腿就跑，"你给我等着！"

秦延追出门去。

温茗觉得头要炸开了。她爬过去，捡起自己的钱包，有点慌乱地翻着夹层。钱包夹层里的那张照片还在。她用颤抖的手指掸了掸照片上的灰，忽然就酸了眼眶。

秦延没追到人，很快折了回来，走到门口时，听见温茗在打电话。

"奶奶……你们怎么可以这样呢？到底把我当什么？你知不知道，要债的人都跑到店里来闹事了……算了算了，你没事就好，就在姨奶奶家住着吧，近期别回来了。"挂了电话，温茗又坐到地上，呆呆地看着照片出神。

秦延走进屋里，在她面前蹲下来。她的脸又红又肿，嘴角还有一丝隐血，是被人扇过巴掌的痕迹。

"没事吧？"他不自觉地放轻了声音。

温茗没回答他，只是转了一下手里的照片，说："你看。"

秦延扫了一眼。这是一张老照片，照片上的女人梳着"柯湘头"，笑得灿烂。

"她是我妈。"温茗语气很淡漠，"我八岁的时候，她就离开我爸，不要我了。这么多年来，我不知道她在哪儿，也不知道她过得怎么样。这张照片对我来说就是'妈妈'，如果没有它，我也许早就忘掉了，忘掉我妈妈的样子，忘掉我也曾有过妈妈。"

秦延绷着脸，眼神里却藏着心疼。

"小时候,我很恨她,恨她抛夫弃女,恨她那么狠心地离开。可是越长大,我就越是理解她,如果换作是我,面对这样一个老公、这样一个婆婆,我也会受不了,我也会走的。"

秦延无声地沉了一口气。

"你一定在想,我为什么不走,对不对?"温茗垂着眼,"我走不了。虽然我真的很讨厌他们为人处世的风格,但他们是和我有血缘关系的亲人,我妈离开之后,是他们把我拉扯大的。"

纵然厌恶,也无法割舍。就算舍弃亲情,也还留有恩情。

温茗很少对外人说起这么多的过去,就算是对董凌凌也不会。可今天,情绪推波助澜,她忍不住,又或者她就是想说,只对秦延说。尽管她并不期待他能懂,也不期待他会安慰。

屋里静而压抑,有一种暴风雨过后的颓然。

秦延默默扬起手。他的大掌盖住温茗的后脑勺,然后,揉了揉。

这么一个简单的动作,却让人沉溺。温茗抬眼看他,那双从来只有风情的眼眸里,多了一抹水光。这抹水光,让她的眼神更加纯粹,也更加干净。

秦延心头一动。

"秦延,我很难过。"

"我知道。"

"那么,"她靠近他几分,"你就不能抱抱我吗?"

温茗的语气婉转而热烈,在秦延的意识里点燃一簇火。他很清楚,有些事情一旦有了开头,就没有尽头。可他此时就像被风吹出去的蒲公英,不能自已。风,就是他的方向。而温茗,是他的风。

"不能吗?"

"能。"他的嗓音沉而沙哑,"但记着,是因为你很难过。"话落,他将她抱进怀里。

秦延的胳膊圈着温茗的肩膀,又稳又沉。她的头靠在他胸膛上,鼻尖萦绕着他身上的皂角香,耳边就是他有力的心跳。她觉得安心极了。

"秦延,你爸妈对你好吗?"

"他们都已经去世了。"他的声音很平静,没什么情绪。

温茗一僵。

他感觉到她的歉意，在她开口之前，先说了句："没关系。"

两人无声地依偎了一会儿，秦延先松了手，他松手的时候，顺势拍了拍她的肩。这个动作，顿时让刚才那个拥抱变得枯燥无味，像是义气而为。温茗苦笑一下，转头看到屋里的一片狼藉，继而连苦笑都笑不出来了。

秦延已经开始替她收拾。他蹲在地上，将钱和卡都塞回钱包。温茗的身份证掉落在一旁，他捡起来的时候下意识地扫了一眼。

"别看！"温茗赶紧抢回来，用手掩住身份证上的照片。

秦延勾了一下唇角。

"这是我唯一的一张丑照。"她说。

"不丑。"

"真的吗？"她不信。

"真的。"

他站起来，把钱包递还给她，示意她自己把身份证塞回去。

"谢谢。"她声音软软的。

"真的不丑。"

"不是谢这个。"

他沉默地看着她。

"谢谢你今天救了我，谢谢你为我做的一切，还有……"

"什么？"

温茗笑了笑，摇头："没什么。"

难得，她也有欲言又止的时候。

秦延走到窗边，将倒在地上的方桌扶起来。桌下，是和着玻璃渣子的一摊麦片和一个被碾碎的苹果。这是温茗的早餐。

秦延看了一眼墙上的钟。这一闹，闹去一个早上的时间，这会儿已经中午了。他又看了一眼温茗，见她还站在原地，恍恍惚惚的样子，也不知道饿没饿。

"今天文身来不及了吧？"他问。

温茗回过神："来是来得及，但可能会很晚。"

"那推到明天吧。"

"也行。"

"不文身,管饭吗?"

温茗一愣:"我这儿不管饭。"

"那今天破个例。"他说罢,就已经往厨房走了,温茗紧跟上他。

秦延走进厨房,打开了冰箱的门。

"你要给我做饭吗?"她觉得不可思议。

"是给我们。"

"我们?"她觉得更不可思议了。

"蹭饭总要付出劳动。"

"我什么时候允许你留下来蹭饭了?"

温茗是开玩笑,没想到秦延认了真。他转头一本正经地看着她:"那么,现在允许一下,可以吗?"

这诚挚的眼神配上那迷人的低音炮,温茗的心都快酥化了。

"行了,本姑娘允许了。"

秦延把油盐酱醋清点了一遍,确定都有之后,说:"你去外面收拾一下,厨房交给我就行了。"

温茗倚在门框上没动,盯着他的背影露出一脸灿笑。从来没有男人对她说过这样的话。刚才糟糕的心情,似乎被治愈了。

不知秦延有没有意识到,他的语气,简直像是对妻子发号施令的丈夫,而这种发号施令的方式,并不让人反感,反而很暖心。

温茗站了一会儿才去了大厅。她拿了扫帚和簸箕进屋,开始清扫之前,却忽然很想坐下来抽根烟。只是,她寻来找去,都找不到她的烟盒。她想,或许,是被刚才哪个男人顺手牵走了。

厨房里传出切菜的声响,利落又节奏分明,听着像是老手。温茗走到门口,本想借根烟,可看到眼前的画面,忽然又顿住了脚步。她从来没想过,一个男人和一口正冒着热气的锅,就能让她有家的感觉。

她折回去,安静地扫着地。她也想变得更融入这个"家",像个女主人的样子。

扫完地,倒了垃圾,温茗在门边坐着。秦延从厨房里出来,递给她两个鸡蛋。

"干什么?"温茗接过一个,拿在手里晃了晃,确定是煮熟的,"你折腾这么久,就搞出两个鸡蛋?"

"不是给你吃的。"秦延把鸡蛋往桌角一磕,放在掌心揉了揉。手指稍稍一动,有了裂痕的蛋壳就像姑娘的外衣,悄悄褪了下去。

"给你的脸消肿。"他说着,扬手把鸡蛋贴到了她的脸上。

温茗这才意识到,自己的脸上还有伤。她龇了一下嘴,倒抽了口凉气。

"你自己来。"秦延说。

"不,你来。"

"我下手没有轻重。"

"没关系,我允许你可以弄疼我。"她又调皮。

秦延看了她一眼。她大小脸,仰着头,明明有点狼狈,但眼里依旧充满了神采,像个要糖吃的孩子。他把手里的蛋壳丢在桌上,一手托着她的下巴,一手小心翼翼地给她揉脸。

温茗一动不动,但嘴角时不时扬一下,他以为她是疼的,但看清楚了才发现,她是在笑。换作平时,他可能撒手就把鸡蛋扔给她了,可是今天,他想纵容她。

揉完了脸,秦延继续回厨房做菜。

温茗去洗了把脸。镜子里的她,左脸颊还有点肿,但好在并不影响颜值。她想起糙胡子朝她挥手的瞬间,也想起刚才秦延温柔的样子,觉得一切都值了。

秦延做了三菜一汤。三菜中,一个荤的,两个素的,汤是紫菜蛋花汤。

温茗坐在板凳上,趁着秦延在厨房盛饭,先拿勺子舀了一口汤喝。很普通的汤,却因为过了他的手,让她觉得有了别样的滋味。

秦延从厨房出来,正好瞧见她一脸满足的模样,心一软。他把米饭放在温茗面前,说了句:"吃吧。"

第二章 类似爱情

温茗对比了一下他们面前的两碗米饭,是一样多。这饭量是她平时的一倍多,但今天,她觉得自己能吃下。她拿起筷子,正要夹菜,秦延把其中一个素菜推到她面前。温茗扫了一眼,发现这个菜里,他放了辣椒。

这个男人,粗起来能一脚把门踹倒,细起来也能记得她的喜好。真是,让人欲罢不能。

温茗低头尝了尝,菜的味道如汤一样,说不上多惊艳,但是她很喜欢。她尝完一道菜,又去尝另一道菜,而秦延全程只顾自己低头吃饭,连一句"味道怎么样"都不问,好像一点都不关心她对他厨艺的评价。

"你做的菜挺好吃的。"她主动开口。

秦延没抬头,只是说:"那你多吃点。"

"你经常给自己做饭吗?"

"几乎不做。"

"为什么?"

"一个人花一个小时做菜,结果吃就几分钟,不合算。"

"那现在呢?"

"刚刚好。"

刚刚好。因为是两个人,所以刚刚好吗?

温茗心里涌出一股热浪,这力量,渐渐排山倒海。如果说之前只是简单的喜欢,那么此时此刻,餐桌上的温情让她彻底确定,她想和他在一起。这欲望从灵魂深处喷薄而出,是她心底最诚实的声音。

一顿饭吃得很安静。吃完之后,温茗收拾桌子洗碗,秦延拿着烟出去了。屋外很闷热,他一边点烟,一边拨电话给局里的同事大荣。

大荣接得很快:"秦队,不是说这两天要休息,让我们别给你打电话吗?"

"现在是我给你打,有问题?"

"没、没,你说。"

"下午去戒毒所找小张,让他把温侯生的探视记录和监控调出来,你们查一下记录上的'弟弟',我怀疑他参与贩毒……查仔细点,有消息了,随时给我打电话。"

"是!"

秦延挂了电话，转眸看到温茗不知什么时候洗完碗，已经出来了。她正蹲在门口，试图把倒在地上的门板扶起来，可她到底是个女人，力气不够，用了好几次劲儿，门板还是一动不动。

秦延把烟蒂踩灭，踢进了垃圾桶，快步往回走。

温茗双手按着门板，却怎么都使不上劲儿，肩胛骨有点疼，或许是早上的时候撞伤了。

"我来。"秦延绕到她面前，轻松一提，就把门板立了起来。

温茗往边上让了让，看他把门板挪到墙边靠着。

"你练过吧？"温茗问。

"什么？"

"踹门啊。"

"我没事练这个干什么？"

"那你早上怎么一下就踹开了？"

"说明你的门不牢固。"

好吧。

秦延弯下腰，检查着门板上的裂痕。早上那一下强烈的撞击，已经让这扇门的表面变得如纸皮核桃一样松脆，手掌一按，它就碎了。

"你一个人住，还是找人换个防盗门比较安全。门是我弄坏的，费用我来出。"

"不用了。你也是为了救我，如果连这笔账都要算到你头上，那我也太没人情……"

"认识附近的装门师傅吗？"他打断她的话。

温茗摇摇头："不认识。"

秦延掏出手机，在通讯录里翻了一阵，调出一个号码，拨通的时候，转手把手机递给温茗："问问李立新，他是这里的百事通。"

温茗还没反应过来，就听电话里传出李立新的声音："延哥，啥吩咐啊？"

"是我，温茗。"

"哟,是老板娘啊。"李立新的声音高了几个调,让人听出了暧昧。

温茗知道他一定误会了自己和秦延的关系,但她没有解释,只是问他是否认识附近的装门师傅。

李立新一向热心,一听温茗的话,立即表示可以帮忙联系。温茗道了谢,挂了电话。手机界面跳转,温茗看到了秦延的屏保,是一把冲锋枪。

她忽然想起,那晚他在酒吧门口掏出来的东西。

是枪吗?如果是,那是他的枪吗?

好不容易忘了,突然又记起来。温茗想把手机还给秦延,却发现秦延正在窗户边晃荡,耐心地检查着什么。

"你的窗,也不是很安全。"

"我的窗又怎么了?"

秦延把窗户推开,用手一撑,人就跳上了窗台。他用手丈量了一下,说:"这种高度很容易爬进来,我建议加防盗窗。"

"需要吗?"温茗走到窗台边,往外望了一眼,"我在这里住了三年,并不觉得有什么问题。"

"等有问题之后再采取措施,还来得及吗?"

"这世界上没那么多坏人。"

"但坏人随处都在。"

温茗抿了下唇:"行,我听你的。但是你能不能告诉我,如何才能鉴定一个人是好还是坏?"

"不能。"秦延把窗关起来,"这个世界并没有一套检验好人坏人的标准。好人有不同层次的好,坏人有不同底线的坏,没有统一的答案。"

"那你觉得我好吗?"

"好。"

"那你觉得你好吗?"

"不知道。"

"答案是不是反了?"

"没有反。"

"你不知道如何评价自己?"

他摇头:"人总是很容易评价别人,但很难评价自己。"

温茗不作声了。是啊,评价别人只需过眼,评价自己却得走心。而任何时候,没有人会比自己更清楚自己的劣根性。

秦延把手机接过来,问:"李立新怎么说?"

"说是会帮我联系。"

他点了下头,又绕到文身室的后面,去检查那道门是否牢固。

真像即将远行的家长,不放心这个,不放心那个。这念头蹿过脑海时,温茗忽然感受到离别的味道。她想起来,等明天替他完成另一半文身图案之后,他们两人就彻底失去了交集。

"秦延。"温茗不由自主地叫出来。

他正扶着老化的门锁,回头时尚皱着眉:"嗯?"

一瞬间,她又不知道该说什么了。愁绪来得那么莫名其妙,她甚至还没有组织好语言去向他表达。况且,说了又能怎么样?

温茗笑了笑:"没事,就叫你一声。"

秦延扭回头去,没搭理她。温茗在大厅里坐下,看着他专注而认真的侧影,默默出神。

约莫半个小时之后,李立新联系的装门师傅到了。装门的师傅年纪有点大了,开着一辆三轮摩托车来的。

秦延听到声响,先走出门去。温茗跟过去时,看到秦延正给装门的老师傅派烟。两人说话的间隙,时不时回身朝着温茗的门比画。

她觉得,有秦延在,这事儿根本用不着她操心。

装门的师傅抽完烟,拿了卷尺过来量门板的尺寸,顺道把窗户的尺寸也一并量了。这应该也是秦延交代的。

"师傅,今天能装好吗?"温茗问。

"今天来不及了。"装门的师傅拿了个小本子,一边记录下数据,一边说,"你们约得太晚了,我今天在城西还有两单生意呢。等下把尺寸发给我儿子,让他准备好门,明天一早来给你装上。"

"那我今晚岂不是没有门?"

"今晚就将就一下吧。"

"这怎么将就?"

装门师傅笑了笑,目光扫过温茗,落在秦延身上:"你们有两个人,怕啥?而且,你老公看起来这么有安全感。"

秦延眉角一沉:"师傅……"

"师傅,你说得有道理!"温茗接过话茬,笑道,"那你明早来给我装吧,今晚我们先将就一晚。"

"好好好,就这么说定了。"装门师傅把尺子和本子扔上三轮摩托车,人也跳上车,发动车子,走了。

温茗对着装门师傅的背影挥了挥手,转头的时候想刻意忽略秦延,可余光还是瞥到他正看着自己。她笑了笑,换上理直气壮的表情:"门是你弄坏的,你得对这门负责。"

"我也是为了救你,如果连这笔账都要算到我头上,那你也太没人情味了。"

"少学我说话!反正,今晚你得留下来给我守门。"

"我要是不同意呢?"

温茗眼波一转,露出些许委屈:"万一那些人晚上再来找我,我怎么办?"

秦延沉默了。

"你忍心看我一个女人住在连门都没有的地方吗?"

秦延继续沉默。

"既然不想管我,那早上何必救我……"

"行了。"

"你同意就好。"她顿时换上笑颜,一边往屋里走,一边碎碎念,"晚饭我们吃点什么呢?我去看看冰箱里还剩下什么?"

秦延在她身后按了按太阳穴,明知自己踩进她的坑里,还是笑了。

天黑之前,秦延回去洗了个澡,换了身衣服。晚饭时,温茗煮了个面。两人吃饱之后,合力把门板抬到门口,秦延挪了几张凳子作为支点,把门板撑了起来。这样从外往内,乍一看,应该看不出来门坏了。

收拾好后,天已经黑了。

"你上去休息吧。"秦延对温茗说。

"那你呢？"

"我在楼下值夜。"

"你真是留下来守门的呀？"温茗有点失望。

"不然？"他在桌边坐下，随手把烟和打火机放在桌上，坦坦荡荡。

温茗没话讲。是啊，不然，她还指望他是开窍了，留下来陪她睡的吗？

"楼下没有床，而且还有蚊子，你上去睡比较好。"

"没事，比这更恶劣的地方我都睡过。"

"哪儿？"

"树林，草垛，破屋。"他的眼睛看着窗外，却并未融入星光，反而显得有点暗沉。

"怎么听着，你像是个亡命之徒？"

终于，问出来了。她一直在等这样一个机会，合理好奇又不显突兀的机会。

秦延并未有什么反应，过了一会儿，他淡淡地一勾唇："是，我的确是个亡命之徒。"

温茗深吸一口气，对于他的回答，一时不知道该怎么回应。没想到，他竟然就这样承认了。屋里安静下来，静得有点出奇，连屋外的臭虫撞在窗玻璃上的声音都清晰无比。

秦延见她不说话，打趣她："怎么？和亡命之徒待在一个屋子里，害怕了？"

温茗没作声。她并不害怕和亡命之徒待在一个屋子里，她害怕的是，爱上亡命之徒。

"害怕了就赶紧上去。"秦延催促。

温茗笑一下："我怎么觉得，害怕的是你？"

秦延摸了摸鼻子，想：这女人大约能读心。

温茗上去之后，秦延一个人在窗边坐了会儿。窗外路灯明亮，大叶女贞的树影在风里摇曳，却像一团缠人的鬼魅。

他又想起了曾经睡树林、草垛、破屋的日子。相较于那时候，他最近这段日子过得实在是太安逸了。他清楚，是托了背上这个文身的福，他也清楚，安逸过后，等着他的是什么。

树影摇晃得越来越厉害，秦延起身，关上了窗帘。他正琢磨晚上睡哪儿，楼梯上传来了脚步声。他抬眸，看到温茗抱着一卷席子和一床毛毯，正磕磕碰碰地从楼上下来。她应该是洗过澡，这会儿已经换上了睡衣。睡衣是吊带的，香槟色，没什么布料，松松垮垮地挂在身上，除了招人遐想，并无其他作用。

"看什么呢？过来搭把手啊！"温茗朝他叫。

秦延走过去，接过她手里的席子。

两人走到大厅，温茗把桌椅都推到边上，腾出铺席的位置。秦延拎着席子一甩，席子就打开了。

"空调遥控器在抽屉，蚊香片在柜里，你看看，还需要什么？"

"没什么了。"

"不对，还差枕头。"她说罢，转身又往二楼跑，"等我一下，我上去拿。"

睡衣裙摆随着她跑动的姿势飘起又落下，好像一阵风，拂过秦延的心头，他挪开了目光。

没一分钟，温茗下来了。她拿了两个枕头，一左一右地放在席子上。

"两个枕头？"秦延蹙眉。

"你一个，我一个啊。"

"你也要睡楼下？"

"是啊。"

"为什么？"

"这样更省电。"温茗打开了空调，接着把电蚊片也插上，"而且，家里两台空调同时运作，会跳闸。"

"你上去，我不用开空调。"秦延正色道。

"这么热的天，不开空调怎么行呢？"温茗踢掉人字拖，坐到席子上，把毛毯打开，顺势拍了拍自己身边空出来的位置，对他说，"不早了，睡吧。"

秦延站在原地没动。

"我又不会对你怎么样，你是男人，还怕吃亏吗？"

秦延还是没动。

温茗没了法子："算了，你若实在不想和我一起，就去楼上睡吧。"

秦延沉了口气。叫他去楼上睡，那不如一开始就别留下来守门。

"你别闹了。"他很严肃。

"只是一起打个地铺，你在想什么？"温茗不管他，自顾自地躺下。

耳边迟迟没有动静，约莫过了几分钟，才有了凳脚摩擦地面的声音。她翘头一看，看到秦延拉了张凳子出来，正背对她，稳稳地坐在凳头。温茗突然有点沮丧。她翻了个身，侧躺着，也背对他。

蚊香片开始发挥作用，空气里飘起一股淡淡的香，时间安静地在两人之间流淌。

"秦延。"她忍不住叫他，他没出声。

"秦延。"语调又软了不少。

"说。"

"明天之后，我们还会再见面吗？"

这个问题顿时让"明天"这两个字变得压抑。

秦延又沉默了。这样的沉默让温茗有种心如死灰的感觉。她悄悄转头看他一眼，灯光下，他的背影巍峨如山，却似乎笼罩着一层挥之不去的悲壮。他明明就在她身边，可是她总觉得，他是个战士，早晚有一天会奔赴远方的万里疆场，从此不再回来。

忽然，秦延也转过头来。

两人的目光撞上，眼底都藏有彼此看不懂的深意，他们静静地对视着。半晌之后，秦延说："睡吧。"他没有回答她的问题，但或许，这就是最好的答案。

温茗爬起来，抱上自己的枕头。

"我去楼上睡。"这句话明显带着情绪。情绪来源于何处，她知道，他也知道。可知道又怎么样？温茗踩上人字拖，往楼梯口走。

秦延看着她。她的吊带滑落一边，左肩膀裸露在空气里，光洁如玉。目之所及，她身上很干净，一个文身都没有。也是，谁说文身师就一定要文身的？

等温茗上去之后，秦延又坐了一会儿才躺下睡觉。他睡得一向很浅。夜半下了一场雷雨之后，他几乎没有再睡着。

装门师傅一早就来了，带着他儿子一起，没一会儿就把防盗门装好了。

"师傅，什么时候能来装一下防盗窗？"秦延问。

"哎哟老板，我实在来不及！说实话，要不是小李介绍，再加上看你们这个门要紧，我都不会给你们排在今天早上的。窗子的事，给你安排在后面两天，好吧？"

"行。"秦延付了钱。

老板带着他儿子走了，三轮摩托车一路发出"突突突"的声响。秦延想，温茗肯定被吵醒了。正想着，一回头，发现她就站在他的身后，也不知道是什么时候在那里的。

"早。"他和她打招呼。

"怎么？睡了一晚，就真把自己当这里的男主人了？"对于昨晚的事，她似乎还没解气，语气有点冲。

秦延知道她是指装门的钱，没和她一般见识。他越过温茗直接往里走，把地上睡觉的东西都收拾起来。温茗就在旁边看着，既不搭把手，也不搭理他。

气氛很怪，又或者，只是她很怪。因为她时刻记得，过了今天，她对他而言，就不再有任何意义。

这种没有意义，就像她丢弃在垃圾桶的一次性手套。

早餐是秦延买的，两人吃完就开始文身。温茗心情不好，话也比较少，不过工作状态没受影响。一早上很快过去，中午照例是外卖，吃完饭之后，温茗说要休息，就趴在桌边靠着睡了。她的眼圈有点黑，显然昨晚也没有睡好。

午后的风拂着窗帘，屋里很安静，只有墙上的钟走动的声音。秦延坐在一旁看着她。她睡着的样子很乖，小猫崽似的。

忽然，他的手机响了。他快速将铃声掐灭，站起来想去文身室接电话，却发现温茗这样伏倒的姿势把他的路挡了，他出不去。

手机屏幕上显示的是蒋婷的号码,他想了想,按了接听键。

蒋婷告诉他,姐姐和她的新男友要走了,坐今天傍晚的火车离开柏香市。

秦延"嗯"了一声,觉得自己该说的都已经说了,没什么需要表态的了。秦延的淡漠让蒋婷有些着急,她的声音起了哭腔:"秦延哥,我姐让我也走,可我不想走,我想留下来。你觉得,我留下来好不好?"

秦延还没说话,手机那头传来一阵抢夺的声音,他听到蒋莹在尖叫:"婷婷,你疯了是不是?我和你说过多少遍了,他们那种男人没有未来!我受了这么多苦,你没看到吗?你觉得好玩是不是?你非要自己也尝一遍这样的辛酸才满意吗?"

"姐,你把手机还给我!"

"我不管,你今天说什么都得和我们一起走!我知道你喜欢秦延,但是喜欢他能有什么出路?他能给你什么?我绝对不会同意你和他在一起……"

手机里又是一阵沙沙声,蒋婷的声音重新回到听筒里:"秦延哥!你别听我姐胡说,我……"

"蒋婷,一路顺风。"

"秦延哥……"蒋婷哭了。

秦延直接挂断了电话。

屋里还是很安静,秦延揉了一下太阳穴,转眸看到温茗醒了。她眼神蒙眬,带着刚睡醒后的迷茫。

"蒋婷是谁?"她张口就问。

"休息好了?"

她打了个哈欠,伸了个懒腰,眼神渐渐清明起来:"差不多了。"

"那继续吧。"

温茗没动,仰起头瞧他:"你是在使唤我吗?"

"没有。"

"那行。先告诉我蒋婷是谁,我再考虑要不要继续。"她见秦延不说话,"怎么?不能说?"

"一个朋友。"

"女的吧?"

"温老板,你没必要管这么多。"

"哦。"她往桌上一趴,揉了揉眼说,"那我再睡会儿。"

这是典型的耍无赖。秦延深呼吸,妥协道:"女的。但我们只是朋友,而且她马上就要离开柏香市了,你满意了吗?"

她笑了一下,却笑得不怎么好看。过了一会儿,她开口:"如果一开始,我问你什么,你都能答得这么让人满意的话,我也不至于到今天还对你一无所知。"

这句平平常常的话里,她悄悄藏了埋怨,秦延听得出来,甚至有点动容。可是,他觉得,对自己一无所知才最好。

温茗站起来,去洗手间洗手。

秦延先进文身室等她。他从镜子里看到,背上的图案已经完成得七七八八了。他猜想,温茗之所以这么慢条斯理,一定是因为下午的任务减轻了。不然,她再累也不会休息,她是极有分寸的人。

温茗进来之后,文身继续。她的话比早上更少了,只是在将近两点的时候,照例让秦延打开了收音机。

原来,她每天都要听的是个点歌节目。这些歌不仅是歌,更是一个人对另一个人的爱慕、思念、祝福或者遗憾。他不知道,温茗是听歌还是听情感。

"明明你也很爱我,没理由爱不到结果。只要你敢不懦弱,凭什么我们要错过……"歌声中的悲伤萦绕在文身室,经久不散。

秦延往镜子里看了看温茗,她低着头,一脸沉静,好像很专注的样子,但其实她没有动,因为他的背上感觉不到疼。他想说点什么,动了动唇,最终还是什么都没有说。

一天很快就过去了,晚上八点四十五分,文身结束。

温茗收手说好了,秦延站起来,背对着镜子,扭头看了一眼。即使做好了心理准备,那一瞬间还是有点震撼——面目阴森的死神手握镰刀,伏在他背上,仿佛收割的第一条生命就是他。

"满意吗?"温茗的声音打断了他的思路。

"满意。"

"好。"她把手套摘了,丢进垃圾桶,一边往外走一边说,"那就出来结账吧。"

秦延穿好衣服,背后的保鲜膜让他上身僵硬,但是有了上一次的经验,他已经习惯了。穿好衣服之后,他又照了照镜子。幸而,穿上衣服,他依然还是他。

前台,温茗雪白的手指在计算器的键盘上飞快跳动着。最后,她对他报了一个价格。

秦延拧了下眉:"你是不是算错了?"

他虽然没有文身的经历,也没对比过其他文身店的价格,但他知道,文身是个充满艺术气息的手工活,这样的活儿收费都不会太低,而温茗给的价格低得出乎他的想象。

"没有算错,这个价格去掉了换门的钱。"

"门……"

"秦延,"她打断他的话,看着他的眼睛,又问一遍,"以后,我们还会见面吗?"

秦延犹豫了两秒,见她忽地笑一下,脸上紧接着又堆起冷漠。

"既然你已经打算以后都不和我往来,那么,我们就把关系梳理得干净利落一点吧。我温茗,不喜欢欠别人。"

第三章

佳期如梦

隔日，警察局会议厅。

"今天先这样，都去忙吧。"随着冉韫话音落下，会议桌前的一圈男人齐刷刷站起来。秦延随着人群往门口走，大伙都穿了警服，只有他穿了黑色的T恤，在人群里格外惹眼。

"秦延。"

"到！"秦延应了声，回头时，冉韫的手已经按在了他的肩膀上，他不禁皱了下眉。

冉韫意识到什么，赶紧松了手，问："文身怎么样了？"

"已经完成了。还有点隐血，就没穿警服，怕脏了不好洗。"

冉韫打趣他："哟，还解释起来了。从我认识你开始，你不一直都是刺头兵吗？我都习惯了你不按常理出牌，你倒变乖了。"

秦延笑了一下："还不是您教得好！"

"行啊，还学会拍马屁了。"

秦延笑而不语。

冉韫沉了一口气，拍了拍他的胳膊，忽而语重心长："辛苦你了，又为警队做出了大牺牲。"

"允许编内文身，这么好的福利，别人都没有，算什么辛苦？"秦延动了动肩膀，"改天给你瞧一眼，特别拉风。"

"臭小子！"冉韫被他逗笑了，又问，"下午什么安排？"

"去一趟戒毒所。"

关木强已经调整好，说要见他。秦延处理完手头上的事情，就赶了过去。

几天不见，关木强瘦了很多，气色也很差。他在叫了一声"秦队"之后，开始沉默。秦延也不催促他，就这样耐心地等着。

气氛有点沉重。约莫过了十几分钟之后，关木强才开口："秦队，莹莹是不是走了？"

"嗯。"

关木强垂头笑了一下,笑容有点悲伤,也有点释然。

"我们这样的男人,还是没有女朋友比较好。"他喃喃自语着,语气竟然有点像蒋莹。或许是因为这样的话,蒋莹在他耳边说过太多回,他早已烂熟于心。

"木强,你没有必要因为蒋莹而失去对生活的信心,这件事情你没有错。"

"我怎么会没错呢?"关木强的眼神冰冷而绝望,"我没在她最需要的时候陪在她身边,给不了她安定的生活,不能让她享福,我只会让她为我担惊受怕。"

"秦队,我知道莹莹并不是嫌弃我穷。她跟我好的时候,我也没什么钱。她真正在意的,是我不仅给不了她舒适的生活,还给不了她一个女人最需要的安全感。"关木强一边说,一边连续抽了自己几个大耳刮子,"我到底算什么男人!连自己的女人都守护不了,到底算什么男人!"

"木强,你别这样!"秦延站起来,俯身一把擒住关木强的手,按在了桌面上,"你冷静一点。相信我,等你出去,会有更好的女孩子和你在一起,你没必要一颗心都挂在蒋莹身上。"

"秦队,你不懂。感情哪是那么容易就能转移的?它刻在你心上,渗进你的骨血。"关木强抽回自己的手,颓颓地说,"等你遇到了,你自然会明白的。"

等他遇到了?秦延坐回椅子上,忽然想起了温茗。

那晚,他从文身店离开。她关门时,对他说晚安,而后又补一句:"最后一次说晚安,你是不是该回一句?"

他依她说的,道了一句晚安。她粲然一笑,就把门甩上了。

到最后,她那么洒脱,放不下的人倒像是他。

秦延心里闷得难受,抬头看着关木强。

"秦队,我想好了。我和你一起去北疆。"

秦延微微动容:"你确定?"

"确定!"关木强神情坚定,"其实,之前说不干了,都是气话。这段时间在戒毒所,看过那么多被毒品毁掉一切的人,我更加确定。莹莹以前总埋怨我爱自己的职业胜过爱她。或许她说得对,我是个缉毒警察,我存在的价值就在于此。之前有所顾虑是因为莹莹,现在她已经走了,那么我和你一样,从

97

此子然一身，没什么牵挂了。"

秦延听完，提醒说："北疆之行意味着什么，你清楚吗？"

"清楚。大不了就是一死，我贱命一条，没什么怕的！"

秦延和关木强聊了很久。对方去意已决，他也没什么好阻拦的。总要有人去做，不是他们，也会有别人。既然一定得有人以身犯险，那么就让他们来吧。

秦延从戒毒所出来，本想马上驱车离开，可刚走到门口，就见戒毒所对面的马路上，有个男人鬼鬼祟祟地朝这边张望。

是袭击温茗的那个糙胡子！秦延立马退到一边，贴着墙，观察起糙胡子的一举一动。他似乎在等什么人，很焦虑的样子。

这时，秦延的手机响了，是大荣。

"秦队，上次你让我查的那个糙胡子男人现身了。他今天又想冒充温侯生的家属进行探视，但被戒毒所拒绝了。现在他还在戒毒所门口，我们的人正盯着，要不要立即拿下？"

"我在戒毒所这里，也看到他了。"秦延一边说，一边紧盯着糙胡子的方向，"先不要轻举妄动，跟着，看看能不能顺藤摸瓜，有点其他的发现。"

秦延刚挂上电话，就看到糙胡子面前停下一辆黑色的尼桑。糙胡子战战兢兢地拉开门，坐进车里。车子没有停留，一溜烟朝着郊南方向去了。很快，一辆黑色的大众从拐角处驶出，跟了上去。

秦延也上了车，从另一个方向朝郊南开。

郊南一带，荒山野岭，每年一到夏天，树木最繁盛的时候，就像是个迷宫一样，易进难出，是个藏身的好去处。传言，郊南野林里藏了很多通缉犯，柏香市公安局每年都会不定时地开展几次搜捕，可每次都一无所获。那些所谓的通缉犯，不知道是嗅觉太过灵敏，还是压根就不存在。

秦延还未到，大荣的电话又过来了。

"秦队，跟丢了！车子停在树林外面，人应该是进林子了。我让小山和阿国先进去探探情况……等一下，阿国给我发消息了！"

"我马上就到。"秦延的车在入口处掉了个头。他下了车，跑过去和大荣汇合。

大荣正在接电话，两眼放光，看到秦延，迫不及待地转述："秦队，我们真的钓到大鱼了！前段时间消失的毒贩刺猬、黑胡桃和他们好几个麻烦的手下，都在这片林子里。现在只要你一声令下，我们就可以把他们一锅端了。"

秦延把大荣的手机拿过来，问阿国："对方多少人？有没有武器？"

"十来个，肯定有武器。"

"好，你先定个位，然后和小山撤出来，别打草惊蛇。"秦延挂了电话，把手机扔还给大荣。

"秦队，这么好的机会，我们不动手吗？"大荣有点激动。

"对方人多，而且不清楚有什么武器，不能让兄弟们硬上。我让冉局派人支援，到时再动手。阿国会发定位过来，你盯着。"秦延边交代，边给冉韬打电话。

冉韬立马同意派人，挂断之前，叮嘱道："无论如何，你自己千万别往前冲。这个节骨眼上，你要是受伤，所有计划就功亏一篑了。听到没有，这是命令！"

很快，阿国和小山撤了出来。

"里面现在什么情况？"

"两个放哨的被我们打晕，捆起来扔进了灌木丛，暂时应该不会被发现。"小山比画一下，"那个糙胡子好像外放了很多毒品的债，收不到钱，正挨揍呢。"

秦延点了点头，把腰间的枪拔出来，检查了一下膛内的枪弹："不管怎么样，随时做好准备。"

"是！"

冉韬派来的特警队十几分钟后到达现场，身穿防弹衣的特警在秦延他们的带领下，悄悄潜进了树林。林子深处，藏了一个位置隐秘的小木屋。秦延扬手动了动手指，他身后的特警端着枪散开了。蝉鸣声此起彼伏，掩盖了他们的脚步声。不一会儿，小木屋就被包围了，屋里的人还浑然不觉。

空阔的山林间，时不时传出男人的哭嚎和求饶声。

"威哥，求求你饶了我吧！再给我两天时间，我一定能搞到钱！"是糙胡子的声音。

大荣和小山已经潜到门口，随着秦延一点头，抬脚踹开了门。

"有条子！"屋里的人刚反应过来想掏枪，秦延他们已经冲进去将人包围了。

"都不许动！把手举起来，老实点！"大荣一边喊着，一边走过去，狠狠往刺猬的膝盖上踢了一脚。

刺猬跪倒在地，面目狰狞地瞪着大荣。

大荣蹲下去，用枪顶着刺猬的脑门："又见面了。我说过，不会叫那些牺牲的兄弟白死。现在，你的好日子到头了！"

刺猬冷哼一声，吊儿郎当地晃了晃脖子："别那么多废话！你要有本事，一枪崩了老子！"

大荣被呛到。刺猬趁机想要拔枪反抗，秦延眼明手快，一枪射中他的胳膊。

"啊！"刺猬疼得大叫，枪掉在了地上。大荣气愤，捡起枪，砸在刺猬的脑门上，鲜血直流。

"都抓起来！"秦延下令。

瞬时，一屋子的人都被押着走了出去。糙胡子早已被打得血肉模糊，动弹不得。两个特警把他抬出去的时候，一个女士烟盒从他身上掉了出来。

秦延扫了一眼，那是温茗的。

这次如此顺利地剿灭了一窝子毒贩，尤其刺猬还是缉毒大队黑名单中最顽固的一颗毒瘤，局里上下都很高兴，尤其是大荣。

当年，大荣的两个战友和弟弟就是在追捕刺猬的过程中牺牲的。刺猬狡猾无比，这些年来，大荣和他有过好几次交锋，但都没能将他抓住。他就像是扎在大荣心头最硬的一根刺，大荣做梦都想把他找出来，没想到最终会在自己眼皮底下这么轻松就抓到了。

真是踏破铁鞋无觅处，得来全不费工夫。

隔日，汇报完工作，大荣提议去喝一杯庆祝庆祝。全票通过。冉韫为了奖励大家，特意包下聚餐的费用。

聚餐的小餐馆在瑞口街，是大家常去的那家。落座之后，大荣给大家倒了一圈酒。

"来来来，我们先敬秦队一杯。"大荣攀着秦延的肩膀，"要不是秦队

第三章 佳期如梦

盯上了这个糙胡子,我们也不可能顺着这个线索,把刺猬他们都揪出来。"

"就是就是!"阿国附和说,"我从警几年来,这次任务是最爽的了。那种感觉,就像跟着我阿妈去地里挖番薯,下手的时候以为只是个小番薯,哪知拔起来不仅番薯个头大,还连着一大串!"

"嘿,我发现了,阿国哥怎么三句话不离妈?"新来的涵子拍了一下阿国的胳膊肘,开玩笑,"不知道的,还以为你是个三岁奶娃娃呢!"

屋里突然安静下来,涵子有点蒙。

秦延拿起手边的酒杯,看着阿国,问:"是想你妈了吧?"

一句简单的问话,让眼前这个一米八的大个子突然红了眼眶。他说:"想,每天都想。"

秦延和阿国碰了碰杯,两人仰头将杯子里的酒一口喝尽。

"想就回去看看呗。"涵子脱口而出。

阿国低着头,没吭声。小山抬手抢了一下涵子的后脑勺,涵子这才意识到自己或许说错话了。

秦延给阿国的杯子满上酒。他想了想,阿国的母亲,已经去世有整一年了。而一年前,阿国正在翡山做卧底,母亲去世的时候,他不仅没有见上最后一面,连葬礼都是秦延赶去乡下帮忙操办的。那之后,亲戚乡里都说阿国没良心,他偶尔回去一次,面对的都是恶言。

不过,阿国心态挺好。他常常和秦延说:"没事,秦队。别人怎么看我没关系,我知道阿妈一定会理解我的。她经常和我说,自古忠孝两难全,大家比小家重要。所以我当警察,她骄傲,她理解,这就够了。"

秦延又喝了一杯。在座的这些人年纪不大,平日里一个个都嘻嘻哈哈,可他知道,他们每个人都不容易。

毒贩毁的不仅是吸毒者的人生,还有缉毒警察的人生。

"好了好了,不说这些伤心事了。"大荣把酒杯举起来,"我们今天是来喝酒庆祝的,该讲些开心的事儿。"

"对对对。"阿国笑了一下,"我们还是喝酒。"

"喝酒之前,是不是得说点什么?"小山起哄。

大荣朝秦延扬扬下巴:"那就让秦队说两句吧。"

秦延没动，身边的小山推了一下他，说："快点啊，秦队，大家都在等着呢。难不成，还得大家给你鼓掌啊？"

所有人都笑了，鼓起掌来。秦延端着酒杯站起来。

"那我就简单说两句。"他清了一下喉咙，"第一，我希望以后的每一次任务，都能像这次一样，不流血，不受伤。第二，希望你们将来无论遇到什么样的困难，面对什么样的诱惑，都能保持初心。当然，最重要的，是能平平安安。"

话音一落，秦延干了自己杯中的酒。

屋里灯火明亮，他的影子落在墙上，挺拔高大。没有人刻意接话，但大家都把自己手里的酒干了。秦延的愿望也是他们所有人的愿望。

正经地喝了一轮酒，接下来就是欢闹。队里很久没有聚餐，大家都很亢奋。只有秦延一人，依旧沉稳安静，默默地喝着酒。

"秦队，你是怎么盯上糙胡子的？"有人问。

"因为戒毒所的一个强戒人员。"大荣抢答。

"哪个强戒人员啊？木强哥吗？"

"你打听这么清楚干什么？戒毒所里，又不是只有强子一个强戒人员。唉，说起来，强子也在就好了。"

聊天声不绝于耳。秦延摩挲着酒杯，想起了温茗。如果不是因为她，他根本不可能注意到糙胡子。说到底，最该感谢的人，是她。

最近这几天，他总时不时地想起她。文身之后，她再没主动联系。明明如他所愿，可他的心里却总觉得不舒坦。

秦延拿了烟盒和打火机，走出包厢，去了走廊尽头的吸烟区。

窗外，霓虹明亮，热闹非凡。他打开烟盒，看到了盒子里那支纤细的女士烟。他拿出来，捻在指尖，又低下头，嗅了嗅。

这是温茗的烟。

那日，糙胡子落下的烟盒里，就剩这一支了。他捡起来，鬼使神差般一直留着，时不时拿出来看一看。

秦延换了一支自己的烟，抿到嘴里。火光一现，还未完全点燃，他忽然被窗外街道上的女人攫住了视线。

夜风有点大，女人的长发在风里飘扬，遮住了大半张脸。可是秦延认得

第三章 佳期如梦

出,是温茗。她好像喝醉了,走路东倒西歪,随时会跌倒的样子。秦延把嘴里的烟丢进垃圾桶,转身飞速地往楼下跑去。

温茗在董凌凌那里喝了很多酒,原是打算出来醒醒酒的,可是走着走着,就不想再回去了。街上来往的行人很多,她放眼望去,好像每个迎面走来的人都长着秦延的脸。她想要避开这些"秦延",可是脚步却不自觉地迈向他们。

头越来越晕,人也越来越晃。

"哎!"她撞上了一个路人,一屁股跌倒在地。

"你有病吧?我都绕开了,你还撞过来!怎么的?想碰瓷啊?"路人的身形和秦延有点像,但说话刻薄的方式却一点都不像。

"我没想碰瓷,我只是……"她揉了一下太阳穴,"我只是认错人了,不好意思啊。"

路人哼了一声,走了。温茗用手撑着地面,站起来,晃悠两下,眼见又要跌回去,身后有人搀住了她。

"喝酒了?"是秦延的声音。

温茗一扭头,见秦延站在她身后。她愣了一下,确定这次没有看错,然后,挣开了他的手。

"是不是喝酒了?"秦延拧着眉。

"你管我?"温茗语气有点冲。

秦延还没说话,就见拐角处跑过来一个女人。

"温茗!"董凌凌大叫着,"你什么毛病?好好喝着酒,一转眼,说不见就不见了,要担心死我吗?"

"出来透透气,没事。"

"万一有点什么事儿呢?"董凌凌一边数落她,一边斜眼打量秦延,"这谁啊?"

"你好,我是秦延。"他主动自我介绍。

"秦延?"董凌凌抬肘撞了撞温茗,小声地问,"那个把死神背在身上的男人?"

温茗没答话,但董凌凌已经从她的表情里猜出来了,便也朝秦延自我介绍一番。

秦延对她点了点头。身边的温茗一个趔趄，又要倒下去，他连忙伸手揽了回来。

董凌凌扫了一眼秦延放在温茗腰上的手，目光暧昧："秦先生，你知道她家在哪儿吗？"

见秦延不答话，她又说："哦，我没别的意思。只是，她喝了点酒，你能不能帮忙送她回家？我那边店里正忙着呢，实在走不开。"

"可以。"秦延说。

"那麻烦你了，谢谢啊。"

"不用了，我自己能回去。"温茗又开始推搡秦延，但秦延一动不动，他的手好像长在了她的腰上。这一来一回，温茗一点胜算都没有。

董凌凌见状，笑一下，拍拍温茗的肩膀："好了，别闹了，赶紧回家去。"

温茗还想说点什么，就见董凌凌凑了过来。她伏到温茗耳边，用只有她能听到的声音说："你看中的男人，果然不是一般的正。别扭扭捏捏的，赶紧办了他。"

董凌凌走了，但她那句"赶紧办了他"像魔音一样在温茗脑海里挥之不去。董凌凌果然是最懂她的人，这么随意的一句话就戳中了温茗的心。

办了他，她做梦都想。

秦延把她带到路旁，松开了她，但温茗觉得，他掌心的温度像是烙在了她的腰上。

"你别动，我打车。"他说。

温茗就真的没动。虽然心里一万个不想听话，可是她清楚，对秦延任性没用，他不会哄她。

这个时间打车并不难，秦延拦到车后，折回来拉她。温茗半推半就，最后还是上了车。他跟上来，两人手挨着手，坐在后座。

天气闷热，司机为了省空调，把四面窗都打开。风带着秦延身上的味道扑向温茗，她闻得出来，他也喝了酒。

行到半路，秦延对司机说："师傅，麻烦停下车，我下去买点东西。"

第三章 佳期如梦

车靠边停下。秦延看了温茗一眼,用眼神示意她等着。他下了车,径直往一家蛋糕房走去。温茗靠在窗上,看着他大步流星地走进店里。

司机回头和温茗搭讪:"姑娘,今天生日啊?"

温茗愣了下,一时竟答不上话。司机觉得她是默认,继续说:"这家蛋糕挺好吃的,我女儿生日的时候,我给她买过。"

温茗笑了笑。

过了会儿,秦延出来,手里果然拎着一个蛋糕盒子。他上了车,把蛋糕盒子随手往温茗大腿上一放,对司机说:"麻烦了师傅,开车吧。"

司机往后视镜里看了看,笑道:"姑娘,你真幸福啊,男朋友这么贴心。"

"他不是我男朋友。"温茗澄清道。

司机师傅"啊"了一声,有点尴尬。

"真不是,不信你问他。"温茗看着秦延。

秦延看了她一眼,没作声。这女人不是拖泥带水的性子。缠人的时候,见缝插针,一旦决定划清界限,就不会再让人误会分毫。

司机识趣得很,不再打听他们的关系,一车人一路静默无声地到了温茗的店门口。

下车的时候,温茗对秦延说:"既然蛋糕都买了,吃了再走吧。"

秦延没有拒绝。

温茗一手拎着蛋糕,一手开门。秦延走到一边,盯着光秃秃的窗台,皱了下眉:"防盗窗还没装?"

温茗顺着他的视线看了一眼,说:"没有。"

"没催一下?"

"不着急。"她神情淡然地推开了门。

秦延想,糙胡子已经被抓起来,温茗这里应该暂时不会有什么危险,缓一缓也没关系。

"进来吧。"温茗倚在门框上,往里指了指。

秦延进了屋。屋里明显收拾过了,比起之前更整洁,也更冷清。

温茗把蛋糕放在桌上,对秦延说:"坐。"

秦延还没动,就见她进去了。耳边一阵潺潺的水声,他猜她一定又是在洗手。果然，她出来的时候，正用毛巾擦着手。

"你怎么知道我的生日？"温茗盯着花花绿绿的蛋糕盒子。说实话，她自己都忘了今天是生日。

"那天我捡身份证的时候看到的。"

温茗回想了一下，觉得有点匪夷所思。那天，从他摸到身份证到她动手抢夺，只是一瞬间而已。可他不仅看到了照片，还把她的生日都记住了，这人……

秦延把蛋糕盒子打开。温茗看了一眼，蛋糕是粉色系的，少女风十足。她自有记忆以来，很少过生日，也从没有拥有过这么漂亮的蛋糕。

她心上为他筑起的冰山，开始融化。

秦延把盒子抽走，温茗忽然意识到，没有蜡烛，便问："店老板没给你蜡烛吗？"

秦延又检查了一遍手里的盒子，真没有。

"他不给你，也没想着要一下？"她忍不住数落。

他倒是实诚："我忘了。"

"你也很少过生日吧？"不然，怎么会把这么重要的东西忘了呢？

"我从不过。"秦延说着，看了一下腕上的表，"还来得及，我回去拿蜡烛。"

他说完，转身就要出门，温茗连忙将他拉住："不用了，反正我年年十八，也没什么生日愿望，蜡烛点不点都无所谓，不用特意跑一趟。"

"没有生日愿望？"

"是啊，"温茗笑了笑，"我早就过了把想要的东西寄托在愿望里的年纪。我习惯了直接动手去争取一切，愿望对我来说，太虚无缥缈了。"

所以，遇到他，想要他，她从来不遮不掩。对于她这样的性子，秦延心底是赞赏的，但他没有表现出来。

他转手，把塑料刀递给温茗，说："那么，直接切蛋糕吧。"

温茗接过塑料刀，一刀划开了蛋糕。她的手指往奶油上一滑，趁着秦延不注意，顺势抹到他的脸上。

秦延愣了一下。

她眼底盈满了得逞的窃喜。很快，她的手又伸了过来。这次，秦延虽然

第三章 佳期如梦

有了防备,但依然由着她,没有躲闪。温茗玩上瘾似的。在她眼里,他俊朗的脸即便花了也依然俊朗。只不过,这张大花脸配上他冷静沉着的目光,着实滑稽。

温茗看着看着,忍不住笑了出来。

这是今晚她最开怀的一瞬间。或许,这才是生日的意义。

"秦延,谢谢你。"她放下塑料刀,慢慢朝他靠过去,双手托住了他的两腮。

秦延僵住了。他闻到她洗手液的味道,混着奶香,细腻有力。

"谢谢你记得我的生日。"她眼神热烈又风情万种。

秦延试图推开她,但温茗紧紧地黏上来。她微笑着凑近,慢慢低头,吻走他鼻尖上的奶油。秦延一双眼睛黑沉沉的,目光凛冽,扫过她的脸,像是冬日的寒风。

温茗假装没有看到。她又开始肆无忌惮地吻他的额头,吻他的眉角,吻他的眼睛……刚才抹到他脸上的奶油,像是为了给她开路。

"温茗……"秦延一张口,她就吻向他的唇。瞬间,她带着甜甜奶香的舌头,捣进他的嘴里。

"温茗!"秦延按住她的肩膀,一把将她推离自己,固定住。

温茗有点喘,仰头的时候,一缕碎发滑过来,挡住了她的左眼。她伸手拨开,露出一张微红的脸。

"你别这样。"秦延看着她。

"你不知道我为什么这样吗?"她眼睛发亮,"你有这么敏锐的观察力,难道会不知道我喜欢你?"

如此直白,是温茗的风格。秦延有点无所适从。温茗的双手又缠上来,勾住了他的脖子。她轻轻地踮脚,两人的唇再次贴合,酒精的味道和奶香混在了一起。秦延觉得,她就像是吸人魂魄的妖精,控制了他的思想,让他想挣也挣不开。吻一点一点加深,她的舌头又开始不安分。他的口腔里,到处都是她的甜味。

屋里安静极了,但秦延脑海里的声音却很嘈杂。

"他们那种男人没有未来!"

"我知道你喜欢秦延,但是喜欢他能有什么出路?他能给你什么?"

"我没在她最需要的时候陪在她身边,给不了她安定的生活,不能让她享福,我只会让她为我担惊受怕。"

秦延猛地推开温茗:"对不起。"他声音哑了。

温茗回神,捻了一下自己的嘴唇,冷笑着:"对不起什么?"

他没答,她紧盯着他。秦延转身,避开她的目光,抽了几张纸巾,将脸上的奶油都擦干净,匆匆地说:"生日快乐,我先走了。"

温茗攥住他的胳膊:"秦延,你真的一点都不喜欢我吗?"

"不喜欢。"

她伸手,将他的脸扳向自己:"你再说一遍。"

"你别闹。"他拂落她的手。

温茗满脸不相信:"不喜欢,你关心我的防盗窗干吗?不喜欢,你给我买什么生日蛋糕?不喜欢,你为什么不敢看着我的眼睛说话?"

秦延手心里汗涔涔的,他微微捏着拳,静默了几秒。

如果喜欢只是她所说的那么简单,他又何必顾忌?

"我不想把关系搞得太复杂。"

"什么是复杂?说了喜欢,就复杂了吗?"温茗咄咄逼人。

秦延越过她,走到门口。

温茗冲着他的背影喊:"秦延,你个胆小鬼!"

他推门出去了,没回头。夜色将他的背影吞没,仿佛他从来没有出现过。

温茗睡了很长的一觉。

隔天早上起来,蛋糕还放在桌上。天热,奶油已经馊了,昨夜的香甜不再,只剩一股酸涩。她把蛋糕扔进垃圾桶,点了一支烟,站在窗口。

董凌凌给她打电话:"昨晚怎么样?"

"什么怎么样?"

"秦延啊,拿下没有?"

温茗弹了弹烟头的灰,目光放远:"拿不下。"

"啊?"

"人家看不上我。"

董凌凌很意外:"人看着挺正的,没想到眼瞎啊。"

第三章 佳期如梦

温茗倚着窗台,把烟摁灭了。她知道,秦延不瞎,人家清明着呢。她也知道,他对她不是没有好感,只是被这种清明感左右,想与她时刻保持距离。

董凌凌没探听到什么八卦,失望地挂了电话。

温茗又在窗台靠了会儿,才拿了钱包,出门买菜。她最近都没怎么出门,冰箱又空了。

早上的街道,一如往常般热闹。温茗没走多远,就遇到那队戴着小黄帽的孩子,他们今天又新换了一首儿歌,歌词新颖,温茗连听都没有听过。

她找到之前那个与秦延认识的小男孩,他依旧走在队伍中间。不过,与平时昂首挺胸的神态不同,这会儿,他一路低着头,似乎在躲避什么。

温茗起初没注意,直到走到岔路口,小黄帽队伍即将拐进小路时,男孩忽然从队伍里冲出,往人多的街中心跑去。其他孩子都停下来,看着他,有点惊讶。

这场景有点熟悉,跟那天温茗跟着他时一样。

"这孩子敏感,你下次别跟着他了。"

秦延的话在温茗脑海里闪过,她意识到什么,左右张望几下。

马路对面的行道树下,有两个穿着花衬衫的男人。他们原本也要拐进小路,见男孩突然跑开,咒骂着拨开行人,朝男孩飞跑过去。

街中心行人车辆往来不断,男孩小小的身影在人群里穿梭。

"救命啊,叔叔!有人跟着我!"他随手拉住一个提着公文包的男人,仰头大喊。男人像有急事,脚步匆匆地避开了。

"姐姐!"男孩又拦住一个年轻姑娘,"你帮我报警好不好?有人跟着我,他们要害我,你帮我报警……"

这时,穿着花衬衫的两个男人跑近了。年轻姑娘一抬眸,看到他们手里举着刀,"啊"的一声尖叫着跑开。人群见状骚动起来,大家纷纷掩着头退开,热闹的街中心瞬间只剩下他一人,孤零零地站着。

持刀的男人越靠越近,男孩紧咬着唇,眼角泛着水光,但是没有哭出来。

温茗扔了手里的购物袋,疾步飞跑过去……

秦延一早到局里,大荣见了他,跑上来打招呼:"秦队,昨晚你去哪儿了？不是说抽根烟吗？怎么抽到我们散场都没有回来啊？"

"后来有点事，先走了，给小山发信息了。"

"难怪呢。小山半途就喝蒙了，自己都管不着，哪儿还有空管手机啊？我们还以为，你一声不吭地丢下哥们几个，是跟着哪个美女跑了呢！"

大荣话音刚落，走廊拐角处忽然蹿出来一个女人。她身形修长挺拔，一头齐耳短发简单干净。她显然是冲着秦延来的。秦延还未看清楚她的脸，她就一拳挥了过来。

"我去，这谁啊？"大荣叫了一声，尚未反应过来，就见秦延快速地截住了女人的拳头。

女人不死心，出完拳又出腿。她身手敏捷，一招一式也都利落有力，只可惜，这点功夫在秦延面前，完全成了花拳绣腿。没三十秒，女人就被秦延反手压在了墙上。

"秦队！"女人一边抽着凉气，一边扭头看向秦延，"柏香三队任玥，特来报到！"

秦延松开任玥，蹙着眉，问："怎么回事？"

任玥面对秦延，拨了一下耳边短短的头发，有些不好意思："冉局说，允许我'以下犯上'，和你过过招，所以我才斗胆对你动了手。"

秦延没作声，大荣先笑出来："冉局可真有意思！让个女人来和你打架，这赢或不赢，都不太好吧。"

"不好意思，秦队，刚才冒犯了。"

"没事。"秦延看了她一眼，又问，"没有伤到你吧？"

任玥脸颊微红，摇摇头："伤是没伤到。不过秦队，你可真不懂怜香惜玉。"

"怜香惜玉也是要看人的！你女土匪一样地跳出来，谁也怜不起来啊！"大荣忍不住说。

任玥扫了一眼："你是陈道荣吧？"

大荣窃喜："哟，妹妹，你知道我呀？我在你们三队很有名吗？"

"呸。"任玥扬了扬眉，"我是听我们队长说的。她说一队的陈道荣是个话痨，一肚子废话，三天三夜都倒不完。"

第三章 佳期如梦

"你们队长？我去！就知道在背后编排我！"

大荣正说着，秦延的手机响了。他走到一边，接起来才听一句话，就飞快地跑起来。

"秦队，怎么啦？"大荣叫着跟上他。

"柏香小学门口出现袭击事件！"

大荣眉头一皱："平平！"

秦延把手机塞回口袋，随手拉开一辆警车，跳上去。大荣上了副驾，任玥不知怎么事，但也急匆匆地跟上了车。

公安局和柏香小学不远，警车呼啸，几分钟就赶到了现场。秦延一下车就去找平平。男孩被学校的老师抱着，正哭得上气不接下气，一见到他，立马扑过来，抱住他的脖子。

"有没有受伤？"秦延抱着平平，柔声地问。

"我没有。"平平一边抽泣，一边指着前方众人围观的地方，"可是上次那个怪阿姨，她为了救我，受伤了，一直在流血。我好怕，她会不会死啊？"

"怪阿姨？"

"就是、就是上次跟着我的怪阿姨……"

秦延立马把平平塞到任玥怀里，大步跑过去。看热闹的人群围了一层又一层，秦延拨开了几个却仿佛没有尽头，不禁大吼："都给我滚开！"

大家都吓了一跳，主动让开一条道。秦延冲进去，看到了倒在血泊里的温茗。

她蜷在地上，长发凌乱，脸白得像一张纸，已经失去意识。柏香小学的校医正手足无措地跪在地上给她止血，可是没什么用，她的胸口还是有血不停冒出来。

"有没有人叫救护车？"秦延再张口，声音是抖的，完全没有了刚才的气势。

"救护车已经叫了，应该快到了。"旁边有人答。

"应该？"

残忍的寂静，没人作声。秦延蹲下去，一把将温茗抱起。

大荣正好跟过来,秦延顺势将车钥匙丢给他:"快!送医院!"

大荣愣了一下,没跟上他的步伐。

"聋了是不是!"秦延吼。

大荣连忙跑过去,替他打开后座的车门。秦延浑身暴戾,可是上车的时候却是小心翼翼。车子开了警笛,一路飞驰。车厢里的气氛压抑极了,大荣悄悄往后视镜里看了一眼,见秦延低着头,搂着怀中的女人,下巴抵在她额上,一动不动。

大荣多少次想开口,又闭嘴。在警队这么多年,他从没有见过秦延这个样子,暴怒、疯狂,又极力克制,就像一头濒临崩溃的狮子,稍有不对,就会放肆撕咬,不顾一切。

正是上班的点,路上车很多。秦延的眼神越来越冷,大荣也急出一身的汗。

到达医院后,大荣率先下车,帮忙拉车门。秦延下车时,看了温茗一眼。她软在他的怀里,像个布娃娃一样,了无生气。她的雪纺衬衫黏着他的T恤,深红一片,已经分辨不出原本的颜色。

医生护士都跑出来,了解过情况,就把温茗推进了手术室。关门之前,秦延捏了一下她的手,柔软冰冷。

手术的指示灯亮起,整个走廊陷入一片诡异的安静。秦延立在门口,眉心紧锁。大荣走到他身边,还未说话,先看到他满头的汗。

"秦队,你认识她啊?"这是废话,可这个时候,大荣想不到更好更自然的搭话方式。

秦延好像没听到,他人在外面,心已进去了。大荣没在意,退到一边。

过了会儿,任玥也赶到医院。秦延这才回神,问:"平平呢?"

"你是说刚才那个孩子吧?他妈妈来了,正带着他去警局录口供呢。我看那边没什么事,就先过来找你们。"

秦延"嗯"了一声,任玥还想和他说什么,但他已经转身看向大荣:"你们先回。去看看嫂子和平平,记得安抚一下。"

大荣点头,任玥站在原地没动:"才来就让我走啊。"

秦延没反应，只是盯着手术室的门。大荣对任玥使了个眼色，顺势拉她一把。任玥被拖着走了两步，回头看走廊里的秦延。

他已经坐下了。手肘支在大腿上，脸埋在掌心里，整个人像一座刚硬的雕塑，却在不经意间流露出复杂汹涌的感情。

"看什么呢！"大荣喊她。

"没什么。"任玥转回头，走出了医院。

手术持续了一个多小时，好在温茗并没有生命危险。医生说，这把刀要是刺得离心脏再近一点，那就真的回天乏术了。

医生都喜欢夸大其词，但秦延听到"回天乏术"这个词时，心还是紧了一下。他不敢想，如果温茗真的有事，该怎么办。

医生走了之后，秦延进了病房。温茗已经换上了干净的病号服。她躺在病床上，脸很素，没什么血色，唇角也泛着白，远远望一眼，都让人心疼。

他想起来，就在昨天，她还在说喜欢他，骂他逃避。可今天，她已经去鬼门关前走了一遭。世事无常，这种时候最能明白，人生并没有那么多时光可以浪费。

秦延走到床侧，握了握她的手，已经回温。他微微放了心。

下午两三点的时候，温茗醒了。

她一睁开眼，就见秦延坐在床边，正看着她。他眼底有让人猝不及防的温柔。只是在温茗睁眼的瞬间，那情绪消逝，只剩一片无尽的黑。

"你怎么在这里？"她问。

"知道这是哪里吗？"他反问。

"医院啊。"她四下打量病房，"我只是被人捅了一刀，又不是失忆。"

"只是捅了一刀？你觉得一刀不够？"

"秦延，"她看着他，"你和我抬什么杠呢！我刚才那句话的重点是一刀吗？"

见他不作声，温茗笑了笑，虽没什么生气，但还是挺好看的。她问："你是不是担心我了？"

秦延不回答，只说："我去叫医生。"说完转身要走。

温茗一扬手,握住了他的手:"我问你话呢?"

"你这情况,换谁都担心。"

"我不管其他的谁,我就问你。"

秦延深吸了一口气:"担心。"

她又笑了。秦延抽手要走,她一转手再次握住。

"你是不是还摸我手了?别以为我昏着就什么都不知道!我可感觉到了,一共两回,我都记得。"

秦延低头看着她:"摸了怎么样?"

"我靠手吃饭的,手对我很重要,不能轻易让人摸。"她眼睛里都是光彩,星星点点的,比以往更盛。

秦延静待着她的下文。

"如果摸了,我就得摸回来。"

他还没反应过来,就感到自己的手被她裹进两手之间。她的手指轻轻地游走在他的掌心和指腹,所经之处,酥酥麻麻,好似通了电。秦延没动,由着她。

过了瘾之后,她说:"你手上好多茧。"

他之前没注意,经她一提,自己在掌心里拨了一圈,还真是。

"我是粗人。"

她目光下移:"多粗?"

秦延用脚勾了椅子坐下:"我看不用叫医生了。"

"是啊。"温茗得寸进尺,将自己的手指挤进他的指缝间,与他形成十指紧扣的姿势,"不用麻烦医生,我睁开眼睛看到你在这儿,什么毛病都好了。"

秦延的心瞬间就软了,他甚至忘了挣开她的手。

温茗侧着头,静静看着他,慢慢地,眼里有了些许后怕:"我还以为真那么邪乎,生日之后,就是忌日。"

秦延蹙了眉,问她:"早上怎么回事?"

温茗想了想,摇摇头。她只记得,那两个穿着花衬衫的男人挥刀刺向小男孩时,她挡了一下,后来就一直迷迷糊糊,像做了一个长梦,直到此时梦醒。

第三章 佳期如梦

"秦延,这孩子到底是什么背景?为什么他还这么小,就有了仇家,非要置他于死地?"

"上一代的恩怨。"

温茗还想再问细一点,秦延制止了她:"先别管那么多,你好好休息吧。"

温茗刚睡着,董凌凌就来了。秦延把温茗暂时托付给她,然后离开了医院。

从医院出来后,他开车去了明江小区。明江小区离警局不远,当初冉韫将夏薇母子安排在这里,就是为了方便照应。话虽如此,可真有危险时,住得再近,也照应不到,就像今早。

秦延上楼,按了门铃。夏薇从屋里探出头来。秦延看到她,叫了声:"嫂子。"

夏薇点点头,侧身让他进了屋。

屋子不大,布置也很简单。秦延每次来,最先注意到的都是衣橱边的照片墙。那上面挂满了展栋生前的照片,全都是便衣照。

"平平不知道你要来,已经睡了。"夏薇从厨房里出来,给秦延倒了一杯水。

"没事,我就是不放心,再过来看看。"

"孩子吓坏了。不过,他不是怕那两个拿刀的男人,他是怕救他的那人有危险。"夏薇看着秦延,"我听大荣说,你一直在医院,怎么样?那姑娘没事吧?"

"受了点伤,已经没事了。"

夏薇松了口气:"那就好。平平一直吵着要去看她,我也想去当面致谢,可现在这个情况,我不敢出门。"

"人还没抓到,你们暂时先别出门。"

夏薇沉默了,神情沮丧。秦延一时不知该怎么安慰,两人静坐一会儿,夏薇突然开始抹眼泪。

"嫂子。"秦延有点慌了,他最见不得女人哭。

"展栋都走了两年了,为什么这些毒贩子还是不肯放过我和平平?这两年里,我们搬了三次家,好不容易在柏香安定下来,可是他们又出现了。秦延你说，我们到底要躲到哪里去才好？"夏薇越说，眼泪掉得越凶。

秦延抽了两张纸巾递给她，转头又看了一眼墙上的照片。照片里，展栋笑得很阳光，可此时夏薇的哭声，却很阴郁。

展栋是在两年前缉捕毒枭头子老马隆时牺牲的。当时，他已挨了一枪，但临死前，拖住同样受伤欲逃的老马隆，将一把瑞士军刀扎进对方的脖颈，终结了一代毒枭。

老马隆死在展栋刀下，他儿子马泰一直耿耿于怀。马泰接过毒品摊子后，一直派人报复展栋的家人。后来马泰被捕，夏薇以为终于可以安稳下来时，老马隆的侄子又上位了……也许是为了向警界示威，老马隆那帮亲信朋友对展栋一家的报复行动从未停止。

为此，夏薇这两年一路带着平平南下，东躲西藏，不敢暴露身份。可那些毒贩子却像鬼魅一样，一直缠着他们。

夏薇的哭声把平平吵醒了。男孩站在房间门口，光着脚丫子，睡眼蒙眬地看着他们。夏薇连忙背过身去擦眼泪。

秦延站起来，走到平平面前，挡住他的视线，夏薇趁势进了洗手间。

"醒啦。"秦延蹲下来。

平平点点头，伏到秦延怀中，把头埋在他颈窝里。他还没睡醒，有点黏人。秦延抱着平平走回他的房间，关了门。

平平的房间很小，一张小床、一张小书桌，还有一个黑猫警长的布偶玩具。除此之外，什么都没有。

这个黑猫警长的布偶是展栋买的。秦延记得，那年他和展栋一起去外省开会，火车上遇到春游班的孩子，几乎人手一个这样的玩具。展栋看着喜欢，拉了其中一个孩子，问玩具哪里买的。孩子说，火车上有个流动商贩正在卖。于是，展栋一节车厢一节车厢地找，几乎找遍整列火车，才买到这个玩偶。

当时秦延还打趣他："展队你找个玩具贩子，都搞出了搜毒贩子的动静。"

展栋笑笑，把玩着手里的玩偶，说："儿子都五岁了，我却从来没有好好陪过他，也没给他买过玩具。身为父亲，我真是惭愧。"

这一晃，又是两年过去了。只可惜，玩具还在，人已经不在了。

秦延把平平放上床，说："再睡会儿吧。"

平平"嗯"了一声，但是没有闭眼。秦延握着他的小胳膊，默默地陪着他。窗户开着，有风吹进来，卷走了房间里的燥热。

"秦延叔叔，"平平开口，"我们是不是又要搬家了？"

秦延伸手捋了一下平平黑亮的头发："这个，你妈妈会决定。"

"我真怕我们这么频繁地搬家，爸爸出差回来，会找不到我们。"

秦延微微顿了几秒，安抚道："别多想，不会的。"

平平在床上翻个身，侧躺着看向秦延，忽然放低了声音："秦延叔叔，其实我知道爸爸已经死了。"

秦延的心瞬间沉入谷底。

"我知道，妈妈是故意不告诉我的，她怕我伤心。"孩子的眼睛水水的，好像可以看穿人心。

"平平……"

"我没告诉她我知道了，因为我也怕她伤心。"

秦延把平平抱起来，收进怀里。孩子搂着他的脖子，很安静地流着眼泪。屋外没有声音，屋里也没有。但秦延却好像听到了他们各自隐忍的哭声。

过了一会儿，平平松开秦延，自己擦了擦眼泪，问："今天救我的那个阿姨，她会死吗？"

"不会，她已经没事了。"

"那就好，我真怕她也会死。"平平有点哽咽，"今天早上，街上那么多人，都没人理我，只有她一个人冲过来保护我。"

"秦延叔叔，她是个好人。"

秦延陪平平聊了一会儿，天就黑了。夏薇留秦延吃了晚饭。回医院的路上，他打包了两份外卖，一份正常，一份清淡。

董凌凌正要下楼买吃的，见秦延带了晚饭回来，不禁重新打量起这个男人。她没想到，外表看起来是个十足的硬汉，心还挺细。

这样的反差真是迷人，难怪连一贯冷漠的温茗说起他来，眼里都冒着粉红泡泡。

温茗还没醒，董凌凌吃了晚饭，又坐了坐。秦延话很少，几乎不主动开口，董凌凌说三四句，他才搭一句。他的气质里透着一股淡淡的疏离，和生人面前的温茗很像。和他聊不起来，董凌凌觉得没意思，就走了，秦延也没留。

董凌凌走后，秦延走回床边。温茗似乎睡得很沉，脸颊上还浮着红晕。他拨了拨她的头发，手背盖上她的额头，确定体温没什么异样之后，才放心。

秦延拉过椅子，刚一坐下，就见温茗睁开了眼睛。

"就这样？"她问。

"嗯？"

她抬手指了指自己的额头："按照套路，不是应该偷偷亲一下吗？"

秦延仰靠在椅背上，遥遥看着她："所以你没睡着？"

"这不是关键，你别扯开话题。"

"那什么是关键？"

"关键是，你总不肯给我一点甜头。生日的时候没有，受伤的时候也没有，你可真够小气的。"

秦延不吃她这一套，就静静看着她。灯光下，他眼睛里好像藏了一片浩瀚星辰，很明亮，也很沉重。温茗理直气壮地与他对视片刻，忽然又觉得心慌，连忙闭上眼睛，说："算了，真没劲，我睡了。"

"先吃点东西，我给你带了粥。"

她打开一条眼缝儿："你做的？"

"我买的。"

"那不吃。"说完又闭上眼。

"不饿？"

"不饿。"

秦延没再多问。虽然她话里话外生机勃勃，可是他看得到，她眉目间有疲态。无论如何，她终归是个病人而已，他得顺着她。

病房里空调温度开得有点低，秦延起身，替她扯了扯被子。温茗平躺着，领口敞得有点大，他无意扫了一眼，恰好看到她胸前缠着一层厚厚的纱布。

他想起医生说，刀口再偏离一点就会致命。

他想起平平说，街道上那么多人，都选择了视而不见，只有她选择了奋不顾身。

第三章 佳期如梦

她是那么勇敢。无论哪一方面,都那么勇敢。

他知道,温茗是个好姑娘,很好的姑娘。

温茗在医院住了几天,董凌凌和秦延两人一个白天一个晚上,形成某种默契似的,轮流守着她。她恢复得不错,很快就可以下床走动了。

这些天里,陆陆续续有很多不认识的人慕名前来探望,花和水果篮堆满了病房。董凌凌每天在病房里迎来送往,偶尔感慨棋牌室白天的生意要是有这么旺就好了。

温茗不习惯这种感觉,虽然知道大家都是好意,可每天被一拨又一拨的陌生人嘘寒问暖,她受不了。后来,她干脆和医生商量,开了个免打扰的单子,闭门谢客。

而秦延那边,袭击平平的两个男人已经抓到,只是不管警方如何审问,两人都死不开口。危机暂时解除,但罪恶的根源却仍然深埋于地下,不知道何时又会爆发。

夏薇还是决定搬家。她联系秦延,说走之前想带平平去探望温茗。

温茗最近有点日夜颠倒,夏薇他们到时,她正在睡觉。董凌凌有事回了店里,病房里只她一个人。她迷迷糊糊好像听到秦延说话,一睁眼,他还真在她床边立着。

"我刚梦到你了。"她说。

秦延朝她使个眼色,似乎是在示意她不要乱说话。温茗一转眸,看到秦延身边多了个小脑袋,奇道:"哎,你不是……"

小男孩身后,还有个打扮素雅的女人。

夏薇对温茗深深鞠躬,感激她救了自己的儿子。温茗受宠若惊,下意识地坐起来,结果用力太猛,牵动了伤口。她咬了一下唇,忍着没出声,不过秦延看出来了,俯身揽了一下她的背。

"不用……不用谢。"温茗不太懂如何应付这样的场面,只是觉得沉重,而秦延和平平在旁默不作声地注视着,让她更觉拘谨。

几人随便聊着。中途,秦延带平平去洗手间,回来时说:"嫂子,车来了。"

夏薇顺势站起来,整了整自己的衣角,说:"温小姐,我们得走了。"

温茗起初没有意识到这个告别的意义,直到看见平平转身抱住秦延的大腿,悄悄掉眼泪。

夏薇说:"原本应该再来看你几次的,实在抱歉。我和平平会永远记得你的救命之恩。"

平平哭声更大了,温茗有点手足无措。秦延把平平抱起来,回头看着温茗:"我去送送。"

温茗点点头。

外面不知何时下起了雨。秦延抱着平平和夏薇并肩下楼,医院里四处都是消毒水的味道,让人呼吸不顺。

"听大荣说,你现在已经是队长了。"

秦延"嗯"了一声。

夏薇笑了笑:"升职是好事,展栋以前总说,你是个好苗子,把事情交给你,他最放心。"

"我不如展队。"

"不,你们都是一样的人。"夏薇目光放远,"可太重情义,太能扛责任,从某种角度来说,未必是一件好事。"

秦延没作声。

"你们这样,活得太苦了。"

楼道里很安静,只有他们的脚步声。

"这么多年,也没听你说要找个女朋友。"

秦延勾了下唇:"没时间。"

"是没时间,也是没遇到对的人。说实话,虽然今天才刚认识,但我觉得温小姐人不错。"

夏薇说完,看了秦延一眼。他抱着平平,一步一步,走得稳稳当当,可说起温茗,他的眼神变了。

女人的第六感通常都很准。刚才在病房里,夏薇已经感受到他们之间不同寻常的气场。虽然秦延刻意保持距离,可眼神骗不了人。认识那么久,夏薇从没有见他用那样温柔的眼神看过谁。这两个人,或许现在还不是恋人,但已经处处都透露着恋人间才有的默契。

"早点成家吧。"

"嫂子，不是你想的那样。"

"不管是什么样，我都希望你能早点成家。有个家，会让你惜命一点。"

他们走到医院大门口。雨还在下，夏天的雨，比春天的粗犷些。

夏薇带着平平，打着伞离去。雨幕中离去的人，像老电影的最后一帧，缓慢、缱绻、悲怆。

"嫂子！"秦延忽然叫了一声。

夏薇停住脚步，在雨中回身，伞沿上的水滴像被抛开的珍珠。

"嫂子，你有没有怨过展队？"

这问题来得那么突然，但夏薇似乎并不觉得意外。也许，在日复一日的思念里，她已经想过无数回。

"怨。当我们被毒贩追着无法安眠时，每一分每一秒都在怨。"夏薇低头，声音被风吹散，"怨他为什么没有好好活着，怨他为什么不能保护我们娘俩。"

"那你跟了展队，后悔吗？"

"后悔。但我只是后悔当初他说要在一起时，自己犹豫了那么久，错过了那么多的好时光。"

错过了那么多的好时光……秦延定在那里，目光被雨打湿。

"秦延，我知道你在想什么。人生没有那么多瞬间值得你犹豫，爱就爱了，无所谓怨不怨，后不后悔。你们踏上这条路，已经放弃了很多，不能连被爱的资格都丢弃。别总顾念现实，要听听你心里的声音。"

夏薇走了。

秦延在门口抽了一支烟，看着几辆救护车呼啸着来，又呼啸着走。生死就在眼前，爱恨都太渺小，根本不值得计较。雨不停地下，越下越大，他把烟头丢了，转身上楼。

病房里是空的，温茗不知去了哪里。秦延正准备坐下来等她，走廊里匆匆跑过一拨又一拨的人，有医生，有护士，也有穿着病号服的病人。

"作孽哟！好端端的电梯，怎么出故障了？"

"谁知道呢？"

"里面的人还好吗？"

"从六楼往下掉，估计悬。"

"听说这姑娘是前两天刚送来的，救人的那个。"

"是吗？那还很年轻啊！"

各种声音传来，秦延起初没在意，却在某一刻突然捕捉到什么。他猛地站起来，椅子在他身后"嘭"的一声倒了。他快步跑出去，顺着人流，又一个个将他们赶超。所有人都是抱着看热闹的心态去的，只有他不是。

出事故的电梯口已经围了很多人，救援队正在施救。

"里面到底有没有人？"

"608的老太太说，看到有人进去了。"

"几个？"

"一个。"

秦延挤到人群的最前面，想再往前，被救援队的人拦住："先生，请不要妨碍我们的救援工作。"

他没吭声，只是强忍着身上披了冰盖一样蚀骨的寒意。

温茗，她不能有事，千万不能有事！

"来！一二三，走！"救援队齐声喊着口号。电梯门被撬开，胆小的看客已经闭上眼睛，但很快，耳边响起众人如释重负的叹息。

轿厢里，没有人。

"哎呀，饭可以乱吃，话可不能乱讲呀！真是虚惊一场！"

"拜托了，608的老太太老年痴呆，她的话你们也信哪！"

"你刚才怎么不说？马后炮。"

秦延松开攥着的拳心，指关节太过用力，血液尚未流畅，还泛着白。他默默往回走。短短十几分钟，明明什么都没变，又好像什么都变了。

"秦延。"他听到有人叫他。温茗站在走廊里，一身蓝白条的宽大病号服显得她很瘦小。

第三章 佳期如梦

"你去哪了?"

"病房里的水果再不吃就烂了,我挑了些给隔壁的阿姨送去……"温茗话音未落,人已被圈进怀抱。

走廊里不只有他们,来来回回,还有其他人。可只有他们忘了时间的流淌,像被定格在拥抱的刹那。

温茗最先感觉到的是秦延的心跳,有力、疯狂。她蒙了片刻,随即一勾唇,笑得风情万千:"秦延,你这是干什么?"

秦延没出声,只是那样抱着她。他猛然明白,他害怕的死亡不一定在未来,或许在明天,或许下一秒就来临。他不想再庸人自扰,不想因未知的事缩手缩脚,不想再浪费和她在一起的每一分每一秒,他只想好好爱她,珍惜眼前的时光。

温茗拉着他的手进了屋。

病房里开着空调,很凉爽。秦延刚关上门,温茗就单手勾住他的脖子,整个人缠了上来。这次他没有躲,压抑的欲望在顷刻间爆发。

大掌托着她的脸颊,他们动情地亲吻。温茗舌尖有清苦的药味,他与她纠缠,最后弄得自己满嘴都是这个味道。她的病号服在推挤摩擦间松了两颗扣子,领口滑下来,露出雪白的肩膀。秦延用余光看到她胸口的纱布,停下来。

"好了。"他压着声音,"去躺着,下次别乱跑。"

温茗摇摇头,踮了脚又吻上去。秦延没拒绝,一边回吻,一边替她把衣服拉起来扣好。温茗有意无意地用胸口顶他的手。他绷了脸,把她按进怀里,惩罚似的,狠狠一顿深吻。

屋外的雨已经停了,窗玻璃上流下一条条水痕。秦延把人打横抱起,放到床上。他替她脱了鞋,她的脚很小、很嫩,像刚剥干净的茭白。温茗坐在床沿上,曲着腿,看他给自己倒水拿药,笑了一下。有些话,不用说得太明白,她懂。

"秦延,你知不知道,你很迷人?"

"知道。"

温茗哼笑几声:"你有脸说?"

"你处处给我下套,不就是因为迷我?"他看着她乖乖喝药。

"我是挺喜欢你的,但我最喜欢的是你现在这样。"

"现在什么样子?"

"开窍的样子。"

温茗的伤没什么大碍,软磨硬泡之下,医生提早放她出了院。

店里这几天正是忙的时候,但她因为受伤,不能太过劳累,每天只工作两三个小时。周六那天,临近傍晚又接了个急单。一对小情侣为了庆祝相识一周年,突发奇想,要在自己的胳膊上文下对方的名字。

温茗思量着,两个名字也不费工夫,就答应了。她刚坐下,秦延就来了,他手里拎着几个袋子,见她有客人,没打扰,直接转身进了厨房。过了一会儿,厨房传出动静,时不时还有香味飘出来。

"你看看人家男朋友,还会做饭呢。"已经完成图案的女孩坐在一旁,向自己的男朋友抗议。

男孩腼腆一笑:"你喜欢的话,以后我去学。"

"真乖。"女孩凑过来,两人噘唇一吻,丝毫不顾忌温茗在场。

温茗没什么反应,没看到似的,专注自己手下的工作。

"姐姐,你和你男朋友认识多久了?"女孩把话题扯到温茗身上。

"还不足一个月。"

"这么短时间,他就登堂入室进厨房啦?"

"对的人看一眼就对了,不对的人处十年也对不了,爱情是一种感觉,不能用时间的长短去衡量。"

女孩点点头:"也是。"

一直没吭声的男孩忽然开口:"那爱情到底是什么感觉呢?"

温茗笑了,打趣道:"你们都恋爱一周年了。你现在问这个问题,是不是有点晚?"

男孩自觉问错了话,吐了一下舌。女孩倒不介意,看着他说:"爱情就是,我看着你的时候很开心。"男孩有点感动,两人眼神对上,又吻到一起。

温茗停下来,看着他们。两人腻歪够了,一转眼看到温茗似笑非笑的眼神,顿时不好意思起来。

"姐姐,你觉得呢?"女孩问。

"差不多。"温茗调整了一下坐姿,见门外秦延正端着一口砂锅放到桌上,挺拔的侧影沾染了烟火气,更迷人了,"我看着他的时候,很安心。"

文身结束,男孩付了钱,牵着女孩心满意足地离开。

温茗脱了一次性手套,洗个手,出来的时候,看到秦延正坐在树下抽烟。她没马上叫他,而是倚在门边,静静地看着。他很快察觉到她的目光,朝她看过来。两人遥遥对视片刻,秦延站了起来。

温茗常常觉得,他就像是一棵树,尤其立在那里的时候,静而挺拔。

秦延走到温茗面前,说:"去吃点东西。"

"没胃口。"

"喝点粥。"他看着她,"这次是我做的。"

温茗跟着他进屋。秦延舀了一碗给她。炎炎夏日,喝粥正好。

一碗下肚,到了温茗的极限,她摆摆手,示意自己喝不下了。秦延没勉强。他收拾一下碗筷,从她身边经过,走进厨房。过了一会儿,他又出来,端起了锅,来来回回,两次。

"你洗澡了?"他身上飘着淡淡的皂角香。

"洗了。"

温茗托着腮笑:"为什么洗澡?"

秦延看了看她。她笑得很暧昧,眼角眉梢都没怀好意。

"出汗了。"白天,他带着队里新来的几个小子去训练,出了一身汗,没有一处衣服是干的。不洗澡,怎么来见她?

温茗努了努嘴,有点失望的样子。她走到他面前,拉着他的胳膊抱上来:"既然洗了澡,今晚就别走了。"

秦延的喉头动了动。温茗仰起头讨吻,他碰了碰她的唇。她不满足,噘着嘴抗议。秦延望着她柔软粉嫩的唇,抬手托住她的下巴,低头吻了下去。温茗张嘴相迎,吻顷刻加深。两人的舌尖都是清粥的味道,清甜、香软。

"秦延,留下来。"意乱情迷之时,她仍然不忘在他耳边施咒。

秦延没答话,直接抱起了她。

"上楼去。"她说。

秦延一路将她吻上楼。房间的门虚掩着,被他一脚踢开。她搂着他的脖子,亲吻他的耳垂。秦延把她放倒在床上,伸手脱掉自己的T恤,俯下身来抱住她。那一瞬间,她鼻间充满他身上的味道。

他又开始吻她,深情、认真。

"秦延,我还没洗澡。"她按着他的手,身体往上一抬,想坐起来。

秦延把她按回去:"医生说你不能洗澡。"

"大夏天的,不洗澡怎么行?"

他看着她,双臂仍然禁锢着她。

温茗在他身下动了动,那把乌黑的长发散了,让她看起来更加慵懒魅惑。他们尚未欢爱,她脸上已经染上云雨之后才有的红晕。

"你放心,我不会弄湿伤口的。"她轻轻地吹气。

秦延皱着眉。

温茗笑:"你若实在不放心,可以进浴室监督。"

"你……"秦延无奈地翻身松开,扶起她,"去吧,注意点。"

温茗进浴室简单地冲了一下,出来时,看到秦延正倚在窗口抽烟。窗子开了一半,烟雾都被风卷出房间,屋里没有一点烟味。

她一边擦着头发,一边靠近他。秦延上身裸着,背部的文身狰狞而陌生,明明是她亲手文上去的,可温茗仍然觉得看不习惯。她在他身后立定,手从他的胳膊下穿过,贴抱上去。他身上很热,她身上很凉。

"给我也抽一口。"

他侧头看了看她,把烟摁灭在烟灰缸里,说:"你不能抽。"

"我想抽。"

"不能。"

温茗松开秦延,走到床头柜前,拉开了抽屉,一阵翻找后,找到了自己的烟,女士烟。

秦延跟过来,按住她的手:"以后别抽烟了。"

她斜着嘴笑:"这就开始管我了?"

"女人总抽烟不好。"

"哦,那我现在烟瘾上来了,能不能给一支解解馋?"

秦延直接把烟盒从她手里抽走,扔进了抽屉。温茗轻"哼"了声,尚未表示抗议,就见他吻了过来。他的舌尖带着烟草的味道,在她口腔里翻搅。她没抽到烟,感觉却像抽到了。

"行了?"

温茗被他束在怀里,气息不稳:"光这样,可解不了馋。"

他更深地吻她,半推半抱间将她按在床上,他滚烫的吻像骤雨一样烙在她的皮肤上。

"嗯……"温茗忽然闷哼了声。

秦延停下来,看她肩膀上的纱布冒着点点血红,蹙眉问道:"伤口裂了?"

她伏在他胸口,手按着他腰腹上的肌肉,微微喘息:"没事,继续。"

秦延没动,尽管他身体里的那头野兽早已苏醒,可他知道,她经不住那样的折腾。

"来啊。"温茗火上浇油。

"不闹了。"他揉了揉她的发心,"睡吧。"

温茗仰着头:"就差临门一脚,你甘心吗?"

秦延下床,拿了烟出门。

温茗四仰八叉地躺在床上,睁眼望着天花板。说实话,她今天的状态的确不是很好,人累不说,伤口也一直隐隐作痛,但她不想拂了秦延的兴致。哪知,他比她想象的能忍。

唉……过了一会儿,温茗有了睡意,她闭了眼,迷迷糊糊间,感觉到身边有人躺下,把她抱进了怀里。她动了动,枕着他的胳膊,寻了个舒服的姿势睡过去。

温茗一夜都睡得安心舒畅,醒来秦延已经不在身边。他给她留了字条:"去医院换药。"

温茗掐算了一下日子,今天的确该去医院复查,她忘得干净,秦延倒替她记着。她起来洗漱换衣服,看到胸口的吻痕,想起昨夜天雷勾地火的那一瞬,想起秦延下床时隐忍的表情,不由得扬起了嘴角。

去医院换完药，已是傍晚。温茗一走出医院，手机就响了。

温茗"喂"了一声，听见师傅韦书林中气十足的声音传过来："丫头，今晚过来吃饭，不用带酒，人来就行。"说完就挂了，根本不给她拒绝的机会。温茗知道他就是这脾气，笑一下，赶了过去。

韦书林家的门开着，温茗走到门口，听到里面传出"哗哗"的水流声。

"师傅。"她叫了声。

"丫头来了。"韦书林的声音传出来，似乎是在同谁说话。

温茗走进屋里，看到韦书林从厨房出来。

"来得正好，正愁没人做菜。"韦书林话音刚落，就见里面又走出一个人。温茗抬头，与周晋泓的目光撞上。

"来啦。"周晋泓抽了两张纸巾，擦了擦手上的水，笑道，"师傅说要在家里吃饭，可我们都不太会下厨。"

温茗忽然有种恍如隔世的感觉。

她与周晋泓分开有两年了。虽然当时对外也是扛着好聚好散的大旗，但其实他们分得并没有很痛快。至少，不是再见面可以像现在这样若无其事打招呼的关系。

"听师傅说你要回来，没想到这么快。"

"原本打算只去一年的，但这一晃，都已经两年了，你觉得快，我倒觉得慢了。"他看着温茗，说到"两年"的时候有些感慨，只是不知在感慨什么。

温茗笑了一下，忽略他饶有深意的目光，看向韦书林："有客人也不知道下馆子，还把我叫来烧菜，您这算盘打得可真精妙。"

"我这不是寻思着，你们俩也好久没见了，大家一起，热闹点嘛。"韦书林对温茗挤了挤眼。

温茗没吭声。她知道，当年她和周晋泓分手，韦书林一直觉得可惜。这两年，他一直旁敲侧击，打探两人有没有复合的可能。温茗嘴上没有给他留希望，但他心里的希望一直没有消失。

这不，一逮到机会，他就想做点什么。

温茗进了厨房。菜都准备好了，该洗的、该切的均已就绪，就差温茗最后一道工序。她戴上围裙,正准备系腰上的带子时,周晋泓进来问:"要不要帮忙?"

"不用,我能行,你出去。"温茗一边说,一边反手系上带子。

周晋泓似乎还有话,但碍于温茗态度坚决,也没再说什么,转身出去了。

菜很快上桌,三人落座。韦书林朝南,温茗和周晋泓面对面。为了活跃餐桌上的气氛,韦书林不停地找话题,周晋泓认真地配合,而温茗只顾低头吃菜。两个男人的戏唱不下去,自然把话题转到温茗身上。

"丫头,伤怎么样了?"

"没事,已经好了。"

周晋泓抬眸:"受伤了?"

"你还不知道吧?这丫头前段时间可牛了!"韦书林看向温茗,"见义勇为,被人捅了刀子。"

"这么严重?"

"不深。"温茗淡淡地补一句。

周晋泓无声地看着她,眉毛都拧到了一起。

"那几天,柏香市的新闻版面全是她,媒体记者都要把这位女英雄夸上天了。"韦书林言辞间有些骄傲。

"没那么夸张,那个孩子我认识,这才救的。"

"朋友的孩子?"

"嗯。"

"什么朋友值得你这样奋不顾身?"

温茗想起秦延,眼神温柔下来:"男朋友的朋友。"

吃完饭,温茗帮着收拾了一下厨房,打算走人。周晋泓非要送,她没拒绝。毕竟,当着师傅的面,她不好显得太无情。

下了楼,周晋泓去开车。温茗站在原地稍等一会儿,就见一辆大奔缓缓开过来。周晋泓偏爱大奔,这几年换了很多车,但一直没有换过牌子。

温茗上了车,周晋泓问了她的地址之后,两人就开始沉默。车厢里播着一首老歌,唱得人昏昏欲睡。

"这两年，你过得好吗？"他忽然开口。

"就那样。"温茗捋了一下被风吹乱的头发，"但最近，开始变好了。"

周晋泓刻意忽略她说变好时那一瞬温柔的眼神，又问："文身店生意好吗？"

"还行。"

"你父亲和奶奶最近好吗？"

"还行。"

周晋泓听出温茗并不想和他深入交流。每个回答都筑起高高的围墙，让他窥不见究竟。

快到的时候，温茗开始给周晋泓指路，不过仍是言简意赅。"左拐""右拐""往前"，就这样，一个字也不愿多说。温茗的文身店不大，但店面还算显眼，他没费什么劲儿就找到了。

夜深了，周围黑乎乎的，温茗推门下车，抬眸就看到了女贞树下那点猩红的火光。

秦延来了——这个念头从脑海里闪过，她下意识扭头看向周晋泓。果不其然，他也跟下了车。

"谢谢你，不用送了，你回去吧。"

"那个人你认识吗？"周晋泓的目光越过温茗，落向那个挺拔的影子，"看着像是在等你。"

"认识。我男朋友。"

"你真的有男朋友了？"

"是啊。"她那么坦然坚定，甚至有点骄傲。

周晋泓表情微妙地变了变："介绍一下吧。"说着，走向了秦延。

第四章

情深缘浅

秦延看着那一男一女朝自己走来，眯了下眼，摁灭了烟，起身。温茗小跑几步，带着风，先停在他面前。

"来很久了吗？"她问话的时候，抓住了秦延的手。

"不久。"其实已经很久了，但是此时他并不想告诉她。

"原本早回来了，去外面吃了个饭，耽误了。"她声音柔柔的，带着几分解释的意味，并回身指了下周晋泓，"给你介绍个朋友。"

秦延点点头，看过去。

周晋泓早就在等温茗的介绍，他对秦延笑一下，伸出了手："周晋泓。"

"秦延。"

两人的手在黑暗里无声地握了一下，又松开。

"我刚回国，在柏香就温茗他们几个朋友，很高兴能认识你，改天一起吃饭。"周晋泓言辞客套。

秦延笑了一下："好。"

"那我先走了。"周晋泓朝温茗扬了下手，转身往他的大奔走去。大奔亮了灯，路边的灌木都跟着发起光来。周晋泓拉开车门，上车之前，又往回看了一眼。

秦延没落下他这个眼神。这明显不是一般的眼神。

大奔飞驰而去，夜重归寂静。温茗和秦延肩并着肩往回走，风在两人间徜徉，温茗始终淡然自若，不过，她能感觉到身边的秦延多次欲言又止。

进了屋，温茗放下包，给秦延拿了瓶水。

"你刚才想和我说什么？"她在他面前坐下，托腮看他。他仰头喝水，喉头滚动，那截脖子性感得要命。

"是不是想问，那个男人和我什么关系？"

他把瓶盖拧回去，目光锁住她："知道还不主动交代？"

"没什么关系,想追我而已。"

秦延把瓶子支在桌面上,借力凑近她:"想追你?"

"别不信,想追我的人多了去了。"

"没不信。"他扬手扣住她的后脑勺,大拇指顺着发丝,摩挲片刻,语气柔和下来,"今天去医院换药了吗?"

"去了。"

"还疼吗?"

"不疼了。"

"好。"

她还没揣摩出这个"好"字是什么意思,秦延就吻了下来。这个吻凶狠暴戾,携裹着风雨欲来的气势。温茗转瞬就失守,舌尖麻麻的,都是他的烟草味。秦延将她一把抱起,往楼上走。

温茗搂着他的脖子,在他怀里喘息:"今晚留下来吗?"

"留。"

她浅浅一笑,攀着他的肩膀,昂起头吻回去。秦延熟门熟路地走进她的房间,没开灯,直接把她放到床上。一束月光透过窗子,落在地上。温茗看着秦延掀了T恤,腰身的轮廓在黑暗里依然硬朗。

温茗躲开了他粗重的吻,问:"今天怎么这么热情?"

"不喜欢?"

"喜欢,但如果有个理由,或许会更喜欢。"

秦延不作声,将她的脸扳回来,继续亲吻。

"秦延,"温茗艰难地咕哝,"你在吃醋?"

"不是。"

"你就会嘴硬……"

秦延咬着她的耳垂,在她耳边低语:"对,我吃醋。"

随着这句话落,夜忽然变得缱绻而温柔起来……这样的感觉,真妙。

隔天一早,两人吃过早餐,秦延就走了。他似乎很忙,总有电话找他。温茗没多问,不想让他产生在一起就要彼此束缚交代的错觉。那样没意思,她自己也厌烦。

温茗收拾了一下屋子，准备休息时，手机响了。周晋泓——温茗看着屏幕上的名字，恍然意识到，这些年来他们都没换过号码。

她接起来："有事？"

"中午有时间吗？想约你吃个饭。"

温茗深吸一口气，有点不耐烦："周晋泓，你什么意思？"

"就像昨晚一样吃个饭，没别的意思。"

"昨晚是因为师傅在，我不好拂了他老人家的面子，也不想和你弄得太难看。你应该比谁都明白，我和你之间已经没有坐在一起吃饭的必要。"

"温茗，我这次回来……"

"不管你这次回来打什么主意，都与我无关。过去的事已经过去了，我现在很好。"温茗收敛剑拔弩张的气势，放缓了语调，"就这样吧，挂了。"

她没有给周晋泓再说话的机会，直接按了挂断键，把手机扔在一旁。

窗外太阳高照，蝉声起伏，莫名的，温茗也躁了起来。她没想到，周晋泓还会回来，更没想到，他回来之后，还会找她。

温茗坐着出了一会儿神，手机又响了。屏幕上显示的是另一个陌生的号码，还不是本地的。

"小茗！"

"姨奶奶？"

"是我是我。赶紧过来，你奶奶病了，很严重。"

温茗思绪飞转，却一句话都说不出。那一瞬间万物寂静，耳边只有一个声音，是程佩的。她说："你就是上辈子欠了我们，这辈子来还债的。"

是。前世的因，今生的果。天道轮回中，早已给她安排好了一切，无可抱怨。

温茗出门前，先给秦延打了个电话，可等了很久，也没有人接。她呆了一会儿，被自己不知所措的恍惚感吓了一跳。她开始依赖他了——这并不是一个好现象。毕竟，修炼坚强很难，但软弱随时可以。

程佩所住的医院在曲山市的一个小县，来往车次少之又少，当前只能买到明天下午的票，而她等不了那么久。正不知该怎么办，秦延的电话拨了

第四章 情深缘浅

回来。"

"刚刚在忙，有事？"他的声音比以往更沉一些。

温茗犹豫了一下，虽然心里不想打扰他工作，但还是忍不住把奶奶的事跟他说了。那头还没有回复，先传来一阵嘈杂。温茗听到有人大声喊他的名字，秦延似乎捂住了听筒，温茗听不到他们在说什么。

听筒里安静几秒之后，他的声音又传过来："你等一下，我马上过来接你。"这么一句简单的交代之后，电话断了。耳边"嘟嘟"声起伏，她烦躁不安的心却突然宁静不少。

温茗快速收拾好东西，准备了点路上的干粮。因为不知道要去多久，她写了一张"暂停营业"的纸条挂在门上，顺便留了自己的电话号码，方便客户找她。

一切妥当，温茗就坐在窗口等秦延。秦延说让她等一下，事实上，也的确只让她等了一下。他很快就到，开着上次那辆汽车。温茗听到声音，走出门去。

秦延连车都没下，但他松了安全带，伸手替温茗打开副驾驶的车门。温茗上了车，两人对视一眼，一个有些急躁，一个依然沉稳。

"地址知道吗？"他问。

"知道。"

他掉了个头："那你指路。"

秦延顺着温茗说的路线开，不一会儿，就有了方向感。那个地方，他去过。

车子很快上了高速，两边车窗打开着，风"呼呼"地灌进来，温茗的头发全盖在了脸上。她拨回去，又被风盖回来。来回几次，有点滑稽。秦延余光扫到这一幕，默默把温茗那侧的车窗关了。

车窗隔去风声，车厢里安静了些。

"你这样跑出来，工作没事吗？"温茗问。

"没事。"

"你是做什么的？这么自由？"

秦延的手指在方向盘上跳了一下。

"我……"开口说了一个字,又止住了。

"算了,不想说也没关系。"温茗目视前方,面无表情。车厢里一阵沉默。过了一会儿,秦延扫她一眼。温茗感觉到他的目光,又开口:"你有工作,是吧?"

秦延笑了。原来,她想了这么久,是在想这个。

"是吧?"她追问。

"是。"

温茗靠回座椅上,好像这就满意了。

话题本该到此结束,但秦延有些于心不忍。他知道,温茗一直都是信任他的。之前纵然对他一无所知,也愿意真心交付。而现在,他们已有过最亲密的关系,就算她想对他的一切刨根究底,也有了足够的立场。但她没有,仍然给他留了足够的空间。

"温茗。"

"嗯?"

"虽然我不能给你富足的生活,但是你放心……"他停顿一下,整理着措辞。

"放心什么?"

"我不是不务正业的男人。"

车子进入曲山市,越临近目的地,路越崎岖难走。到达医院时,天已经黑了。

临下车,温茗突然攥了下秦延的胳膊。秦延扭头,看着她。他眉间有疲惫,眸子却依然很亮。

"我忽然想起一件事。"她说,"上次我奶奶住院,也是你送我去医院的。"

他眼神温和了些,耐心等着她的下文。温茗垂了下眼帘,似乎是在思索。良久,她下唇留了一排咬痕,这是她内心纠结的印迹。

"秦延,我的家庭是个地狱,你会被我拉进地狱的,你怕吗?"

她那么认真,那么沉重,他却笑了。秦延扬手抚了一下她的发心,粗粝的指腹搓着她柔软的发丝,温柔地说:"我比你更明白,什么叫地狱。"

所以,纵然他怕,也是更怕自己。

两人下了车。

护士见终于有人接手程佩这个烫手山芋,表现得很是热情。但程佩的病情并不乐观,她上次晕倒,是因为短暂性脑缺血发作,而这一次查出了肾衰竭。医生给温茗简单做了病情介绍,然后建议他们转院。

程佩知道自己的病情后,一直精神恍惚,惴惴不安,逢人就问肾衰竭会不会死。温茗走进病房的那一刻,程佩眼泪仍没有收住。她揽着温茗的胳膊,哭得像个小孩,甚至都没注意到秦延。

秦延见状,或许是怕破坏这一刻的温情,转身走出了病房。

温茗其实希望他留下。她不善安慰人,跟程佩从不曾亲昵无间,更没有像此刻这样彼此依靠的瞬间。但她承认,程佩抱住她的时候,她的心是软的。她们终究是血亲。

程佩哭累了,还不忘问温茗:"小茗,肾衰竭会不会死?"

"医生怎么说的?"

"他们都说不会,但我不相信。我之前就听说过,肾衰竭很难治,死亡率很高。"

"我们应该相信医生。"这话像是一颗定心丸,程佩忽然安静下来。

温茗看到程佩眼里有莹莹泪光闪烁。她一直以为,程佩这样的硬心肠,是不会有眼泪的。看来,是她错了。或许死亡的气息,更容易让人产生忏悔的情绪。

病房一室沉默,压得人呼吸困难。

秦延走出病房,在走廊站了一会儿,又下了楼。

楼下出了起医疗事故,大厅门口围了里三层外三层的闹事群众。有人哭哭啼啼,有人骂骂嚷嚷。几个片警在旁协调,时不时被情绪激动的病人家属打歪警帽。

秦延扫了一眼,走开了。

医院后面有个小池塘,塘内莲叶接天,一弯月牙倒映在水面上。风起,莲叶轻晃，弧角分明的月牙起了皱。

秦延找了一处石椅坐下，点起一支烟。烟刚抽一半，有人按住了他的肩膀。他侧头看到一只粗糙的男人的手，少了三根手指，在黑夜里显得有点可怖。

"延哥。"来人叫了他一声，绕到他面前，神色惊喜，"真是你，我还以为看错了呢。"

秦延抬眸："阿昭，好久不见。"

"是啊，都有三年了吧。"

"三年半。"

蒋昭摘了头上的警帽，拨了拨被帽子压出形状的头发，笑着与秦延并肩坐下。两个男人的背影在月色下一样的挺拔。

"没想到会在曲山碰见，前几天和张队聊天，还提起你呢。来办公吗？"对于这突如其来的偶遇，蒋昭显得很兴奋。

"私事。"

蒋昭点点头，没再细问。秦延掏出烟盒，往蒋昭面前一递。蒋昭憨笑着挥手："不抽。"

秦延有点意外，想当年，蒋昭可是队里的老烟枪，手里时刻离不了烟。

"备孕呢，老婆不让抽了。"他解释。

"结婚了？"

"是啊，今年三月结的。"

秦延把烟盒揣回兜里，目光随着前方的盈盈波光晃动："挺好，恭喜你。"

"延哥你呢？"

"老样子。"

"还干着？"

"嗯。"

蒋昭下意识地摸了下自己残缺的手指，垂眸道："你真牛。"

秦延没作声。

"当年那段刀口舔血的日子，我现在连回想都不太敢。"

秦延勾了勾唇："忘了吧。"

蒋昭"嗯"了一声，又沉默了片刻。想必该忘的，在这一瞬都记起来了。

"延哥，我调来曲山之后，咱俩就没聚过，明儿我请你吃个饭吧。"

"不了。"秦延拒绝，"这次时间赶，下次聚。"

蒋昭想了想，说："也行。"他戴上警帽，往大厅的方向一指，"那边的麻烦事还没完呢，咱们回见。"

蒋昭走了，秦延一个人又坐了一会儿，等他往回走，发现温茗出来了，正到处找他。

医院的路灯很亮，她边走边张望的样子明明凝着一层光，但遥遥望去，还是能看清那簇黯淡的情绪。

"温茗。"秦延出声。

她朝他看过来，眸子亮了亮。秦延心一软，快步朝她走去。

"你去哪儿了？"她的声音也是柔软的。

"抽了支烟。"

"烟？"温茗念出这个字，忽然起了瘾，"我也想抽。"

本以为秦延会拒绝，但他却一反常态，掏出烟盒和打火机，塞到了她手里。

"下不为例。"他说。

烟盒的塑料纸上，还有秦延身上的温度。温茗握在手里捻了捻，夹起一根，走到路边的大树下。秦延没有跟过来，她一个人默默地抽完，转身，他还站在那里。

"你看什么呢？"温茗顺着他的视线望过去，看到大厅里闹成一团，有情绪激动的家属直接拿手抡人。几个警察都没有反抗，仍然好言劝着。

"没什么。"他揽住她的肩膀，看向别处，"走吧。"

两人回到楼上，走廊里冰冷的空气闷得让人窒息。

"我今晚想留下来。"温茗说。

秦延点了点头，走到边上，坐下了。

"你去附近开个房睡吧。"温茗指指病房，"这里也没什么事，不用两个人都在。你白天开了这么久的车,也该累了,明儿还回去呢。"

"不用。"他没有要走的意思。

温茗走到他面前,抬手摩挲着他下巴上那圈细小的胡楂,也不知道什么时候冒出来的,突然就有点青了,还有点扎手。

"你留下干什么呢?"她问。

他仰头,一双黑亮的眼带着些许不太明显的柔情:"陪你。"

温茗笑了笑,侧身在他身边坐下,自然地把手塞进他掌心里。他一转手,十指扣住。

"其实,我和我奶奶的感情一点都不好。"她的声音平淡直白,就像是天花板上的灯,亮得毫无温度。

秦延没作声,安静地倾听着。

"可是,我一想到她在医院,那么惶恐孤独,又觉得她好可怜。"她歪头,枕上秦延的肩膀,"秦延,我想救她。"

这句话糯糯的,有点软,又很硬气,带着一点商量的意味,但其实已经有了决定。

"你想做,就去做。"人生太短,别留遗憾。

温茗没了声音。过了会儿,秦延转头,看到她已经闭上了眼睛。灯光灿白,她的脸也很白,疲惫得没有血色。秦延在她额上落下轻轻一吻,调整姿势,将她揽进臂弯。她嘤咛了声,又动了动,但很快就睡沉了。

走廊里很安静,只有她平稳的呼吸声。偶有小护士查房,路过他们的时候,会忍不住多看一眼,但撞上秦延的目光,又会赶紧红着脸躲开。

温茗这一觉,睡到了天亮,中途一次都没醒。当她睁开眼睛,发现自己枕在秦延的大腿上,而他还维持着昨晚的那个姿势,一动不动。若不是颈间有他的温度,她会以为他就是一座雕塑。

"醒了。"一宿没睡,他的声音有点沉。

"你坐了一晚上?"

"中间睡了。"

"怎么睡的?"

"闭眼睡的。"

温茗不再问。秦延笑一下，拍拍她的肩膀，把她搂起来。

温茗扶了扶自己酸痛的脖颈，想不通为什么明明是这么吃力的姿势，她竟能睡得那么熟。或许，是因为在他身边吧。他在，就有了一种天翻地覆都不怕的踏实感。

秦延站起来，松了松腿："你先去洗把脸，我去买吃的。"

温茗点点头，却站在原地没动，她看着秦延，看着那挺拔的身影和因为一整晚维持同一个姿势而变得僵硬的走姿，忽然觉得，纵然眼前遍是人世疾苦，心头那滋味仍是甜的。

温茗草草吃过早餐，就去办了转院手续。

程佩今天的精神看似不错，但一下床，双腿就虚软打跌，站都站不稳。秦延借了医院的轮椅，一路推着程佩下楼。到了门口，秦延去开车，温茗和程佩一起等着。

"这是你男朋友？"程佩盯着秦延的背影。

"嗯。"

"之前你爸说的那个有钱人？"

"不是。"

"那这个有钱吗？"

温茗揉了一下眉心，有点不耐烦地轻喝了声："奶奶。"

程佩舔了舔干枯的唇，大约是知道自己此时有求于人的立场，没再作声。

秦延把车开过来。程佩下意识地先扫了一眼车标，有点失望。

秦延把行李放进后备厢，又把行动不便的程佩抱上车。温茗在旁插不上手，只得默默看着。说实话，这一幕着实戳到了她，若非知道程佩此时心里正打着什么算盘，她或许会感动到流眼泪。

这是第一次，有个男人因为爱她而对她的家人如此尽心尽力。

上车的时候，温茗忍不住探身吻了一下秦延。秦延一僵，目光飘向程佩，似在提醒她车上还有长辈。温茗才不管那么多，她坦然地向副驾驶座上一靠，闭了眼。

中途，程佩也睡了一觉，睡醒就开始和秦延搭讪。

"小伙子，你叫什么名字？"

"秦延。"

"哪里人？"

"崇城。"

"不是柏香本地人啊？"

"不是。"

"家里还有谁？"

"就我一个人。"

温茗动了动，抬眸看了一下秦延。他很平静，侧脸的线条倒映在车玻璃上，和着窗外的景，像是印入了画里。

"就你一个人，是什么意思？你父母都不在了？"程佩的语气丝毫没有抱歉，反而多了一丝追根究底的执着。

温茗扶了一下额头，正想制止，就听到秦延又很平静地应了一声。

程佩的语气软了下来："没有父母帮衬，活得很辛苦吧。"

车子进了隧道，视野之内一片灰暗，秦延的声音也有点模糊。他说："不辛苦。"

"对了，你是干什么工作的？"

"我……我是跑运输的。"

车子驶出隧道，刺目的光扑面而来，温茗眯了一下眼睛。

"干运输的？那岂不是经常要跑外地？"

秦延点点头，顺势说："是的。再过几天，就要去外地了。"

温茗转过脸来，有点意外："你要去外地？"

秦延"嗯"了一声："昨天领导刚安排的，还没来得及和你说。"

温茗的眼神暗了一下。还没来得及说吗？来时一路，明明那么多的时间，他却只字没提。

程佩感觉到车里的暗流，心想这两人的感情也不见得有多扎实，莫名舒坦不少。她没想到秦延长着这么体面的脸，却只是个跑运输的，印象又打了折扣。

第四章 情深缘浅

回程似乎比来时更快。到达柏香市时，天刚黑，秦延顺道先送程佩去了医院，办完入院手续，又送温茗回家。两人这一天都没什么交流，除了基本的对话，全程静默无声，秦延能感觉到，温茗在和他置气。

车子开到店门口，刚一停下，温茗就松了安全带，要推门下车。秦延眼明手快，一把勾住她的肩膀，将她按回副驾驶座。

"怎么了？"他问，竟显得有点无辜。

温茗更气了："我怎么了？你不知道吗？"

秦延实诚地摇了摇头。

温茗沉了一口气，也不指望这大老粗瞬间就心思细腻起来。她看着秦延，问："如果路上我奶奶不问起，你打算什么时候告诉我，你要去外地？"

秦延反应了几秒："我还没想好。"

"还没想好？"温茗不解，"就简单地知会一声，你需要想什么？"

两人互相看着彼此，有一瞬间，车厢里的空气似乎都变得稀薄起来，压得人无法喘息。这时，秦延的手机响了，他掏出来看了一眼，没马上接。

"你进去吧，早点睡。"

温茗意识到他这是在赶她下车，立马赌气推门，头也不回地进屋。屋外的人也没有久留，她一关门，车就走了。

她透过窗子，看着秦延的车消失在路口，忍不住摔下肩头的包，憋屈地"啊"了声。冷静几秒之后，又觉得是自己无理取闹，他已经没日没夜地陪了她两天，她却为了这点莫须有的小事生气。

她该相信他的，哪怕他对待这份感情似乎有点粗心，哪怕他不是那么完美的恋人。

秦延原本想等温茗下车之后再接电话，但电话只响三下就停了。他猜到是谁，索性把车开到无人的路口，再拨回去。

是大魏。他又换号码了，谨慎起见，他们之间的联系方式一直在变。

"秦队，穆伟那边有货要走，我们的计划提前了，五天之后出发。"

秦延怔了几秒，一时忘了回应。

"延哥，你在听吗？"

"在听。"

"我已经联系过冉局了,估计他明天就会找你。我这几天暂时不和你们联系了。按照原计划,五天后我们清门关汇合,一起去北疆。"

"好。"

电话断了,悠长的"嘟"声在黑夜里像是逼人的符咒。秦延降下车窗,一连抽了好几支烟。烟雾被吹散在风中,他的愁绪却似乎更浓了。

五天之后,他就得离开柏香。这一去,归期不定。顺利的话,一两个月;不顺利的话,离别或许会变成永别。而他心里比谁都明白,这一行,顺利的时候总是少数。他无法做到如温茗所说的"简单地知会"。因为他的未来,他无可预测。他内心深处真正迷惘的、没有想好的,是自己到底该不该告诉她此行的目的,又该不该让她等?

烟盒里的烟都烧没了,秦延才开车回家。他住在建成区的出租房里,房子不大,也没有装修,屋里的一切都很清简,一个衣柜,一张床,入目干净整齐,没有多余的摆设,也没有什么人气。

秦延常常觉得,自己的人生就和这个房子一样,空荡、冷清。他没有情感,没有牵挂,也没有后顾之忧。他觉得这样很好,甚至觉得自己一辈子都会这样。

直到有一天,温茗突然闯了进来,像清风过境,猝不及防。他挣扎、拒绝,可还是爱上了她。从此,像枯乏的躯壳有了灵魂,顽强的勇士有了怯骨。

秦延洗完澡,套了件背心,枕着胳膊肘躺在床上,望着天花板上的灯泡,在风扇的"嘎吱"声里,睁眼到天亮。

果然,冉韫一大早就给他打电话:"小子,一起去吃面。"

秦延开车前往枣弄口的春山面馆。冉韫早到了,正坐在店外的一张方桌上等他。秦延打了个招呼,在他面前坐下。

"知道我找你干什么吧?"冉韫微昂着头,看着天际那朵被照得发亮的云,"要出发了。"

要出发了——这四个字,更像是呢喃。

秦延"嗯"了一声。

"我去见过木强了。他态度很积极,身体和心理的各项指标也都过关,可以参与执行任务。正好，欧翰身边有个叫大蟒的心腹，擅长格斗。这是木强的强项。"

"你想让木强成为大蟒？"

"对，木强各方面都很符合大蟒的形象。我唯一担心的是他的毒瘾。一朝染毒，一生戒毒。等到了北疆，你千万要看住他。"

"我明白。"

两人无声地坐了一会儿。眼前街景喧闹，但在他们眼里仿佛成了黑白默片，无声、沉重。

老板把面端过来，腾腾热气打破了沉默。冉韫递了双筷子给秦延，他们面对面坐着，各自把面拨凉。

"去了之后，千万注意安全。我在这里等你，等你回来陪我一起吃面。"

"我走之后，队里还有其他人。阿国、小山、大荣都很喜欢吃面，你可以找他们陪。"

"那帮崽子不行！他们怕我，都放不开和我聊天。"冉韫夹起面，吸进嘴里，咀嚼了下，又停止，"就你不怕我！说说，你为什么不怕？"

秦延笑笑："就一快退休的老头，打枪都已经没有我准了，有什么好怕的！"

"臭小子！"冉韫作势扬了扬筷子，片刻后又收起玩笑脸，一本正经道，"去了那边，可别天不怕地不怕的。干我们这行，还是要有点畏惧之心，不然，哪儿来如临深渊、如履薄冰的谨慎？"

"行了，我知道了，别叨叨叨的。"

"等你将来做了父亲，就知道我为什么这么唠叨了。"

秦延拨弄着碗里的面，热气冒上来，不知不觉竟模糊了视线。

过了一会儿，冉韫又问："见过任玥了吧？"

"谁？"

"柏香三队的任玥，一个身手和思维都很敏捷的女同志。"

秦延想了想，好像是有那么一个人，但他已经忘了任玥长什么样子，隐约有印象的，仅是那头齐耳短发和朝他挥过来的利落一拳。

"见过。"

"这次任务,她的身份是欧翰的夫人林娅。在北疆,她会配合你的所有行动,剩下的几天,你们两个要尽快熟悉起来。"

"夫人?"

"对啊。这福利不错吧?"

秦延抽了抽嘴角。

从面馆出来,枣弄口已经没那么热闹了。冉韫一边掏钥匙一边看着秦延,问:"去哪儿?回不回局里?"

秦延摇摇头:"我还有点事,晚点回。"

"臭小子,最近怎么这么多事?"冉韫勾住秦延的肩膀,又重重拍了下,半是严厉半是提醒,"注意分寸,赶紧收心。"

"我知道。"秦延看着冉韫离开,走到车边抽了根烟。今天的面有点咸,他吃完嗓子有点涩。一根烟烧完,嗓子更难受了。他上车,往医院去。

温茗一早就去了医院。很快,董凌凌也闻讯赶来。她不是一个人来的,还带着周晋泓。

许是怕温茗不高兴,董凌凌趁着周晋泓不注意,悄悄把她拉到一边,解释道:"昨晚,周晋泓和一帮朋友来店里搓麻将,知道了你奶奶的事情。他说认识这方面的专家,想来帮忙,所以我才……你可千万别生气啊。你要是觉得不舒服,我立马让他回去。"

董凌凌这解释让温茗无法拒绝。既然周晋泓只是来帮忙的朋友,她怎么好赶人家走呢?

周晋泓先去病房看了程佩。他带来很多东西,趁着没人的时候,还给程佩塞红包,把程佩哄得很开心。程佩之前没见过周晋泓,但听他委婉地介绍自己与温茗的关系时,程佩敏感地意识到眼前这个穿名牌、戴名表的男人,就是之前温侯生口中那个"有钱的男朋友"。

比起"跑运输"的秦延,出手大方的周晋泓简直太合程佩的心意。她极力撮合两人,温茗却不买账。

周晋泓看出温茗脸色不好,忙说:"温茗,我已经和我朋友打过招呼了,他是肾衰竭尿毒症方面的专家,我带你去见见他吧。"

第四章 情深缘浅

温茗点头。

出了病房，两人沉默地走了一会儿。周晋泓突然叹气："小茗，以前是我不好，是我不够坚定，没有在你和家人之间做出正确的选择……"

"不要说这些。"

"不，我得说，因为现在我想好好照顾你。"他握住温茗的手腕，"小茗，你能不能再给我一个机会？"

温茗的脚步停下来。周晋泓的手掌很凉，不像秦延，他的手总带着一丝让人心安的温热。她知道，这男人性子凉薄，尽管现在摆出一副改过自新的姿态。

"周晋泓，如果你答应帮忙是以这个为条件的话，我拒绝。"

"小茗！"

"别叫我……"温茗话还未说完，抬眸忽然看到秦延正迎面走来。他的目光落在周晋泓的手上。温茗愣了几秒，想挣脱周晋泓的手，却发现他不知什么时候加重了力道。

"周晋泓！"温茗呵斥道，虽压着声音，但眼里已经有了怒火。

他终于松开。三人站在走廊里，温茗和周晋泓肩并肩，秦延一人与他们遥遥相对，气氛尴尬而怪异。

"你来啦。"温茗走到秦延面前，想解释，又不知道该怎么解释。

秦延点了点头，看着周晋泓，眼神凌厉。

"你别误会。"温茗下意识地搓了下被周晋泓握过的手腕，"我……"

周晋泓的手机忽然响起，他看了眼屏幕，走到温茗身边，说："我们走吧，金医生在等了。"

温茗有一瞬想拒绝他，但是话到嘴边，又让理智压了下去。

"你等我一下，我去见医生。"温茗对秦延说。

周晋泓虚揽了下温茗，与秦延擦肩的时候，朝他点了点头。

秦延没动。眼前的周晋泓好像仍是初次见面时那个礼貌得体、风度翩翩的男人，但这种温和的交锋中，已然藏了敌意，别人或许感觉不到，但秦延可以。

秦延没在走廊里停留，他径直走进程佩的病房。程佩正在数周晋泓留下的红包,看到秦延进来,忙不迭地把钱塞到枕头下。

"奶奶。"

"哦。"程佩不自然地拨了下头发,"你忙,就不用来看我了,请假也不方便。"

"没关系。"

"你不是说,你要去外地跑运输吗?还没走?"

"过几天走。"

程佩想了想,指指自己床边的凳子,说:"小秦,你过来坐。"

秦延走过去坐下。

"小秦啊,"程佩语重心长,表情似乎很痛苦,"奶奶希望你能和我们家小茗分手。"

秦延眯了下眼,随即恢复了平静。他淡淡地看着程佩,等着下文。

"我觉得,你和小茗一点都不合适。而且,她也不是真的喜欢你。"程佩看向门外,"刚才出去的那个男人,你遇到了吧?他叫周晋泓,是小茗以前的男朋友。两人交往了很久,中间闹了点小别扭才分手的。"

秦延的手悄悄握成了拳。他记得,温茗说过,周晋泓想追她。原来这个"追",并不是单纯的"追",而是有感情基础的挽回。

"说句难听的,小茗和你在一起,就是为了气晋泓的。不然,她为什么选择你?"程佩打量了秦延一眼,"毕竟,小茗这么优秀,而你什么都没有,对吧?"

秦延站了起来。短短几分钟,比他匍匐在四十度高温的烈日下更难熬。

"奶奶,我先回去了,你保重身体。"他说罢,转身就走。

程佩不死心,继续说着什么,他一句也没听清。

秦延走出医院,外边日头毒辣,无风,整个世界都萦绕着一种令人窒息的沉闷。车里热气冲天,方向盘烫得像个火炉,可秦延没什么反应。他揉了下发胀的太阳穴,发动车子,直接去了警局。

早上有个例会,冉韫交代所有人都要参加。秦延去得晚,车位寻了半天。停好车,他又去办公室拿了个笔记本,找了支能写的笔。一来二去,差点

第四章 情深缘浅

迟到。等他走进会议室，入目都坐满了。

"秦队！"一道清亮的女声响起。

秦延闻声转眸，看到有个穿迷彩衣的女人正朝他招手，脑海里闪过一个名字——任玥。

"秦队，这儿！我给你留了位置！"任玥热情地喊，会议室里发出一阵笑声。

"秦队，这儿！我给你留了位置！"大荣挤眉弄眼，学着任玥说话，又引来一阵笑。

秦延把手里的笔记本一卷，将会议桌边坏笑的几个小子都抢了个遍。他坦然地走到任玥身边坐下，任玥摸摸鼻尖上的细汗，对他笑了笑。

冉韫走进会议室，关了门，众人立马恢复正经。会议持续了一个小时，结束的时候，冉韫把任玥单独留下。秦延能猜到，冉韫要和任玥交代的事情必定和他有关。

果然，没一会儿，任玥就来找他了。

"秦队，中午一起吃饭吧？"任玥站在风扇下，笑容好似带着风，清清凉凉的。

一旁的大荣凑过来："哟，丫头片子毛都没长齐呢，就想约我们秦队啊？"

任玥不理大荣，继续跟着秦延，追问："成不？"

秦延点了下头，办公室里顿时发出一阵起哄声。

"没想到，我们秦队这么不经撩啊。"大荣坏笑着，挤任玥的胳膊，"打算和我们秦队去哪里吃饭啊？"

"食堂。"

"喊。"大家一阵失望。

任玥笑着看向秦延："秦队，你觉得怎么样？"

秦延又点了下头。

"那就这样说好了！一会儿见。"任玥对大家挥了挥手，转身出去了。

阿国支着椅子脚，往后一仰，目光透过窗子跟着任玥。确定她走远了，他立马站起来，关上办公室的门。一群人说好了似的朝秦延围过来。

"秦队，老实交代，什么时候看对眼的？"

"就是就是，怎么一点苗头都没有，突然就约上了呢？"

"你追的她，还是她追的你？"

秦延抬眸，目光扫了一圈："都很闲是不是？"

也许是语气不重，没什么效果，众人仍笑嘻嘻的，不依不饶。

秦延不想让误会加深，解释说："这次北疆的任务，她会一起去。冉局下了命令，让我们提前熟悉。"

屋里突然静了下来，刚刚还没有正经相的几个男人，表情瞬时都严肃起来。

"局里没人了吗？让女人去冲锋陷阵？我们摆着看哪！"大荣嚷嚷。

其他人显然也是这个想法。秦延没说话，站起来，拍了下大荣的肩，拿起手机，走出了办公室。

屋外依然炎热，无风。秦延在门廊下站了一会儿，身后很久没有传来声响。他席地坐下，点了支烟，刚抽了几口，温茗的电话过来了。

他一手夹着烟，一手握着手机，默默盯着屏幕上发亮的那个名字，好一会儿都没有反应，直到烟烧到他的手指。

疼，锥心刺骨的疼。这种疼痛似在提醒他什么。

秦延弹开烟头，正要接电话，铃声戛然而止。他握着手机，原地等了一会儿，温茗没有再打来。空气里留下一阵压抑的静谧。他滑开屏幕，手指无数次伸向那个未接来电，但最后还是选择不拨回去。

时间不多了，已到了该做决定的时候。

任玥拎着餐盒，穿梭在警队的车棚下，避着太阳走。她五官很好，但并不白，长年累月的训练让她的肤色很健康，她自己也没有什么防晒意识。但最近，她开始在意这些了。

"小玥，手里拿着什么呢？"同事盯着她手里的餐盒，虎视眈眈的。

她笑着晃了晃："好东西。"

"好东西要分享。"

"那走，去食堂。"

"去食堂啊……"同事拉长语调，"那还是算了吧，做电灯泡可不好。"

任玥脸一热，没想到这点小八卦传得这么快："不是你们想的那样。"

第四章 情深缘浅

"我们想什么不重要,重要的是你加把劲,秦队是个不错的男人。"同事挤眉弄眼,一脸坏笑。任玥还想解释,对方朝她比了个"加油"的手势,走了。

车棚下有点热,任玥站了一会儿,跳了几步,又躲进树荫里。她想着秦延,想着早上开会时他心事重重的样子,手里的餐盒忽然就变沉了。

食堂一到饭点人就很多,但好在很有秩序,每个窗口的队伍都是整齐划一的,遥遥一望,军训似的。任玥站在队伍的末尾,探着脑袋找秦延,他今天穿了白色的T恤,在人群里还算显眼。

"秦……"任玥想喊他,又怕引起误会,话到嘴边收住了。

秦延已经打好饭,转身的时候,目光扫了一圈,似乎是在找什么人。任玥看到他手里的两个餐盘,心里忍不住雀跃了一下。

"秦队,"她跑上去,"你给我打饭了吗?"

秦延下巴一扬,示意她去坐,任玥连连点头。两人就近找了处位置坐下,秦延把其中一个餐盘放在任玥面前,又给她递了双筷子。

"谢谢秦队。"任玥咬着筷尖,看着秦延。

秦延自顾自地低头吃饭,显然没把她当回事儿。

"秦队,你应该还记得我的名字吧?我叫任玥,之前是红安特警队的,后来调到柏香,没什么特别的本领,但射击还行,去北疆的任务中,我的伪装身份是你的妻子。"

说到"妻子"这两个字时,任玥停顿片刻。她小心地观察秦延的反应,但秦延还是面无表情。

"秦队……"

"先吃饭,有什么话吃完再说。"

"嗯,好。"

任玥扒了两口白饭,忽然想到自己带来的餐盒。她打开盒盖,夹起几片酱牛肉,放进秦延的餐盘里。

秦延手上的动作顿了顿。

任玥连忙解释:"食堂伙食不好,给你加个菜。"

秦延抬眸,四下看了看,周围那么多同事,全都低着头,狼吞虎咽的,谁也没那么多讲究。他用筷尖拨了一下盖在米饭上的酱牛肉，又把目光落在任玥身上，说："什么时候开始觉得食堂伙食不好的？"

任玥从他的眼神里觉察出什么，立马放下筷子，原地坐正。

秦延见她正襟危坐的样子，心知自己可能吓着她了，缓和神色："别紧张。你说得没错，食堂伙食的确不好，女孩子挑剔些无可厚非。但是，你得有心理准备，接下来的任务中，我们的伙食可能会比这不好几倍，如果你受不了……"

"秦队！"任玥打断秦延的话，"我没有抱怨的意思。我也不是天天给自己加菜，这酱牛肉是我妈昨天来看我的时候，给我带的。我……我只是想给你尝一尝。你放心，我没把自己当女人，我知道，从我穿上警服的那一刻开始，我就是个警察，没有性别。我真的一点都不娇气，绝对不会在任务中拖后腿……"

她越说越着急，一张脸涨得通红。

秦延有点于心不忍："行了，我也没别的意思，就是提个醒，吃饭吧。"他夹起一块牛肉，拌着米饭吃下去。

任玥见状，这才松了一口气，转而问："味道怎么样？"

"不错。"

"那你多吃点。"任玥把餐盒往秦延面前推，一不小心，碰到了他的胳膊。他身上烫得异乎寻常，她反应了几秒，觉得不对劲，再想伸手探过去确认，秦延快她一步地端着餐盘站起来。

"我好了，你慢吃。"他说完，转身就走。

任玥坐在原地，看着他挺拔的身影在门口一晃，就不见了。

他好像在发烧啊。

秦延整个下午都有点乏。下班之后，他直接回家睡觉，中途迷迷糊糊的，手机反复响了几次，都没接到。晚上八点左右，急促的敲门声把他彻底吵醒。

"秦队！秦队！"门外是女人的声音。

秦延揉了下额角，从床上坐起，放空了片刻，才去开门。

天已经黑了，任玥站在门口，一脸焦灼："秦队，你没事吧？"她见到秦延，扬手就往他额头上摸。或许是发烧的缘故，秦延反应有些迟缓，没能及时躲开。

"你怎么知道我住在这里？"

"我问陈道荣的。"任玥收回手，面色严肃，"你在发烧！"

"没事。"秦延转身进屋。

任玥跟进来，从包里掏出一袋子药："我买了退烧药，你赶紧吃药。"

"不用，睡一觉，出身汗就好了。"他丢下这句话，再次栽倒在床上。

"秦队。"任玥站在原地，看着男人光着膀子，一身健硕的肌肉盈着汗，在灯光下发亮。

夏夜万籁俱寂，她能听到自己的心跳，在荒原里苏醒的声音。忽然，床上的秦延翻了个身，他背部大片的文身露了出来。任玥掩住嘴，惊了几秒，才冷静下来。

他现在是秦延。他将是欧翰。

正与邪，像这个男人的正反面，一面赤热红心，一面黑暗深渊。她看过他最好的样子，也将陪他变成最坏的样子。

任玥放下包，走进厨房。厨房很干净，一看就不怎么做饭。也是，像他这样雷厉风行的人，在厨房里淘米炒菜，不是他的风格。

任玥本想给他熬锅粥，但在厨房找了一圈，竟然没有找到米。冰箱通着电，她一打开，又傻了眼，里面只有几瓶水和几罐啤酒。巧妇难为无米之炊，她空有一身本领，硬件跟不上，也只能作罢。

从厨房出来，秦延已经睡熟。也许是发烧难受，睡梦中，他依然紧锁着眉。任玥搬个凳子在边上坐了一会儿，想着今晚要不要留下来照顾他。

约莫九点的时候，秦延的手机响了，但床上的他一动不动。铃声响了一遍停止，过了几秒，又响起来。任玥悄悄起身，把手机拿过来。屏幕上显示的名字是温茗。她盯着这两个字，脑海里最先闪过的，是秦延焦灼无措的表情，紧接着，是那日躺在他怀里满身是血的女人。

女人的第六感通常很准，这是天赋，也是软骨。

铃声还在一遍一遍地响着，有恃无恐。

任玥有点沮丧。

"接。"秦延忽然睁眼，一双黑眸在灯光的照射下，依然隐匿了很多情绪。

任玥握着手机，像是被抓了现行的小偷，不知所措："我……我接的话，会引起误会吧。"

"知道还不放下？"秦延坐起来，下床给自己套了件T恤。

铃声还在响。他拿起手机，往阳台走了几步，又回头看着任玥："还不走？"

"啊？"

"准备留下来过夜？"

"不是，我只是……"

"回去。"是命令的语气。

任玥回过神来——秦延除了是秦延，还是她的上级领导。

"是。"

温茗在病房外的阳台来回踱着步。今早她从医生办公室回来的时候，秦延已经走了。程佩说他接了个电话，走得很急，没有道别。温茗对程佩的说辞并没有起疑，中午那电话没通，她也不觉得有什么。直到后来，她一整天都联系不上他，这就多少有点不对劲了。

夏末，气温还没有回落，但不管白天多热，晚上的风都不再裹挟着蒸人的暑气，反而多了一丝凉意。温茗趴在栏杆上，听着空远的"嘟"声，不确定这次是否能打通。

"喂。"秦延的声音突然传来。

温茗收起慵懒的姿势，仿佛他此时就站在眼前。她问："睡了吗？"

"没有。"

"今天很忙吗？怎么一天都没有接电话？"

"有事？"

"没事，就想听听你的声音。"

那头忽然沉默了。温茗笑了笑，想象着他一本正经掩饰不好意思的样子，指甲抠着栏杆上的铁锈："你在哪儿呢？"

"家里。"

第四章 情深缘浅

"你家在哪儿呢?"她状似撒娇,"我都不知道你住在哪里,这样说不过去吧。"

秦延报了地址。他的直白让温茗片刻发愣,却又满心欢喜:"我明天去找你。"

"白天要去办事,晚上吧。"

"好,晚上更适合办事。"

此"办事"非彼"办事",秦延不知道怎么回,话题就这样停止。两人好一会儿都没出声,也没挂断,只是听着彼此的呼吸。

"早点休息。"秦延说。

"嗯。"

"那挂了。"

"等等!"温茗仰着头,望着夜空喃喃,"秦延,你看到今晚的月亮了吗?"

那边有了窸窣抬头的声音,他说:"看到了。"风轻云净,皎皎明月,流光万里。

"今晚的月色真美啊。"她扬起唇角,"晚安。"

秦延一觉醒来,烧已经退了。任玥带来的药还放在桌上,他看了一眼,扔进抽屉。简单洗漱过后,出了门。

今天是关木强从戒毒所出来的日子,秦延和他说好了去接。

秦延特意开了局里的车,途中路过李记,买了三笼叉烧包。自己解决一笼,另外两笼留给木强。

他记得,木强最喜欢李记的叉烧包。没进戒毒所之前,他几乎每天早上都去那儿,每次去,必点两笼,说是百吃不厌。队里的几个小子都笑话他,说他吃个包子都这么专情,难怪谈恋爱的时候没有二心。大荣还特意给他编了首打油诗,叫《木强与叉烧》,没事就在他耳边念。木强脾气好,即便这样,每次去吃早餐,还是会给大荣捎上一份。

秦延到戒毒所的时候,发现大荣早就来了。他今天休假。

秦延记得,昨天下班的时候,他还在办公室吵着说好久没有睡懒觉了,休假的日子一定要睡到天崩地裂、海枯石烂。有人提醒他,木强今天出戒毒所，他一脸不在意地说："出所怎么了？还要八抬大轿去接啊？"

没想到，嘴上说着不接，人却这么早就来了。真是个口是心非的家伙。

不过，大荣会来，秦延一点都不意外。这两人年纪相仿，又是同一批进入警队的，平时虽然打打闹闹，但感情比谁都好。木强出事后，大荣嘴上不说，每天嘻嘻哈哈，与平时无异，但秦延看得出来，他心里比谁都难受，比谁都惦记。

大荣手里也提着两笼叉烧包，正跷着二郎腿，坐在值班室与人聊天。秦延见状，随手将自己带的早餐给了大门口的女巡视员。女巡视员平日里习惯性板着脸，这两笼包子让她有点不知所措。

"不是行贿，也没下毒，放心吃吧。"秦延扔下这句话，就走了。

女巡视员站在原地，脸红了半天。

许久不见的关木强清瘦了很多，但状态不错，心情也很放松。他一口气吃完大荣带来的叉烧包，又灌了两袋豆浆，吃饱喝足之后，才换衣服离开。戒毒所的很多同志都出来送他，木强悄悄红了眼。

大荣在旁羡慕："看来，这地方也不错。"

秦延扫了大荣一眼。大荣知趣，摸摸木强的后脑勺又补一句："再好，咱也不来了。"

三人走到门口，碰到了周晋泓。

周晋泓是来看温侯生的。当他从程佩口中知道温侯生的情况后，一直打算来一趟。今天正好有空，没想到，还来巧了。

秦延一看到周晋泓，脚步就慢了下来。兴许是两人之间的气场太过怪异，一向没什么眼力见的大荣都看出了端倪。他立马揽住木强的肩膀，轻声说："秦队，我们去车上等你。"

木强还没反应过来，就被大荣半推半拖着带走了。

四下安静，只剩下他们两人。

周晋泓戴着金丝边眼镜，上身polo衫，下身西装裤，腰上一条古驰皮带，将悠闲和考究两种风格恰到好处地揉在一起，让他整个人都透着浓浓的商务精英的味道。反观秦延，简单的白T恤加一条黑色长裤，浑身没什么亮点，只有下巴处新冒出来的一圈青色胡茬很显眼。

第四章 情深缘浅

"聊聊吧。"周晋泓笑着朝秦延走来。

"聊什么?"

"温茗。"

当然是温茗。除去温茗这点唯一的交集,他们分明就是两个世界的人。

"说吧。"秦延看着周晋泓。

周晋泓似不怎么着急,目光扫了一圈戒毒所的大门,说:"真巧,在这里还能遇到你。"

"是挺巧。"

"我来看小茗的父亲。"周晋泓叹了口气,"没想到,伯父会走上吸毒这么一条不归路。这两年,真是苦了小茗。"

听他一口一个小茗,秦延莫名烦躁:"周先生,有话请直说。"

"好。"他故意顿了顿,"不知道小茗有没有和你说过,我和她之间的关系。"

秦延沉默,不摇头也不点头。

周晋泓停顿几秒,没得到秦延的回复,于是继续说:"我和小茗一直都是情侣关系。我们大学就开始交往,中间甚至有了谈婚论嫁的打算。只可惜后来因为误会,小茗和我母亲闹了点矛盾,她气我没有协调好,就一个人跑来柏香,断了和我的联系。"

秦延并不意外,程佩给他打过预防针,他知道温茗和周晋泓有过一段过去。

"这两年,我一直都想着她,时时想回来找她。只是中间母亲生病,得留在她身边照顾。我心知母亲时日不多,也不想太过忤逆她的意思,所以忍痛藏下对小茗的思念。"周晋泓垂了下眸,"直到最近,我母亲去世了。"

日光穿透枝叶,落在秦延的脸上,斑驳一片。他的情绪好像也被割裂了。

秦延明白,周晋泓的意思是他和温茗分开,并非因为不相爱,而是因为他的母亲。如果不是他母亲,两人已经结婚了。而现在老人因病去世,已经没有什么可以阻挡他们。

"我想和小茗重新在一起,把这两年她所受的委屈全都补偿给她。"周晋泓的表达开始变得直白。

秦延缓了很久,才找回自己的声音:"这只是你的想法。她呢?她又是怎么想的?"

"我也担心过，怕时光不可逆转，直到昨天……我发现她还在听原来的点歌电台。"周晋泓笑了一下，目光温柔，"我记得，第一次对她告白，就是通过那个电台点的歌。她当时很感动，于是我们开始交往。如果已经不爱，又怎么会坚持做这么有纪念意义的事情？"

秦延不动声色地握紧了拳心。他想起那台放在文身室的收音机，想起温茗每天两点准时收听的习惯。当初，他还无法理解她的执着，现在突然恍悟，原来一切都和周晋泓有关。

秦延觉得，听到这里就足够了。

秦延和大荣把木强接回警局，局里的同事临时策划了欢迎会，整个办公室一片欢声笑语。谁也没发现，秦延中途不见了。直到任玥切西瓜，分瓜的时候多出来一片，他们才意识到少了个人。任玥借着洗手出门找人，发现秦延正坐在不远处的花坛上抽烟。

"秦队！"任玥朝秦延走过去。

秦延抬眸，看到是她，点了下头。

"怎么一个人跑出来了？外面多热啊。"

"里面太吵。"他说。

"大伙开心嘛，难得这么热闹。"

秦延没顺着她接话，任玥一时也不知道该说什么。她坐在他身边，隔着两个拳心的距离，能闻到他身上浓烈的烟味，也能感觉到他沉重的心事。

"秦队……"

秦延的目光笔直地落在前方的树干上，他没作声，好像压根没听到。

他最近太反常了，反常得让人有点担心。任玥很想问他到底发生了什么事，又觉得自己根本没有发问的立场。又过了一会儿，太阳晒得任玥头发丝都在发烫，她觉得自己快坐不住了，秦延却还保持着那个姿势。

"秦队，我刚切了个瓜，特别甜，给你留了一块。"任玥倾过身去，大着胆子抬肘撞了撞他，"赶紧去吃。等汁水淌干了，就不好吃了。"

"不用了，你们吃。"

"秦队……"

第四章 情深缘浅

"你先回去，我抽完就进去。"

任玥低头，看到他掐灭烟蒂，又掏了根新烟，这才意识到他说的抽完，是抽完整包。

办公室里传来一阵阵笑声。任玥觉得自己该走了，不然，她这个手洗得未免太久了。她站起来，往前走了几步。

"任玥。"身后的人忽然叫她。

任玥怔了一下。在她印象里，这好像是秦延第一次叫她的名字。

"是！"她原地转身，因为紧张，下意识地绷直了身子，像个准备接受命令的战士。

秦延犹豫片刻，说："我想请你帮个忙。"

下午，局里组织了一场北疆特别行动讨论会。会议持续了整整三个小时，一散会，任玥就去了菜市场。秦延要让她帮的忙，竟然只是去他家做一顿饭。虽然那一瞬，任玥觉得很奇怪，但她还是一口应下。

任玥买完菜，就去了秦延的住处。秦延站在门口，似乎在等她，又似乎不是。

"秦队，"任玥小跑到秦延面前，抬手亮了亮买回来的菜，"今晚你有口福……"

她一个"了"字还没出口，就见秦延朝她迈一步，长臂勾过来轻轻一带，把她揽进怀里。任玥怔住了，脑海里的第一反应是他身上的肌肉好硬，第二反应是自己全身的肌肉好僵硬。

"秦……秦队。"

夏日傍晚的蝉忽然集体躁动起来。这喧嚣藏住了她如雷的心跳声，但她手里的袋子还是不受控地簌簌掉在地上，彩椒和土豆滚了一地。

"别动。"他箍紧了她的腰，"给我三分钟。"

任玥木然地点了点头。这一点头，秦延身上的味道全扑了过来，他刚洗过澡，身上是很干净的皂角香，混着一丝淡不可闻的烟草味。任玥不敢太用力地呼吸，怕这一刻是梦。事实上，并没有三分钟，甚至不到三十秒，他就松开了她。

他猛地退开，与拥抱一样猝不及防。

任玥咬了咬唇，拨着汗湿的鬓发，想说点什么缓解尴尬，却见秦延忽然像阵风似的冲了出去。

"秦队……"任玥原地转身，目光跟着秦延，却捕捉到河对岸的另一个身影。

天色垂暮，日光稀薄，那女人背对着他们，越跑越远。她的裙摆如疾风晃动，扯碎了最后一缕霞光。

任玥看到秦延追上那个女人，也看到那个女人甩手一巴掌扇在他脸上。她抽了一口凉气，莫名其妙地难受起来，甚至，有点想哭。她忽然明白了秦延这几天的沉默，也明白了他所谓的帮忙是什么。

世界悄悄暗了一个色调。

任玥收回目光，默默蹲下去，把散落一地的蔬菜捡起来，分门别类，装回原来的塑料袋。菜还是那些菜，可再次提起，却分明沉重了很多。任玥走进屋，关门之前，又忍不住抬眸看了一眼。

残阳里，孤注一掷的男人和不懂他深情的女人，冷冷对峙着。任玥觉得，这比她看过的任何一部电影的离别画面，更让人心碎。

温茗昨晚与秦延通完电话之后，就把秦延给的地址记在了手机的备忘录里。她怕自己忘了，但事实上，她把每一个字都刻在了脑海里。

下午去过医院之后，温茗回家洗了个澡，换了身衣服，就来找秦延了。

他住的地方有点偏，交通不太方便，门前还有条河，河里水草丛生，水质更是差。温茗路过的时候还在想，这大夏天的，多招蚊子啊，不如让他搬去和她住得了……

她今天心情很好，说不上来为什么，就是莫名其妙的好，可能是他们很久没有好好在一起了。她特别想他，想他做的菜，想他的怀抱，想他的吻……潜意识里有个声音告诉她，今晚一定会很美好，毕竟，小别胜新婚嘛。

可她错了——温茗站在河边，隔着老远看到秦延站在门口，把一个女人抱进怀里。天色有点暗，但他屋里亮着灯，晕黄的灯火把两人拥抱的弧度勾勒得特别温情。

温茗忽然有点不知所措，秦延主动的一揽和女人僵硬又羞涩的姿态，像

第四章 情深缘浅

钝器隔空打在她心上。她下意识地拔腿就跑。她不知道自己为什么要跑，或许只是想装作什么都没有看到。

但是秦延发现了她，朝她追过来。温茗四肢都是软的，自然跑不过身手矫健的秦延。他三两下就按住了她的肩头。

"放开！"温茗狠狠一挣，转身的刹那，扬手给了秦延一巴掌。

"啪！"

四周寂静。秦延像是被按停了开关的机器人，那一瞬间，只有他布满血丝的眼睛，证明他是有生命的。温茗感觉到自己的手掌又麻又疼，可是这一巴掌甩出去，胸腔里阻塞的气流才算畅通了。

"追我干什么？想解释吗？"她问。

秦延摇了摇头。

温茗一怔，随即冷笑："不想解释，那想干吗？"

"我想道歉。"他看着温茗，微微沉气，"对不起，温茗。"

她鼻头一酸："道歉？只是为了道歉？"

他无声地看着她，过了很久，又重复一遍："对不起。"

"哈……"温茗盯着他，眼里覆了一层水雾，"那女人是谁？"

秦延没回答。

"我问你话呢！她是谁？她到底是谁？"她有些歇斯底里。

夕阳在天际慢慢消失，残留的余温被吹散在风里，就像这个夏天留给他们彼此的记忆，越来越稀薄。温茗眼底不断浮起又褪下的晶莹润进秦延心里，他的眼眶也变得湿漉漉的。

"秦延，你明明说过，你没有女朋友。我信你。"

最后三个字，沉重得让秦延难以负担，他不敢再看她的眼睛，只怕好不容易下定了的决心，又功亏一篑。

"不是女朋友，是老婆。"

"什么？"温茗简直不敢相信自己的耳朵，"你说什么？"

"她是我老婆。"

她瞪着秦延，眼泪终于止不住地淌下来："那我对你来说算什么？"

"算什么，你还不明白吗？"

多么冷冽无情的一句反问,把她推向万劫不复的境地。情人、小三……这些不光彩的字眼扑面而来。

温茗突然平静下来,平静得可怕:"好。如果这是你的真话,那就是我爱错了人。如果这是你的假话,也是我爱错了人。我做错的事,我自己纠正。以后,你别再出现在我面前。"

字字句句,像利刃扎在秦延的心里,但他冷静地说:"好。"

温茗得到他的答复,转身就走。

残破的夕阳红得如烈士的血。岸边起了风,风里带着一丝腥臭。秦延站在原地,看着温茗的背影在黑暗里越来越小,越来越小……

秦延回到自家门口,才发现门被关了,而他没带钥匙。他知道任玥在里面,可他没有敲门,就一个人静静地坐在屋外的台阶上,看着远方高楼里的万家灯火出神。他从未如此羡慕那些人,那些有家、有爱人、有平淡小生活的人。

这些对他来说,都是奢侈。

秦延又坐了一会儿,手机忽然响起,铃声在这空荡寂静的夜里特别扎耳,他看了一眼屏幕,是任玥打来的。

"秦队,你在外面呀?"他还没接,任玥听到铃声,先从窗里探出了头。

秦延站起来说:"开门,我没带钥匙。"

"哦哦哦,好。"任玥挂了电话,跑到门口,拉开了门,"我不知道你没带钥匙,随手就把门给关上了。哈哈,把主人关在门外,看我这事儿做的。你怎么不敲门呀?"

她机关枪似的说了一连串,秦延没作声,直接推门进去了。

屋里灯火昏黄,飘着一阵菜香。秦延愣了一下,转头看到餐桌上放着三菜一汤和两碗米饭,心里原本压抑着的情绪一下如火山爆发,瞬间摧毁了他的防线。

他也曾拥有过三菜一汤、两碗米饭,可惜……

"秦队,我不知道你喜欢吃什么,随便做了点……凑合着吃吧,来啊。"任玥招招手,忽然又笑了,"哎哟,我又喧宾夺主了。"

秦延走到餐桌边坐下,却没有马上动筷。他不动,任玥也不敢动。气氛

第四章 情深缘浅

有点尴尬。

"秦队,你还不饿吗?"

"刚才不好意思。"他突然道歉。

任玥知道他是指那个拥抱,摇头说:"没事,反正我们马上就要变成'夫妻'了,就当提前熟悉熟悉。"

她说得轻松,可是他的表情却未放松。任玥更尴尬了,好在秦延拿起了筷子:"吃饭吧。"

"好。"

两人默不作声地吃着。秦延周身散发的气压很低,任玥知道他心情不好,纵然憋了一肚子的好奇,也不敢发问。吃完饭,任玥进了厨房洗碗。她出来的时候,看到秦延开了窗户,坐在窗口抽烟。

"秦队,少抽点吧,你今天抽太多了。"

秦延又没出声。任玥倒是习惯了他这样沉默,走到他身边坐下。

"秦队,刚才那个是你女朋友吗?"

"为什么骗她呀?"

"因为北疆的任务吗?"

夜风从窗户偷溜进来,吹散了隔在两人之间的烟雾。秦延的表情已经告诉了任玥答案。

"其实我特别理解你,我也没告诉我妈实话,她还以为我是去基层单位学习考察。"任玥的声音带着笑,但笑中明显夹杂着一丝沉重。

秦延看了任玥一眼,他从没有这样仔细地看过她。他记得他们第一次见面的时候,她是齐耳短发,这段时间她的头发长了很多,已经快到肩膀了,她的脸有点黑,但是眼神特别纯净,有种部队孩子独有的淳朴。

"怎……怎么了,干吗这么看着我?"

"没事。"

任玥有点不好意思地低下头,一边搓着手指一边站起来:"我该回去了。秦队,你早点休息。"

秦延送她到门口,说:"路上小心。"

"是!"走在前头的任玥忽然回身,对他行了个军礼。

秦延紧抿的唇角一舒,好像在那一刹那,看到了光。

天彻底黑了。温茗沿着马路慢慢地走。眼睛很涩,却一滴泪都流不出。

她本不是那种分手就哭哭啼啼的女人。当初离开周晋泓,她一滴眼泪都没有掉,平静得像是和远行的朋友说再见。可刚才,她竟在秦延面前落泪了,试图以那样的方式挽回什么。但终究,什么都挽回不了。他们之间,更像是一场短暂的风花雪月,开始得仓促,结束也那么仓促。

温茗最后走回了家。城市纷扰的夜色像是她孤独的背景,她一点一点往前走,每多走一步,她的心就离秦延远一些。

回到家,温茗的脚掌磨起了血泡,她来不及处理,倒地就睡。那一夜,她做了很多梦,梦到母亲,梦到秦延,梦到每一个她爱过却离她而去的人。

人活着,一辈子做勇士不可怕。可怕的是,卸下盔甲的人,要重新做回勇士。

温茗蜗居了几天。这几天,她心里还隐隐期待,期待秦延会来找她。可是没有,一次都没有。周晋泓倒是来过,想求复合。温茗觉得他这样拖泥带水,可笑至极,气急之下说了狠话。

然后,周晋泓提到了那个电台。

温茗不解:"那个电台怎么了?"

周晋泓蹙眉:"我曾在那个电台点歌向你表白,你忘了?"

"记得。"

"既然如此,那……"

"可我继续听这个电台,与你无关。"

周晋泓不太相信,但温茗的表情又不像在说谎,他彻底疑惑了。

"你知道,我从小没有妈妈。虽然我从来不说,可心底是想她的。那个电台的策划,和我母亲拥有同样的名字。我希望她是我妈妈,希望通过这个节目离她更近些,哪怕后来知道,她们只是同名而已。"

周晋泓努力消化着这些信息。

温茗继续说:"我收听电台的习惯是这么养成的,与其他人无关。抱歉,让你产生了错觉。以后,我们还是桥归桥,路归路,做彼此不闻不问的好前任吧。"

第四章 情深缘浅

此后,周晋泓再也没有来过。但程佩那边,他还是不遗余力地帮着忙,这一点让温茗很感动。

程佩的手术还算顺利。温茗在医院陪了两天,回到家,一进屋就觉得不对劲。她离家时,明明关了窗户,可此时窗子大开,抽屉明显被翻动过,花瓶也莫名碎在地上。

有人来过!是进贼了?还是上次来要债的糙胡子又来了?

温茗的神经一下子绷起来。她屏息走到楼梯口,仰头看上去,楼上一片漆黑。一阵风扫进来,窗帘翻动着,发出细微的声响。这声响让屋里越发显静,静得温茗浑身起了鸡皮疙瘩。她快步逃到门外,掏出手机,报了警。

夜已经深了,街道上没什么人,温茗抱肘蹲在门口,与灌木丛里蹦出来的野猫大眼瞪小眼。大概等了十五分钟,一辆警车开过来。

夜间值班的民警叫张明军,很年轻的一个小伙子,即使是深夜出警,人也依然很精神。

"人没事吧?"他一下车,先关心起了温茗。

"没事。"

"人没事就好。"张明军走上前,四下看了看。

"你这窗子也太低了。"他指了指低矮的窗台,用手电筒照着窗台上的脚印,"人应该就是从窗台跳进来的。"

温茗一时哑然,没了声音。

张明军看了她一眼,问:"怎么了?"

温茗摇摇头。没怎么,她只是又想起了秦延。她记得,窗台的问题秦延早就说过,当时执意让她装防盗窗,只可惜,窗子的安全问题还没解决,他们就分手了。

两人进了屋,张明军让温茗把屋里的灯都打开,开始拍照取证。

"你自己也看看,少了什么。"

温茗闻声,将楼上楼下的财物都清点了一遍。有些零零散散的小东西她已经记不清了,唯一确定的是,她的笔记本电脑和放在床头的五万块现金没了。

电脑里都是客户的信息,而这五万块钱更是程佩的救命钱。丢了这两样东西，温茗一时都蒙了。

"你别太着急，我们尽量给你找回来。"张明军宽慰道，"明天白天来局里一趟，备个案，我们一有消息就会联系你。"

送走了警察，温茗把家里简单地收拾了一下。睡前不放心，她又下楼检查了一遍门和窗。之前还觉得秦延谨小慎微的样子很滑稽，现在才明白，他总有他的道理。

如果他在就好了。可是，大概再也不会有个人如他一样，那么关心她。

温茗并不胆小，但这么一闹之后，还是开着灯辗转失眠了一夜。她倒不是害怕小偷还会回来，只是有点忧虑，忧虑这种失魂落魄又茫然无措的日子何时是个头。

第二天一早，温茗就去了警局。早上的警局还没什么人，大厅里冷冷清清的，温茗进去之后也不知道该找谁，就在空调下站了一会儿。

"秦队，你今天下午就走了？"

"嗯。"

隔壁的办公室里有人在聊天，恍惚间，温茗似乎听到了秦延的声音。

"算你有良心，走之前还知道来看看哥儿几个。"

"呵……"

温茗揉了一下耳朵，正欲探头去窗口看一眼，昨天处理案子的民警张明军出来了。

"温小姐，"他看到温茗，过来打招呼，"这么早就过来了？"

温茗看了看大厅墙上的钟，"嗯"了一声，说："我等下还有事，早上有时间。"

"好的好的，你进去吧。"张明军指了一下走廊靠右的那个办公室，"换班了。不过我已经和同事说过，你进去找他就可以了。"

张明军站在原地，看着温茗走进办公室。她今天穿了一条淡色的条纹衬衫裙，肤色白皙，侧影纤长秀气。张明军不禁虎虎地挠了一下后脑勺，心里感慨，昨天晚上没看清，原来这女人生得这样好看。

"咔嚓。"隔壁办公室的门打开了。张明军还未转头，肩膀就被一条长长的胳膊揽住了，他扭头，看到一个穿着便装的高大男人正站在自己身边。

第四章 情深缘浅

"秦队？！"

"我问你个事儿……刚才进去的那人，她来局里干什么？"

温茗从警局出来，去隔壁的店吃了碗馄饨。她没什么胃口，但早上有客人，不吃东西会没力气，扛不住一早上高强度的工作。

馄饨店的老板娘前几天也遭了贼，说是新买的苹果手机被偷了，正骂骂嚷嚷地讲给店里的顾客听。顾客问她有没有报警，她直言："报警顶什么用啊？现在的警察，哪个正儿八经地给你抓贼啊？"

话音刚落，老板娘的旧手机就响了。店里众人自觉地安静了下来，只听到老板娘中气十足的声音："哎，陈警官，你好你好。真的啊，手机找到啦……好好好，我这就过来！"

温茗正舀起一个馄饨，张嘴的时候忍不住勾唇一笑。她想，人活着，万事还是得往好处想。

吃完早餐，回到店里，发现李立新早在等她了。

"老板娘！"李立新热情地朝她挥手。

"你怎么来了？"温茗问着，顺势扫了一眼李立新身边那个皮肤黝黑的中年妇女，"这位是……"

"这位沈大姐是装防盗窗的。"李立新走到窗子边，拍了拍温茗低矮的窗户，"上次答应来给你装防盗窗的老大爷开电瓶车时摔了一跤，一直住着院，他儿子要照顾他，也分不开身，所以我给你重新请了位。"

"为什么突然之间想起要给我装防盗窗？"

"你昨晚不是遭贼了吗？"李立新嘴快。

温茗盯着他："你怎么知道我昨晚遭贼了？"

昨晚事情发生的时候已经是半夜，警察也来得悄无声息，半点没有张扬，李立新是怎么知道的？

李立新被问住了，干笑两声："我就是听说……"

"听谁说的？"温茗打破砂锅问到底。

"就……就是邻居嘛！"李立新避开温茗的目光，"早上听邻居说，你店里遭贼了，我想着，没有防盗窗不安全，就赶紧联系沈大姐过来，帮你把防盗窗安上。"

温茗不作声,看着李立新。

李立新被她看得心虚,于是只能佯装激动:"老板娘,你这么看着我干什么?你不会是怀疑我吧?我李立新可绝不干偷鸡摸狗的事情!"

温茗连忙摆手:"小李,我不是这个意思。"她并不怀疑李立新是小偷,她只是怀疑他说谎。可是这怀疑没有半点根据,只是遂了她心底最荒唐的念想而已。

"对不起,昨晚那么一闹,我还没回过神来呢。谢谢你帮忙。"

"哪里的话!大家都是邻居,帮忙是应该的。"

温茗感激一笑:"那进去吧,麻烦了。"

正说着话,温茗的客人来了。李立新贴心地摆摆手:"老板娘,你去忙,外面交给我们,我们会小点声的,尽量不打扰你。"

温茗又道了谢。

"别客气别客气!你忙你的。"李立新热心得不像话,这让温茗既感动又有点奇怪。要说熟络,她和李立新还没有熟到这个份儿上。

客人在旁等了一会儿就不耐烦了,温茗连忙带人走进文身室。文身有点复杂,花了很长时间,等温茗他们出来,李立新和那位沈大姐已经走了。

温茗扫了一眼这新装上的结实的防盗窗,心里更奇怪了——她还没给钱呢!

下午,温茗去医院之前,先去找了李立新,却被告知他今天休假。温茗给他打电话,想和他通个气,就把钱转交给他的同事,可是没人接。

温茗哭笑不得:这钱还给不出去了?真是怪事。

温茗到了医院,先去缴费台。程佩住院这么长时间,她只交过一万,钱早就没了。医院的催款单来了好几张,她原本答应今天先过来交五万,可是遭了贼,连五千都拿不出了。温茗想着,先过来打个招呼,让医院再宽限两天。若钱实在找不回来,她就去向董凌凌借钱周转。

缴费台的工作人员一听温茗的来意,顿时蒙了。

"钱不是刚交了吗?"他一边翻阅着电脑上的记录,一边确认,"程佩对吧？刚才有人自称是家属，来交了五万。"

温茗双手扒着窗口，有点不可置信："家属？什么家属？"

"一个男人，什么家属我没打听。"工作人员云里雾里的，"怎么？弄错了吗？不该啊，他能叫出病人的名字，病房号甚至主治医师的名字也都能报出来。"

"他什么时候来的？"

工作人员抬腕看了一下表，指着门口说："前后没有五分钟，刚走。"

温茗听罢，连忙追出去。她不确定那人是谁，但她心里有两个答案——不，其实只有一个。

温茗边跑边给周晋泓打电话。他的秘书接起来，语带抱歉："不好意思，周副总正在开会呢。"

温茗道了谢，挂上电话。连日来，横在她心头那株死气沉沉的枯枝终于有了一丝生气。

果然不是周晋泓，那么一定是秦延。防盗窗、医药费，都是他！

为什么？她想起那日河边的残阳，想起那声利落的"好"。他在干什么？玩弄感情吗？可昨日今日，所有关心都不是假的。他有什么苦衷吗？他说，他有妻子。他是不是又撒了谎？

无数问题在内里撕扯。她像抓到最后的希望，脑海中只剩一个念头：找到他，问清楚！

温茗一路小跑到医院门口，刚出门，就看到秦延上了一辆出租车。

"秦延！"温茗大叫了一声，但他并没有听到，出租车汇入了车流。

"秦延！秦延！"温茗一路叫着，冲到车道旁也拦了一辆出租车。

"姑娘，去哪儿，这么着急？"出租车司机转头看了温茗一眼，瞥见她满头的汗，立马关上两边的窗子，打开了空调。

"师傅，麻烦你，跟上前面那辆出租车。"

"干啥呀？追情郎啊？"

温茗连连点头："对，麻烦你帮帮忙，我一定要追到他！"

出租车司机被她逗乐了，立刻斗志昂扬："好嘞，系好安全带，走喽！"

秦延一上车，手机就响了。他之前的号码已经注销，这是大魏那边给的新号，除了冉韫、关木强、任玥和大魏之外，没有其他人知道。

"到哪儿了？"是木强。

秦延看了一眼窗外的路标："马上就到车站了。"

木强应了声，并未多问什么。

没一会儿，出租车到达车站。关木强和任玥提着简单的行李，正站在门口等他。

木强穿着黑色的背心，一身健硕的肌肉在人群里格外扎眼，而任玥低调地戴起了帽子，若不细看，没人会发现，她的帽子下原本一头乖顺的黑发，此时变成了金灿灿的卷发。

秦延下车与他们汇合："抱歉，我临时去处理了一点私事，耽误时间了。"

木强和任玥表示理解。他点了下头，接过任玥手里的行李。

三人大步往站内走。车站里人来人往，每个人都行色匆匆，并没有谁注意到他们三个。而他们三个，看起来也的确与赶往下一个目的地的普通人没什么区别。

天气燥热而沉闷，车厢里更是如此。任玥一上车，就摘了帽子，扇了扇。她坐在靠窗的位置，望着窗外，心想今天傍晚应该会下一场雨。可惜，这专属于柏香市的雨后清爽，她暂时感受不到了。

"发什么呆呢？"木强坐到任玥对面，一语道破，"舍不得走啊？"

任玥摇头否认。

空气里飘着一丝若有似无的怅然，但这丝怅然又很快被车厢里的吵闹声盖住。

秦延倒没什么情绪，平静得就像这是一次普通的远行。他检查了一遍行李，确定没有问题之后，才坐下来，靠在座椅上闭目养神。任玥被他的气场感染，心也慢慢平静下来。

"各位乘客，列车马上就要开动了……"广播里传来开车提醒。任玥调整了一下坐姿，正准备睡一会儿，目光忽然扫到月台上那个正四下张望、左右奔走的女人。

任玥绷起身子，下意识地看向秦延。秦延依然闭着眼睛，好像睡着了。

第四章　情深缘浅

"秦……秦队。"任玥抬肘捅了他一下。

秦延慢慢睁开眼睛，木强听到动静，也摘下耳机。

任玥朝着月台扬扬下巴："那、那不是……"她磕磕巴巴的，半天说不上整句。

秦延顺着她的目光看过去，一下愣住了。

温茗在人群里横冲直撞，时不时碰到迎面而来的人，或是勾到人家的行李，惹来白眼无数。她看上去焦虑不安，着急地四处张望，表情像要哭出来。

任玥小心翼翼地看着秦延，轻声说："要不要下去告个别？"

秦延坐着一动不动，神情严肃，宛若雕像，没人知道他脑海里正在进行怎样一场挣扎。

她若不来便罢了，可现在，人就在眼前，他怎么忍心让她失望而返？但下车了又能说什么？列车就要开了，仅剩的时间来不及让他把一切讲清楚，也来不及让她谅解或等待，这样的道别有什么意义？不，或许，哪怕只有一点点可能……

秦延猛地站起。

"秦队！"木强跟着站起，想拉住他。可是已经拉不住了。秦延就像闯出笼子的困兽，快速拨开眼前不断向他推进的人潮，逆流而行，狂奔在狭长的过道里。

然而，他跑不过时间。

"哗。"列车的门在秦延眼前合拢。

秦延停在原地，望着这道黑森森的门，一下子清醒过来。尽管心痛如绞，可他还是庆幸自己没有下车。理智了这么久，如果在最后一秒疯狂，他对得起谁？

他不能这么自私。

秦延一点点往回走，木强和任玥正好追过来，看到他还在车上，顿时松了一口气。

火车的"轰隆"声在耳边不断回响，世界却那么安静。秦延用模糊的视线看着窗外。窗外的月台仿佛在跟着列车跑动，可是月台上跑动的女人却离他越来越远。

　　她没有看到秦延,还在不停地奔跑寻找。秦延看到了她,却也只能眼睁睁地看着。两人像是隔着长风深谷,进不能,退不舍。

　　可这就是他们的结局。

第五章

红尘道场

火车驶进长长的隧道，车厢内陷入了一片漆黑。

温茗靠着座椅，合上手里的书。忽然，她感觉到肩膀一沉，紧接着，鼻尖充斥着一股淡淡的发胶味道，又香又腻。

"起开。"温茗推了一下枕在她肩膀上的脑袋。

那人赖着不动。

"我说起开！"温茗提高了声调。

对面发出"嗤嗤"的笑声，带着几分凑热闹的闲情。这时，有光从窗户里落了进来，光晕渐渐变大，直至将整个车厢都照亮。

温茗歪头，看到霍一北闭着眼睛，正一脸陶醉地蹭在她身上。

"霍少，你也太会找机会了吧！这么几十秒钟的时间，你就靠上了？那到晚上天黑了，你还了得？"董凌凌坐在温茗对面，一脸笑意。

董凌凌身边还坐着一个男人，叫陈昊飞，是霍一北的发小，也是董凌凌的新男朋友。

董凌凌和他刚交往不久，正是你侬我侬的蜜恋期，走到哪儿都跟连体婴似的，手不牵在一起，就像得不到养料供给似的，看得人好生肉麻，可他们自己却完全不觉得。

"就是就是。"陈昊飞随声附和，"一北，你也太没脸皮了。"

霍一北睁开眼睛，悄咪咪地瞄了一眼温茗。温茗面无表情，淡淡地看着他。两人目光一对上，霍一北顿时就气短了。他支起脑袋，含糊道："不好意思啊，刚刚打了个盹。"

董凌凌和陈昊飞笑起来，温茗不为所动。

"笑什么笑！我真是打了个盹而已。"霍一北摸了摸腮帮子，挺直腰背，虚张声势，"我是那种趁机占便宜的人吗？"

"你是。"陈昊飞和董凌凌异口同声，毫不留情。

温茗不理他们，又拿起刚刚放下的书——三毛的《你是我不及的梦》。

第五章 红尘道场

这一路来,她不时翻一翻,望望窗外,几乎没怎么开口说过话。

霍一北拿上烟,对陈昊飞使了个眼色,就往过道里走。陈昊飞恋恋不舍地看着董凌凌,两人嘴对嘴吻了一下,才松开手。

"腻歪死你们!"霍一北不耐烦地抱怨。

陈昊飞笑着跨过去,揽上霍一北的肩膀,说:"别羡慕,等你追上温茗,指不定比我们还能来事呢。"

霍一北扫了温茗一眼。

她坐在车窗边,窗外是灰蒙蒙的隆冬之色,天空透净,浮云不见了踪迹,入目的风景都很素。她也很素,但那窈窈恬淡的身影偏偏总能让他看到生机。

霍一北追温茗两年了,可一直没有追上。追她太难了,那种感觉就像踮起脚尖去触碰眼前的海市蜃楼。明明近在眼前,但是越伸手越明白遥不可及。

很多朋友都劝他放弃,大家都说温茗长得虽然好看,但性格太寡淡了,总是冷冰冰的,又不言不语,没什么乐趣。可霍一北不以为然。他永远记得,他喜欢上温茗的时候,她是个能把瓜子都嗑得风情万种的女人,那一秒的心动之后,他再也无法将目光从温茗身上挪开。

这两年,她的确变了不少,可是这种后天的冷淡反而让她美得更有层次感和神秘感。

他就好她这一款。

霍一北和陈昊飞找地儿抽烟去了。董凌凌磨蹭着过来,抽掉温茗手里的书,坐到温茗身边,挽住了她的胳膊。

"真没想到,你会答应和我们一起去北疆。"

温茗勾了下唇,把书拿回来,放好。

"是我没想到,你们三位老板愿意屈尊陪我坐火车出行。"

"冲着霍一北那厮的殷勤劲儿,就算你说想蹬着脚踏车去北疆,他也铁定陪你啊。"董凌凌昂了下头,"至于我和我家那位,也没有你想的那么娇贵。再说了,坐火车挺好玩的啊。你听这'哐当哐当'的声音,你看这外面的美景。"

温茗点点头。

"茗,你还没回答我呢!为什么会答应和我们一起去北疆玩啊?"董凌凌不依不饶。

"因为正好我自己也想去。"

"你自己也想去？"

"嗯。"温茗的视线挪向窗外。眼前的风景不停往后撤，她的思绪也在往后撤。

她想起两年前，自己像个神经病一样在月台上追着一列火车奔跑，可最后，她什么都没有追到。车站的工作人员将她拦下，把她当成随时会引发动乱的恐怖分子一样提防着，她不在乎别人的目光，只在乎这列火车的终点是哪里。

有人告诉她，这列火车的终点是北疆。

北疆。

从此，这两个字就刻在了她的心上。尽管她知道，铁轨那么长，火车中途的站点那么多，她要找的那个人未必一定在北疆。可是，她依旧抑制不住自己心底对那个地方的渴望。

她想去看看，一直想去看看。

"我还以为是霍一北打动你了呢。"董凌凌有点失望，"你就一点点都不喜欢霍一北吗？"

温茗摇摇头，完全不留一丝余地。

"我觉得霍一北对你挺好的呀！他这么一个大少爷，跟在你屁股后面穷追不舍两年，打不掉，骂不跑，换我早感动了。"

"感动又不是爱。我不能因为感动就和他在一起，我良心过意不去，也是对他不负责任。"

董凌凌长叹一口气，盯着温茗："就咱姐俩在这里，你少给我说这些冠冕堂皇的话。你直说得了，就说你心里有人。"

温茗不作声了。

董凌凌甩开温茗的胳膊，一脸的恨铁不成钢："嘿，还真让我说中了，是不是？你这丫头，也太死脑筋了吧？我说呢，你这两年就跟换了个人似的，原本水灵灵的一双眼睛每天兜着忧郁，麻将也不打了，就知道捧着本书装文艺，敢情是心里还在惦记着那个秦延啊。"

温茗愣住——秦延这个名字，她好久没有听到了。曾经辗转在唇畔，后

第五章 红尘道场

来却彻底淡出了她的生活。这会儿重新听到，就像是触到了电流，浑身一阵酥酥麻麻。

是啊，她还惦记着秦延，分分秒秒没有忘。

董凌凌原本还想继续给温茗洗洗脑，但是霍一北和陈昊飞回来了。两人不知道从哪里搞回一副牌，吵嚷着说要打牌。

三缺一，温茗自然逃不了。

吵吵闹闹，开开玩笑，时间也消磨得很快。不经意间，天已经黑了，窗外的世界雾蒙蒙一片，什么都看不清。车厢里充斥着各种食物的味道。温茗有点累了，牌桌上的另外三人也开始哈欠连天。

"不早了，睡吧。"

大家各自安顿。

火车跑跑停停，中途过了好几个站，车厢里的乘客走了一拨，又上来一拨，耳边时而嘈杂，时而安静。半夜十二点多，董凌凌睡了一觉醒过来，看到温茗还坐着没睡，知道她在担心什么，轻声说："茗，我来看着行李，你睡一会儿吧。"

温茗点点头，放下书，揉了揉发涩的眼窝，往洗手间的方向走。

狭长的过道里，只有微弱的光。温茗慢慢走着，每走几步，就能听到响亮的鼾声和磨牙声。她有点庆幸霍一北和陈昊飞睡着的时候都很安静。

洗手间灯火明亮，温茗简单地洗漱完，正往脸上抹霜，听到火车又进站了。慈临是个小站，客流量不大，车厢里并没有什么动静。

温茗照了照镜子，从洗手间出来，正遇上火车开门，她一抬眸，就看到门口站着一个男人。那男人背对着她，伸手往兜里掏出什么东西，飞快地递给站台上的另一个黑衣男人。

黑衣男人拿了东西，并没有上车，反而快速掉头离开，隐匿进了夜色。温茗愣了一下，还没反应过来，就听到走道里传来了断断续续的口哨声。

门口的男人猛转过身。借着模糊的灯光，温茗看到那个男人的脸，顿时停住了呼吸。

"秦……"她还未发出声响，对方就朝她扑了过来。他一手捂着她的嘴，一手揽住她的腰，将她推回洗手间，关上了门。

177

狭小逼仄的洗手间里，还飘着温茗牙膏的清新味道。两人身子紧贴着搂在一起，暧昧的气氛在发酵。温茗睁大了眼睛看着他，男人却撇头竖耳，察听着走廊里的动静。

口哨声越来越近。

"别说话！"他低头，轻声地警告。

温茗不明所以，但还是点了点头。耳边的口哨声忽然停了，很快，厕所的门被狠狠踹了一脚。

"深更半夜还有人占坑哪！"门外的人骂骂咧咧，又踹了一脚。

温茗看了看身边的男人。他快速扯落温茗左肩头的外套，将她扎在裤腰里的衣摆扯出一半，松松垮垮的。

"你……"干吗？

温茗张口想问，但没有机会。他一手对她比个"嘘"的手势，一手慢慢拉开门。门才开一半，一张满是刀疤的脸就凑了进来。温茗吓了一大跳，下意识抓住男人的胳膊，完全没有意识到自己此时是如何衣衫不整。

"哎哟，翰哥，是你啊。"刀疤男恭顺地点了点头，目光一转，扫到温茗，立马又轻佻地笑起来，"我说怎么一觉醒来就不见翰哥呢，原来是来这里逍遥快活了！"

男人一掌挡开刀疤男，先把温茗推出去，紧接着自己也往外一迈。

三人站到走廊里。刀疤男嘴角噙着笑，时不时抬眸瞄温茗一眼，那油腻腻的目光让温茗发怵。

男人抓住刀疤男的肩膀，不动声色地护在温茗身前："黑子，今晚看到的一切，不许告诉任何人，尤其是……"他说了一半，自己掐断了话音。

被称作是"黑子"的刀疤男不住点头，一副非常理解且义气的样子："翰哥你放心，我今晚什么都没看到，我就是来上个厕所。"

他满意地点头，侧身拉住温茗的胳膊，附到黑子耳边，轻声说："厕所让给你，我换个地方继续。"

黑子坏笑着，嘴角都快咧到耳根后去了。温茗忽然明白了他们对话里的深意，连忙把自己的外套扶正："你……"

"好了。"男人凑过来，啄了下温茗的唇，封闭了她的话音，"都说换

第五章 红尘道场

个地方继续了,别着急,少不了你的!"

温茗刹那失神,被他趁机攥起胳膊,往另一个车厢拉。两人一前一后走着,一个健步如飞,一个跌跌撞撞。好不容易穿过车厢,到了另一个洗手间,男人终于松开了她。

温茗喘着气,甩了甩被拧得通红的胳膊,仰头看他:"你是不是……"

"不是!"男人冷冷地打断,虽轻声,但带着一种不容反驳的气势。

温茗蒙了。她上前一步,借着光再次打量起眼前的男人。

他穿着黑色的皮夹克,头发短短的,两边鬓角修得棱角分明,下巴冒了一圈胡茬,看起来匪气十足。明明长着和秦延一样的脸,气质却和当年的秦延一点都不沾边。他那么像秦延,又那么不像秦延。

温茗想起来,刚才那个刀疤男似乎喊他"翰哥"。

翰哥……是谁?

温茗看着他,发不出声音。男人神情冰冷,一双眼睛锐利如鹰。

"忘了今天晚上看到的一切,从哪儿来,回哪儿去。"他故意放慢了说话的速度,这让他的每一个字听起来都沾染了些许的警告意味。

温茗还没反应过来,就被他拨到了窗户边。男人越过她时,毫不留情地撞了下她的肩膀。这一下,加重了警告的意思。

狭长的走廊里,男人大步离去,背影就像窗外黑压压的大山。

温茗原地站了一会儿,想跟上他,又忽然想起,自己的车厢在反方向。她若有所思地往回走,走完一节车厢,正好碰到董凌凌跑出来找她。

"大姐,你又一个人瞎跑什么?"董凌凌没好气地跑到她面前,"你不就是去洗手间刷牙洗脸吗?至于跑那么远吗?"

温茗好声好气地道歉,并没有把遇到"秦延"的事情告诉她。

董凌凌还是不太满意:"我还以为你出了什么事呢!担心死我了!"她压低声调,"火车上鱼龙混杂,乱得很,你长得好看,可得当心点,免得被心怀不轨的人盯上。"

"盯上会怎样?"

"非礼啊!"

温茗想到刚才的那个"秦延"亲了她。他凭什么？这就是非礼啊！可是，他好奇怪。

"想什么呢？都走过头了。"董凌凌一把扯住温茗的胳膊，指了指熟睡的霍一北和陈昊飞，"这两头猪在这儿呢！"

温茗爬到上铺，把围巾垫在枕头上，轻轻地躺下。尽管这一路过来，她已经疲惫不堪，可是，她仅剩的睡意早在刚才消失殆尽。她脑海里又闪过秦延的面容，虽然两年未见，但是秦延曾经的脸、他眼角眉梢上的每一条褶皱，她都记得清清楚楚。

刚才的那个男人，比秦延黑一点，比秦延瘦一点，比秦延凶横一点……这一点一点，不断拉开温茗心上的口子。

难道，她真的认错人了？

温茗在狭小的床铺上辗转反侧。她有点后悔——刚才无论如何，都该拉住那个男人，确认得再仔细些的。

列车还在不停地奔走，窗外忽明忽暗的亮光被车速拉扯成模糊的线。温茗看着窗外，心想着，明天天一亮，就到北疆了，如果下车时还能再见到那个"秦延"，就好了。

温茗直到凌晨才睡了片刻。她睁开眼睛的时候，霍一北正站在她的床头，眯着一双桃花眼打量着她。

"你干什么？"温茗下意识地抓起自己枕边的半截围巾，遮住脸。

"不用挡。"霍一北伸手过来，拨了一下围巾上的流苏，笑得郑重其事，"你刚睡醒的样子一点都不丑，真的。"

温茗从床上坐起来，整了整衣服，问："几点了？"

"七点。"霍一北伸了个懒腰，"再过一个小时，就到北疆了。"

温茗看向车窗外，经过一夜，入目的景色已经彻底变样。天空湛蓝如洗，原本的平川变成了被白雪覆盖的巍峨高山。她放空了几秒，爬下床。

董凌凌和陈昊飞正好洗漱完回来，看到温茗起了，指指洗手间的方向，说："赶紧去，现在没人。刚才都排起了长队呢。"

温茗点点头，拿了洗漱袋和纸巾正要走，霍一北塞给她一个保温杯。

"我刚打的热水,带上这个。"霍一北冲温茗龇了下嘴,"洗手间的水冷得刺牙,你带点热水掺掺。"

"霍少,你可真不够意思。我们刚才去刷牙的时候,怎么没见你这么贴心呢?"董凌凌啃着苹果抱怨。一旁的陈昊飞不住点头,给女友撑腰。

霍一北轻哼了声:"你俩不是互相看一眼都能发光发热吗?还要什么热水?"

董凌凌和陈昊飞语塞,温茗顺势接过保温杯,说了声谢谢。

火车快到站的时候,温茗检查了一下行李,确定没什么落下后,换上了更保暖的雪地靴,戴上围巾。

十二月的北疆,刚刚下过一场漫天大雪,地上积雪很厚,一脚踩上去能发出"咔嚓咔嚓"的声响。银装素裹的世界让四个很少见到雪的南方人兴奋不已。

"快点,拍照拍照!"董凌凌把手机往陈昊飞手里一塞,一路小跑到北疆车站的站牌下,摆起了夸张的姿势。

路人纷纷侧目,还有人效仿。

霍一北要风度,穿得单薄,一下车就冻得闷哼不止。他抱着肘缩成一团,看到董凌凌他们磨磨叽叽地要拍照,忍不住骂起来:"晚点再拍,会变老吗!这么冷,要出人命了!"

温茗也抖得不行。北疆的天虽然是晴的,可迎面而来的风却冷得好像能食人。

陈昊飞见霍一北有意见,草草拍了两张,便拉着董凌凌往回走。三人边走边商量,是先去酒店,还是先找点热乎的东西吃。温茗没有参与发表意见,她有点心不在焉地四下溜神。

忽然,她的脚步慢下来。

出站口的栏杆后,停着一辆黑色的越野车。驾驶座的门半开,车里坐着一个戴墨镜的男人。男人正抽着雪茄,一缕一缕的碎烟被风从车门里卷出来。

越野车前围了五六个男人,那个长得极像秦延的男人和刀疤男也在。

温茗的目光定在"秦延"身上。他还是昨天那身衣服,黑色的皮衣在风雪里冰冷地敲着,看起来完全不御寒,可他就那么笔直挺拔地站着,半点没有冷的意思。

驾驶座边，一个微胖的中年男人抬肘搭在车门上，正俯身和车里的人说着什么。

"秦延"一边关注着他们的对话，一边看向四周。那双锐利的眸子好似雷达，勘测着周围可疑的一切。忽然，他的视线朝温茗的方向扫了过来。

温茗躲闪不及，两人的目光就这样对上了。远远的，他似乎眯了一下眼，可很快，他的目光略过她，看向了别处。就那么一瞬间，温茗的心跳彻底乱了。

"茗！"董凌凌喊，"你发什么呆呢？还不快走，冻死了！"

温茗应了声，刚走两步，就听到人群里忽然传来一阵骚动。她转眸，下意识地看向"秦延"他们。只见刀疤男跳过栏杆，朝着一辆破旧的电瓶车飞跑过去。

越野车旁，原本正和乐融融聊天的微胖中年男人凛起脸往后退了几步，"秦延"快速上前。越野车主试图关门，被"秦延"一掌卡住。他伸手将驾驶座里的墨镜男一把拉出，摔在地上。

墨镜男脸着地，一时无法爬起。以中年男人为首的四五个男人一窝蜂围上去，对着墨镜男拳打脚踢。而"秦延"趁势利落地跳上了越野车。

越野车发出一声轰鸣，车站边的人四散躲闪，好像怕被撞到。但越野车里的人显然驾驶技术非常好，他在极小的空间里将车原地掉了个头，疾驰而去。

这一幕发生得太快，就像电影剪辑过的镜头。

温茗望着越野车消失在街口，心中五味杂陈。她被董凌凌拉着走了几步，还是忍不住回过头去。那个被"秦延"摔在地上的男人还在挨打，他满身满脸都是血，惨不忍睹。不远处，他的墨镜碎在雪地里，黑白交错。

下车就遇到一番血腥打斗，四人的心情和胃口都有点受损，决定先打车回酒店。

到了酒店，登记领卡，董凌凌和陈昊飞一间，霍一北和温茗各自一间。

房间在二楼。他们都有行李，尤其是董凌凌的大行李箱，塞了一堆有用没用的东西,重得像块铁。所以即便只有一层,他们还是选择等电梯。

冬季是北疆的旅游旺季,酒店生意不错,一早便入住了不少客人。电梯口站得满满当当,耳边充斥着不同地方的口音。温茗静静等着,不时看一眼电梯上的数字。

电梯过了很久才下到一层,门一开,人就呼啦啦地涌出来,温茗拖着箱子往边上让。走在人群最前面的女人长得很好看,她昂着头,风情万种地扫了众人一眼,忽然脚一崴,朝着霍一北撞了过去。霍一北躲闪不及,下意识地将人扶住。

"不好意思啊。"女人笑吟吟地开口,脸上丝毫没有不好意思的样子。

霍一北没作声,只是松了手,侧身为她让路。女人甩了甩头发,娉娉婷婷地离开。

"没事吧?"陈昊飞朝霍一北使了个眼色。

"霍少魅力可真大,女人瞧见了你都腿软。"董凌凌打趣。

"那当然!不是我吹,想当年,拜倒在我西装裤下的女人数以千计,只不过……"他看了温茗一眼,"我现在收心了。"

温茗笑了笑,随着众人走进电梯。

进了房间,温茗洗个澡后,倒头就睡。路上折腾了一天一夜,再加上"秦延"的事情让她有点措手不及,她觉得很累,急需睡一觉缓冲。

这一觉睡到了下午三点,温茗醒来时,手机里都是董凌凌的微信,有文字,也有图。

温茗坐在床上,逐条看下去。照片都是他们中午出去吃饭的时候拍的,一半是雪景,一半是董凌凌的单人照。照片里的董凌凌笑得很漂亮,一看就是陈昊飞拍的。唯一的遗憾,就是没有他们两个的情侣合照。

果然,末尾董凌凌补了一句抱怨:"霍少十个金手指,都不愿意伸出来给我和陈昊飞拍照。明天出去玩,我们的情侣合照就交给你了。"

温茗回了个笑脸的表情,又补了个"OK"的手势。董凌凌那头没有动静,估计也是在补觉。

温茗下床,拉开了窗帘。窗外正在下雪,雪不大,细细的,绒绒的,像被剪碎了的羽毛,降落得轻盈又缓慢。她从行李箱里找了一把伞,决定出去买点吃的。

北疆位于西南边陲,地域辽阔,经济不算发达,但神奇瑰丽的风景却一直为人称道。

温茗他们落脚的地方叫沁源,不大,但几乎算是北疆的代表小镇。镇上风情别致,且吃的玩的应有尽有。温茗打着伞,绕着长街走了一圈,透明的伞面上覆了一层白白的雪花。最后,她被一股浓郁的奶香吸引,停在街尾一家糕饼店门口。

店家是个二十多岁的小姑娘,笑容温和。她招呼温茗进屋,指了指墙上的单子,示意温茗自己看。

油酥茶是店里的招牌茶,号称是咸里透香,甘中有甜,但是温茗一直不喜欢那种复杂的味道。所以,她直接点了一杯甜茶,又要了一叠酥酪糕。酥酪糕很香,一口咬进去,甜而不腻,料又丰富,温茗就着甜茶,一下吃去半碟。

这个时间店里客人不多,小姑娘坐在门口清洗着店里的茶壶,时不时抬头朝温茗看过来,若是视线对上,就扬唇微笑,但并不搭话打扰。温茗很享受这样的安谧,坐在店里刷了一会儿新闻,才离开。

店里很暖,一出门,细雪随风卷过来,化在温茗的脸上,冰冰凉凉的。温茗抖了抖伞上的水花,撑开伞,还未迈步,就看到长街对面停下一辆黑色越野。

这车正是早上"秦延"开走的那辆。

两边车门很快打开,车上下来好几个男人,而驾驶座上的正是"秦延"。他一下车,目光习惯性地往四周扫了一圈。温茗站得远,不在他的视线范围内,但她还是下意识地侧步往电线杆后躲了躲。

"秦延"一行人浩浩荡荡地往街中心方向去了。短短的一天一夜,遇到三次,温茗无法说服自己忽略这种类似缘分的巧合。她一定要确认他是不是秦延,也一定要确认他到底在做什么。莫名其妙的分手、离别,那些困惑和遗憾折磨了她两年。当日没有追上,这一次,她不想后悔。

温茗悄悄跟过去。

"秦延"他们去的地方是一家两层高的酒馆。酒馆门面很普通,乍一看并没有什么特别,推门进去之后才发现,里面活色生香,别有洞天,简直就是

第五章 红尘道场

个小型的娱乐会所。温茗一路穿过大厅,上了二楼。走廊里穿梭往来的都是酒客,"秦延"他们已经不见了。她自己转转悠悠,也很快在炫目的灯火和重金属的音乐间迷失了方向。

"小姐,有什么需要帮忙吗?"酒馆的服务生迎过来。

"不用了,我找个朋友。"温茗笑着说。

对方狐疑地看她一眼,沉默着走开了。

温茗转身,看到拐角处一个微胖的中年男人正朝她看过来。这个男人,正是早上越野车旁和"秦延"站在一起的那个。她连忙装作很自然的样子,边走边低头从包里掏手机。

男人的目光扫过她,没什么表情,径直走开了。

温茗原地拐了个弯,再次顺着男人的方向跟过去。走廊到了尽头就没有路了,男人也不见了。温茗正左右张望,肩膀忽然被人按住。

"跟踪我啊。"随着这一句轻飘飘的陈述,温茗瞬间就被人从后勾住了脖子。粗壮的胳膊卡在她的脖颈间,让她喘不过气,好像随时都会被勒死。

"我……"温茗说不出话来。

身后的男人保持着这个姿势,拖着她走了两步,一脚踹开走廊尽头包厢的门,把温茗推了进去。

温茗因为巨大的推力摔进包间。

里面灯光很暗,隐约可见正中央的沙发上坐着一个高大的男人。他跷着二郎腿,正仰头喝酒。眼见温茗突然跌进来,其他男男女女都吓了一跳,纷纷闪开,唯有他很镇定,只是微微挪了一下脚。

温茗倒在那人脚边。

她伏在地上,垂着头,长发散乱,手肘和膝盖处传来阵阵清晰的疼痛,她不由得抽了一口凉气。视线之内,是一双黑色的马丁靴。马丁靴的主人依然稳稳地坐在沙发里,继续喝着酒,一副事不关己的态度。

"怎么了,二哥?"刚才躲开的人都围过来,打量着温茗。

"这娘们跟踪我。"被称为"二哥"的中年男人道。

"敢跟踪二哥?什么来路?条子吗?"

话音刚落,温茗就感觉到头皮一紧。她的发梢被人攥在手里,重重一扯。她被迫抬起了头。

"啪"的一声，不知是谁开了灯。刺目的灯光逼过来，温茗下意识地闭了下眼睛。

众人都盯着温茗，马丁靴的主人抬眸看过来。看清楚温茗脸的瞬间，他调整坐姿，绷直了身体。

"不管什么来路，既然跟过来，就别想活着出去了。"中年人抄起一瓶未打开的啤酒，扬手就往温茗头上砸。沙发上一直冷漠围观的男人忽然站起，快速截住了酒瓶。

"二哥，"他开口，嗓音低沉，"这女人不是跟踪你，是跟踪我。"

温茗狂乱的思绪因为这熟悉的声音突然平静下来。生死交错的一瞬，她忽然无比确定，眼前这个人就是秦延。无论外貌体态、说话语气发生多大改变，这仍是她两年来朝思暮想、不能忘怀的秦延。

他拨开挡在眼前的人，走到温茗面前，蹲下来，一把捏住温茗的下巴，动作粗鲁，毫无怜香惜玉的意思。

"老子昨晚没让你爽够是吧？"他瞪着温茗，神色显得极为不耐烦，"没爽够，你倒是说啊，现在偷偷跟着老子算什么？"

又是这种话。温茗不知该做什么反应，只是沉默。

"大欧，你搞什么鬼？"中年二哥一掌扇在秦延的后背上。

"黑子，给二哥解释下。"秦延说罢，一把拉起温茗，欲往外走。

"站住！"中年男人神色凶横，眼神冰冷，"不说清楚就想走，当我死了吗？"

黑子从角落里跳出来，暧昧地坏笑着，凑到中年二哥耳边，轻声说了几句。中年男人盯着秦延，默许了。

温茗被秦延拖着穿过走廊。

这短短的十几分钟，对温茗来说，就是去鬼门关前走了一遭，但她不知道为什么会这样。头皮刺刺地疼着，身上每一处关节都好像要散架了，可走在她前面的男人丝毫不知道体谅她，依然健步如飞，她要小跑才能勉强跟上。

"秦……"

第五章 红尘道场

"闭嘴!"秦延大声呵斥,打断了她的话。紧接着,他打开了酒馆的门,一把将温茗推了出去。温茗重心不稳,再次跌倒在地。

地上积雪很厚,这软软一坐,倒是不疼。

"别乱喊,老子不是你要找的那个人!"秦延居高临下地看着温茗。

白雪茫茫,映着她毫无血色的脸和一头乱糟糟的发。她明明看起来那么狼狈,但眼神里的光芒却依然那么有力。

"真的不是吗?"温茗涩涩地扯了一下嘴角。

秦延无声地看着温茗。她从地上爬起来,碎雪黏在她的衣服和裤子上,动一动,簌簌往下掉。她眼眶微红,哈出一团白白的雾气:"我看起来很傻,很好骗吗?"

秦延揉了揉太阳穴,语气不耐烦:"你爱怎么样就怎么样,别再跟着我。不然,小心吃不了兜着走。"他说完就想走,被温茗一把抓住了胳膊。

两人正僵持,酒馆大门开了,黑子探出头来,远远看着他们。

秦延的余光扫到黑子,他猛地抽手,往后退了一步。温茗再次倒在地上,她的手掌按住冰冷的雪,心也是冰冷的。

"还有完没完了?"秦延从皮衣里抽出一沓百元大钞,摔在温茗面前。

他指着街角的快捷酒店,说:"真这么不甘心,就去那里开个房,老子今晚包你爽!"

黑子听到秦延的话,咧着嘴无声地笑。他走到越野车旁,从车里拿了什么扔进嘴里,边嚼边远远地看热闹。

秦延回头,瞪着黑子:"瞎看什么!滚回去!"

黑子笑嘻嘻地喊:"翰哥,二哥让你快点儿,兄弟们等你喝酒呢!"

秦延甩甩手,表示自己知道了。黑子笑着挠挠头,一溜烟跑进了屋。秦延趁势俯身,压低了声音对温茗说:"赶紧走!"他没再给温茗说话的机会,转身就走。

温茗看着他离开,思索了片刻之后,抓起地上的钱,站起来朝着秦延的背影喊:"好,我去开房,我今晚就在那里等着你!"

秦延没理温茗,仿佛什么都没有听见,只顾往前走。

"如果今晚你不让我爽明白了,老娘以后做鬼都缠着你!"

秦延听得头皮一阵发麻。

秦延回到酒馆，先去洗手间洗了把脸。他有点恍惚，直到冰冷的水拍到脸上，才感觉到一阵清醒。

"翰哥。"走廊里过来一个男人，站到秦延身边。

秦延往镜子里看了一眼，是大魏。他连忙收拾了一下情绪："货都送到了？"

"送到了。"大魏看着他，神色有点担忧，"发生什么事了吗？你脸色不太好。"

"没事。"秦延抬手拍了一下大魏的肩膀，"进去吧，二哥也在。"

包间里的男男女女正尽情地放纵，唱歌的唱歌，喝酒的喝酒，好像都已经忘了刚才发生的那一段小插曲。

秦延走进包间，坐到沙发上。沙发另一端穿着黑丝短裙的女人见到秦延，立马贴过来，挽着秦延的胳膊，往他身上蹭。秦延皱了下眉，若是换了往常，这个女人一定会被他推开。但这会儿，他忍了下去。

女人见秦延没有拒绝自己，开心地给他喂水果。

穆伟抱着话筒正唱得兴致高昂，瞥见沙发上的秦延和女人亲密互动，若有似无地勾了下唇，唱得更加开怀。

"两个人要去到哪里，牵着手就是个天地。一生啊，有什么可珍惜，流浪人没奢侈的爱情。有今生，今生做兄弟，没来世，来世再想你……"

屏幕上闪现的歌词是任贤齐的《兄弟》，这是穆伟最喜欢的一首歌，每次有什么活动，必唱。

包间里的人都卖力地为穆伟捧场喝彩，秦延低着头，一边喝酒，一边不动声色地躲避女人的糖衣炮弹。曲目接近尾声的时候，穆伟把话筒一扔，坐到了秦延身边。

女人看出穆伟有话要对秦延说，识相地走开了。

秦延给穆伟倒了一杯酒，推过去。

"听黑子说，刚才那个女人是你昨天在火车上遇到的？"穆伟状似无意地闲聊。

第五章 红尘道场

秦延没出声，算是默认。

穆伟"嗤"地一笑："大欧，真没想到，你要么不玩，玩起来还挺野的。"

"长得像初恋，就没把持住。"秦延挑眉，"只是没想到，会这么难缠。"

"解决了？"

"给了点钱，打发了。"

穆伟点点头，喝了秦延给他倒的酒。放下空杯之后，他揽住秦延的肩膀，像个家长一样叮嘱道："你要玩可以，但一定得注意点分寸。你是有家室的人，和我们弟兄几个不一样，明白不？"

"我明白。"

"嗯，那就好。"穆伟捏了下秦延的肩膀，站起来，示意正在唱歌的黑子把话筒递给他。他清了清喉咙，屋里的人瞬间都安静下来，看着他。

"今天早上在车站，多亏大欧警觉，发现了吕财神的诡计，我们这才没出幺蛾子。"穆伟说着，端起酒杯，冲着秦延一比画，"来，大家都敬大欧一杯。"

众人端起酒杯，都朝秦延围过来："敬翰哥！"

此起彼伏的声浪里，秦延站起来，端起酒杯，一饮而尽。大家鼓掌，气氛热烈。穆伟一脸欣慰地看着秦延。秦延没什么表情，也一言不发，好像早已习惯这一切。

他默默坐回沙发里。这时，他的手机响了。

雪渐渐大了，温茗的伞丢在了刚才的酒馆，她不想回去拿，幸而羽绒外套上连着帽子。她把帽子往头顶一盖，揉了揉发胀的膝盖，走在风雪里。

路过的人都纷纷侧目看她，她低着头，只顾自己走路。

温茗走进了街角的快捷酒店。

"开个房。"她对前台说。

前台正在玩手机，听到有人说话，依然盯着屏幕上的游戏界面，头也不抬地说："好的，请问什么房？"

"双人房。"温茗把身份证递过去，催促道，"麻烦快点。"

前台这才退出游戏。她在电脑上查询了一下，又翻了翻登记的本子，满脸歉意地道:"不好意思啊,我们店的双人房早就满了,只剩下单人房了。"

温茗哑然。

还有这种事情?看来这家店入住了很多情侣啊。呵,秦延随手一指,指了个应景的好地方。

"您还要订吗?"前台向她确认。

"要。"温茗点点头,"那就来个单人间吧。"

前台"刷刷"一阵操作,很快把房卡递过来。房卡上贴着标签纸,上面是手写的房号——303。

"抱歉,我们的电梯坏了,正在维修,能麻烦你走楼梯吗?"

"行吧。"

楼道里采光不是很好,暗乎乎的,温茗正要找开关,忽然听到上面传来男女说话的声音。

"不用你管我!走开!"

"你听话,先在这里待一晚,明天一早我就带你去威林。"

"我哪儿也不去,哪儿也不去……"女人提高了声调,并且不停地重复一句话,显然情绪很不稳,精神状态似乎也不佳。

温茗无意偷听别人说话,也不想掺和这种乱七八糟的事情,正要退出楼道,一抬脚却不小心踢到了一个易拉罐。

"咔"的一声,整个楼道瞬间安静下来。

"谁?"男人撑着栏杆,利落地跳了下来,站在温茗面前。

温茗吓了一跳。刚才在酒馆被袭的事情让她心有余悸,她总觉得这里的人都怪怪的,好像每个人都一副一言不合就动手的模样,她已经经不起折腾了。

"不好意思,电梯坏了,我就是想上楼,没找到路灯的开关。"

男人皱着眉头打量了她一眼,温茗眨巴着眼,一动不动地由着他看。

楼上的女人跑下来,她纤瘦的身体裹着男人的外套,看起来弱不禁风。她躲到男人身后,揪着他的衣襟,小心翼翼地打量着温茗。

"没事。"男人说着,反手揽住女人,眼神稍稍柔和了些。他将她圈进怀里,走之前,又扫了温茗一眼。

温茗被男人的目光看得心头发毛,直到他们上楼离开,她才微微松了一口气。她扶着栏杆慢慢上楼,走着走着,忽然觉得刚才的那个女人好像在哪里见过。

秦延站在走廊里,手机贴在耳边。电话那头的人低声说着什么,他凝眉听着,手心里不自觉地泛起了一层细汗。

"我知道了。"他挂上电话,原地思索了片刻,才推门进屋。

包间里依然一派热闹,欢声笑语不断。秦延快步走到穆伟面前,沉声道:"二哥。"

穆伟扬手拨了一下秦延的耳朵,玩笑着:"被查岗啦?"

"不是,二哥,我有事情……"秦延话说到一半,穆伟的手机也响了。他低头看了一眼屏幕上的号码,示意秦延稍等一下。

穆伟走到边上:"喂,金爷……"

秦延紧紧盯着穆伟。穆伟原本闲散地晃荡着腿,但他很快停止动作,笑容也渐渐凝固在嘴角。

"你大爷!"穆伟骂了一声,声音震天响。整个包间的人闻声都朝他看过去,一时间,屋内陷入了死寂。在众人的注视下,穆伟一把将手里的手机砸了出去。

"怎么了,二哥?"问话的是穆伟的心腹光头贾,原名贾天波,因为头顶常年不生发,被道上的人称作光头贾。

穆伟没回答。他一转头,阴沉沉的目光扫向秦延。秦延握紧了拳头。

"你刚才想和我说什么?大蟒带货跑路了,你知不知道!"

众人都愣住了。

秦延低下头:"我正要和你说这事。"

"说个屁!在我手底下带货跑路,他还是头一个,看我不……"

"二哥!"秦延上前,抓住了穆伟拔枪的手,"这事我来解决。"

"你解决?怎么解决?"穆伟火气冲天,他一掌扇飞了秦延的手,掏出枪拿在手里旋转着,神色难以捉摸,好像下一秒就会拿枪指着秦延。

"我会把货找回来。"

穆伟看了秦延一眼,冷哼了声。秦延坚定地迎上他的目光。穆伟使了个眼色,包间里的人会意,一个个都走了出去,屋里瞬间只剩下他们两人。

"大欧,你要怎么把货找回来?"

"无论用什么方法,我都会找回来。"

穆伟歪了一下唇:"除了货呢?"

"二哥!"秦延语气里多了一丝恳求。

"除了货,我还要你把大蟒带回来,活的或者死的,都没关系。"

"二哥,大蟒是我带来的人,出了岔子我也有责任。我会解决问题的,求你给他一条生路。"

"大欧,你知道你这人最大的毛病是什么吗?"

秦延不语。

"仗义。你最大的毛病就是太仗义。"

"我和大蟒这么多年兄弟……"

"兄弟?你把他当兄弟,他把你当兄弟吗?真是兄弟,会带着金熊这么大一批货跑路?"穆伟用力拍了拍秦延的左脸颊,"别傻了,照我说的去做,嗯?"

温茗一进房间,就打开了空调。

没一会儿,屋内渐渐回暖,她把羽绒服脱了下来。羽绒服上覆了一层水渍,是冰雪消融的痕迹。她从兜里把刚才在雪地上抓的那把钱拿出来,摊在床头柜上晾着。

开个房间只花了两百,而秦延给的至少有两千。她得把这莫名其妙的钱还给他——就凭这个,她也得在这里等他一晚上。

温茗拿出手机,给董凌凌打电话,告诉她自己今晚有点事情,得在外面住。

董凌凌大惊:"你什么意思?什么叫在外面住啊?北疆很乱的,你一个人瞎跑什么呀!"

"遇到个好久不见的朋友,晚上聚聚。不是一个人,放心吧。"

"朋友?什么朋友?"

"你不认识。"

第五章 红尘道场

董凌凌显然不相信,温茗含糊着搪塞了几句,就把电话挂了。

天渐渐黑了,雪也停了。温茗坐在床上看电视。机顶盒似乎出了问题,只有一两个频道,她抓着遥控器,心不在焉地看着屏幕上的新闻,满脑子想的都是秦延。

他会不会来呢?想起他背对自己的模样,温茗心里已有答案,只是还抱着一丝侥幸。无论是两年前还是现在,能支撑着她等待的,似乎从来都是心底的那丝侥幸。

夜深了,温茗开始被困意席卷。恍惚间,她听到走廊里似乎有动静。

是秦延?他来了吗?温茗跳下床,轻轻拉开房门。才开一条缝儿,她就看到白天楼道里遇到的那对男女,他们正从对面的房间走出来。

不是冤家不聚头,他们就住在对面,这也太巧了。

温茗又轻轻把门合上,对面的人并没有看到她,她也没有把他们当回事儿。

很快,走廊里又静下来。温茗耐着性子继续等,可秦延始终没有出现。空调的扇叶开合间吹出"呼呼"的暖风,不知不觉,温茗睡着了。这一觉无惊无梦,睡得意外踏实。

第二天一早,她被拍门声惊醒。

"嘭嘭嘭!嘭嘭嘭!"

温茗在床上翻了个身,睁开眼睛。空调还在工作,醒来的第一感觉是房间里很干,脸也很干。

"哪哪哪!哪哪哪!"耳边的拍门声已经改成了撞门声。

温茗从床上坐起来,往门口看了一眼。不是她的门,好像是对面。谁一大早这么凶神恶煞地敲门,追债还是杀人啊?

她披了外套下床,走到门口,从猫眼往外瞧。猫眼太小,看不全,隐约确定是个男人。

"谁啊,一大早还让不让人睡觉了?"隔壁房间有人出来表达不满。

砸门的人许是意识到自己的不对,开口说了句:"抱歉。"

这声音是秦延!温茗顾不得自己刚起床,还蓬头垢面着,连忙打开房门。

走廊里,秦延正背对她站着。

"这位先生,你是不是来得太晚了?"温茗出声。

秦延听到声音,转过身来,看到是她,皱了下眉。

温茗倚在门框上,抱起肘:"而且,你是不是敲错房门了?"

隔壁房间的男子登时明白过来,咕哝几句,甩上门继续睡。

"我可是白白等了你一夜。"温茗走出去,站到秦延面前,昂着头,一字一句道,"我现在一点都不爽。"

秦延还没来得及说话,手机就响了。他侧身越过温茗,走到边上接起电话。

"有入住记录,但房里没人,应该已经走了,你再查一下。"他说。

温茗看着他收起手机,回味他刚才说的话,猛然间回过神来:"你不是来找我的?"

秦延不理她,低头看着手机上的信息,准备走。

"喂!"温茗赶紧追过去,张开双臂,拦在秦延前头。

秦延被她拦停,上下打量她一眼。她刚睡醒,头发乱糟糟的,外套也还没来得及穿好,松松垮垮地披在肩膀上,好像随时会掉的样子。不过,即使不修边幅,也不影响她的好看。

"来都来了,我们把话说清楚,你再走。"

秦延绕过她的手,淡漠地道:"我和你没什么好说的。"

温茗强忍着心头涌上来的酸涩感,继续拦着他:"没什么好说的,那也得把钱还给你。"

"那是给你开房的钱。"

"开房不需要那么多。"

"那就当作是给你的补偿了。"他学着她刚才一字一顿的口气,"你不是一点都不爽吗?"

"好,这个钱我收下了。但是还有其他的钱,我得还给你。"

秦延无声地眯了下眼,有点不解。

"五万零三百六十。"温茗看着秦延的眼睛,报出一串数字。有那么一刹那,光阴流转,往事重现,一切都好像回到了当初,回到了他离开的那一天。

秦延转开脸,但温茗还是看到了他眼神里无意间流露出的一丝情绪。这丝情绪就像是一个突破口,让她看到了希望。

第五章 红尘道场

"五万零三百六十。"她又重复了一遍。

"我不知道你在说什么。"

"不知道没关系,我可以给你解释。"

"不需要。"秦延说罢,再次迈步欲走,温茗一时慌乱,想拦住他,又没有好的办法,情急之下,扬手将他抱了个满怀。

馨淡的清香蹿进秦延的鼻腔,紧接着,他被柔软禁锢,无法动弹。久违的悸动,让秦延的心在胸腔里疯狂。

他该把她推开的,但他一动都没有动。

"五万是我奶奶的治疗费,三百六十是装防盗窗的钱。"她声音柔柔的,又带着某种力量,很熟悉,"既然你不想再和我有瓜葛,甚至不想再记得我,那么,我们就断得彻底一点。我说过,我温茗不喜欢欠别人。"

他不知道,亏欠也是一种铭记、一种纠缠。

秦延还没说话,隔壁房间的房门再次打开。刚才的男人探出头来,满脸的嫌弃与愤怒:"你们小情侣有什么不能回房聊?站在走廊叨叨,吵死了!"话音刚落,又补了一句,"什么破酒店,隔音这么差!"

温茗眼见有人,赶忙松开秦延,退到边上。秦延清清喉咙,又对那人说:"抱歉。"

那人似乎还想抱怨什么,秦延没给人机会。他抓起温茗的胳膊,一下将她拉进了房间。

"嘭"的一声,秦延顺手关上了门。走廊里安静了几秒,很快外面也传来了关门声。

秦延站在门后,竖耳听着什么。温茗有点捉摸不透秦延是什么意思,但不管怎么样,他进来了,这正合她意。温茗随手甩下自己肩膀上的外套,朝着秦延走过去。

"既然进来了,那就……"她欲言又止,手开始不安分地剥他的外套。秦延的黑夹克很快就被温茗扯开了拉链。

"住手!"秦延将温茗的双手反握住,"你别误会,我进你房间,只是想确认点事情。"

"你也别误会,我脱你衣服也只是想确认点事情。"

屋里空调没关，暖气还在源源不断地冒出来。两人看着彼此，以奇怪的姿势僵持着，暧昧随着暖气升温。

"别闹！"秦延松开了温茗的手，顺势把她推开。

"我没闹。"温茗抽了下鼻子，"我只是想确认一下那个文身。现在，那是你身上唯一属于我的东西。"

秦延沉默着不回应。刚刚热腾腾的气氛，瞬间又冷了回去。

温茗翻了个白眼，指指床边的沙发："算了，没劲，你自己随便坐吧。"她说着，往洗手间里走。她还没洗漱呢，总不能一直这样蓬头垢面地对着他吧，就算他冷冰冰的，比从前更不解风情，但好歹是她喜欢的人，是她现在依然喜欢的人。

秦延在屋里绕了一圈，紧接着，径直走到了洗手间的门口。

温茗正刷牙，一扭头看到秦延跟了过来，差点把嘴里的泡沫咽进去："你干什么？"

"你昨晚一直都在房间里吗？"

温茗一边漱口一边点头。

"那么，你有没有听到对面房间的动静？"

"我怎么可能知道？"

"这酒店隔音不好。"

"就算隔音不好，我也不可能时刻注意外面的声音吧。我等的是你，又不是别人。"她振振有词。

就在这时，秦延的手机又响了。他看了一眼屏幕，拿着手机走到窗边。

温茗开始洗脸，水流隔断了他的声音，她并没有听到他在说什么。等她再次抬头，秦延朝她走了过来。

"我再问一遍，你昨晚到底有没有听到动静？"

"没有。"

秦延眸色一暗，点点头，信了。信了，就没有理由继续留在这里。

温茗看出他的意图，顾不上擦脸上的水，赶紧从洗手间跑出来："你拉我进屋，就是为了问这事？"

"不然你以为呢？"

温茗垂了下眸,黑白分明的大眼里写满了失望。

秦延看也不看她,径直走到门口。开门时,他的手在门把上迟疑了几秒,似乎是想说什么,但想了想,最后什么也没说。

"喂!"温茗不情不愿地开口,"我听到动静了,昨晚。"

"什么动静?"秦延急问。

"我为什么要告诉你?"

秦延有一瞬的愣神。

"我为什么要帮你?"那时,她这么说。两年过去,她为难人时还是老样子,蛮不讲理,却又让人没脾气。

他看着温茗:"只要你说出来,要我做什么都可以。"

"什么都可以?真的?"温茗眸间闪过一丝狡黠。

秦延知道,若真点了头,她提的要求肯定不会简单。就算简单,对他来说也一定很难办。可他暂时没有其他路子,点头说:"真的。"

温茗伸出小拇指:"拉钩。"

秦延对这种幼稚的把戏很无奈,但还是伸出小拇指,快速碰了一下,正要收回来时,被她一把勾住。两人的手都很冷,相触的那一小块皮肤却在发烫。

"我昨天晚上看到……"她凑到他的耳边,呵气如兰,"对面房间里走出一对小情侣,他们要去……"

"情侣?"秦延的脸色登时变得难看。

情侣?怎么可能是情侣?他要找的是木强,而且前台登记的本子上写得清清楚楚,木强入住的明明是个单人房。秦延抽回手指,神色严肃而冷冽。

"怎么了?"温茗不解,"我还没说完呢。"

"如果你想开玩笑,抱歉,我没时间奉陪。"他说完,夺门而出。

温茗愣住了,好半响才记得出声:"喂!我没开玩笑,我说的是真的!"

秦延头也不回地离开了。

温茗站在原地,看着他的背影,有点焦躁,有点委屈。话还没说完呢,他凭什么认为她是在骗他?她看起来就这么不值得信任吗?

秦延拉开车门,"哗"地坐进去。发动车子之前,他看了一眼手上的表。他在这里浪费了太多时间。其实，确认木强不在房间时，他应该转身就走的，可是他却被那个女人三言两语唬住了。

他一拳砸在方向盘上，却不知道在气什么。

手机又响了。

"我这就过去。"秦延发动车子，离开了沁源中心的这条长街，去了最东边的一个茶室。

茶室名叫"香茗"，是北疆仅有的五个茶室之一。他以前不爱喝茶，现在也不怎么喝，但是只要一有空，就会来这里坐坐。大家都觉得他是个怪人。的确，跋扈恣睢的毒贩喜欢喝茶，就像是凶残的杀人恶魔信佛一样，让人难以置信。可他就是迷恋那种淡淡的味道。这是来北疆之后，唯一能让他静心的东西。

一辆黑色的尼桑停在茶室门口。秦延下车之后，径直走向那辆尼桑。车里有人，一男一女。男的是大魏，女的是林娅——也就是两年前的任玥。

秦延敲了敲车窗，任玥朝他看过来，推门下了车。大魏正在接电话，一时坐在驾驶座里没动。

"翰哥。"任玥叫他，眼神里闪过一丝光彩。

他们很久没见了，粗略算算，大概有一个月。秦延和穆伟一行人经常在外面跑，而她多数时候都守在瑞吉的大本营。这次要不是关木强突然出事，她也不会过来。

"瑞吉那边怎么样？"秦延问。

"一切正常。"

虽然来北疆之后，他们人前的身份是夫妻，但私底下，任玥面对秦延时，总是一副正襟危坐的样子，每次回答他的问题，更像是汇报军令，绝不敢妄自亲近。

秦延点了下头。

"你好吗？"任玥打量了一下秦延。他精精神神的，但似乎又瘦了点。

秦延还没回答，大魏从车上下来了，两人的注意力顺势转到大魏身上。

"怎么样？有消息了吗？"秦延问。

大魏摇摇头："木强那里还没有，但是金熊那边已经有动作了。如果木强落到他们手上，必死无疑。"

第五章 红尘道场

秦延沉着脸。

"木强真是一点征兆都没有，好端端的，怎么突然做出这样的事？"任玥到现在还是不敢相信。两年来，他们四人几乎是相依为命，从来不会对彼此有什么隐瞒。木强这一出，某种程度上打击了牢固的军心。

"难道，是他的毒瘾？"大魏猜。

"不会。若是毒瘾，不会这么突然，前后一定有征兆。就算真的复吸，他也不需要铤而走险，吞下这么大一批货。"

"那是为什么呢？"

秦延不作声。他也想不明白，怎么都想不明白。木强做缉毒警察这么多年，经历过各种各样的诱惑和生死抉择，从未犯过如此严重的原则性错误。可这一次，他简直就是在摧毁自己。

"难道，是为了钱？"任玥轻声地说。

一阵令人窒息的沉默。

这个答案谁都能想到，但都不愿意说出来。没有人想用这样的方式怀疑自己的队友。他们出生入死，付出一切，没有自诩是圣人，但也绝不会轻易与世俗同流合污。单单一个"钱"字，太侮辱人了。

"好了。"秦延终止了这个话题，"当务之急是在金熊之前找到木强。只要能找到木强，什么都清楚了。"

任玥点了点头："木强在离开酒店之后，行踪就彻底断了。现在我们只能从酒店的线索入手。"

"我去酒店问过了。前台是个游戏迷，除了游戏什么都不关心。再加上那天入住的客人有点多，她根本没有注意到木强。"

"其他人呢？"大魏问。

秦延想了想。其他人，就只有温茗了。可她一心想要证明他是两年前的秦延，变着法儿地和他叙旧，说话又拐弯抹角，几乎没什么可信度。于是他说："没有其他人了。"

三人围在车边，犯了难。

这时，茶馆门口走出来一个女人。她头发很长，两种颜色层次分明，新长出来的是黑色，而发梢那一小截是毛毛躁躁的奶奶灰，多余又显得不伦不类。她穿着杏色的大棉服，挎着一个布包，站在门口东张西望。忽然，她朝秦延看了过来。

任玥第一个发现那个女人的目光。作为女人，天生有敏锐的第六感，她觉得那个女人似乎认识秦延。

果然，女人一边慢慢朝秦延的方向走过来，一边小心翼翼地确认着什么。

"翰哥。"任玥扬了扬下巴，提醒秦延。

秦延顺着任玥的目光一转头，看到来人的瞬间，心里盘旋的大谜团一瞬间有了答案。

女人惊呼一声，紧接着扔下手里的包，扑过来一把抱住了秦延。任玥皱了下眉，别开头。大魏也有点尴尬。秦延推开了女人，看着她，是蒋婷。

"我还以为看错了呢，真的是你啊。"蒋婷满脸惊喜，又夹杂了几分说不出的委屈。

"你怎么在这儿？你姐姐呢？"

蒋婷看了看大魏和任玥，欲言又止。秦延对两人使了个眼色，大魏和任玥上了车。

车外只剩下秦延和蒋婷。他捡起蒋婷的包，带她走到一边的亭子里坐下。

"说吧，你和你姐姐怎么回事？你为什么会在这里？"

蒋婷接过自己的包，拍了拍上面的碎雪，还未说话，眼眶先红了。

蒋莹和关木强分手之后，就和一个叫丁成佑的男人在一起了。他对蒋莹很好，几乎要什么给什么。蒋莹特别感动，因此当他提出要去慈临做生意时，她想也不想，就说要跟着一起去，还带上了妹妹蒋婷。

原以为从此可以过上稳定幸福的生活，哪知噩梦才刚刚开始，她们落进了一个大大的圈套。

到达慈临后，丁成佑一点一点露出狐狸尾巴。他就是个彻头彻尾的骗子，费尽心思把两姐妹骗来慈临，是想逼迫她们卖身坐台。她们不肯，就被丁成佑囚禁起来，不停遭到毒打。蒋莹为了救出妹妹，以死相拼，终于让蒋婷顺利逃走。

蒋婷立马报了警，可当警察赶到时，丁成佑早已带着蒋莹转移了。警察搜遍附近大大小小的窝点,都没有找到人。案子被迫搁置,蒋莹从此失去了消息。

但是,蒋婷从来没有放弃寻找。

前段时间,慈临的警方联系她,说丁成佑因为拐卖妇女和贩毒被抓了。但是,蒋莹仍然下落不明,连丁成佑也不清楚。他说,蒋莹早跑了。

跑了,跑去哪儿了?没人知道。

周围的人建议她登寻人启事,茫然无绪的蒋婷照做了。没想到,还挺管用,没多久就接到好心人打来的电话。那人告诉她,他在北疆看到了和蒋莹长得很像的人。

"我不能放弃任何一丝找我姐姐的希望,所以收拾东西来了北疆。其实我到这里好几天了,想着先找份工作住下来,看到茶室在招人,就来面试。"蒋婷说完,长叹了一口气。

秦延点了下头。听完蒋婷的叙述,他对木强突然改变的原因已经猜到七七八八。

也是,木强是多么耿直专一的人,能改变他的,从始至终只有蒋莹而已。当初他说要转行,是因为蒋莹,现在做出这么可怕的决定,也是因为蒋莹。

如果没有猜错,这会儿他们两个一定在一起。那么,木强不是单独行动。

这样一想,很多闭塞的思路就通顺了。温茗没有胡说。她说看到了一对情侣,应该就是木强和蒋莹。

是他误会她,错怪她了。

第六章

君心我心

温茗回到酒店，在房间休息片刻之后，才去和董凌凌他们汇合吃晚餐。

餐厅是霍一北定的，就在酒店附近。这是来北疆之后，温茗吃的第一顿正儿八经的饭。酒足饭饱，胃里充实了，心又变得空空荡荡的。她不想让自己的心情影响同伴旅行的兴致，尽量装得高兴，但董凌凌还是看出来了。

"茗，你到底怎么了？说好出来散心的，可我怎么感觉你来北疆之后，心情愈发起伏不定了呢？"

"没事，可能还有点不太适应，过两天就好了。"

"嗯，你别胡思乱想，出来玩，就把糟心事都丢掉，放开了玩！"

温茗笑着点点头。

四人走出餐厅，慢悠悠地走回酒店。路上行人如织，有不少一看就是外地来的游客。过斑马线的时候，温茗拉着董凌凌小心地避让着路人。

"茗，快看那个。"董凌凌悄咪咪地指了下马路对面一个头发染得五颜六色的小姑娘，笑着评价，"那是头发吗？简直是道彩虹啊！"

温茗脑海里闪过什么。

她想起来了——那天在楼道里碰到的女人，就是两年前秦延从酒吧里带出来的两人中的一个。难怪觉得面熟，原来她真的见过。

温茗记得清清楚楚，那晚和秦延在一起的两个女人，一个穿着性感，一个染着奶奶灰。而楼道里的那个，就是前者。

秦延是在找她？为什么？

"茗！温茗！我问你话呢！"董凌凌扯着大分贝的嗓门叫着。

"什么？"温茗回神。

"你能不能专心点，每天心不在焉的，小心我打你。"董凌凌朝她挥了一下拳头，"霍少和陈昊飞商量着明天去简山滑雪，你想去吗？"

温茗想了想，应声："好。"

第二天，四人准时出发去滑雪场。陈昊飞租了车，带着董凌凌去取。温茗和霍一北站在酒店门口等着。

"好冷呀。"霍一北搓着手,没话找话。

"冷就多穿点衣服。"

"衣服没带够。"霍一北靠过来,悄悄挨着温茗。

温茗没好气地扫了他一眼,挪开几步,他又跟过来,像块牛皮糖一样紧贴着温茗。

"喂!"

"嘘。"霍一北打断她的话,厚着脸皮道,"挨紧点,大家都暖和。"

温茗哭笑不得,正要扬手把霍一北推开,一转眸,看到马路对面停着一辆熟悉的黑色越野车。

秦延半倚在车头,一边抽烟,一边望着他们。隔得有点远,他的神情很模糊。唯一能看清楚的,是他今天又穿了一身劲酷的黑。

温茗假装没有看到,扬到一半的手也将原本要推的动作改成了抚拍。她轻轻拍了一下霍一北的肩膀,柔声在他耳边说:"趁我好好说话的时候,赶紧自己起开。否则,别怪我不客气。"

霍一北从没有听过温茗这样温柔地说话,顿时觉得哪里不妙,乖乖退开。

这时,陈昊飞开车过来了。霍一北上前为温茗拉开车门。温茗上车的时候,又往秦延站立的方向看了一眼。他不知什么时候走开了,人不在,车还在。

温茗说服自己不要去想他,更不要去注意他。

她自顾自地看起了书。

车子一路往北,因为地上湿滑,陈昊飞开得很慢。快到简山滑雪场的时候,董凌凌忽然叫道:"哎,后面那辆黑色的车是不是一直跟着我们?"

温茗自书间抬头,往后看了一眼。果然,有辆黑色越野车跟着,与他们的车保持着一定距离,开得也很慢。

"不会吧。"陈昊飞不在意地道,"好好的,跟着我们干什么?人家可能也是去滑雪的呢。"

"不,我注意这辆车很久了,它一直跟着我们。"董凌凌满脸怀疑,陈昊飞瞬间紧张起来。霍一北正在打盹，听到他们的对话，也睁开了眼。

"我们靠边停车，看看情况吧。"董凌凌提议。

于是，陈昊飞慢慢降下车速，准备停车，但越野车里的人仿佛能听到他们说话似的，为打消他们的疑虑，"嗖"地超过了他们。

望着疾驰而去的黑色越野车，温茗悄悄松了一口气。

"咦？不是跟着我们的吗？"董凌凌有点丈二和尚摸不着头脑，"难道是我看错了？"

"肯定就是你看错了。"陈昊飞说，"我们四个是出来旅游的，来这里之后也没有和人起冲突、结仇家，谁会跟着我们啊？"

董凌凌觉得陈昊飞说得有道理，点点头，不再多说什么。霍一北继续打盹，车厢里的气氛回到最初悠闲的状态。只有温茗合上了书，开始心猿意马。

她知道，那人是冲着她来的。

简山滑雪场。

温茗从更衣室里出来，刚穿过走廊拐角，就看到秦延站在大厅的门廊下。他手里握着一瓶水，水快见底。

他好像已经来很久了，他好像正在等她。

温茗憋着一股劲，不肯轻易理他。她挪开目光，大步往门口走。经过秦延身旁时，她目不斜视，仿佛他就是个透明的影子。

"温茗。"他没有拦她，只是叫了她的名字。

温茗表面云淡风轻，但其实，他脱口而出的这两个字已经让她乱了阵脚。这是两年之后，相逢以来，他第一次叫她的名字。

"我还以为，你已经忘了我叫什么名字呢。"温茗说。

秦延绕到她面前，神情恳切："上次是我态度不好，我太着急了，我道歉。和我谈谈好吗？我有事需要你的帮忙。"

他一口气说了很多话，句句真情流露。温茗斜了他一眼，不怎么买账。

"你知道你什么时候最乖顺吗？有求于我的时候。"温茗冷哼了一声，"两年前，要找文身的时候是这样，现在还是这样。明明一身逆鳞，偏偏要装温顺。你以为这样我就会心软吗？抱歉，我没时间奉陪。"

第六章 君心我心

她把他说过的话原模原样、一字不落地奉还,说完迈步就走。

"温茗!"秦延追上来,拉住了她的胳膊。

"放开!"温茗甩开了他的手,"凭什么你想装不认识的时候就不认识,你想相认了就相认?不好意思,这位先生,我不是温茗,你认错人了。"

与温茗过招,秦延从来没有胜算。因为她一出手,招招式式都有章法,这次更是以子之矛攻子之盾。他根本不是对手。

是,他欺骗了她,辜负了她,伤害了她。可这件事,关系到人命——这个理由,他不能说。

温茗不再理会秦延。她做了下热身运动,戴起安全头盔和护目镜,拿上滑雪杖,穿上滑雪板,利用手腕力量将滑雪杖向后推动,平稳地滑进了雪场。

她穿了浅色的滑雪服,身形依然纤细,长发绑成很低的马尾,压在安全帽下。那发梢随着她利落的动作甩过来甩过去,好像带着风,撩拨着人心,却又让人不敢轻易靠近。

滑雪场那么大,温茗的身影转瞬就不见了。秦延原地思索片刻,转身往更衣室走去。

山野空阔,迎面而来的风扑在脸上,冰凉、干净。

温茗的滑雪板在苍茫的雪地上留下一条长长的、若有似无的痕迹。风在耳边呼啸着,她放空思绪,心无杂念地一路向前,偶尔越过坡度较缓的小山坡。那种自上而下的驰骋感,让她觉得自己好像驾上了筋斗云。如果没有秦延惹她不痛快,今天的简山之行或许是完美的。

温茗刚想到秦延,就看到不远处一抹黑影正朝她靠近。她不由得放慢速度停下来,摘了护目镜,想要看清楚来人。

黑影越来越近,因为戴着安全帽和护目镜,看不清楚脸,但从身形判断,应该是秦延。他滑雪的姿势很利落,速度也很快,不一会儿,人就到了温茗的面前。

秦延在距温茗还有两三米的地方慢慢停下,将护目镜往上一拨,露出一双深邃的黑眸。

"你跟着我干吗?"温茗没好气地说,"刚才路上跟着我们的那辆车,也是你的吧?"

"是我。"秦延承认。

从酒店出来,秦延就一直跟在温茗他们后面。车上四个人没什么警惕意识,直到滑雪场附近才发现有人跟踪。而这时,秦延已经根据路标判断出他们的目的地,所以索性超车,先行来到简山滑雪场等着。

果然,没一会儿,温茗一行四人就来了。

"你是不是觉得自己很厉害,想找我,轻而易举就找到了?"

秦延斟酌着措辞,还未说话,就听到她又说:"可我呢?我找了你整整两年,却没有找到关于你的任何蛛丝马迹……好像全世界都在帮你躲着我。"

秦延的心狠狠一颤。

温茗苦笑一下,红了眼:"这一切真不公平,可又有什么办法呢?谁让我喜欢你,比你喜欢我多呢!我活该。"

"温茗……"

"你别说话。我知道你来找我,是有求于我,但我不会轻易帮你的,除非……"温茗重新戴上护目镜,"除非,你追上我。"

她说完,手中的滑雪杖往地面上一撑,纤长的身影就像一阵风似的出去了。

随着太阳光的照射,温度升高,场内雪的表面慢慢融化,呈粉雪状态。这样的状态对滑雪者来说,不软不硬,摩擦舒适,一切都刚刚好。

温茗穿梭在滑雪场内,速度很快,但没有方向。她一心往前,唯一目的就是甩开身后的男人,可秦延却像是她的影子,在安全距离之内,紧紧相随。她有点气馁,倒不是气馁自己甩不掉他,而是清楚地感觉到秦延在让她。如果超越她需要八分力,那么他现在至少还保留了三分。

究竟什么意思?!

秦延不动声色的"让"彻底激起了温茗的好胜心,她铆足力气往前冲。苍茫的雪原里,好像只剩下他们两个。周围静悄悄的,只听到滑雪板与雪地摩擦的声音,和着风声,畅快淋漓。

"小心!"身后传来秦延的高喝。

温茗还没反应过来,就见另一个雪道上冲过来一个小男生。对方的速度

第六章 君心我心

也很快,当两人发现彼此时,已经来不及调整速度了。

"快往右!"秦延喊起来。

温茗来不及判断形势,下意识听从了秦延的指挥。小男生笔直地撞过来,幸好,两人仅是胳膊擦了一下,就避开了彼此。温茗刚松一口气,就听秦延高声提醒:"别走神!看前面!"

可惜,好运用完了。温茗一恍神的工夫,人就朝着靠边的一片灌木丛飞了过去。她吓了一跳,正不知所措,忽觉身后有人攥了她一下,是秦延。因这及时的一拉,速度有了缓冲,两人都跌倒了。温茗在雪地上翻滚了一圈,吃了一嘴的雪才停下。

"没事吧?"秦延快速从地上爬起,摘了护目镜,来不及掸一掸领口里的雪,就朝她跑过来,"有没有伤到?"

"没有。"温茗趴在地上,尽管站不起来,但依然很确定地说。

他冷静了几秒,忽然发怒:"你滑那么快干什么?你知道这有多危险吗?"

他的声音响彻山林。温茗有点委屈,但开口却不相让,声音比他还响:"谁让你追得那么紧?要不是你追得那么紧,我会那么着急吗?"

"你还有理了?"

"我怎么没理了?你就知道凶我!现在这个时候,难道不是应该先把我扶起来吗?"温茗气急败坏地抓起地上的一团雪,朝着秦延砸过去。白色的雪绽开在秦延的裤腿上。

秦延低头扫她一眼,沉住气,狠了狠心,说:"自己起来。"

"我起不来。"温茗拍了拍腿。

秦延这才看见,她的滑板卡在树丛里,她现在完全动不了。

"快扶我一把,雪好冷。"

"等下。"秦延走过去,仔细确认滑板卡住的位置,然后绕回来,在她面前蹲下,"我看过了,你的滑板被卡住了,凭你自己一个人的力量,完全拿不出来。"

"所以呢?"

"所以,现在只有我能救你。"

"那你赶紧救我啊。"

"不。"他一口回绝。

温茗抬眸瞪着秦延:"你什么意思?"

"救你可以,你得答应我一个条件。"

温茗反应了几秒,紧接着,又接连抓起几把散雪,朝着秦延砸过去。这次,砸的是他的脸。

"你浑蛋!你不是东西!你趁火打劫,算什么男人哪!"

秦延不躲不闪,闭着眼睛,任由她砸,任由她骂。

温茗见他打不还手,骂不还口,心里的气更是不打一处来。她干脆往地上一伏,整张脸贴在雪地上,破罐子破摔:"反正我是绝对不会答应你什么条件的,你别救我,可千万别救我!让我冻死在这儿好了!"

脸被冰雪一冻,很快就红了,但温茗闷着不吭声,也不看秦延。

秦延虽然急着打听木强的消息,但也不忍心看她这样折腾自己。他走过去,想将她的滑板从树丛里拉出来,但温茗抖着腿,不愿意配合,滑板本就卡得很牢,随着她的动作卡得更紧了。

"别闹。"

"你别救我,别救!"她赌气。

"别闹了……好了,乖!"秦延下意识地脱口而出,说完自己也失神了几秒。随着他这句话,山林间顿时一片清寂。

"你刚说什么?"温茗摸了摸耳朵,怕自己听错。

秦延不答话,伸手一把按住她的小腿肚,不让她乱动。

寒风萧瑟,一片冰天雪地里,他的手也暖不到哪里去,可是温茗却觉得,他掌心有种温暖,正源源不断地从腿部输送进她的身体。滑板被拉出来了,温茗的腿得到了解放,但是她还趴在地上,一动不动。

"起来。"秦延说。

温茗不动。

秦延对她伸出手,温茗昂起了头。

秦延的手就在她眼前,那是典型的男人手,手指修长但不纤细,骨骼分明,一看就很有力量,和两年前一样。她慢慢伸出一只手,握住了他的手掌,另一只手撑着地面,借力站了起来。她一站起来,秦延就收回了手。温茗搓了搓手心里的触感，一半失落一半满足。

两人有点尴尬地站着，面对面，却不看彼此，山林里的风似乎都矜持温柔起来。

温茗掸着身上的雪，说："我没力气滑回去了。"

秦延往边上看了看，见不远处就有一个缆车点，说："那就坐缆车回去。"

简山滑雪场的缆车是最简单的那种，一个长长的座椅，配置安全护栏，但四面漏风。两人并肩而坐，温茗双手抓着安全护栏，看起来有点紧张。秦延目视前方，但他的余光扫到温茗泛白的指关节，不动声色地往她身边挪了挪。

温茗感觉到秦延的靠近，这送上门来的福利，她自然也不会同他客气，一扬手，就把他的胳膊挽住了，紧紧的，仿佛永远不会松开。

缆车徐徐向下，入目是壮美的雪山，盈盈白雪在太阳的照射下发着光，就像璀璨而巨大的白玉。温茗歪头，悄悄往秦延的肩膀靠过去。她能感觉到秦延的身体僵了一下，但最终，他无声地纵容了她。

下了缆车，就有一个便利店。秦延进去，买了一瓶水和一杯热饮出来。温茗坐在便利店外的长凳上，摘了安全头盔和护目镜。她的脸冻得红彤彤的，刚才触地的那块皮肤，颜色尤其深一点。

秦延走到她面前，把热饮递给她，自己拧开瓶盖，喝了半瓶水。

"坐。"温茗一手捧着热饮，一手拍了拍自己身边的位置。

秦延没坐，他随手把水瓶放在长凳上，掏出手机，找到一张照片，亮给温茗看，问："这个人你见过吗？"

温茗扫了一眼屏幕，屏幕上的是个男人，她疑惑道："你要找的是这个男人？不是那个女人？"

"那个女人？"秦延蹙眉，"怎么听你的语气，你认识那个女人？"

"我不认识，但你不是认识吗？两年前，你第一次文身结束的隔天晚上，我让你别剧烈运动，你不是从酒吧带了两个姑娘回家吗？"温茗挑了下眉，"她不就是那其中之一？"

秦延回忆了一下。温茗所说的那个晚上，是他从酒吧救下蒋莹的那天。

这么说来，一切都对上了。温茗看到的，就是蒋莹和木强。

"记起来了吗？"温茗问。

"嗯。"

"怎么？那个女的是你相好？"

"别胡说。"

"还不承认？"

"我没相好。"

"喊，装什么正经！就算那个女人不是，我也不是？"

秦延语塞。这女人真是牙尖嘴利，处处给他下套呢。

见他沉默，温茗笑了，继续确认："你说，我是不是？"

秦延不理会她满脸的坏笑，继续说："你再帮我认一下，这个男人有没有见过？"

温茗扫了一眼，屏幕上是张证件照，红底的，照片里的男人理了很精神的发型，视线凝聚，面无表情，看起来特别正气。她仔细辨认了很久，才确定他就是那天楼道里遇到的那个凶神恶煞的男人。

本人和照片的气质差好多。

"见过，就是我那天说的情侣里的男人。"

"你听到他们说要去哪里？"秦延记得，那天如果不是他打断了温茗的话，她接下来要说的，好像就是他们的去处。

"你要去找他们吗？"温茗不答反问。

"是。"

"你和他们什么关系？为什么要找他们？"她仰头看着他，明知他不会回答，还是忍不住问。

果然，秦延思索了片刻，直接略过了这个问题。

温茗撇了一下嘴："要我说也可以，你得答应我一个条件。"

"什么？"秦延神色犹疑，充满了戒备。

温茗跳起来，一把勾住他的脖子，大力将他拉过来，凑到他耳边轻声地说："无论你去哪儿，你得带上我。"

"不行！"他推开温茗，想也不想就拒绝，"没得商量。"

"那行，我也不说了。"她耍无赖。

"温茗！"他板起脸，有了怒意。

"没得商量。"

"温茗，"他敛起厉声厉色的模样，声音柔和了些，"你别这样，我是为了你好。"

"为了我好？"她不领情，"你知道什么是为了我好吗？"

秦延别开头，避开她那凌厉到好像能直击灵魂的目光。

"你如果想为我好，就不会不告诉我，你是谁，要去哪儿，要去干什么！就不会让我猜，让我担心，让我找不到你！"

秦延握紧了拳。她这字字句句都是控诉，控诉的不仅仅是现在，还有两年前。

"对不起。"他沉声道。

"好，我原谅你。"她一身的坦然洒脱，唯独眼底还有一束光在较劲，"但无论如何，这一次你得带上我。"

"我不是去玩。"

"我知道。"

"跟着我会很危险。"

"不是有你吗？"她瞳仁亮晶晶的，"你保护我。"

越野车一路往东，目的地是温茗听到的威林。

一路上，雪山连绵，放眼望去，就像是被风吹皱的白色绸带，安静里隐约藏着一丝动感。除了雪山，还有山前的人家，那些星罗棋布的小楼，腾着袅袅炊烟，也融进了这意境悠远的画卷里，让这神秘绮丽的画卷多了一丝烟火气息。

"北疆可真美。"温茗不由得感慨。

秦延不出声。

"你干吗不说话？带上我就这么不高兴吗？"

"你的同伴呢？"秦延问。

"打过电话，都交代好了。"温茗故作轻松地笑了笑。她没告诉秦延，她挨了董凌凌劈头盖脸好一通骂。不过,这些都不重要了,重要的是,接下来几天她都能和秦延在一起。

"北疆可真美呀,对不对?"她又重复一遍。

秦延"嗯"了一声。

这地方是很美,多少年来,无数缉毒警察在这里洒下热血,但热血和生命也无法根治那些毒瘤暗疮。尽管如此,他们依然走一批,来一批,只是为了扼住这发病的圈子,并努力让它越来越小。

"你两年来一直生活在这里吗?"温茗问。

"嗯。"

"那你应该对这里很熟悉了吧?"她降下车窗,指着不远处一座低矮的小山,"考考你,那座山叫什么名字?"

秦延正开车,草草扫了一眼,说:"孤鸣山。"

"为什么叫孤鸣山?"

"听说是取自李绅的诗。"

"哪句?"

"独有西庭鹤,孤鸣白露天。"

温茗摇摇头:"我没听过这句诗。李绅的诗我只知道那一首——'锄禾日当午,汗滴禾下土。谁知盘中餐,粒粒皆辛苦。'"

秦延无声地勾了下唇,她背诗的样子像个小学生。

"你笑什么?"她看到了。

"没什么。"

温茗不计较。她继续趴在窗台上,望着窗外,忽然又对一条河产生了兴趣。

"那是什么河?"她转手拍了拍秦延的胳膊,兴奋地叫着。

秦延无奈:"我在开车。"

"哦。"

夕阳西下,天渐渐黑了。

秦延找了个休息站吃晚餐。晚餐吃的是面,就着一叠酸萝卜,很清淡。温茗还不怎么饿,吃了几口就放了筷子。吃完晚餐,秦延去旁边的小卖部买了一包烟,然后上车继续赶路。

第六章 君心我心

夜色弥漫，两边的景都模糊了。车里安安静静的，温茗一上车就睡着了。等她一觉醒来，车已经停了，空调的温度不知什么时候被调高了，所以即使睡着了也不觉得冷。

车灯打着双闪，秦延并不在车里。温茗揉了揉惺忪的睡眼，四下找了一圈，看到秦延正立在路边抽烟。她看了一眼仪表台的时间，已经半夜了，难怪他需要停下来解解乏。

温茗推门下车。秦延听到声音，扭头看了一眼，顺势掐灭了手里的烟。

"怎么不抽了？"温茗站到他边上，"是怕我向你讨烟抽吗？"

"你要吗？"他把烟盒往她面前一递。

温茗没接，秦延无声地看着她。

"早戒了。"她说。

秦延有点意外，温茗挑了挑眉，借着冷的由头，往他身边蹭近了点。

"没想到我能戒烟吗？"她自嘲一笑，"我也没想到。我更没想到的是，我连烟都戒了，可是偏偏戒不掉你。"

秦延垂了下眸。

安静的原野，繁星满天，干净浩瀚的星空下，风温柔地走着。两人一动不动地站着，心在悄悄靠近。

秦延又点了一根烟。熟悉的烟味萦绕着，尽管烟瘾又上来了，但是温茗忍住了。

"威林很远吗？"她问。

"嗯，那是北疆最东边的一个镇。"

"他们为什么要去那儿？"

秦延知道她问的是木强和蒋莹，但是他没有回答。一来，他不确定脑海中的答案到底正不正确；二来，他也不希望温茗真的卷进这件事情里。

"上车吧。"秦延踩灭了烟头。

温茗点点头。

车厢里依然很暖和。温茗扣上安全带，摸了摸肚子，忽然觉得自己有点饿了，她有点后悔晚饭没有多吃点。

"啪。"驾驶座方向扔过来一袋饼干。温茗低头看了一眼，嘴角不由得扬起来。她没注意到这饼干是什么时候在车上的,大概是他去小卖部买烟的时候带的。

"吃吧。"他说。

温茗拆开了包装袋,拿出一块饼干,却先递向了他。

"我不饿。"

温茗不听,执意要把饼干塞进他的嘴里。秦延开着车,不好有太大的反抗,只能顺了她的意,温茗更开怀地笑了。

"放点音乐吧,不然大晚上开车,容易打瞌睡。"她说着,在仪表台上一阵摸索,"开关在哪儿?"

"不知道。"秦延说。

"这车不是你的吧?"

"抢来的。"他一本正经,"你不是看到了吗?"

温茗不出声了。是的,那天在车站门口,她什么都看到了,看到秦延如何夺车而去,看到墨镜男如何被打得血肉模糊。

"秦延,你是个好人吧。"这是一句陈述句。

"你觉得我像个好人吗?"

"那我不知道,眼睛看到的不一定是真的。"她垂眸,"我又看不到你的心。"

秦延忽然有点难受。

"我不是好人。"他说。

一阵沉默。

秦延的目光笔直看着前方:"如果怕了就下车,这附近有车站,你可以回去找你的朋友。"

"我为什么要怕?"温茗故作轻松地继续吃着饼干,夹心的甜味细腻地融化在口腔里,她的话也有点甜,"你又不会伤害我,你只会救我,一次又一次地救,所以你是跑运输的也好,土匪强盗也好,亡命之徒也好,我都喜欢你。"

起雾了,夜色诡怖,前方迷茫。

秦延觉得,温茗就像此时车头前的那截光芒,短小微弱,无法照亮世界,却是他的全部。

到威林时，天刚亮。温茗后半夜没有睡觉，一路插科打诨地与秦延聊天，就是为了给他解乏。到地方后，秦延把车开到一家旅馆门口。

"你下车，"他把钱包递给温茗，"去开个房睡觉。"

温茗觉得好笑："这段时间，你对我说得最多的话，就是去开房。"

秦延解锁了两边车门："下车。"

"那你呢？"

"我有事。"

"我的意思是——那你呢？要不要给你也开一个房？"

"……"

"你不说话我就只开一间了。"温茗说罢，推门下车。

秦延看着她对自己挥了挥手，走进了旅馆大厅。他不是没机会说话，而是他知道，就算他表达抗议，她也不会听进去。

车在旅馆门口掉了个头，往青山街的方向去了。青山街后有一个纸箱厂，去年生意不景气，倒闭了，但是里面却一直有人住着。

秦延把车停在纸箱厂外面。他下了车，推开破败的门。

空旷的仓库，窗台和地面都落了厚厚一层灰，人踩在上面，就像踩在简山滑雪场的粉雪上，只是一个纯白，一个肮脏。秦延大步穿过走道，两旁堆满了大大小小、尺寸不一的纸箱。这些纸箱，像是一座座小山，让原本空旷的仓库变得曲径交织，幽处难寻，成了一个藏身的好地方。越往里，阴潮的味道越难忍，秦延捂着口鼻前行。

忽然，不远处冒出几颗鬼祟的脑袋，他们盯着秦延，充满了戒备，好像下一秒就会动起手来。

秦延停住脚步，喊道："老龟！"这一声，算是表明他来这里的目的。

几个男人跳上纸箱，一边挥舞着手里的棍子，一边居高临下地看着秦延。为首的是个黄毛，他用棍子指着秦延问："干吗的？"

"你说干吗？"

黄毛动了动眉毛："调货的？要肉，还是要水啊？"

这是涉毒隐语，也就是行话。调货，是指一次性从毒贩处购买五克以上的毒品。肉，是冰毒。水，是"止咳水"，一种以甲基丙苯胺或氯胺酮等为成分的毒品。

"我什么都不要。"秦延说，"我找人，老龟呢？"

"找我们老大？"黄毛狐疑地打量着秦延，"你是谁呀？"

"欧翰。"秦延答。

话音刚落，一个瘦骨嶙峋的男人就从纸箱后走了出来。他的衣着不怎么张扬，但脖子上的大金链子特别惹眼——那就是老龟。

老龟这一登场，就像是花果山水帘洞的美猴王，一时间，纸箱上扬着棍子的几个男人都纷纷跳了下来，像小猴崽一样跟在他的身后。

"哎呀哎呀，大水冲了龙王庙，不知道翰哥大驾光临，有失远迎，有失远迎。"老龟俯首作揖，脸上洋溢着讨好又做作的笑容。

"老龟，好久不见。"秦延一边说，一边打量着这个破旧的仓库，"你真是越活越回去了。"

"是啊。"老龟摸了摸后脑勺，"没了二哥和翰哥的照料，我老龟只能窝在这样暗无天日的地方过活，惭愧惭愧。"

秦延又扫了一眼老龟身后的那帮小崽子，冷冷嘲道："不过阵仗排场倒是挺大的，谁出门都比不上你有气派。"

"哪里哪里，不敢不敢。"老龟对身后的那些人使了个眼色，厉声道，"都跟着我干什么？还不快滚出去干活？"

一群人立马散开了。

老龟一转脸，继续弯腰谄媚地对秦延笑："翰哥，您里面坐，里面坐。"

他说的里面，是这个货仓原本的办公室，位置靠里，再加上纸箱的遮掩，显得格外隐蔽。办公室的门用一把厚实的大锁锁着，钥匙在老龟身上，他掏了半天，才舍得掏出来。打开门，老龟比了个"请"的手势，让秦延先进，秦延也不同他客气，径直走了进去。

办公室很宽敞，但不通风，只一盏清明的灯火，无法将那些晦暗的角落都照亮。室内最东边有个三层高的货架，原本应该是摆放工作用具的，但此时堆满了各种各样颜色绚丽的纸盒，大小如同烟盒。

"这是什么？"秦延拿起一个纸盒，放在手心里掂了掂，很轻，没什么重量。

"这是彩虹烟。"

"新货?"

"是的。这是我让人研发的新产品,前两天刚投了一批进市场。"老龟比了个吞云吐雾的姿势,"吸食的时候,吐出来的烟雾像彩虹一样色彩斑斓,还自带香气,特别炫。"

"是吗?"秦延拆了一盒,拿出一支烟,放到鼻尖嗅了嗅。

老龟看出秦延感兴趣,继续道:"这是二三级毒品混合而成的,比一般毒品的迷惑性更强。"

"市场反响怎么样?"

"还不错,流通特别快。我估计,这货到时候一定会供不应求。"

"这么有自信?"

"那是!"老龟洋洋得意,"翰哥,这款货最主要的受众是平均年龄不足十八岁的青少年。那个年纪的小家伙们知道什么呀,只晓得盲目从众、叛逆、装酷,什么新鲜玩什么,我这货这么有意思,他们哪能抗拒得了?"

秦延不动声色地凛了下脸:"平均年龄不足十八岁的青少年?"

老龟看着秦延的脸色,小心翼翼地点点头。秦延将指间的烟一转手,朝着老龟的嘴塞进去,随手掏出打火机要给他点。

"翰……翰哥。"老龟抿着烟,吓得哆嗦。

秦延拨弄了一会儿打火机,忽然把老龟嘴里的烟抽出来,扬唇一笑:"行啊你,懂得开拓新市场了!这手都伸向孩子了,真是'毁'人不倦哪。"

老龟松了一口气,立马笑起来:"谢翰哥,我这不是没办法嘛。二哥那边不供货,我再不找新路子,我这么一大帮人都要活不下去了。"

"你的货款不及时跟上,能怪谁?"

"我后来不是都结清了嘛!二哥为什么还不愿意给我供货?"

"这是信誉问题。我们这一行虽然见不得光,但也不能不讲信誉,对吧?"秦延随手把刚才拆开的那盒烟扔回货架,拉了张椅子坐下,"算了,先不说这个了。我今天找你,还有其他事。"

"翰哥您说,什么事劳您亲自上门?"

"金爷的事情,你听说了吧?"

"金爷？"老龟一脸疑惑，"金爷什么事？"

"别给我装蒜。"

"嘿嘿。"老龟松了口，"听是听说了点，但我们这里听到的风声都不大准。怎么着，翰哥今天找我，是为了这事儿？"

"嗯。"

"有什么我能帮上忙的，翰哥您尽管吩咐，是要找人，还是找货？"

"有人来找过你了？"秦延隐约觉察到什么。

"没、没……"老龟意识到自己说漏了嘴，想掩饰，但已经来不及了。

秦延盯着老龟。

"唉，翰哥，我实话和您说吧。昨天晚上，金爷的人已经找过我了。听说大蟒带货逃到了威林，你也知道，威林这一块都是我的人，所以金爷想让我帮忙，把这家伙找出来。"

"你答应了？"

"答应了。我哪敢不答应啊？金爷我可得罪不起。"

"那我呢？"秦延跷着二郎腿，点起一根烟。袅袅的烟雾里，他表情淡淡的，但眼底却多了一丝让人无法忽视的凶狠："如果我和金爷你非得得罪一个，你选择谁？"

"哎哟翰哥，你这不是要折杀我吗？你们两位，我是一个都得罪不起啊。"

"选不了吗？不如我来帮你选。"

"翰哥，请指教。"

"大蟒卷走的这批货，本就是二哥要给金爷的。大蟒这个行为影响了二哥和金爷的交情。现在，二哥让我赶在金爷之前找到这批货，就是为了亲自把货送回到金爷手上，给金爷赔不是。你明白我的意思了吗？"

老龟绿豆似的眼珠左右转了一圈，摇摇头："我有点蠢笨，不太明白。"

"那我这样说吧。如果你先拿到货，送还给金爷，就是抢了二哥和金爷修复交情的机会，这样，你就把二哥得罪了。"

"可不给金爷办事，不是把金爷得罪了吗？"

"这批货最后不管是你找到，还是我找到，都是一个结果，那就是还给金爷。所以，你替我办事，从某种程度上说，也就是替金爷办事。"

老龟被秦延绕晕了:"那金爷怪我办事不力怎么办?"

"货都拿到了,他还记得你是谁?还有时间和闲情来怪你办事不力?你有那么大面子?"

老龟似懂非懂地点着头,想着金爷的确一向心气高傲,完全看不上他,这次若不是闯进他的地盘,把金爷逼急了,他根本不会想到自己。

"只要你帮我找到了人,我和二哥这里,就算欠你一个人情。以后拿货,我会让二哥给你通融的。"

"真的吗?"老龟彻底心动了。

秦延点了下头。

"好好好,翰哥,我听你吩咐。"

秦延把烟掐了,抬手拍了拍老龟的肩膀:"谢了。"

"翰哥,这么客气干什么?我老龟以后是在水里游,还是在岸上爬,可全得仰仗翰哥啊。"

"行了,拍马屁的话少说,办事利索点。"

"是是是。"老龟跟在秦延身旁,一边送他往外走,一边眯着眼轻声问,"翰哥,我听说丢的这批货是从达哥那里来的,是纯度很高的新品种?"

秦延扫了老龟一眼,老龟立马低下头。

"不该问的别打听。"

"是,我错了。"老龟扇了一下自己的嘴,"不打听,不打听。"

"另外,和你的朋友都打声招呼,如果大蟒要在威林把货脱手,谁都不许收。这是金爷的货,谁敢碰,谁就得死。"

"那当然,那当然。金爷的货,借我们一百个胆子,我们也不敢惦记啊。"

"还有,"秦延一把握住老龟的肩胛骨,暗暗发力,"大蟒是我的人,他犯了错,是剁是炒,都由我说了算。所以,不管谁先找到,没我的允许,不准动他一根头发。"

傍晚,秦延回到酒店。他没有门卡,连房号都是问了前台才知道的。

"208,情侣房。"前台说。

秦延揉着发胀的太阳穴，上了楼。208房门紧闭，他站在走廊里，按响门铃。不一会儿，屋里有人应声，门很快就打开了。温茗穿着自带的睡衣，倚在门上，一脸娇俏的笑："回来啦，快进来。"说着侧身，给他让开一条道。

秦延站着没动："我不进去了，把钱包给我。"

温茗扬眉，敛起了笑意："干什么？还要再开一个房间吗？"

秦延没出声，算是默认。

"这是情侣房，我一个人住多没劲。再说了，现在是旅游旺季，很多游客出来都找不到房间住，你就厚道点，别占人家资源了，好不好？"

"我不进去了。"秦延坚持。今晚老龟随时可能给他打电话，他随时需要行动，不想打扰她。

"真不进？"

"不进。"

温茗见他冥顽不灵，气呼呼地转身，去床上拎了秦延的包丢还给他，然后摔上了门。

秦延知道她生气了，他原地默立了一会儿，最终打消去哄她的念头，去前台又要了一间房。这个房间正好在温茗的对面。

他坐到半夜，直到脑袋发沉，才冲了个澡准备睡觉，但躺下，又清醒无比。整夜浑噩，天很快就亮了。

一大早，老龟的电话来了，说查到了木强的下落。秦延立马收拾了一下，准备出发。他一打开房门，就发现温茗站在他的门口。她穿得很整齐，妆容雅致，头发也梳理得很干净，看起来很早就起了。

"要出门吗？"她问。

"嗯。"

"先吃早饭吧。包子，我刚下楼去买的。"她亮了亮手里的袋子，神态自若，与往日无异，好像已经忘了昨晚的不愉快。

"不吃了，我得马上就走。"

"去哪儿？我也去。"

"不行，你在酒店等我。"秦延说完，绕开了她，大步往前走。

温茗一言不发，但转身跟了上去。他步子大，走得又急，她得小跑才能跟上。

第六章 君心我心

"别跟着我。"秦延侧头看着她。

"我不!不是说好了,你去哪儿,我就去哪儿的吗?我可不想跟昨天一样,一个人在酒店里傻等。"

秦延蹙眉,温茗假装没看见,只是说:"你放心,我不吵你,也不会耽误你办正事。"

秦延知道,这条小尾巴既然到了威林,就很难再被甩掉。虽然有她跟着,会很不方便,但好在他接下来要去的地方并不危险。

见秦延不出声,温茗只当他是默认了。

"我们现在去哪儿啊?"她自然地把自己和他归为了"我们"。

"医院。"

"医院?去医院干吗?"

"找人。"

"找那对情侣吗?"

"对。"

温茗点点头,怕他不耐烦,不再多问。两人一前一后下了楼。温茗下楼的时候,啃完了一个包子。等到车边,她抢过秦延手里的车钥匙:"我来开。"

秦延有点意外。

"你吃点东西。"她把手里的早餐袋子塞给秦延,拉开车门上了驾驶座,一边发动车子,一边指着副驾驶座催促,"愣着干什么?快上车啊!"

早餐袋子在手心里发热,秦延勾了下唇,快速地跳上了车。

温茗跟着导航一路往前。她车技还行,没有一般女司机的小心翼翼,更多的是果敢的决断。秦延很放心她。他吃了早饭,胃里是满的,心也是满的,人更有了力气。

这种感觉,是秦延前所未有的。来北疆两年,他习惯了强大,习惯了什么都自己上,再小的事情也不假手于人。而对于其他几个队员来说,他更是主心骨,是头儿,是理所应当走在最前面的那一个,也是他们无所不能的支撑。

可温茗不一样,她没把他放在那么高的位置。所以,她在他面前是自由的、叛逆的,而这种奇妙的温情,就来自于她的忤逆。只有她能给他这种踏实的依赖感，尽管短暂，却弥足珍贵。

越野车停在医院门口的露天停车场，温茗跟着秦延一起下车。

"我帮你一起找吧。"她说，"反正，这两个人我也见过。"

秦延没理由拒绝她，两人一起进了医院大厅。

其实，老龟的人只打探到木强今天早上可能来了这所医院，但并不能确定他是否真的在这里。尽管如此，秦延也不愿意放弃任何一丝可能。

"他们来医院干什么呢？谁病了吗？"温茗自问着，又自答道，"应该是那个女人。"

秦延看了她一眼："怎么说？"

"我记得，上次碰到那个女人的时候，她的精神状态不怎么好。"

精神状态不好？秦延沉思片刻，走到了大厅的指示牌前。指示牌上，清晰地罗列着各个科室的位置，他的目光一点点往上找过去……

温茗一边在原地等着秦延，一边四下张望。

忽然，她看到侧门涌进来几个男人。他们着装不一，但手背上有着一样的文身。那些人似乎有明确的目的地，没有犹豫与张望，直接拐进了电梯间。

出于对他们手上文身的好奇，温茗悄悄跟了过去。等电梯的人很多，那群男人往电梯口一站，身旁的人都自动避开。温茗站在不远处，仔细辨别着他们手上的图案。

那是一个咆哮的熊头。

很快，电梯到了，那些男人一个接一个地走进去，站定之后，凶神恶煞地瞪着电梯外的人，好像在用眼神无声地警告他们都别进去。电梯外的人面面相觑，没人敢进，只能等下一班。

温茗想，有时候，人们对文身的偏见，或许并不来自文身本身，而是那些有文身的人。是这些人品行不正，才让他们身上的这门艺术也跟着被弄臭了名声。

那些人按下了三楼。

"三楼。"身后传来秦延的声音。

温茗回头，看着秦延。

"我看过了，精神科在三楼。"秦延解释道，"我们先去三楼看看。"

温茗隐约觉得哪里不对劲。

第六章 君心我心

"等一下。"她拉住了秦延的手。

"怎么了?"

"是不是不止你在找那两个人?"

秦延皱起眉头,沉声问:"你怎么知道?"

温茗说了那几个文身男的事。

"是什么样的文身?"秦延问。

"好像是个熊头。"

秦延的脸色顿时变得难看,他飞快地往楼梯口跑去。温茗想跟着,被他厉声喝止:"不准跟着!去车上等我!"

不给温茗说话的机会,他就跑远了。温茗犹豫了一下,决定听话,乖乖往停车场走。

秦延三步并两步地冲上楼,在三楼楼道口,正好与迎面而来的男女打了个照面——是木强和蒋莹。

木强看到秦延,很明显地愣了一下,瞬时,羞愧和歉然的神色在他脸上来回交错,只是最后,这些情绪彻底转化为决绝。他握紧蒋莹的手,一言不发地与秦延对峙。

"人呢?"

"不知道,突然就不见了!"

"快找!"

"是!"

清晰的对话声之后,紧接着是一阵杂乱无章的脚步声,听声音判断,对方有很多人。

"走!"秦延对木强使了个眼色,示意他往楼下跑。

木强又愣住了。显然,他刚才一直以为秦延和那些人是一伙的。

"快走!是金熊的人。"秦延拍了一下木强的肩膀,压着声音提醒。

木强回过神来,点了点头,攥着蒋莹往楼下跑去。

秦延没有跟着他们,而是站在楼道口替他们把风。很快,那些人往楼道口的方向围过来,秦延见状,转身往楼上跑。他故意加大迈步的力道,脚步声

225

变得很惹耳。

"在那儿！往楼上去了！"有人大喊。

于是，追踪木强的人一窝蜂地跟着秦延跑上了楼。楼道里全是"噼噼啪啪"的脚步声。秦延掐算着时间，跑到六楼的时候，他拐出了楼道。

六楼是泌尿外科，患者几乎全是男性。他若无其事地混进人群，在走廊里走走停停，一边看着宣传板上小贴士，一边注意着楼道里的动静。金熊的人从楼道里蹿出来，来回张望却不见那一男一女的身影，于是粗暴地拉扯着走廊里的人，翻找着角角落落，动作大得激起了民愤。两个护士壮着胆跑过去制止，并放言要报警。

眼见苗头不对，为首的男人反应过来："糟了，好像中计了。"

几个男人围在一起商量着。很快，他们兵分两路，一路继续在六楼找人，一路原路折了回去。

秦延看了看表，趁着医院保安上来，两拨人起冲突的时候，他悄悄绕到电梯间，乘坐电梯下了楼。

温茗出了医院，但没有上车。她焦灼地在车旁踱步，有点担心秦延。那些文着熊头的男人都是什么来路，秦延应该是知道的，他不让她跟着，肯定是因为这些人都来者不善。

他会有危险吗？

乱七八糟的念头盘旋在温茗的脑海里，让她想静都静不下来。正心烦意乱，忽然，她看到医院侧门跑出一对男女。女人头发散乱，气喘吁吁，完全是被男人拉着移动。

温茗定睛仔细一看，这两个人正是秦延要找的小情侣。

他们下来了，秦延人呢？他们在躲谁？是秦延，还是那几个文身男？

温茗完全没有思路，她只知道，不能让他们就这么走了，至少得等秦延下来。这样一想，也不知道哪里来的勇气，她拔腿就冲着那对男女跑了过去。

木强就把车停放在停车场的进口处。他一边拉开车门，把蒋莹塞进副驾驶座，一边不住地回头观望，好在身后暂时还没有人追出来。

"喂！等一下！"耳边有女人的声音传过来。

木强转头,看到一个穿着白色羽绒大衣的女人朝自己跑过来。

是她?那天在楼道碰到的女人。她找他干什么?木强没理温茗,径直绕过车头,正要上车,却被温茗抓住了胳膊。

"等一下,我有话要问你。"

"滚开!"木强没好气地道。

温茗正要说话,就见侧门那个方向跑过来三个文身男。木强也看见了,他立马警觉起来。

"滚开!"他挣了一下,哪知温茗抓得特别紧,好像用尽了全身力道要把他留住似的。

木强一时情急,反手一个擒拿,就把温茗撂倒在地。他身手好,温茗又没有防备,这一下摔得结结实实,痛到连哼都哼不出来。木强一脱身,立马上车发动,车子疾驰而去。

"快去开车,追!"为首的文身男喊道。

"是。"他身后的两个小弟立马上了车,朝着木强离开的方向奔驰而去。

为首的文身男朝着温茗走了过来。

"嘿。"文身男蹲下来,轻佻地拨了一下温茗的头发,"你男人把你丢在这儿,准备一个人逃哪儿去?"

温茗愣神,但很快反应过来。这人看到她与木强的拉扯,错把她当成了蒋莹。

"我男人?"温茗的目光越过这个男人,意味深长地道,"我男人可不会把我丢下。"

文身男还没明白温茗是什么意思,就被人从后一掌劈晕了。

"没事吧。"秦延扶起了温茗。

温茗摇摇头,侧门那边又追出三个男人。

"快走。"秦延带着温茗上了车,他快速发动车子。那些人扫了一眼倒在地上的文身男,纷纷跑过来拍打车门,秦延猛地一脚油门,吓得他们退到了两旁。

车子扬长而去。

温茗坐在车里,看着那些人追了几步之后,被远远甩在后面。她如释重负地笑了。

"系好安全带。"秦延提醒。

"嗯。"温茗扬手,刚摸到安全带,就疼得"哎哟"一声叫出来。

"怎么了?"秦延看了她一眼。

"疼。"温茗揉着发酸的肩胛骨,"你要找的那个男人,我本想帮你拦住他的,可他出手也太快了吧,一下就把我摔倒了。"

她动了动,又发出一声闷哼。秦延蹙着眉,放慢了车速,靠边停车。

"我看看。"他说。

"什么?"温茗诧异,"现在?"

他松了安全带,侧身面向她,顺手打开了车里的暖气,并开到了最大。

温茗扬唇:"是要我在这里脱衣服?"

秦延不作声,直接把手伸向她外套的拉链,随着"刺啦"一声,她的羽绒衣被他剥落了一半。羽绒衣里面,是一件米色的毛衣,圆口的。

"接下来呢?"温茗满目的窃喜仿佛要从瞳仁里溢出来了。

秦延靠过来,将她的毛衣领口拉向左边,然后轻轻扯落到臂膀的位置。果然,如他猜的一样,她的肩膀一片青紫,原本应该蛋白一样的肩头,此时却像打翻了颜料。

温茗也没料到会这样,吓了一跳:"这么严重?"

"算轻的。"木强下手的时候必定留了几分,不然凭他的本事,要拧断温茗一条胳膊,都是分秒之间轻而易举的事。

"这还算轻?那怎么样才算严重啊?难不成,要断了我一条胳膊?"

秦延没回答,将她的衣领拉正,问:"还有没有其他地方?"

温茗指了指自己的腰——这个部位是摔倒时撞到的。

"要看吗?"她问着,要去掀自己的衣摆。

秦延快速将她的手按住,把头别向窗外:"算了。"

"算了?什么叫算了?你不是要检查一下我的伤势吗?"

"回去再说。"

"哦,那回去再给你看。"

秦延神色没什么变化,但耳边泛起一层红。温茗忍不住笑了。其实,她也就逗一逗他,腰上的疼能忍,不看也知道没有肩膀那么严重。

秦延继续开车。回酒店之前,他先去了一趟药店。温茗坐在车里等,看到他提了满满一袋子药回来,不由得头皮发麻。秦延把袋子递过来,她翻看了一下,里面有药膏、药酒,还有几盒外贴的膏药。

"回去按时擦药,过几天就能化瘀消肿。"他说。

"你给我擦吗?"温茗看着他。

秦延感觉到她火辣辣又不怀好意的目光,于是只顾专注地开车,不理她。

"反正,如果不是你给我擦,我就不擦了。"温茗的手拨弄着塑料袋的袋口,神色像个赌气的小孩。

秦延沉了一口气。

"说话呀你,到底给不给我擦药?"她一边撒娇,一边打开了车窗,"你不说话,我就把药扔出去了。"

"别闹。"秦延立马制止,"擦。"

回到酒店,温茗先冲了个澡。隔着雾蒙蒙的热气,她站在镜子前打量着自己的身体,好在除了肩膀有点触目惊心外,其他部位的美感没有被破坏。

洗完澡,她换上自己的睡衣,又披了件外套,拿起秦延给她买的药,去对面房间按门铃。

秦延正在打电话,耽搁了一会儿才来开门。温茗穿着拖鞋,裸着脚踝,冻得直哆嗦。

他一拉开门,看到她这个样子,又凛了脸:"能不能多穿点?"

"多穿点脱起来不方便。"

"……"

秦延侧身,让她进屋。好在屋里暖气开得足,没多久,温茗身上就暖了。

"擦药。"她把塑料袋子放在秦延床上,人也坐了上去。

秦延没动,她又昂着头,指着自己身上的外套,问:"你脱,还是我自己来?"

"自己来。"

"哦。"温茗扬手,脱了外套。

外套里面就是睡衣,睡衣是带纽扣的,温茗一手扬不起来,另一只手的手指又故意生了锈,磨磨蹭蹭,胸口的第一颗纽扣怎么都解不开。秦延耐心耗尽,明知她是故意的,还是上前一步,替她解开了扣子。

温茗的嘴角扬起一抹笑,乖乖坐在床沿上,不动了。秦延不去看她的表情,拿药上药的动作很快很熟练,一气呵成。膏药覆在了温茗肩膀的关节处,没一会儿,就开始发热。

"好了。"他说。

"这么快?"

"怎么?没尽兴?"

"嗯。"她接过他的话茬,"一点感觉也没有,一点都不刺激。"

秦延听罢,无声地扬手,捏了一下温茗的肩膀。

"哎哟!"温茗感觉到一阵酸痛蹿遍全身,登时疼得大叫,笑容全都僵死在了唇角。

"有感觉了?刺激了?"秦延居高临下地看着她,神情严肃,但语气带着几分揶揄。

"讨厌!"温茗抓起手边的塑料袋,将塑料袋里的东西一股脑儿全都砸在了秦延身上。

秦延用手接住几片膏药,其余的全都掉在了地上。

"我不管,我今晚要睡在这里。"温茗紧接着宣布。

她说完,人就倒在了床上,还顺手扯过他的被子,盖在自己的身上。秦延在原地站了一会儿,手指捻着膏药的袋子,若有所思。

房间里很安静,只有一股浓浓的膏药味道在喧嚣。

温茗看着他:"怎么不说话?"

"真的无所谓吗?"秦延蹲下去,把地上的药捡起来,一样一样放回袋子里。

伴随着塑料袋窸窸窣窣的声音,他的嗓音听起来仍然有点惆怅:"即使会这样莫名其妙地受伤,也要继续跟着我吗?"

"对。"温茗在床上躺平,直视着天花板上发亮的灯,眼眶发涩,"无论如何,都想跟着你。"

又是一阵冗长的安静。忽然,秦延扬唇笑了。那是久违的、发自内心的笑容。他站起来,将手里的塑料袋打了个结,放到一边的桌子上。

"睡吧,今晚睡在这里吧。"他说。

"真的啊?"温茗兴奋地叫起来。

可是她的兴奋劲儿还没过去,就听到秦延又补了一句:"我今晚要出去。"

夜色缭绕,万籁俱寂。

秦延的车停在威林后海的一个废弃桥洞下,他倚在车头,手里的那支烟快燃尽的时候,从废弃的油漆桶后,走出一个穿着黑色外套的男人。男人把外套上的大帽子戴在头上,整张脸都藏在阴影里。但秦延依然能把他认出来,是木强。

木强走到秦延面前,低垂着头,叫了一声"翰哥"。

秦延默默吸了最后一口烟,把烟头扔在地上。地上都是石头缝,那火星子很快就看不见了。他神色平静地看着木强,木强的头垂得更低了。他猛地一把攥住木强的衣领,把他推到越野车的车身上,死死地锁着他的喉。木强一动不动,没有任何反抗。

"木强,当了两年毒贩,就忘了自己的身份了吗?"

或许是太久没有听到秦延叫自己的名字,木强的身子很明显地僵了一下,过了很久,他才开口:"秦队,我错了。"

"错了?"秦延增大了手上的力道,声音像是从嗓子眼里挤出来的,"我看你是疯了!你还记不记得自己是警察?"

木强一动不动,尽管连呼吸都快被秦延夺走,却依然没有反抗。黑暗夺走了他的表情,他像是个可怕的无脸怪。

两人就这样对峙着,直到秦延感觉到木强的眼泪砸在自己的手背上。他一把掀了木强的帽子。木强下意识地别过头去,可秦延还是看到了他被打得鼻青脸肿的样子。

"谁干的?"秦延松开了木强,用手按着他的下巴,将他的脸扳过来,"今天在医院的那几个人打的?"

木强点点头。

"那是金熊的人。老龟狡猾,想要两头送人情,所以把你的消息给了我,也给了金熊。"秦延说,"你卷走了这批货,金熊和穆伟都不会放过你的。"

"秦队,我错了,我真的知道错了。"木强跪倒在秦延面前,狠狠捶打自己的胸膛,"来北疆两年,我从来没有忘记过自己是一个警察。可是这一次,为了莹莹,我没有办法。"

他从没想过,蒋莹会过得那么惨。

"那个畜生为了防止她逃跑,用毒品控制她……"

"蒋莹吸毒了?"秦延震惊。

"不仅是吸毒,因为注射毒品的过程中交叉使用注射器,还感染了艾滋。"木强的声音像是这冰凉的夜色,痛苦而绝望。

秦延的情绪荡到了谷底,一句话都说不出来。

黑暗和沉默在两个人身边蔓延,疯狂肆虐。

过了很久很久,木强才找回自己的声音:"莹莹承受了巨大的压力,精神状态很不好。这种时候,我怎么可能视而不见,怎么可能不去管她?"

木强双肩耸动,泣不成声。秦延的心像是被拉出了一道道血痕,疼痛密密麻麻,却不知道该如何表达。木强是个铁骨铮铮的硬汉,在之前的任务中,即使被打断腿,即使挨了枪子,即使被迫注射毒品,也能一声不吭。可这一次,他却哭得像个无助的孩子。

"都是我不好!是我无能!她把什么都给了我,我却始终给不了她想要的安定生活,所以她才会轻信了别人。这一切都怪我,都怪我……"木强抓住秦延的手,昂头用泪眼看着他,"秦队,为什么我付出了一切,却连我最在乎的人都保护不了,我算什么男人!"

"木强。"秦延蹲下去,用力按住他的肩膀,"我理解你的感受,可你是个警察……就算不是警察,遇到这样的难题,也不该用错误的方式去解决。"

木强不住地点头:"我那是一时鬼迷心窍!因为我需要钱,我想带着莹莹戒毒治病,我想带着她远走高飞,去一个谁都不认识的地方,过普通人的生活。所以我才偷偷私吞那批货。"

"在这里,没人敢要这批货,而你带着这批货,也不可能走出北疆。"

秦延冷静地说，"金熊的人四处在找你，就算今天你能侥幸逃脱，还有明天、后天。"

"我知道，所以那批货我不打算要了。"

"你想怎么办？"秦延问着，把木强从地上扶起来。

木强抹了抹眼泪，说："秦队，那批货我埋在了湖心居的桃园里，第五棵桃树下。麻烦你尽快带回去还给穆伟，让他交给金熊。"

秦延明白木强的意思——只要拿回货，金熊应该不会再死咬着木强不放了。

"好。"秦延点头。

"谢谢。"木强轻轻地说。

桥洞之外，又在下雪了，纷扬的雪花纯白无瑕。

秦延深呼吸了一下，抬手拍了拍木强的肩膀："你回柏香吧。北疆你已经待不下去了，我命令你归队。当然，也要接受处分。除此之外，我祝福你。"

木强看着秦延，一时没动。

两人对视着。忽然，木强笑了一下。这个笑容，淳朴又充满了真情。

"秦队，对不起。我知道，我犯了这样的错误，让你也很为难。如果今天让你空手而归，穆伟那里没法交代。按照圈里的规矩，我得把命给你，再不济，也得砍下三根手指让你带回去。莹莹没人照顾，我还不能死，所以……"木强说着，从衣兜里掏出一把折叠的瑞士军刀，"哗"地甩开。

秦延看出他的用意，大喊一声："住手！"

可是来不及了，木强已经砍下自己的手指。淋漓的鲜血在冰冷的雪夜里冒着热气，断指掉落在地上，弹到秦延的脚边。

木强连声闷哼也没有，甚至，他的笑容还定格在脸上："秦队，我走了，你保重。"

木强走了。

这个从来都是光明磊落昂首挺胸的缉毒英雄，最后却是在黑暗里弓着腰走的。他一定很疼，刀伤疼，心也疼。

秦延站在原地，又掏了一根烟点上。他狠狠地抽了一口，吐出烟雾。袅袅的烟雾被风吹散，愁绪却越来越浓。

脚边的断指鲜血淋漓，它已经没有生命了。很多往事，忽然在这一刻涌上秦延的心头。他想起那年奉命去车站接完成任务归队的蒋昭。握手的时候，他发现蒋昭的手指少了三根，很惊讶，可蒋昭只是笑了笑，说："没事，能活着回来就好。"

后来，他才知道，蒋昭在卧底的时候，被同行的毒贩诬陷私吞，当时贩毒团伙的老大虽然相信蒋昭，但是为了平息众怒，还是一刀砍掉了他的三根手指。那个圈子没有道理可言，毒贩只顾利益。

尽管遭受巨大的苦痛，蒋昭还是忍了下来。最后，他顺利完成任务归队。归队后的蒋昭再也做不了缉毒卧底，他回到自己的家乡曲山市，成了一个整日处理鸡零狗碎、协调邻里矛盾的小警察。

曲山再遇那次，蒋昭对秦延说，当年那段刀口舔血的日子，现在连回想都不太敢。

是啊，怎么敢？人都是胆小的。他们也是人啊。相较于许多牺牲在岗位上的缉毒警来说，蒋昭无疑是幸福的。虽然失去了三根手指，但他现在结婚生子，日子安逸，那么幸福。

真希望，木强也能如此……

"砰！"一声枪响从不远处传来。秦延瞬时绷直了身子。冷风扑面，烟头上的火星快速地烧向他的手指。

"木强……"他轻轻地呢喃一声。

四周旷静，没有回响。

秦延的心被吊了起来，脑海里全是不好的预感。他丢下手里的烟，飞快地往木强离开的方向跑去。

小路结了冰，湿滑难走，秦延的每一步都像要失控，可他依然不停地奔走、寻找，直到看见木强的鲜血染红了白雪。

不远处，木强倒在茫茫雪原上，面对着苍天，临死好像还在不甘地询问："为什么我付出了一切，却连我最在乎的人都保护不了？"

为什么？

开枪的男人回过头来，看到秦延，冲他笑了下——是穆伟的人。

第六章 君心我心

"翰哥,二哥怕你一人应付不过来,特地让我帮你一把。"男人拨了一下手里的枪,"本想留他一命,不巧射偏了,刀枪无眼,你可别怪兄弟。"

"怎么会?"秦延扬了一下唇,"大蟒死有余辜,我该谢谢你,给了他一个痛快。"

男人满意地点点头:"那我回去复命了。剩下的,有劳翰哥了。"

"好。"

男人转身离开。

雪花簌簌地落下来,带着几分温柔的壮美。世界没有了温度,连冷都感觉不到。秦延面对木强的尸体,攥紧了拳心,脖颈里青筋毕现,却怎么也发不出一声呜咽。

那是一口气能吃下两笼叉烧包的木强,那是整日被大荣打趣却不知道怎么还嘴的木强,

那是一生一世只笨拙地爱了一个女人的木强,那是在戒毒所里说着"宁愿战死疆场,也不愿腐朽在铁窗里"的木强,那是把手指砍下来要给他交代的木强……

他是个警察,缉毒警察,曾经以血为誓,哪知如今要以命作抵。

秦延浑身颤抖着走向木强。

夜色苍茫,雪更大了。黑暗里,那个男人下跪的背影,像座无字丰碑。

秦延一夜没有回来,温茗也一夜没有睡着。天亮之后,温茗回到自己的房间,冲澡洗头,换了身衣服,下楼去买早餐。

昨夜好像又下雪了,大街上有人在铲雪。雪层表面白净无瑕,实则越往下,越贴近地面,也越脏。

温茗走在人行道上,避开一簇一簇的脏雪,最后停在了一家卖早餐的小店门口。早上排队买早餐的人很多,温茗排在队伍末尾,慢慢跟着人群往前挪动。忽然,她看到不远处的巷子口有一个衣着单薄的中年妇人,正在卖围巾。

温茗过去,给自己选了一条大红色的围巾,又给秦延挑了一条黑色的。

回到酒店,温茗发现秦延房间的门虚掩着。她走到门口,往屋里看了一眼,看到秦延坐在床边,俯着身,双肘支着大腿,脸埋在手掌里,全身散发着

一种从未有过的颓然。

"你回来啦。"温茗走进屋里。

秦延听到她的声音,抬起头来看向她。

"看,我给你带了早餐,还给你买了……"她话还未说完,就见秦延忽然起身,大步流星地朝她走过来。紧接着,他扬手把她抱进怀里。男人身上的冷气随着这个拥抱全都扑了过来。温茗有点讶异,他身上怎么这么冷?

"秦延。"

秦延手上的力道增大,更用力地抱紧了她。这个动作仿佛是在让她别说话,也什么都别问。温茗安静地靠在他身上,连呼吸都不敢太用力,因为她能感觉到此时的秦延有多么脆弱。

两人就这样彼此依偎,不声不响。忽然,温茗感觉到脖颈间有一丝凉意。

"秦延。"她抬手,轻轻拍打着他的后背,"很难受吗?如果难受,你别忍着,在我面前,你什么都不用忍。"

秦延没出声,只是将脸更深地埋进温茗的颈窝里,他呼吸的温度和男儿的热泪全都落在她的皮肤上,这让温茗觉得,她和秦延是如此亲近。可是,他终究没有彻底地释放自己。温茗等了很久,他都没有发出声音。他只是抱着她,像用尽了所有力量那样抱着,微微颤抖,隐忍落泪。

时间慢慢地流淌着,终于,他松开了她。

温茗看了秦延一眼,他脸上没有泪痕,神色平静,如果不是眼眶还泛着微红,她甚至无法找到他刚哭过的证据。

秦延别开脸,走回床边坐下。

温茗拿捏着情绪,走到他面前,笑着对他亮了亮手里的早餐:"饿不饿?吃点东西吧。"

秦延摇摇头,往边上挪了挪,示意温茗坐。温茗把东西都放在书桌上,挨着秦延坐下。

"怎么了?"她问。

秦延伸手,轻轻将她的手裹进掌心。他的手掌很糙,也很温暖。

"温茗。"

温茗看着他,静静等着他的下文。

第六章 君心我心

秦延垂着头,喉头来回滚动,良久才下定决心:"求你,不要再跟着我了。"他嗓音喑哑,但吐字清晰。

温茗忽然很难过,她有点僵硬地勾了下唇:"我,真的让你这么为难吗?"

秦延不作声,也不看她。两人肩并肩坐着,心却在不经意间又拉开了遥远的距离。温茗叹了口气,没有想象中的愤怒,但浑身却被一种从未有过的疲惫包围。

她抽回自己的手:"好,我走。"说完站起来,一转身就红了眼眶。她忍着不让自己流下眼泪,因为她知道,哭并不能挽回什么。

温茗快步走到门口。她想起什么,脚步顿了顿,又折回去,拿起书桌上的袋子,从里面抽出一条黑色的围巾。

"这围巾是给你的。"温茗走到秦延面前,将围巾绕在他的脖子上,"外面冷,你以后出去要多穿点,注意保暖。"

她的语调没有刻意温柔,但听着却是那么舒服。或许,这是她最后的叮咛。一想到这个,秦延的心就像是被撕裂了一样,他忍不住站起来,狠狠地吻向她。

温茗的唇齿被撞得有点疼。许多复杂的情绪糅合在一起,他的吻比以往任何一次都要激烈,一点也不温柔。温茗想转开头,却被他的手掌覆住了下巴和脖子。他的大拇指摩挲着她的脸颊,吻越来越深,他的唇没有任何温度,吻也没有,一点都不像是男女之间的温存。

这样的告别方式,她不喜欢。

"对不起。"秦延忽然停下来,他的额角抵着温茗的额角,眼神清醒,"对不起。"

对不起什么呢?这个吻?还是再次推开她的这个决定?

温茗抿了下发麻的唇,推开秦延,扬手甩过去一个耳光。秦延俊朗的脸上立马多了一个红色的掌印。

"没关系。"

温茗说完,拿上她的红围巾就走。这次,她没有理由再回头,她不能一而再再而三地做一个败者,至少不能在他面前。

回到房间,温茗扔下手里的东西,倒在床上,眼泪止不住地淌下来。

如果两年后还是一样的结局,为什么老天要让他们再次相遇?为什么每次都要给她一点希望,再用力把她推进绝望的谷底,折磨她一次还不够吗?

温茗打开电视机,把声音调得很大。渐渐的,她的哭声也越来越大。

浑蛋!胆小鬼!她在心里一遍又一遍地骂,却不忍心真的骂出口。她舍不得,即使到现在仍然舍不得。那人就像她眼前的海市蜃楼,看得到,却始终摸不到。每次靠近一点点,以为能打开那扇门,最终却总是落空。

他到底是什么人?是正,还是邪?她这样挂念,到底值不值得?

电视里正在播放晨间新闻,主播的声音低沉浑厚。

"昨日,北疆警方在威林青山街的一个纸箱厂内,一举捣毁一个作坊式的中型贩毒团伙,抓获犯罪嫌疑人十三名,并成功缴获了一批名为彩虹烟的新型毒品。据悉,彩虹烟的包装与普通香烟很像,相较于一般毒品对人体的伤害更大,目前,具体成分尚不明确。值得注意的是,贩毒团伙将青少年作为彩虹烟的受众群体,已有部分流入市场,希望学校和广大家长能加强对青少年的毒品预防教育……"

电视屏幕上出现了贩毒团伙被捕时的照片,为首的男人戴着大金链子,身材瘦小,面容猥琐,看一眼都让人觉得心情不好。

温茗关了电视机,去洗手间洗了把脸,开始收拾东西。她刚把背包拉链拉开,手机就响了,是董凌凌。

"茗,霍少不见了!"

第七章

不负相思

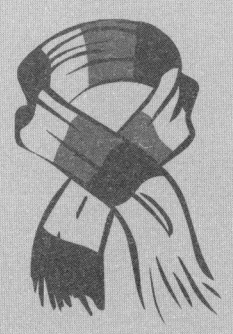

任玥跟着大魏，快步行走在酒店的走廊里。迎面走过来一个女人，穿着白色的羽绒大衣，脖子里的红色围巾特别抢镜。任玥忍不住多看了一眼。女人目不斜视，行色匆匆，很快与他们擦肩而过。任玥忽然停了下来。

"怎么了？"走在前头的大魏停下来，回头看着她。

"没事。"任玥边说，边装作不经意的样子扭头看一眼，那个女人已经拐进电梯间，不见了踪影。

大魏没在意，迈开步子继续往前走，任玥跟上去。两人在秦延的房间门口停下，敲了敲门。

"翰哥。"大魏叫了声。

很快，屋里的人打开了门。

任玥一抬眸，最先看到秦延脖子里的围巾。在她的印象里，秦延身边从来没有过围巾、耳罩、帽子这些保暖的小东西，尽管北疆很冷，但他总是穿得很单薄，至多也就是往手上戴一双黑色的皮手套……任玥的脑海里又闪过刚才遇到的那个女人和她脖子上的红色围巾。

"翰哥，二哥和金爷在望君楼等你过去。"大魏说。

秦延点点头，带上自己的东西，走出房间。

"翰哥，木强他真的……"任玥喉咙一哽，说不下去了。

大魏也垂下了头。走廊陷入一阵令人窒息的沉默。秦延抬手，并没有流露什么情绪，只是一左一右拍了拍两人的肩膀，算是安慰。

"交代你们的事情办好了吗？"

任玥"嗯"了一声，说："找到蒋莹了，已经安排她住院检查，也把蒋婷接了过去。按照你说的，给了钱，也交代了木强的事情。"

"蒋莹精神状态很差，木强的事情又打击了她。我看这次，她是很难挺过去了。"大魏叹气。

"不，她得好好活着。"秦延目视前方，喃喃道，"木强生前所做的一

第七章 不知相思

切都是为了让她好好活着,她不能再辜负木强,不能。"

三人一起下了楼。因为昨夜的一场大雪,酒店门口打不到车,滞留了很多原本今天要走的游客。秦延一下楼,就看到了温茗。她站在人群里,一边张望,一边不停地看表,好像很着急。

任玥注意到秦延的失神,她扭头,顺着秦延的目光看过去,又看到了刚才在走廊里碰到的那个女人。

是她。这一刻,任玥已经无比确定,这个女人,就是两年前在柏香市让秦延爱到无法割舍的女人。

她为什么在这儿?他们见过了吗?任玥忽然有点烦躁。

这时,秦延把自己的房卡递到她面前,说:"帮我把房退了。"

"是。"任玥接过房卡,朝前台走去。

大魏掏出了烟,想趁着这个空当先去门口抽一支过过烟瘾,可他刚迈开步子,就被秦延叫住了。

"大魏,帮我个忙。"

"怎么了,翰哥?"大魏把烟塞回兜里,看着秦延。

"看到那个人了吗?"秦延指了指温茗站立的地方,"那个戴着红围巾的女人,麻烦你帮我把她送回沁源。"

大魏扫了一眼秦延脖子上的同款围巾,忍不住挑眉:"那是……真的嫂子?"

"别瞎猜,你也不用管她是谁,只要把她安全送到沁源就行了。"

"是。"

任玥退完房回来,发现刚刚还在这儿的大魏不见了。不过,她也没有多问,少了大魏,正好可以和秦延单独待一会儿。

秦延去停车场取了车。路上,车里安安静静的。任玥多次想开口说点什么,可是一看到秦延神情严肃、专注开车的模样,又觉得说什么都不合适。

"有查到穆达的消息和行踪吗?"秦延忽然先开了口。

任玥正走神,听到秦延发问,连忙回答:"没有。"

秦延的手指在方向盘上跳了一下:"这次给金熊的新货如果没有问题,

之后穆伟和穆达的联系一定会增多，你要加强对穆伟的监听，千万不要松懈。我们在这里两年了，不能再耗下去了，一定要趁着这个机会，查出穆达的行踪和他的制毒基地。"

"是，我明白。"

交代完工作，秦延没了后话。任玥有点失落，这个男人和自己的共同语言，似乎永远都只有这么多。

"翰哥。"任玥小心翼翼地开口。

"说。"

任玥其实是想问问在酒店看到的那个女人的事情，可是又怕节外生枝。万一这一切只是巧合，她主动提起来，不是给秦延添堵吗？

"没事。"任玥眨眨眼，"我就是想说，等下见了金熊和穆伟，哪怕心头有再多怨恨，你都要忍住啊。"

秦延神色冷漠："我知道。"

望君楼很快就到了，秦延下了车，任玥没有跟着上去。因为穆伟有个习惯，男人说事的时候女人不能参与，所以即使作为秦延的"妻子"，任玥也常常被摒弃在重要谈话之外。

秦延上了楼，穆伟的人将他引到包间门口。他还未进屋，就听到里面传来一阵又一阵的大笑声，他又想起木强，想起木强倒在雪原上最后的模样。秦延握紧了拳，冷静了几秒又放开，他敲了下门，推门进了屋。

"二哥。"

"来了？真是说曹操曹操到。"穆伟指了指秦延，对金熊介绍，"金爷，这就是我跟你说的欧翰。大欧，这是大名鼎鼎的金爷。"

"金爷。"秦延打招呼。

金熊正靠在椅子上抽雪茄。他看着秦延，笑容意外的亲和："早就听说欧生的大名啦！没想到，本人长得这么正，出道做明星都绰绰有余了啦。"

穆伟大笑："金爷说得对，我也老是说他，出去卖脸就好了，何必干我们这一行卖命呢？"

金熊拉开自己身旁的椅子，对秦延比了个"请"的手势："坐啊。"

"谢金爷。"秦延坐下。

第七章 不欠相思

金熊拿起桌上的酒瓶，要给秦延倒酒，他连忙伸手截住："金爷别客气，我自己来。"

"好啊。"金熊继续靠回椅背上，夹着他的雪茄，扬手招呼道，"你随意一点啦，千万别客气啊。"

随着金熊的动作，秦延看到了他手臂上的文身。金熊手上的文身与他部下的人不一样，那些人是统一的熊头，而他手上的是整个熊形。这个图案有点像熊猫，但又没有熊猫那样的憨态与可爱。

"金爷，这次的货，多亏大欧才能顺利找回来。"穆伟对金熊说。

金熊点头："对啦对啦，要不是欧生知道那批货的下落，我们损失就大啦！真是羡慕二爷啊，手下有这么能干的人帮衬。"

穆伟大笑着拍了拍秦延的肩膀，说："金爷，我和大欧啊，那是患难交情。"

"哦？怎么说？"金熊表示好奇。

"我记得两年前，大欧带着他手下几个来北疆和我谈生意。交货那天，我们遇到警察伏击，可真是损失惨重啊，不仅货丢了，人也被抓走大半……"

听着穆伟的叙述，金熊意味深长地看着秦延。

秦延不动声色地接过话茬："我也记得。那次和警察交锋，我受了很严重的伤。多亏二哥收留，让我在北疆养伤，还带着我一起干，我这才有今天。"

金熊努了下唇，收起意味深长的目光，给自己倒酒。

"我运气好，逃过一劫；大欧命硬，死里逃生。从那之后，我们两个就开始一起干。就像金爷说的，大欧能干，而且脑子好使，比起之前那些个草包，他简直一个顶十！"穆伟绘声绘色地夸着秦延，丝毫不掩饰自己对他的欣赏，"前几天，吕财神那小子想伏击我，也是多亏了大欧！有大欧在我身边，我都不知道安心多少！"

"好了好了，二爷可别说了。有一个声望那么大的兄长，还有一个这么能干的小弟，你是要羡慕死我吗？"

穆伟大笑着，与金熊干了一杯。

金熊一杯饮尽，道："不过话说回来，二爷什么时候带我去见见传说中的达哥啊？我可是仰仗他的威名很久很久啦！"

秦延一边喝酒，一边看向穆伟，注意他的神色变化。穆伟拿起筷子夹菜，脸上笑意未减："只要金爷觉得新货好，我们后面就会有很多合作机会。金爷想见我大哥，还怕没机会吗？"

"好，那可就说定了，一定要把我引荐给达哥。"

"好。金爷放心，来来来，我们继续喝。"穆伟端起酒杯，往金熊和秦延面前一递。三个酒杯碰到一起，发出"叮"的一声响，包间里其乐融融，但是三人却各怀心事。

温茗在酒店门口来回张望，附近没有一辆出租车。周围还有很多人和她一样，因为昨夜的一场大雪，被滞留在了酒店。

正当她不知道该怎么办的时候，有人拍了拍她的肩膀。温茗转头，看到身后站了一个陌生男人，高高瘦瘦，两边头发理得很短，中间一撮又留得很长，扎着小辫。他嘴角扬起时，带着一丝痞气，但眼神很干净。

"什么事？"温茗神色戒备。

"小姐，打车吗？"男人指了指不远处的黑色尼桑，车身溅了一身雪泥，有些脏，车内却很干净。

看来是黑车。温茗着急回去，张口问价时，已经做好被狠宰一顿的准备。哪知对方却很公道，也很爽快。她感慨一声运气好，上了车。

"来旅游吗？"男人看上去是个健谈的，但温茗没有心情搭理，随便"嗯"了一声。

行到半路，温茗的手机忽然响了。车厢里很安静，只有她接电话的声音："我在路上了……找到了吗？还没有？……不如报警吧？也是……"

"好，你们别着急，等我回来了再商量。"她柔声安抚几句，挂了电话。

男人很热心地问："出什么事了吗？"

温茗看着黑车师傅的后脑勺，叹口气："和我一起出来的朋友在沁源失踪了。"

包间里，秦延举着酒杯，一杯一杯地下肚。他酒量好，与穆伟相当，

第七章 不笑相思

所以第一个倒下的是金熊。他的手下把人接走之后，包间里就只剩下秦延和穆伟。

"只剩下咱哥俩了。"穆伟端起酒杯，"来，哥敬你一杯。"

"谢二哥。"秦延又一饮而尽。胃里很难受，但再难受，也没有心难受。

穆伟看着秦延，看出他低落的情绪。

"大蟒的事，哥知道你难受。"穆伟把椅子拉到秦延身边，与他并肩而坐，"但大蟒做错了事情，就该付出代价。出来混的，没点规矩，管不好手下的人。你说我们那么多兄弟，要是偏对他开恩，留了他一命，以后还怎么服众，是不是？"

秦延低了下头："是，二哥。大蟒做错了事，这是应有的惩罚。"

"你真的这样想？"

"对。"

穆伟笑起来，伸手揽住秦延的肩膀："你这样想就对了。我们这一行，风险太大了，稍有不慎，那就是送命的事。千万别把感情浪费在拖后腿的人身上，他们不配。"

秦延注意到，穆伟说了个"他们"。他似乎是在说木强的事情，又似乎还在含沙射影，暗指其他人、其他事。

"这次你又立了大功，想要什么就跟哥说，哥都满足你。"穆伟笑吟吟的，也不知道是不是喝了酒的缘故，他原本凶相的脸变得特别和蔼。

"二哥，我不敢居功。"

"这样吧，以后'慈临——沁源——威林'这条线全权交给你，利润也给你拿大头。"

秦延有点不可置信："这怎么行？"

"怎么不行？"穆伟大气地往椅背上一靠，"只要你干得好，北区也给你。"

"北区？那不是达哥的地盘？"

穆伟挑挑眉，似乎在问那又怎样。

秦延摸摸下巴，勾唇道："二哥，我没有那么大的野心，达哥的地盘我可不敢觊觎。而且，你们兄弟感情好，可不能因为二哥偏爱我而让你们产生分歧。"

"哈哈哈……看把你吓的！"穆伟大口啃着肉骨头，边啃边说，"改天我带你去见见我哥，等你见到他，你就知道，他真没有什么好怕的。"

秦延点头，这正合他意。

两年前，围剿行动失败。之后，他就以欧翰的身份打入北疆贩毒团伙内部，深得老二穆伟的信任。但是，他一直没有机会见到传说中称霸北疆的大毒枭穆达。前段时间在火车上，他接受了组织的新任务，上峰领导要求他趁着这次新货的研发和上市，尽快找到穆达的行踪。等确认穆达的落脚点和制毒基地的具体位置之后，组织将展开新一轮的围剿行动。

是成是败，所有的压力和重担全都落在秦延的肩上。

两年蛰伏，就看这一次了！

秦延又陪穆伟喝了半小时酒才散。当他带着一身酒气从酒店走出来时，发现任玥还在等他。

任玥看到秦延出来，立马推门下车："翰哥。"

"怎么没走？"

"你的手机落下了，所以我才一直在这里等你的。"

秦延摸了摸口袋，手机还真不在身上。

任玥回身指了指车厢："手机在车里，大魏给你打了好几个电话，也不知道是不是有急事。"

大魏？他送温茗回沁源，出什么事了？

秦延快步走过去，拿出手机，把电话拨回去。任玥站在一旁看着，有点失落。

温茗当晚到达沁源，与董凌凌他们在酒店会和。

"他昨天晚上十点多出门的，对吗？"温茗一边看表，一边说，"已经过二十四个小时了，我们可以报警了。"

话音刚落，陈昊飞的手机震动起来，屏幕上显示的正是霍一北的号码。三人面面相觑。陈昊飞反应过来，连忙按下接听键，董凌凌顺势开了免提。

"昊飞，救我……"手机那头传来霍一北虚弱的声音。

第七章 不尽相思

房间里一阵可怕的静默,陈昊飞有点不知所措,董凌凌下意识地抓住了温茗的手腕。

"霍一北,你在哪儿?出什么事了?"温茗冷静地问。

"温……温茗,我……"霍一北话还未说完,手机就被人抢走了。

听筒里传来一阵"沙沙沙"的杂音,紧接着,一个陌生男人的声音传过来:"嗓音很美的女士,你好。别紧张,你的朋友在我这里,一点事情都没有。是这样的,你朋友昨晚在我这里尝了点好东西,可是他没钱付款,所以我把他留下了。你准备点钱,来结一下账,就把人接走吧。"

房间里的三人相互看了一眼。

"多少?"温茗问。

"二十万。"男人停顿了一下,又想起什么,"哦,对了,提醒你一下,别报警,千万别报警。这里的警察都是草包,他们帮不上忙的,只会弄巧成拙而已。"

"知道了,那我怎么把钱给你?"

"现金。"

"我们出来旅游,身上哪有那么多现金?"

"所以,我才要了二十万。别给我讨价还价,给你两小时准备,我会把地址发到这个号码。两小时之后,带着钱来找我。记住,只许你一个人来。如果不听话,就别怪我对你朋友不客气了。"

"唔唔唔……"那头传来霍一北痛苦的声音。

"我知道了,你别伤害他。"温茗说。

对方没有回应,电话就断了。听筒里"嘟嘟嘟"的声音响彻房间,三人坐在床沿上,失了一会儿神。

"这是绑架吧?一北好像很痛苦啊,怎么办?"陈昊飞急得团团转,"要报警吗?"

"当然不能报警!你没听刚才那个男人说,如果我们报警,他就会伤害霍少吗?"董凌凌道。

"那怎么办?"

陈昊飞的手机震了一下,一条信息跳出来,是地址。对方要求交钱的地方是沁源西郊。

温茗对沁源不熟，只在找酒店的时候大致了解了一下这个地方，在她的印象里，西郊有点远。

"先筹钱吧。"她说。

风雪天。

三人打车，找了好几家银行的自动取款机，才凑够二十万。陈昊飞把钱塞在一个黑色的背包里，鼓鼓一袋。他把钱抱在怀里，神色不安，董凌凌也一样惶惶，倒是被指定去送钱的温茗显得格外镇定。

"茗，你一定要注意安全，万一……"董凌凌话还未说完，被温茗一个眼神制止了。董凌凌有点不解，直到温茗使了个眼色，她才发现出租车司机正频频用奇怪的目光从后视镜里打量他们。

也是，深更半夜出来，跑了这么多家银行，取了这么多钱，又要抱着钱去西郊这么偏远的地方，任谁看都不正常。不过，司机师傅并没有说什么。

车子开到东城桥的时候，董凌凌和陈昊飞下了车。东城桥距离西郊只有五六百米的距离，他们三个约好，如果温茗进去之后迟迟不出来，就报警。

下车之前，陈昊飞把自己的手机和钱都交给了温茗。快到目的地时，温茗给之前通话的号码打了个电话。

这次，接电话的是个女人。她告诉温茗，地址改了，让温茗从西郊转道去天琊温泉山庄。温茗没有说话的机会，那头就把电话挂了。

"师傅，天琊温泉山庄离这里远吗？"

"远是不远，但是姑娘啊，你这深更半夜泡什么温泉哪？"司机师傅从后视镜里看着她，热心道，"你是不是遇上什么麻烦事了？有什么困难，你可以告诉我，我大侄子在这里当警察，我可以帮你……"

"我没遇上什么麻烦事。"温茗打断了司机的话。这个时候，可不能节外生枝。

"行，没事最好。"司机嘴上这么说，但是看样子，依然不怎么相信。

温茗笑了笑："谢谢你呀，师傅。"

"不客气，我就是提醒你，可千万别小看这地方，这地方虽然偏，但是

第七章 不灭相思

水可深着呢！以前，时不时就有游客在这里失踪，最后连尸首都找不到。"

温茗没再说话。

车子穿过一条长街，到了天琊温泉山庄。出租车司机离开时，降下车窗看了温茗一眼，好像还想说点什么，可最终没有说。他离开后，这偌大的地方，就只剩温茗一个人。

夜色浓重，天琊温泉山庄的门口只亮着两盏小灯，这模糊的灯光，让门匾上潦草的"天琊"二字都显出了几分诡异。温茗一直自诩胆大，可这会儿也不由得起了一身鸡皮疙瘩。

她忽然好想秦延。

正当温茗不知如何是好的时候，天琊温泉山庄的大门忽然打开了。门内走出个女人，她穿着长长的羽绒服，头发挽成了髻，妆容精致。

是她？温茗脑海里闪过第一天到达北疆时的画面，那天在酒店电梯口，就是这个女人故意撞向了霍一北。看来，挟持霍一北并不是临时起意，而是早有预谋。

女人一双妖媚的眼仔仔细细地打量着温茗，温茗被她看得很不自在，但仍然故作镇定。

四周安安静静的，冷风习习。

"霍公子的朋友是吧？"女人开口。

"是。"温茗拍了拍手上的包，"钱我带来了，人呢？"

女人笑起来："别着急，进来坐。"说着，比了个"请"的手势。

温茗站在原地，隔着大门的缝隙朝内望，里面暗乎乎的，什么都看不清。她内心十分抗拒进屋，但她也料到，事情不可能只是一手交钱一手交人这么痛快。

"不用害怕，来者是客，我们不会伤害你的。"女人宽慰道。

温茗迈步，跨上台阶，走进了大门。"吱呀"一声，女人关上了门。温茗脚步一沉，闻声下意识地转头。女人跟了过来，拍了拍她的肩膀，又说了一句："别害怕。"若不是知道她并非什么好人，温茗真要被她这种温情洋溢的关怀蛊惑了。

女人走到前头，从衣兜里拿出一条丝巾。

"不好意思，需要把你的眼睛蒙起来。"她说着，就动起手来。温茗的视线很快就被遮住了，眼前一片漆黑，她的手心不停地冒着汗。女人抓住了她的胳膊，为她引路。

这段路很长，根据脚下的触感分辨，前四分之一是鹅卵石铺成的小路，之后的四分之三都是水泥路。大约走了十多分钟，女人松开了她的手，温茗听到开门的声音。

"进去吧。"女人推了她一下。

温茗走进屋里，闻到一股木头的味道。耳边又一阵关门的声音，紧接着，她眼前的丝巾被抽走了。

房间里只有一盏圆形的吊灯，投射出一个圆形的光弧。光弧之内，很亮，光弧之外，一片黯淡。

温茗使劲眨了下眼，这才看清房间的构造。不，其实这房间也没有什么构造，只是左右两边堆满了劈好的木头，中央放着一张椅子。椅子上坐着一个光头男人，他穿着一身黑色大衣，手里把玩着一顶黑色的爵士帽。他盯着温茗，眼神里充斥着三分阴鸷，七分玩味。

"哟，不仅声音漂亮，人也很漂亮嘛。"话落，停顿了几秒，他又蹙起眉头，"妹妹，我觉得你很眼熟哇，我们是不是在哪里见过？"

"贾哥！"带温茗进来的女人醋意十足地唤了一声。

光头捏了一下女人的脸颊，以示安抚。

"我没见过你。"温茗说。

光头耸了耸肩，没再继续这个话题。

温茗的视线挪向一旁的霍一北。霍一北也坐在椅子上，但是相较于男人的闲适，他就显得没那么自在了，因为他的手脚都被绑着。

"霍一北！"温茗叫了声。

霍一北垂着头，并未应声，好像此时正处于神志昏迷的状态。

"他怎么了？"温茗看向光头。

"没事，睡着了而已。"光头把帽子递给带温茗进来的女人，起身走向温茗，"钱呢？"

第七章 不矢相思

温茗抱紧了怀里的包，昂头迎向光头的目光："我给了钱，你什么时候放我们走？"

"点清楚了，就让你们走。"光头摸着下巴，微微一笑，"放心，我出来混，讲的就是信用。我保证，能让你们安安心心地看到早上的太阳升起来。"

温茗将信将疑地把怀里的包递出去。光头接过包，扔给他身后的女人，交代道："去点一下。"

"是。"女人拎着包正要走出去，外面匆匆跑进来个独眼的小男生。

"贾……贾哥，外面有条子。"独眼小男生气喘吁吁地说。

被称为"贾哥"的光头男神色登时冷了。他大步走向温茗，一把掐住她的脖子："你敢报警？"

"我没有！"温茗艰难地摇着头。她没有报警，董凌凌他们也不会那么快报警的。那么，是谁？

"老子信你个鬼！你没有报警，警察会这个点过来？梦游啊！"光头男说罢，猛地一把将温茗推出去。

温茗重心不稳，倒下去的时候撞在霍一北的椅子上，疼得眼睛直冒金星。

"贾哥，现在怎么办？"独眼小男生问。

"让老梁去应付一下吧。"女人替光头男回答。

"是。"独眼小男生得令，匆匆离开。

屋里的气氛一下子变得紧绷。温茗趴在地上，被光头男踩住了肩膀。

"不就是二十万吗？"光头男撸起袖子，指了指从霍一北那里抢来的手表，"我看这位少爷手上戴的手表都值好几万吧？"

"你说得对！二十万对他来说真的算不上什么，所以我根本不可能为了这点钱冒险报警。真不是我报的警，我发誓！"

"闭嘴，现在说什么都没有用了。"光头男居高临下地瞪着温茗，"我这里的规矩就是这样——你客客气气地送钱过来，我客客气气地送你出去，你背地里耍花招，我就只能让你横着走了。"

温茗心里升起一阵恐惧，连忙说："别……只要你放过我们，钱还可以再给你。要多少你说，只要不是太夸张的数字，我们都可以想办法。"

"我呸！"光头男不为所动。似乎，温茗在他心里已经彻底失去了信用。

就在这时，光头男的手机响了。光头男看了一眼屏幕，把手机扔给他身旁的女人。女人一手提着钱袋子，一手接电话。

"老梁，打发了吗？好的……我知道了。"房间里静悄悄的，只听到女人说话的声音。

光头男又坐到了椅子上，有点烦躁地摸着自己的光头。女人挂了电话，走到光头男的身旁，把手机递还给他。

"贾哥，已经打发走了。"女人说着，扫了一眼温茗，"老梁打听了下，的确不是她报的警。是一个开出租车的老头，瞎仗义。"

温茗蹙眉，原来是刚才送她过来的那个司机师傅。这次，可真是好心办了坏事。

"我就说不是我吧。"温茗表示无辜。

"不是你报的警，那也是你招来的警察。"女人勾唇一笑，"原本可以简单解决的事情，既然已经复杂化了，那就复杂到底吧。"

温茗和光头男同时看向女人。

"贾哥。"女人走向光头男，一对柔软的胳膊环住光头男的脖子，娇声道，"既然这位小姐让我们开价，那我们就开个价吧。别十万二十万的那么小家子气了，不如这样，一个人一百万，你看怎么样？"

秦延一早就从威林出发，往沁源赶。任玥坐在副驾驶座上打哈欠，一副还未睡醒的样子。

"翰哥，我们干吗这么早出发呀？"她不解。

"我回去有点事情要处理。"

任玥点点头，心里是想问什么事情的，可是嘴巴很知趣地替她把着门。

因为大雪封道的高速今天正好通了，他们的车往高速走，能节省一个多小时。刚出沁源的高速路口，秦延的手机就响了。

任玥替他看了一眼屏幕上的来电显示，说："是大魏，要帮你接吗？"

第七章 不尽相思

"不用。"秦延靠边停下，自己接起来。任玥撇了下嘴，表面装作不在意的样子，余光却在悄悄观察秦延的表情。那头的大魏不知道说了什么，秦延很快蹙起了眉。

"我知道了。"秦延的声音还是镇定的，但任玥看到，他的神色已经完全变了——那是一种从未在秦延脸上出现过的慌乱。

任玥还没来得及问，就见秦延转过脸来说："你在这里下车，自己打车回去。我有点急事，必须马上走。"

"翰哥……"

"下车！"他提高了声调。

任玥吓了一跳。在她的印象里，来北疆两年，秦延对她虽然没有真夫妻那样的亲昵，但从来都温和亲善。这是他第一次用这样厉声的语调和她说话。看来，这事对秦延真的很重要。

她不敢耽搁，赶紧下了车。秦延快速转了个弯，车子疾驰而去，留下一团白白的尾气，慢慢消散在空气里。

温茗不见了——大魏在电话里的这句话，彻底碰到了秦延心头的那根倒刺，让他猛地起了一阵战栗。尽管车里开着暖气，他却觉得自己在那一瞬间好像被丢进了冰窖，浑身发冷，再也无法回暖。

去酒店这一路，他在脑海里做了无数设想，好的坏的，都想了一遍。可无论他怎么引导自己往好的方面想，他都止不住地害怕。

温茗绝对不能有事。如果她有事，他和她之间的结局将永远停在那决绝的一瞬间，这样多残忍。

秦延和大魏汇合，得知了昨晚的一切，包括她是如何只身前往贼窝，想要赎回自己的朋友。秦延越听，眉头拢得越紧。这人到底哪里来的勇气，敢孤身带着钱去救人？！

哦，他忘了，她向来这么不怕死。该死的"勇敢"！

"绑匪开口要两百万，而且今晚就要。银行大额取现要提前一天预约，董凌凌他们根本拿不出这么多现金。陈昊飞联系了远在柏香的霍家，霍家倒是能拿出钱来，可是这两天柏香暴雨，航班大面积取消，他们也赶不过来。董凌凌他们没有办法，只能报了警。可警察搜遍西郊那一片，都没有找到人……"

253

"等下,"秦延打断了大魏,"你是说,西郊?"

"对。"

秦延若有所思地站了片刻,忽然,一言不发地转身就走。

"翰哥!"大魏忙追上去。秦延不理他,只顾往前,一路跑到自己的车前,拉门上车。

大魏紧跟上来,摁住了他正要去拧钥匙的手:"翰哥!你冷静一点!"

秦延一手握着方向盘,一手按着车钥匙,沉了一口气,看向大魏:"西郊是谁的地盘,你我都清楚。"

"是,我知道。这事百分之百就是贾天波那个王八羔子干的!可那又怎么样呢?我们没有证据呀!而且这件事情已经和警方牵连在一起了,你贸然上门,搞不好会暴露自己的!"大魏深深呼吸,"你想想,两年了,我们好不容易得到穆伟的信任。只要再忍一忍,我们就可以查到穆达的踪迹,找到制毒基地。我们马上就要完成任务了,不能功亏一篑啊!"

秦延痛苦地攥着方向盘,手背上浮起了青筋:"大魏,这件事我不能不管。"

"翰哥,把这个信息交给当地警方,让他们去救人,我们别插手了,好不好?"

秦延摇头:"不,我不能拿她的命去赌,我必须自己去救。"

"翰哥……不是,秦队!"大魏急了,"秦队,你再想想!"

"不用想了。"秦延舔了下干涩的唇,炽热的话语一瞬间脱口而出,"我爱她。"

她轰轰烈烈闯进他的生命,烙下不可磨灭的印记。这两年来,他常常忘了自己是秦延,却从没有忘记自己爱着温茗。这场亡命旅途,她是他最深沉的羁绊。

温茗坐在地上,靠着墙壁,望着窗外渐渐黑下去的天,脑子里乱糟糟的。她很饿,但她不想吃那些人给的东西。霍一北就躺在她的腿边。他一直昏睡着,如果不是确定他还有呼吸,温茗会以为他已经死了。

"霍一北,霍一北。"温茗用脚轻轻踢了一下他的后背。

她每隔半小时就会叫他一次,可是没什么用。就当温茗以为这次也一样

第七章 不负相思

不会醒时，躺在地上的霍一北忽然动了动。

"霍一北！"温茗快速爬过去，"你醒啦！"

霍一北揉着发沉的脑袋，人依然有点恍惚，过了好一会儿，才缓过神来。他看着温茗，问："你怎么也在这里？"

温茗还没解释，他就自己想起来了。

"你是来送钱的，结果也被扣下了？"

温茗点点头，扶着他的肩膀，帮助他坐起来。

灯光落在霍一北的身上，他的脸有点苍白。他说："不好意思，是我连累了你。"

"没关系。"温茗笑了笑，"就当是给旅行加点料，这样才刺激，不是吗？"

霍一北想笑，可是牵动了脸上的伤口，又疼得抽气。温茗伸手，轻轻检查了一下他脸上的伤，问："他们打你了？"

"嗯。"霍一北不太想让温茗看到他的伤，推开她的手，竖起了衣领，"从出生到现在，本少爷就没被人打过。唉，算了，就当给人生加点料，有疤的男人才性感，不是吗？"

"喊。"温茗翻了个白眼，"这点擦伤不会留疤的。"

"是吗？那我就放心了。其实，我还挺担心自己的盛世美颜会被破坏的。"

"少贫嘴了。说吧，到底怎么回事？你为什么会被抓来这里？"温茗问。

霍一北想了想，太阳穴有点疼，可是那天夜里的所有细节，他都记得清清楚楚。

那天晚上十点左右，他觉得饿了，想约陈昊飞出门消夜，但是刚走到他们房间门口，就听到里面打情骂俏的声音。他不想坏了陈昊飞的好事，就一个人下了楼。

刚走出酒店，霍一北就碰到了一个女人。她穿着长及脚踝的黑色羽绒衣，羽绒衣里是一条性感无比的裙子。她踩着高跟走向霍一北，和他打招呼。霍一北认出来，这就是他刚来时在电梯口遇到的那个。

女人邀请他去外面喝一杯，霍一北拒绝了。他绕开她，往前走，可女人不死心，继续跟着他。

深夜，漂亮的女人，热情的邀请。意志再坚定的男人，大概也只能拒绝一次，而绝对拒绝不了第二次。只是接下来的事情，完全超出了霍一北的预想。

这个女人是传说中的"花蛇"，整日游荡在北疆各大酒店，寻找那些穿戴名贵的游客金主，以自己的美貌将他们引诱到指定的地方后，逼迫他们注射毒品，并向他们勒索金钱。电梯门口那故意的一撞，其实就是她发出的一个信号，但霍一北那时候还不知道，自己已经被盯上了。

"你是说，她是个老手，这次不是偶然？"温茗问。

"对，他们都是有组织的，很多人都上过他们的当。"

"那为什么没人报警呢？"

"因为他们找的都是有钱人，勒索的数额又不多。就像这次，他们只要二十万。二十万对我来说，就是开瓶红酒买个表的钱，我会为了这个钱报警，承认我自己被迫吸毒了吗？他们就是抓住了我们这种要面子的心理。"

温茗点头。普通人都好面子，更何况是他们这种有头有脸的人物。如果传出吸毒的丑闻，以后还怎么在上流社会混？这种能用钱解决的事情，他们自然不会赌上名声。

正说着话，霍一北忽然开始打哈欠，起初还是一两次，之后就开始变得频繁。他默默抱住自己的两边胳膊，全身发颤，又如坐针毡，好像有千万只蚂蚁在啃食着他一样。

温茗知道，这是毒瘾发作的症状。她曾在温侯生身上看到过一模一样的状态。

"怎么办？"温茗握住霍一北的手，他的手很冷。

"没事。"霍一北咬着牙，一边吸鼻涕一边说，"我能忍。"

话音刚落，他就蜷倒在地，痛苦地扭动着身子。温茗有点心疼，她想抱住霍一北，却被推开了。

"别碰我！啊！"霍一北背过身去，痛苦地呻吟着，声音因为剧痛变得有点沙哑，"对不起温茗，都是我！呃……都怪我不好，害你跟我在这里受苦……啊！"

"别说这些了。"温茗脱下自己的外套,裹住霍一北,为他取暖,"你也别担心,等出去,一切都会好起来的。"

"我们还能出去吗?"他哽咽道。

"能,董凌凌他们一定会想办法救我们的。"

秦延的车停在天琊温泉山庄西边的偏门。大魏坐在副驾驶座上,看着秦延。秦延穿着一身黑衣,戴着黑色的帽子和口罩,伪装得很好。

"要不要我和你一起进去?"大魏仍是不放心。

"不用。我以前经常跟着穆伟来这里,里面的地形我很熟。"秦延拍了拍大魏的肩膀,"你只要按照我交代的做就行了。你放心,我有把握,绝对不会暴露自己,也不会影响任务。"

大魏点点头。

秦延推门下车,踩着偏门外的一个石墩子,利落地翻过围墙。

围墙之内是个大院落。南边的墙角种着几株胭脂梅,这几天花开得正盛,白雪挤着红蕊压在枝头,暗香阵阵。北边是厢房,东边有个小仓库。厢房是给客人休息用的,贾天波一定不会把人关在客人中间,那样太惹眼了。而小仓库里存放着贾天波用来招呼客人的"好东西",那算是重地,他不会轻易让人进去。

那么,只有厢房之后了。

秦延以夜色做掩护,快速地穿过院落,绕到北面厢房之后。那里有一个厨房、一个柴房和一个闲置的杂物间。如果没有猜错,温茗和她朋友一定被关在柴房或者杂物间,二者之一。

"人怎么样?"走廊里传来贾天波说话的声音。

"我刚去看过,很老实。"回话的是个女人。

"钱什么时候送来?"

"说好九点。不过,我听说柏香市正下暴雨,航班都取消了,他们未必能筹到那么多钱。"

"等下千万注意,别让他们耍花招。"

"是,贾哥。"

秦延紧贴着拐角的墙壁，悄悄探头，看着贾天波带着他的红颜知己裹铃推门走进柴房。趁着门开合的那一瞬间，秦延看到了蜷在地上的男人和温茗。果然，在柴房。

确定了两人被关的位置之后，秦延并不急着救人。贾天波的手下都在这里，如果硬碰硬，他没有什么胜算。他沿着走廊，折去了东边的仓库方向。

这座仓库里除了传统的毒品，还有四分之一是给金熊的同款新货。穆伟原本打算把这批多出来的新货交给秦延处理，可是贾天波极力自荐，并在暗地里给秦延穿小鞋，穆伟明面上过不去，只能把货交给贾天波。

小仓库的门紧闭着，门口坐着一个肥胖的小弟，正抱着手机津津有味地看小说。

秦延从他身后突袭，一下把他打晕了。失去意识的胖小子沉得像块巨石，秦延使劲把人拖到几米开外的灌木丛里，并从他身上拿到了仓库的钥匙。

夜很安谧，这一切发生得悄无声息。秦延打开仓库的门，走了进去。

霍一北蜷在地上，感觉自己脑袋里有一片蚊蚁萦绕的振翅声。他所有细胞都被烦躁和疼痛占领。他需要一个解脱。

"坚持住！"温茗抚着霍一北的后背，有点不知所措。她无法缓解他的痛苦，也知道只能靠他自己挺过去。

这时，房间的门开了。光头男和那个女人走了进来。

霍一北闻声，昂头看了两人一眼。他忽然猛地一把将温茗推开，朝着光头男爬过去，一把抱住了光头男的腿。

"给我！"霍一北一边抽搐，一边乞求，"求你给我打一针，求你了！我什么都给你，你要多少钱，我都可以给你！求你，给我一针！"

"想要一针，等你朋友拿钱来再说。我可不能白白供你吃喝，最后却做赔本生意。"

"求你，我好难受，我要死了！求你！"

温茗伏在地上，有点失望。此时的霍一北满头细汗，脖子里的青筋一梗一梗地凸着。他蹭着光头的裤腿，极尽所能地讨好哀求，眼睛里已经没有了往日的骄傲与神采。他变成一具被毒品操控的傀儡，他失去了灵魂。

第七章 不关相思

正当屋里的人僵持不下，外面传来了呼叫声："着火啦！仓库着火啦！"

光头男神色一凛："哪里着火了？"

"听不清，好像是仓库。"

"什么？仓库？"光头男一脚把霍一北踢开，快步往门外走。女人紧跟着他出去，草草锁上了门。

霍一北爬到门边，捶打着门板，苦苦哀求。

"霍一北。"温茗过去扶他，"别这样，你忍一忍……"

"我忍不了！"霍一北朝着温茗扑过来，一把掐住了她的脖子，"给我，给我一针！你不给我，我就掐死你！"

温茗瞬间喘不上气来，她拼命地挣扎着，手脚并用地挣扎。

"霍一北，你清醒……咳……清醒一点，我是温茗……"

但他已经失去了理智和意识，眼前只剩下一个虚幻的世界。他像被关在这个世界里的困兽，一心想要找到一个出口。无论温茗怎么劝说，他都听不进去。

温茗感觉呼吸越来越困难，她挣扎的力道也在慢慢变小。她想，如果继续这样下去，她会死在霍一北手里的。

"嘭！"门外忽然传来一声砸锁的巨响。这声巨响给温茗带来了希望，她艰难地扭头，看着门口。

门被推开了，一个高大的黑影逆光闯进来。温茗看不清他的脸，也不知道他是谁，只是在他进门的那一瞬间，被一种熟悉的安全感包围了。

"唔！"温茗朝他伸出手，呻吟着求救。

黑影快步走向霍一北，一把将他拉开丢了出去。霍一北撞在垒得很高的木头上。木头堆散倒下来，七七八八砸在霍一北身上，外力的疼痛似乎让他清醒了些。他抱着头，哀号着。

温茗的呼吸终于顺畅了。她直挺挺地躺在地上，望着天花板上的那盏吊灯，没有劫后余生的快感，更多的是痛苦。

忽然，她被人扶起来，抱住了。

"没事吧。"黑影扯下口罩，露出一张担忧的面容。

是秦延，竟然是秦延！为什么？每一次身处险境，每一次孤立无援，他都会出现！

眼泪瞬间流下，几乎是下意识的，她死死地反抱住秦延。所有委屈和无助，在看到他的瞬间，好像都不算什么了，可又好像更浓了。爱让人坚强，也让人软弱——是真的。

"没事了。"秦延温柔地揉了几下温茗的发心，"我们得赶紧离开这里。"

温茗使劲地点头。

秦延看向霍一北："那是你朋友吗？"

"是，他现在毒瘾犯了，正神志不清呢，怎么办？"

秦延松开了温茗。他走到霍一北面前，一把捏住他的下巴，观察着他的症状。霍一北浑身冒着冷汗，抽搐不停，与刚才相比，此时的他看起来很虚弱。

"给我……药。"霍一北抓着秦延的手，"求你，给我药……"

秦延没有理会他的喃喃自语，勾住他的胳膊，一把将人扛到了肩上。

"走！"秦延转头对温茗说。

仓库的火灾把整个温泉山庄的人都引了过去。贾天波在仓库门口，摸着自己的光头，急得团团转："快找灭火器灭火，快把里面的货都抢救出来，快呀！磨蹭什么！"说着，使劲踹着身边的人。

"贾哥，要不报火警吧？"襄铃提议。

"滚你的蛋！不知道里面是什么东西吗？报警不就等于送死？"贾天波没好气。

襄铃被骂，撇撇嘴，不再出声。

因为寒冻，消防栓的水一下子上不来，靠着几个水桶救火，简直就是杯水车薪。仓库里的火势越来越猛，被火舌舔过的毒品瞬间变成了灰烬。贾天波心急难耐，他往自己的衣服上浇上水，就想往里冲。

"贾哥！"襄铃一把将他拉住，"太危险了！"

"这批货要是没了，二哥会宰了我的！横竖都是死，不如让我现在死个痛快！"

第七章 不尽相思

"不行,你死了,我可怎么办?"襄铃紧紧抱住贾天波的胳膊。

贾天波心头一软,顿时没了勇气。

正犹豫不决,管厨房的独眼小丁跑过来:"贾哥,人跑了!"

"什么?怎么跑的?"

"柴房的锁被人砸坏,关在里头的一男一女不见了。"

贾天波扫了一眼还在熊熊燃烧的仓库,心里明白过来。

"原来是为了调虎离山。"他抽出腰间的枪,愤愤道,"我看是谁不要命了,敢在太岁头上动土。襄铃,你带人继续在这里救火。小丁,叫上几个兄弟,跟我一起去把人逮回来!"

"是。"

贾天波带着五六个人兵分三路,朝着院落的西门、南门和北门方向跑去。

此时,秦延正在西门。西门是天琊温泉山庄位置最偏的地方。去年山庄重修,各种用剩的废旧建筑器材全都堆在这里,使整个院落看起来更加荒凉,平时根本不会有人过来。秦延原本想把西门打开,可是门锁生锈,他砸了好几下都没有砸开。温茗一边扶着霍一北,一边不停地往后张望,竖耳听着动静,走廊里似乎有零零碎碎的脚步声传过来。

"好像有人来了。"温茗低声说。

秦延扔下手里的石头,一把将霍一北搀过来,再次扛到肩上。

"你到边上去。"秦延拉上口罩,指了指不远处的一根钢筋混凝土排水管,"去里面躲着,无论听到什么声音都别出来。"

"那你呢?"

"别管我,快去!"他厉声道。

温茗不敢添乱,只得乖乖听话。排水管的口子大,温茗又瘦,钻进去不是问题。她匍匐到管子中央,放缓了呼吸的节奏,小心翼翼地趴着。

耳边的脚步声越来越近了。

秦延踩着一根树桩,用力把霍一北推到围墙的另一边。霍一北抓着围墙,慢慢向下滑,掉在了草坪的积雪上。

"在那里！"随着一声尖利的叫喊声，贾天波带着人迅速往西门方向跑来。推算时间差，秦延是来得及翻出围墙的，可是温茗还在里面，他不能走。

于是，他往北边厢房跑去。

"给老子抓活的！"

所有人都跟着贾天波，往秦延的方向追去。

温茗躲在水泥管里，听着外面的动静。脚步声渐渐远了，她知道自己暂时安全了。可是，心依然好像堵在嗓子眼，全身没有一点力气。

她很担心秦延。

秦延对天琊温泉山庄很熟悉，他一路向北，跑进北边的弄堂，踩着呼呼作响的空调外机，推开木头窗子，一下跳进客人的厢房。屋里的客人正搂着贾天波送来的美女温存，见秦延突然闯进来，两人都吓了一跳。秦延没有给他们出声的机会，把他们禁锢在被子里，一下都打晕了。

贾天波几人追到巷子，不见了人影。

"肯定是进去了！"贾天波扫了一眼这整排的空调外机，摸了摸光头，"给老子一间一间地搜。"

"是！"贾天波的人手分散，他一个人站在巷子里，守株待兔。

秦延躲在窗帘之后，看了看手腕上的手表。

差不多了——他在心里默默倒数着，从五数到一时，天琊温泉山庄外面忽然警铃大作，那势头，好像有大批警察正包围过来。正在搜人的几个小弟吓了一跳，贾天波也被唬住了。

"怎么回事？今天真中邪了！"贾天波啐骂着，收起了枪，快步往门口走，边走边交代，"你们继续搜！"

"是！"

走廊里的人又动了起来。秦延悄悄从窗户里探出头去，确认巷子里没人了，立马跳出去，原路折回。

温茗还伏在水泥管里，听到脚步声再次靠近，不禁屏住了呼吸。忽然，秦延的脸出现在视线之内。

"秦延！"她很惊喜。

"出来。"

第七章 不矣相思

秦延把手递给她,她连忙紧紧握住。温茗的手是冰冷的,可秦延的手心很热。他把她从水泥管里拉出来。

"你没事吧?"温茗关切地问。

"没事。"

秦延看着她,她头发脸上都落了灰,像个泥娃娃,有点狼狈,也有点可爱。

"那就好,我都担心死了。"

秦延把她拉到树桩前,借力把她推上去。温茗抓着墙沿,一点点往上爬,秦延在下面托着她的腰,帮助她往上。虽然有点吃力,但温茗还是翻过了围墙。

秦延刚跳上树桩,准备出去。身后,贾天波朝他跑了过来:"放个扩音喇叭就想戏弄老子,看老子不弄死你!"说着,他掏枪对准了秦延。

"砰!"

温茗刚一脚踩进雪堆,就听到围墙里"砰"的一声枪响。恐惧瞬间笼罩了她,她脑海里一片空白,只剩下了一个名字。

秦延。

温茗昂起头,眼泪不停在眼眶里打转,就在这时,一道黑影从围墙上跳下来,迅速揽住了她的肩膀。

"走。"

秦延带着温茗,快步朝前方那辆白色的无牌车跑去。大魏早就发动了车子,等秦延和温茗一左一右上了车,立马踩油门。

贾天波一行人从大门追出来,大魏打开远光灯,直逼那些人的眼睛,趁着他们视线被挡,车子穿过阻碍,豹子一样狂奔出去。车后响起一阵阵枪声,但他们已经开出了子弹的射程。

"好了,都没事了。"大魏说。

温茗这时才注意到开车的人,面露惊诧:"你,你是那个黑车司机……"

她看看副驾驶座上已经安全的霍一北,又看看身旁的秦延,突然又想流泪。

"好了，都没事了。"温茗将大魏的话重复一遍。

秦延还戴着口罩，整个人陷在阴影里，看不出表情，但是他的眼睛很亮，像晴朗夜里的星。

"怕不怕？"秦延伸手，用拇指替她揩了揩脸上的灰。

"不怕。"

"真不怕？"

"真不怕。"她斩钉截铁地回答，目光同样坚定，"秦延，我不向往天堂，也不畏惧地狱，人活一生，终归是个'死'字。如果能和你死在一起，我愿意。"

秦延看着面前这个刚和他经历过生死的女人，深邃的眸子里泛起涟漪，一颗高悬的心也终于落回了原位。

她平安了！他拉下口罩，倾身将她吻住，极尽温柔。

温茗蒙了一下，但依然下意识地启唇，迎合着他的进入。两年前的温情回归，记忆也随之扑面而来。什么都没变，所有感觉都还在。他依然是他，而她更是从未改变。

车厢里的气氛越来越暧昧。大魏往后视镜里扫了一眼，看到这样热辣的一幕，忍不住在心底"啧"了一声。

温茗的身子越来越软，人也越来越热，她觉得自己好像会化在秦延的怀抱里，可她不想停下来。这是属于这个男人久违的热情，她真希望时间能永远停在这一刻。忽然，温茗的手碰到了秦延的大腿，上面有黏稠的液体。

"秦延！"温茗将他推开，低头看着自己一手的血，忍不住低呼，"你中弹了？"

大魏闻声，连忙踩停刹车，转过身来，蹙眉道："翰哥，你中弹了？打在哪里？"

秦延平静地说："腿上。"刚才贾天波朝他开的那一枪，原本是打算取他命的。虽然躲开了要害，但还是被射中了腿。

"怎么办？"温茗急得冒汗，"赶紧去医院吧！"

"不能去医院。"

"为什么？"

"这个晚点跟你解释。"秦延转头看向大魏,"去我清平的房子,那里有条件,我自己取弹。"

秦延说的清平的房子是个带院子的小瓦楼。瓦楼内的装潢很简单,一如他在柏香时租的那个房子,里面没什么亮眼的摆设,也没有什么人气。

温茗和大魏扶着秦延进屋,他一身漆黑,血凝在裤子上也看不出来,但左腿已经使不上力气了。

"大魏,把医药箱找出来,在衣柜里。"

"好。"大魏熟门熟路地打开柜门,取出一个医药箱。酒精、针线、刀、镊子、止痛药、纱布……医药箱里几乎应有尽有。

"你别看,出去等着。"秦延对温茗说。

"不,我要留在这里。"她很坚定。

她知道自己留在里面一定会心疼,可是再艰难,她都想陪着他。秦延不作声了。这个女人要是会乖乖听话,就不是他的温茗了。

大魏热好酒精灯,正要给刀消毒,就见温茗走到了他的身边。

"我来。"温茗说。消毒,是文身之前必要的步骤,她当年受过专门的训练。

大魏有点不放心,直到秦延对她点了点头,他才把刀递过去。

果然,温茗是专业的。大魏看着她娴熟的手法,忍不住问:"温小姐你是医生吗?"

"不是。"

"护士?"

"不是。"

"那你……"

"我是个文身师。"

大魏反应了几秒,忽然明白了什么——原来秦延背上的那个文身,是他的媒人。

温茗把消毒好的刀递给秦延。秦延接刀之前,先一把撕裂了自己的左裤腿。他结实的大腿露出来,尽管沾满了血,但是依然能看出健硕的曲线。他的身材比起两年前,更加具有诱惑力。

刀刃刺进血肉的那一秒,温茗的心狠狠地抽颤了一下,好像被扎的是自己。这个世界上,很少有人能对旁人的痛苦感同身受,但这一秒,她却觉得自己做到了,痛他所痛。

子弹剜出来了,"咚"的一声掉在地上,溅出几朵血花。秦延昂着脖子,脸色煞白,唇色尽失,但他咬紧牙,只是短短地闷哼了几声。温茗握住他的手,他一直温热的手,在这一瞬是那么冰冷。

"没事了。"他笑着开口安慰,好像受伤的是她。

温茗用双手托着他的后脑勺,吻了一下他汗涔涔的额角,又吻了一下他苍白的唇。

"嗯,没事了。"她也笑。

大魏端来一盆热水,又找来一块干净的毛巾。

温茗蹲下去,轻轻地为他清理血渍,上药,缠绷带。做这一切的时候,她很镇定,没有一丝颤抖,没有一丝恐惧,神色严肃而庄重。大魏在旁插不上手,心里却是赞叹不已。这个女人,真是绝了。

秦延低头看着她,目光温柔。他觉得自己身上的痛感仿佛都被她的手带走了。入行多年,他在枪林弹雨里摸爬滚打,受伤无数,这大概是最幸福的一次流血。

果然,有她在身边,再痛都变成了甜。

温茗在厨房,给秦延下了一碗糖面。她知道,其实秦延不太喜欢吃甜的,可是厨房真的一点材料都没有,她翻箱倒柜,也只找到一包糖和一包盐。糖面是最简单的,总比盐水面好下嘴。

厨房没有隔热手套,温茗拉长衣袖,裹着碗的两侧,把面端出去。

秦延的脸色已经没有刚才那样苍白了,但多少有些憔悴。他正和大魏说着什么,大魏一脸严肃地听着,时不时应声,气氛有点紧张。看到温茗出来,两人都不说话了。

大魏扫了一眼温茗手里的面,转头对秦延说:"翰哥,那我先走了。"

"好。"

"哎，等一下。"温茗把大魏叫住。

大魏知道温茗要说什么，于是道："嫂子放心，你那朋友我会送回去，交代好的。"

温茗还没反应过来，就见大魏已经推门出去。房间里一阵静默。秦延的目光落在温茗身上，眼底浮着笑意。

温茗"啧"了下嘴："谁是他嫂子了？"

"你。"

"喊，我同意了吗？"

"是谁追着要跟我的？"

温茗翻了个白眼："别得了便宜还卖乖，我行情好着呢，不跟你，也有的是人追。你最好悠着点，珍惜着点，如果再推开我一次，我保证头也不回。"

秦延沉默，想起那一次次把她推开的画面。他的心也很痛，比中枪还痛。

"对不起。"

"就一句对不起？"

"温茗，以后除非你自己要逃，否则，我绝不再放开你的手。"

温茗垂眸笑了笑。这并非多动人的情话，可是他能这么说，她已经知足。她把面放在秦延面前："先不说这个了，把面吃了，填填肚子，然后再吃消炎药和止痛药。"

"好。"

秦延低头吃面，她在边上倒水、拿药、拖地，忙得不亦乐乎。房间的血腥味渐渐淡了，取而代之的是她身上的清香。秦延吃了几口，抬头看她。她不知什么时候脱了外套，就穿了一件单薄的针织线衫，头发用黑色的皮筋绑着，灯光下，脯子和脸都特别白。

"看什么？"温茗拨了一下耳边的头发，抬起头来看着他，"没见过我吗？"

"没见过这样的你。"

"什么样啊？"

秦延不出声了，继续低头吃面。

温茗放下拖把，走到他身边："糖面都吃一半了，嘴怎么没变甜呢？让你夸我几句有那么难吗？"

秦延只顾大口吃面，没听见似的。温茗知道他说不了甜言蜜语，但还是忍不住想听他说。

她半蹲下来，凑到他面前，看着他的眼睛："秦延，说啊，在你眼里，我是什么样的人？"

面吃完了，秦延把碗推到一边。

温茗还在哄着："说啊。"

秦延的目光沉了沉，他忽然伸手，握住温茗的手腕往自己胸口一按。温茗感觉到他有力的心跳，跳得似乎有点快。

"是能控制我心跳的人。"他说。

温茗在厨房把碗和锅子洗了，等忙完出来，秦延还坐在那里。他正望着窗外的圆月，不知道在想什么，一支燃了一半的烟夹在他的指间，烟灰簌簌。

"洗澡吗？"温茗一边问，一边过去拉上了窗帘。

秦延指了指自己的腿，说："洗不了。"

"能洗，我帮你洗。"温茗去洗手间打了一盆热水，"把衣服脱了。"

秦延脱了外套，又一把掀了里面的毛衣和T恤，背部大片的文身露出来。温茗盯着那个死神，觉得它好像没那么恐怖了，反而有点亲切，跟见了老朋友似的。

她把毛巾拧干，顺着他背部的肌肉线条，一点一点往下，一点一点往前，擦过他的人鱼线、胸肌和脖颈。秦延身上又多了几条疤。温茗的手避开了那些疤，眼神也避开了。她不忍心碰，也不忍心看，这每一条疤里，或许都藏着一个死里逃生的故事。

秦延一动不动地坐着，她的触碰和轻抚隔着薄薄的毛巾，依然让人心痒痒。秦延把温茗揽过来，仰着头开始吻她的下巴，吻她的脖子。手撩起她的衣摆，往里伸进去，粗糙的指腹在她身上游走。

"我还没洗澡。"

"没事。"

温茗把他的手按停，提醒他："你忘了？我从水泥管里爬出来时那一身

第七章 不欠相思

的泥……"

秦延勾住她的脖子往下一拉,开始吮吻她的唇。温茗被他吻得方寸大乱。她能感觉到,他的身体里有一头猛兽,已经沉睡了很久很久,就等这一刻苏醒,咆哮,大杀四方。她也一样。

直到两人都筋疲力尽,他才放她去洗澡。

温茗在浴室里,从头到脚都淋了个遍。洗完,她在衣柜里找了件秦延的T恤换上,吹干头发,爬上床,枕着秦延的胳膊,躺进他怀里。

屋里暖气很足,他们就盖了一张薄薄的被单,也不觉得冷。秦延关了灯。月色透过窗帘的缝隙钻进屋里,让人在黑暗里也长了眼睛。温茗紧紧搂着秦延的腰,整个人柔软地贴在他身上。

"腿还疼吗?"她问。

"不疼。"

"骗人。"温茗的手往下摸,摸到那截纱布,"不去医院,真的没关系吗?"

"嗯。"秦延把她的手抓住了,往上一提,重新放回自己腰上。

"你还没和我解释为什么不能去医院呢。"温茗说。

秦延沉了口气,沉默良久,才缓缓开口:"温茗,我是个卧底警察。"

温茗反应了两秒,忽然痛哭起来。她不明白自己为什么哭,明明心里是有些高兴的,可眼泪就是不停地流,止也止不住。

这两年,她把自己放在天平的中央,一端是好的秦延,一端是坏的秦延,她不敢确定哪端才是真正的他。缉毒卧底,她也是想过的,可这一刻听他亲口承认,那种感觉依然震撼。

原来,他真的是个英雄!想到这里,她心里反倒生了丝怨恨,恨他做什么都英勇无畏,唯独对爱畏首畏尾,像个胆小鬼。

"为什么不早告诉我?你知道我猜得多辛苦吗?"

"对不起。"秦延将温茗摁在他的胸膛上,抱紧了她。

他对她的亏欠,无法用言语陈述,也不是一句"对不起"能撇清的。可他依然想说:"对不起。"

温茗伏在他怀里,乖而安静。

"算了,没什么对不起的。当初你情我愿,现在也是。你唯一不对的,就是两年前不该替我做决定,不该不告而别。"

不过幸好,时光岁月,万水千山,也没有扯断他们牵挂彼此的那根线。

"秦延,你不知道,我有多爱你。"

"你说什么?"

"我说,秦延,我爱你。"

秦延快速翻身将她吻住。夜色沉沉,寂静无声,他身上的每一滴热血都在为她沸腾。

任玥一夜没有睡好。天刚蒙蒙亮的时候,她就起了。清晨的瑞吉大本营,沉寂得像个墓地。她一个人坐在外面的石头上,望着东边初升的朝阳,心底总有不祥的预感在反复。

七点半,她去山里走了一圈,回来时,发现大门口停满了车。

"阿吉。"任玥走向正劈柴的伙夫,指了指门口的车,"谁来了?"

"二爷,是二爷他们回来了。"

任玥心头一喜,也没问清楚秦延是不是一起回来了,就匆匆往二楼方向跑。

瑞吉大本营其实就是个碉房,内院是回廊结构。远远一望,全是碉房的窗户,但进入院内,就像进入了迷宫。任玥一开始来的时候,根本无法习惯,而现在闭着眼都能摸清门路。

"二哥,我敢以性命打赌,昨晚潜入山庄的人绝对是欧翰!就是他放火烧了我的货!"

说话的是贾天波。任玥站在走廊里,听到这句话的时候,悄悄侧身贴住了墙壁,不再往里。房间里没有传来回应声。

"二哥,你一定要相信我,我……"

"啪"的一声,他的话被一个巴掌扇断。

"天波,我知道你一直以来都不太喜欢大欧,但这不是私人恩怨。你这样没凭没据地泼人脏水,未免太卑鄙了吧?"

"二哥,这不是私人恩怨,我也不是没凭没据。昨晚他从我手里带走的那个女人……就是上次在酒馆跟踪二哥的那个,二哥你也见过的!虽然我刚刚

第七章 不尽相思

才记起来,但肯定没错!"

任玥不知道他们在说什么,但当她听到与秦延有关的女人时,脑海里最先想到的就是温茗。她悄悄往前一步,借着石头的缝隙,打量屋里的两个人。

穆伟正站在桌子旁,低头检查他的雪茄盒。他神色淡淡,没什么表情,对贾天波的话也充耳不闻。贾天波跪在地上,焦灼地望着穆伟,恨不能使尽浑身解数让他相信自己。

"二哥,我跟了你五年,难道还比不上欧翰这短短两年吗?"

"天波,厨房的阿吉你知道吧?"穆伟拿起一根雪茄,先捏了捏,又放到鼻尖嗅了嗅,扔回雪茄盒里,"他跟了我十年,可依然只能烧火劈柴,干不了大事。"

贾天波垂下了头。

"明白了吗?一个人有能力与否,和他来这里的时间是不成正比的。"穆伟拍了拍贾天波的光头,"你和阿吉一样,就是个废物。可我已经不缺烧火劈柴的人了,你也未必比阿吉干得好。你说,你该怎么办?"

"二哥,二哥饶命!"贾天波挪上前,一把抱住穆伟的腿,"我知道自己犯了错,罪该万死,可就算是死,你也得让我死个明白吧!"

"你想怎么明白?"

"我要去找欧翰!和他当面对质!"

"你有把握?"

"有!我的子弹射中了那个人的腿,如果欧翰是他,腿上一定有伤。"

任玥握紧了拳,立马转头离开。阿吉还在外面劈柴,任玥跑过他时,他正"咿呀咿呀"地哼着小曲,专注在自己的世界里,没什么烦恼的样子。

其实,这里的每个人都各司其职,不可或缺,但对于穆伟来说,除了能帮他赚大钱的人,其他都是废物。

任玥跑到自己的车上,给秦延打电话,可是打不通,秦延的两个手机都处于关机状态。正当任玥不知该怎么办的时候,她看到穆伟和贾天波出来了。贾天波的两个小弟就等在车前,穆伟上了他们的车,看样子,是要出发去找秦延。

秦延一觉醒来，天已经亮了。阳光透过窗帘，照亮了浮在空气里的尘埃。身边的女人贴在他身上，紧紧地抱着他，一夜都维持着这个姿势没有松手，像是怕他随时会离开。秦延知道，他让温茗太没有安全感了。他伸手，将她鬓前的碎发拨到耳后，低头吻了吻她的脸颊。

温茗动了动，闭着眼睛往他身上蹭。

"天亮了。"秦延轻声说。

温茗嘤咛了声，慢慢睁开眼睛。她的瞳仁是透亮的褐色，眼白很干净，说明她昨晚睡得很好。

"早。"温茗摸了摸秦延下巴上的胡茬，问他，"腿感觉怎么样？"

她记得，昨晚忘情的时候好几次不小心碰到他的伤口。

"没事。"

温茗不太相信——他就是那种有事也会说没事的人。

秦延吻了下她的额头，掀开被子下床。温茗抱住枕头，看着他修长健硕的腿。秦延身上每一处的肌肉线条都很完美，腿也一样。白色纱布缠在他的大腿中央，让这双腿看起来多了几分禁忌诱惑。

秦延找了条黑色的裤子套上，纱布被挡住，从外面看，根本看不出他有伤。

温茗在被窝里伸了个懒腰，又躺了一会儿。秦延也不催她起床，进了洗手间。

"咚咚咚。"院外忽然传来了敲门声。秦延正准备刷牙，听到声音，咬着牙刷从洗手间出来，撩开窗帘一角，警觉地往门口望去。

"谁啊？"温茗下床，走到他身后，顺着他的视线往外看。院门口站的人竟是光头男和那个中年二哥，温茗一下愣住了。

秦延转身，抽出嘴里的牙刷，拨了一下温茗的肩膀，扫了一眼房间，说："要委屈你躲一下了。"

"那你呢？"温茗抓住他的衣角，看向他受伤的大腿。中年二哥和光头男的心狠手辣，她可是见识过的。

"我没事。"秦延把她推到衣柜前，打开了衣柜的门，"记着，和昨天晚上一样，无论发生什么事情，听到什么声音，都不要出来。"

第七章 不奘相思

温茗点点头，捡起自己的衣服，坐进他的衣柜里。秦延关上柜门，快速地检查了一下房间，把装有带血纱布的垃圾桶踢到了床底下。

"咚咚咚！咚咚咚！"门外的人似乎不耐烦了，敲门声越来越急促。秦延把牙刷塞回嘴里，抓了抓头发，走出房间，穿过院子去开门。

"二哥，这么早？"秦延先和穆伟打了个招呼，转头把一嘴白色的泡沫啐在贾天波的脚边，抽出牙刷对他笑，"哟，贾哥，真是难得。"

贾天波铁青着脸，目光往内屋扫了一眼。

"大欧，我们过来问你点事。"穆伟说。

"什么事？"

"进去说。"

"好。"秦延侧身，对两人比了个"请"的手势。

穆伟先迈进了屋，贾天波站着没动。秦延看他一眼："怎么了，贾哥？"

贾天波盯着秦延的左腿，说："你先走。"

秦延笑了笑，走在贾天波前头，脚步自如。贾天波看着秦延的背影，难以置信。这个背影，和昨天晚上看到的简直一模一样，可为什么他的腿仿佛毫发无损？

"怎么了，天波？"穆伟转过头去，看了一眼定在原地的贾天波，神色不耐，"你不是有事要问大欧吗？怎么不进来？"

"是，二哥。"贾天波讪讪地走进院子，心里的底气已经不似来时那么足了。

穆伟在一旁看着，对他的话更不信了。

秦延把两人引进大厅："二哥，你们坐，我先洗把脸。"

"去吧。"穆伟点头。

秦延走进浴室，伸手按了一下痛到发抖的左腿，缓了几秒之后，赶紧漱口。他洗完脸出来，正巧撞见贾天波推开他厨房的门，探头往里望。

"怎么了，贾哥？要找什么？我这破屋子可不像贾哥那里，藏满了娇俏的莺莺燕燕。"

贾天波当场被抓包，有点尴尬。他扯了下嘴角："瞧老弟说的，你要是喜欢,回头我给你送几个来。"

"别,你可别害了兄弟。"秦延扯了条凳子坐下,"我不像贾哥是自由身。我要是在外面拈花惹草,我家那位河东狮还能给我安稳日子过?"

贾天波轻哼了声:"大欧,别在哥们面前给自己立贞节牌坊了。那天在酒馆包间里的美女,我们可都还记得呢。"

"哪个?"秦延摸着下巴想了想,"哦,那个啊。睡着是挺舒服的。可惜太黏人了,睡一晚就要赖着我,我哪儿吃得消?"

"你们从那之后就没有见过?"

"没有。"秦延掏出烟盒,给穆伟递了一支后,想给贾天波也递一支。可贾天波摇手拒绝,一副不想和他有过多瓜葛的样子。秦延大度地不计较,转身给穆伟点上烟,也给自己点了一支。

"真的没有见过?"贾天波追问。

秦延吐出一口烟雾,装作不太高兴的样子:"贾哥,你怎么突然关心起我的私生活来了?林娅给你什么好处了,你来替她刺探军情?"

"不是,我就随口问问。"

"那你倒是问点别的,老追着我裤裆里的那点事干什么?"

贾天波答不上话了。穆伟点了点烟头上的灰,斜了他一眼:"赶紧问正事,我没空陪你在这里浪费时间。"

秦延来回看看两人,满脸不解。穆伟扬扬下巴,示意让贾天波自己说。

"大欧,其实也没什么,我就是想问问,你昨晚去哪里了?"

"昨天晚上?我在大魏那里打麻将啊。怎么了?打麻将不犯法吧?"

"不不不,不犯法。"贾天波谄笑了下,又恢复严肃,"和你打麻将的,除了大魏,还有谁呀?"

秦延盯着贾天波:"贾哥,你别太过分。"

贾天波摊手道:"怎么了,兄弟?我怎么就过分了?"

"你一大早带着二哥上门,进来就东张西望,好像我这里藏着什么罪证,开口又把我当犯人审,恨不能让我把祖宗十八代都交代给你!你还说,怎么了?"

"大欧,别太敏感。大家都是兄弟,我怎么可能把你当犯人审呢?"贾

第七章 不为相思

天波说着,坐到秦延身边,抬手拍向他的大腿,以示安抚。

秦延一把截住贾天波的手,用力甩开。贾天波不怒反笑,在他看来,秦延越是这样,就越证明他猜得不错。

秦延站起来,冷了脸:"贾哥,说实话,今天要不是给二哥面子,就冲你这阴不阴阳不阳的态度,我早把你赶出去了。"

"既然话都说到这份上了,那我也没什么顾忌了。"贾天波也站起来,与秦延对视,"大欧,昨晚有人看到你潜入我的天琊温泉山庄,把我的货烧了。我今天把二哥叫过来,就是为了把这件事情搞搞清楚。如果不是你做的,这会儿趁着二哥在,我可以马上还你个清白。"

秦延看了看穆伟。穆伟只顾自己抽烟,不帮谁,也不发表意见,像是个单纯的看客。

"你想怎么证明?"秦延问。

"简单。第一,你让我搜一下你的屋子;第二,你让我检查一下你的腿。只要你屋里没藏人,腿上没伤口,你就是清白的。要是我老贾错怪了你,我给你赔礼道歉,跪下都成。"

"搜屋子,检查腿……怎么着,还要老子给你脱裤子不?"秦延一把摔下手里的烟头,火星子在他脚边跳动,"贾天波,你做梦!就算你给老子跪下,老子也不稀罕!"

"欧翰,你做贼心虚!"

"你怎么不说自己含血喷人!"

两人僵持不下。贾天波用眼神求助穆伟,穆伟坐在边上,正要掐灭烟头说点什么,门外忽然传来女人的喊声。

"欧翰!"任玥踹门进来。

屋里三个男人的注意力都被吸引过去,只见她大步穿过院子,气势汹汹,直奔秦延而来。秦延立在原地,光一个眨眼的工夫,任玥已经冲到他的面前。她一拳挥过来,秦延快速躲开。

"你干什么?!"

任玥不答,继续向他进攻。一招一式,正是当年她在柏香警局与他交手时用过的。所以秦延表面好像被动,实则应对得很轻松。

穆伟和贾天波站在一旁，莫名其妙。他们不明白，这对夫妻怎么忽然打了起来。不过，贾天波更关心的是秦延的腿，他暗暗希望任玥能攻击秦延的左腿，好让他暴露出马脚。任玥没有辜负贾天波，当秦延见招拆招，眼看要将她制服时，她忽然抬腿，朝着他受伤的左腿踢了过去。

秦延极力掩饰，但他的左腿还是有点迟钝。他被任玥踢到了，但他没有倒下，也没有暴露出伤口。任玥出招看似很猛，但真正用到实处的力气却很小。他的伤口有点疼，但完全能忍住。

贾天波有点不敢相信自己的眼睛。如果秦延腿上真的有伤，根本挨不住任玥这一踢，可如果昨晚的那个人不是秦延，又会是谁？谁能那么了解山庄的地形？又有谁会知道，仓库里有他贾天波的命门？

穆伟拿过秦延放在桌上的烟盒，又给自己点了一根。

"你发什么疯？"秦延将任玥的双手擒住，狠狠一推。

任玥倒在地上，昂起头瞪着秦延，眼眶里泪水打着转："欧翰，你个没良心的东西！我林娅哪点亏待了你？我十八岁就跟了你，一个女人最美好的青春都给了你！这么多年来，我陪你在刀口讨生活，陪你拿命赌未来，我几时有过一句怨言？现在我们好不容易生活稳定一点，你就在外面乱搞？你怎么对得起我？"

秦延扶额道："你哪里听来这些风言风语？"

"怎么？你还不想承认？"任玥从地上跳起来，冲到秦延面前，揪住他的衣领，一个巴掌重重落在他的脸上。

秦延的脸顿时就红了。

他暴喝一声，捂着半边脸扫了穆伟和贾天波一眼："你有什么不满，能不能没人的时候吵？没看见兄弟们在吗？！我还要不要脸？"

"你要脸，我就不要了？"任玥哭起来，"瑞吉大本营那里都传开了，说你在外面有了漂亮的新欢，说我守空寡，说我是个没人要的黄脸婆！"

"别听人胡说，这些嚼舌根的嘴一个都不能信。"秦延走过去，握着任玥的手，好言相劝，"小娅，我当然记得你陪我吃过的那些苦，我怎么会在外面乱搞呢？我心里只有你。"

"我呸！你们贱男人的嘴一个都不可信。"任玥甩开秦延的手，在屋里

第七章 不关相思

发疯一样地团团转,"狐狸精呢?那个狐狸精在哪儿?她是不是在这儿?是不是?"

"你别闹了!"秦延大喝。

"你心虚了是不是?"

"不是!你别闹了,二哥在呢!"

任玥看向穆伟,走到他面前,情绪依然很激动的样子。

"二哥!"任玥把身上的枪掏出来,一下拍在穆伟手边,"二哥,你给我做主,如果我今天在这房子里找到狐狸精,你就替我一枪结果了她!"

没等穆伟回答,任玥就兀自开始一个房间一个房间地找。秦延追上去想拦,被她推开几次之后,就随她了。他立在原地,扶着额,很无奈的样子。

贾天波的目光跟着任玥在屋里乱转。她先进了厨房,紧接着是杂物间,然后绕进秦延的卧室。

温茗坐在秦延的衣柜里,听着外面乱糟糟的情况,大气不敢出。

很快,她听到有脚步声朝自己逼近,全身的汗毛都立起来,一颗心"扑通扑通"地跳,乱了节奏。

"噗"的一声,衣柜门被拉开一条缝,光一下子涌进来,晃了温茗的眼睛。可是,她不敢眨眼,抓起手边的一个木头衣架,仰头盯着任玥。她记得她,秦延的"妻子"。

任玥居高临下地看着温茗,眼神复杂。她也记得她,秦延的爱人。

两个女人打了个照面,谁都没有出声,四周安静而诡异。

"闹够没有?"秦延在大厅里喊。

任玥"嘭"的一声合上衣柜,转而又跑去洗手间翻找,动静越闹越大。她把整个屋子都检查一遍之后,才算死心,折回大厅。

"狐狸精呢?狐狸精在哪儿?"秦延瞪着任玥。

任玥垂着头。她没有找到人,但是眼泪还在不停地往下掉:"空穴来风,未必无因。你有没有在外面乱来,你自己心里清楚。"

秦延不作声了。

这时,一旁看了许久热闹的穆伟站了起来。他走到任玥身边,拍了拍她的肩膀："弟妹，大欧的为人我们都清楚。这两年，他风里来雨里去，一心都在为我做事。我可以为他担保，他绝对没有你想的那些事情。都说十年修得同船渡，百年修得共枕眠，你们夫妻一场，如果连信任都没有了，还怎么过日子？"

任玥不说话，只是哭。

"好了好了，不哭了，现在该哭的人可不是你。"穆伟说着，看向贾天波，"天波，你还有什么话要说的？"

贾天波一看势头不对，赶紧跪下来："二哥，我错了，你再给我一次机会！"

"我站在这里，就是给你的机会。"

"二哥，饶命啊……"

"你平时在私底下搞的那些小动作，我原本就睁一只眼闭一只眼。可这一次，你毁了这么大一批货，我想饶你，都怕对其他兄弟交代不过去。"穆伟拿起任玥放在桌子上的枪，对准了贾天波的光头，"看在你跟了我这么多年的分上，给你个痛快吧。"

话落，枪响。

贾天波往后倒地，连眼睛都来不及闭上。任玥和秦延站在一旁看着，面无表情。

穆伟吹了一下冒烟的枪口，把枪递回给任玥，柔声道："弟妹，把枪收好。记得家和万事兴，以后别动不动就掏枪，一个女人，总打打杀杀的，不好。"

任玥点头，低眉顺目，完全没了刚才的泼辣："知道了，二哥。"

穆伟走到秦延面前，拍了拍他的肩膀："金爷那里还没传来消息，暂时也没有什么重要的事。这几天你不用去我那里了，好好陪陪弟妹。对女人说话温柔点，嗯？"

"是，二哥。"秦延跟着穆伟，送他到门口。

穆伟伸着懒腰，一边往门口走，一边说："以后少打点麻将，早上听小马说，你昨晚输了好几万。"

小马是穆伟的司机。

秦延笑了笑："输赢乃兵家常事。我不是回回都输，也有赢的时候。小马那小子，也就昨晚赢这么一回，就忍不住和二哥炫耀，真嘚瑟。"

第七章 不负相思

"悠着点,干什么都悠着点,赚钱不容易。"

"是,二哥。"

秦延站定在门口,目送穆伟上车离开。他走进院子,关上门,左腿一阵哆嗦,人已经跪在了地上。这是忍耐的极限了。

任玥看到这一幕,连忙从屋里冲出来,扶住他:"翰哥,没事吧?"

"没事。"秦延借力站起来,"今天多亏了你。"

任玥摇摇头:"没我也一样。你和大魏不是都安排好了吗?买通小马,给你们做不在场证明。"

"穆伟老奸巨猾,光一个小马根本不能让他完全信服。他对我至多也就八成信任,还有两成,是你配合得好。"

任玥笑了笑,看向屋里的贾天波,又皱起眉头:"他怎么办?"

"让大魏找人来处理。"

"是。"

第八章

生死茫茫

温茗坐在衣柜里,眼前一片黑暗,一丝光都看不到。外面的枪声回荡在耳边,让她非常的不安。狭小的衣柜里,空气越来越稀薄,她好像快要喘不上气了。

这时,衣柜的门忽然被拉开,秦延的脸出现在她的眼前。

"没事了。"他勾了下唇,对她伸出手。

温茗看着他的眼睛,见眼底一片让人安心的沉静,这才松了一口气。明明前后不过半小时,可又像经历了一回生死。原来这就是他过的日子,战战兢兢,如履薄冰,稍有不慎,就没了命。她忽然就懂了,懂了他无数次想要推开她的心。

秦延把温茗拉出衣柜,她转手一下就把他抱住了。

"怎么?"秦延抚着她的发心,问,"吓到了?"

"没,我腿麻。"

他没揭穿她,只是轻轻地回抱住她。

任玥正巧走到门口,看到里面两个相拥在一起的身影,悄无声息地退出去,退到院子里,坐在门槛上。贾天波的尸体还在大厅里,空气里飘着一股血腥的味道,她早已习惯了,没有恐惧,也不会觉得恶心,只是麻木。

大魏带着几个人走进来,看到她坐在门槛上,问:"人呢?"

任玥往后指了指。

大魏带来的几个男人跑进大厅,他自己站在任玥面前没动。任玥仰头看他一眼,他身影高大,把她的阳光都挡住了。

"干吗?"她没好气。

"你干吗?没精打采的?哪儿不舒服吗?"

任玥不说话——是不舒服,心里不舒服。

大魏唇角一歪,痞痞地往她身边一坐,抬肘撞了撞她的胳膊,小声说:"是不是秦队的爱人来了,你觉着膈应了,不舒服了?"

"呸。"任玥往边上挪了挪,"秦队是我的领导,我哪敢有什么非分之想?"

大魏跟着挪过去,胳膊贴着任玥的胳膊,坏笑道:"想想又不犯法。"

任玥被戳中心事,想反驳辩解,又没有底气。

屋里的人抬着贾天波的尸体出来了,大魏拉着任玥站起来,把她往边上推了推,给他们让道。任玥仍旧木然。

大魏"啧"了下嘴:"至于跟丢了魂似的吗?"

"你别管我,我自己静一静。"任玥说着,又坐回门槛上。

今日阳光繁盛,融雪的时候正冷,她穿得单薄,垂头丧气,跟个黄豆芽似的。

大魏有点不忍心:"都是同事,秦队是什么样的人你也清楚。很多事情,想想是不犯法,但是想多了就容易伤身伤心,你也别死钻牛角尖了。"

"行了,你今天怎么这么烦?"

"我烦还不是为你好吗?"大魏屈膝蹲下来,与任玥平视,"秦队虽然好,但他已经有爱人了。这就像是一朵花,你觉得它漂亮,但是它已经开在别人的花园里了。偷花,不好。"

任玥白了大魏一眼:"别拐弯抹角的,你想说什么?"

"没什么……是这样的,任玥,我还没花园呢,你看我怎么样?"

神经。

处理了贾天波的尸体,大魏和秦延又把大厅清扫了一下。血腥的味道很快就没有了,但杀戮的气息却久久不散。穆伟太残忍了,贾天波的事再一次证明他是个没有情感的恶魔。跟在这样的人身边,每一秒都可能遇见死亡。

任玥去附近的菜场买了菜,回来之后,就一个人默默进了厨房。温茗想着给她搭把手,就推门进去了。

"嗨。"她打招呼。

任玥听到声音,回过头来,看了温茗一眼。

"需要帮忙吗?"温茗问。

"不用了。"任玥淡淡地拒绝,转回身,继续清洗手里的一块牛肉,"厨房只有一个围裙,怕你弄脏衣服。"

温茗笑了笑，知道这只是任玥给她个台阶下——不是怕她弄脏衣服，是不想和她待在一个空间里。

"那辛苦你了。"温茗说着，退出了厨房。

秦延正坐在院子里，大魏拿了医药箱出来，准备给他换药。温茗走过去，对大魏说："这里我来吧，你去厨房帮忙。"

"好。"大魏往厨房去了，院子里只剩下秦延和温茗。温茗搬了个小凳子过来，坐在秦延腿边，打开了医药箱。

"你不是说去厨房帮忙吗？"秦延问。

"你的厨房太小，容不下两个女人。"温茗酸溜溜地道。

秦延听出她话里的不快，笑了笑："你在介意什么？"

温茗不作声，只顾拨弄着医药箱里的药盒子，好像是这些盒子招惹了她似的。秦延俯身凑到温茗面前，用手指勾起她的下巴："之前骗你我有老婆的事，是我不对，我道歉。"

温茗一把推开秦延的手，轻哼了声："秦延，我看你这假老婆是真喜欢你吧。"

"不许胡说。"秦延语气严肃，"我和她是同事关系。"

"喊，我才不相信呢！就算是同事关系，每天以夫妻的名义同处一个屋檐下，也该变味了。"她一边说，一边掏出手机，"想起来，我得给周晋泓打个电话了。"

突然提起周晋泓，秦延的神色变了变："给他打电话干什么？"

"你管我！"温茗在屏幕上翻找着周晋泓的号码。

秦延有点生气，一把夺过手机，顺势把温茗搂过来，按在自己的腿上。

"你疯了，你的伤口！"温茗急得立马跳起来，秦延又把她搂回去，让她坐在右腿上，把头埋进她的脖颈间。

"故意气我是不是？"他闷声问，温热的气息扑扇在温茗的锁骨上，痒痒的。

"你还会因为周晋泓生气吗？"她问。

秦延想了想："不会。"

"真的？"

第八章 生死茫茫

"嗯。当初,周晋泓对我说了你和他的过去……但是,我选择那样的方式离开,并不是因为他。"秦延抬起头,看着温茗的眼睛,"我只是想要一个理由,说服自己放开你的手。"

刚好,周晋泓来了。对秦延来说,在那个特殊的当口,就算不是周晋泓,是张晋泓李晋泓,还是其他什么晋泓,但凡有一个能让他相信会给温茗带来幸福的人,他都会成全。

"那你呢?"温茗捧住秦延的脸,"你就没有想过你和我的未来吗?"

秦延点头。他想过,都想过。

从小到大,他都只有一个人,孑然一身,没有任何顾虑。后来,他做了警察。他觉得穿上警服,就是要去闯龙潭虎穴,就是该去抛头颅洒热血。他从来不怕死,可遇到温茗之后,他有了很多怕的东西,也开始想象不一样的生活。

当他在曲山遇到蒋昭的时候,他就在想,是不是和蒋昭一样,忘掉过去,去个平和的小地方,当个小警察,不用再冲锋陷阵,就算每天面对家长里短、鸡零狗碎,也会很幸福。

真的,和温茗在一起之后,他考虑过很多种未来。可是,身上的枪还得扛,肩头的责任放不下。他是温茗的秦延,更是国家的秦延。

"温茗,和我在一起会很辛苦,我不能在你最需要我的时候陪在你身边,也给不了你安稳的生活。除了爱,我什么都没有。"

"没关系,有爱就够了。"她笑,眼底一片坚定,"谁让我爱上了你呢!做英雄的女人,不就得这样吗?"

秦延低头道:"我不是英雄,我就是个普通的缉毒警。"

温茗抱住他的头,蹭着他短短的头发,说:"你在我心里,就是个英雄。"

可是,她不期待她的英雄上天入地斩妖除魔,能有丰功伟绩。她只祈求他身体健康,哪怕经历艰险,也能安然无恙。

温茗没给周晋泓打电话,但是给他发了一条短信,祝贺周晋泓新婚。

"他今天结婚?"秦延问。

"嗯。"

"这么快？"

"遇到对的人，就想和她在一起，哪有什么快慢之分？"温茗将一个带血的棉球扔进垃圾桶，抬眸对秦延笑，"想当年，我们也很快啊。"

两周，十四天，短短如梦。

他们刺了一个留一辈子的文身，也确定了彼此就是铭记一辈子的人。

"两年能发生的事太多了。"温茗一边为秦延的伤口缠上纱布，一边感慨，"对了，我还没告诉你吧，我奶奶去世了。"

秦延一愣，看向温茗的脸："什么时候？"

"五个月前。"温茗低着头，神色很平静，并没有多悲伤，"医生说，她这样的年纪，这样程度的病情，能熬那么久，已经算是奇迹了。我并不觉得很伤心，也没有遗憾，因为我真的已经尽力了。"

秦延扬手，托着温茗的后脑勺，亲了一下她的额角，然后把她搂进怀里，紧紧抱住。

温茗伏在秦延身上，笑了笑，继续说："还有我爸。他也从戒毒所出来了，现在在一个汽车修配厂里工作。我们两个的关系依然不太好，但是能看到他好好生活，我就开心了。"

秦延不作声，只是安静地听她说过去两年里发生的事，好像这样就能填补他们之间的空白。

正说着话，温茗的手机忽然响了。秦延松开她，低头自己把纱布绑好。温茗走到围墙下接电话，时不时看向他，神色犹豫，好像在决定什么。

过了一会儿，温茗回来说："董凌凌他们今晚就走。霍一北需要治疗，不能继续留在这儿了。"

秦延点了点头。

温茗沉默了片刻，又说："董凌凌想让我也一起回去。经历这么多事，他们不放心我一个人留在这里。"

秦延又点了点头。见他这样，温茗有点急了："你呢？你怎么想？"

秦延沉了一口气，似乎也在犹豫。

"说话啊。"温茗催促。

第八章 生死茫茫

"你和他们一起回去,路上有个照应,我会比较放心……"

又是这样。温茗赌气:"那我就和他们一起回去!我现在就给董凌凌打电话,让她帮我把票订了。"说着就要回拨。

秦延站起来,一把将她从后抱住。

"我话还没说完,你这么着急干什么?"他把她扳过来,让她面对着自己,"虽然那样我会比较放心,但我还是希望你能留下来,再多陪我几天。"

温茗的眼泪已经在眼眶里打转,听到这话,立马破涕为笑。秦延的心顿时软成了一汪水。他低头,温茗看出他的用意,仰头迎过来,两人吻到一起,唇齿相依。

吻了一会儿,秦延停下来,摸了摸她唇角的口红,说:"正好这几天我有空,带你出去走走。"

"你可以带着我出去吗?会不会暴露?"

"不会,我有分寸。"北疆地大辽阔,并不是每个地方都有穆伟的耳目,他知道哪几个地方绝对安全。

"那你的腿呢?"

"没事。"秦延拍了一下自己的腿,"这点小伤不算什么。"

"太好了。"温茗勾住他的脖子,主动将唇送向他。火热的缠绵里,他尝到了她的欣喜。

秦延向任玥和大魏交代好,第二天一早带着温茗出发去绿瑶。

绿瑶是温茗来北疆之前,就打算好要去的地方,听说那儿的湖泊特别美。昨晚,秦延抱着她问,她想最先去哪里,她脱口而出就是绿瑶。于是,他们的第一站定在绿瑶,哪怕那个地方离沁源有点远。

车子走瑶源线,秦延开车。温茗想着他的腿,本想自己开,可秦延没让。他说沿途风景好,不想让她错过。

刚入绿瑶境内,大片大片湛蓝的湖泊就出现在眼前。那种蓝,蓝得发绿,蓝得清澈见底。有几处面积较小的湖泊还结着冰,在阳光下剔透发亮。

温茗扒着车窗,发出一声声惊叹。秦延停了车,看她推开车门,朝那湖泊奔去，像飞鸟一样，连背影都是自由自在的。他慢慢地跟着她，眼底带着笑。

附近游客不多，稀稀拉拉，偶尔能见到几对情侣手拉着手从他们面前经过。

"秦延，让他们给我们拍照吧。"温茗说。

"好。"

温茗找了一个背着单反的男生，把自己的手机递给他，请求他帮忙拍个照。

男生欣然同意。

也许是面对陌生人的镜头，秦延有点拘谨，他跟老干部似的，把手反在身后，人也站得笔直，不知道的还以为他和温茗不熟。

"大哥，你靠近点呗。"男生提醒。

秦延这才往温茗身边挪了挪。男生举着手机，一会儿横握一会儿竖握，似乎是在找好的角度。

"秦延……"温茗扯着他的衣角，小声叫他的名字。

"嗯？"秦延闻声转头，见温茗踮着脚尖，朝他吻了过来。

湖畔的风轻轻拂着她的发丝，她深情的眼眸里倒映着蓝天，让人一下就坠入这蓝色的迷梦里，沉沉不愿再醒。

"咔嚓。"蓝天白云下，高山湖泊前，漂亮的女人与英俊的男人，这一幕定格。

男生笑起来："拍得真好。"

"谢谢。"温茗跑过去，接过手机，将相册里的那张照片放大，仔仔细细地看了一下，才满意地亮给秦延，"你看。"

秦延扫了一眼。他不喜欢拍照，但他喜欢这张照片。

两人逛了一圈，温茗担心秦延的腿，提议找家旅店休息。秦延难得没逞强，车子继续往前。过了这一带，会有很多青年旅社。

公路边有个身穿当地服饰的男人，正匍匐在地，跪着磕头前行。温茗隔着车窗看他。他五体投地，三步一伏，头发和衣服上都沾满了尘土，口中念念有词。

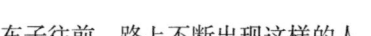

车子往前,路上不断出现这样的人。

"他们在干什么?"

"磕长头。"

温茗恍然。虽然之前没有见过,但她听说过磕长头。这是当地佛教信仰者的一种礼佛方式。信仰者怀着一颗朝圣的心,不远数千里而来,有的跋山涉水,有的历月经年。途中可能会遇到任何意外,甚至死亡。

"你觉得这样值得吗?"温茗问。

秦延摇摇头。

"是不值得,还是不知道?"

"不知道。"

心存虔诚之念,不惧千辛万苦,这是一种信仰啊。值不值得,旁人如何知晓?每个人心中自有答案。

"如果是你呢?"温茗看着秦延,"你会不会为了看不见的信仰,做这样辛苦的事?"

秦延目视前方,前方是徜徉大道,大道上铺满阳光。他的声音也像一道光:"我是个缉毒警,对我来说,信仰值得交付生命。"

他们入住的青年旅社叫"6年"。老板娘说,这是她在这里开店的第六年,所以店名叫"6年"。

一起办入住手续的一个小姑娘问:"那明年呢?这家店会改名叫'7年'吗?"

老板娘温和地回答:"对啊,明年它就叫'7年'了。"

"那岂不是每年都得变?"

老板娘点点头。

小姑娘咕哝一句:"这样变来变去,好麻烦哦。"

老板娘笑了:"人世间没有什么事和物是不变的,唯一不变的是变化本身,变应万变。"

温茗听着她们的对话,脚步停在原地。走在前头的秦延回过头来看她:"怎么了?"

"没什么，我喜欢这个地方。"她一手挽住他的胳膊，一手指了指公共区域的那个小酒吧，"我们等会儿下来喝一杯吧？"

"好。"

两人上了楼。房间干净温馨，墙面刷得很白，墙上的壁画线条单调，色彩却很饱满，极具民族特色。房间还带个小阳台，从阳台往外看，就是景区。放下随身行李后，温茗洗了个澡，换了身衣服，拉着秦延下楼喝酒。

天已经黑了，旅店的院子很热闹。有人荡秋千，有人在烧烤，嬉笑声不断。温茗和秦延去了吧台，吧台处有一群大学生正围着聊天，几个女生一见秦延，就低头不停地窃窃私语。

秦延要了两瓶啤酒，吧台的服务生把开瓶器递给他，他自己利索地打开瓶盖，先给温茗倒了一杯。啤酒是常温的，喝到嘴里却冰凉爽口。

"你的酒量好不好？"温茗问。

"还行，你呢？"

"我呀，"温茗娇媚一笑，伏到他耳边轻声道，"我酒量不太好，稍微喝点就容易酒后乱性，你等下小心点啊。"

秦延挑眉，满眼宠溺。

周围灯火缭绕，两人安静地喝着酒，耳边的喧嚣都成了陪衬，世界是他们的。而他们像这样肩并肩坐着，即使不说话，也很美好。

过了一会儿，温茗的手机响了，是个陌生的号码。

温茗拿着手机去楼道里接电话。等她回来，发现隔壁小桌上的一个年轻姑娘正拿着一瓶未开封的啤酒站在秦延身边。她指着秦延手边的开瓶器，大概是要秦延帮她开酒。秦延没说什么，直接接过来开了酒瓶。见状，周围早已虎视眈眈的女大学生们都纷纷站起来，拿着啤酒瓶走向秦延。

温茗抱肘往柱子上一倚，远远看着他身处花丛却浑然不知的样子。他大概以为这些女孩子真的只是打不开酒瓶而已吧。

木头。

温茗等人散了才走过去。她当自己什么都没看见，秦延也没把这些当回事儿地拿出来和她说。

"谁的电话，接那么久？"他问。

第八章 生死茫茫

"之前文身的客人,说要给我介绍生意。"温茗给自己倒了杯酒,"文身图案我没听过,得去资料库里找一找。"

"急吗?"

"不急,我说了现在在外面旅游,得回去再说。"

秦延"嗯"了一声。过了一会儿,他想到什么:"我想让你帮我找个文身。"

"什么文身?"

秦延回忆了下那晚在金熊手臂上看到的图案。那个文身有点像熊猫,又有点像肥胖的狐狸,很奇怪,他详细地描述了一下。

"你是说,这图案有点像熊猫,还有点像狐狸?"

"对。"

温茗扶额。她又想起之前秦延描述死神图案时,也是这样抽象,让人难以理解。

"你确定?"

秦延一本正经地点头。

温茗忽然觉得他又傻又严肃的样子很可爱。她把杯中的酒一饮而尽,伸手攀住秦延的脖子:"我可以帮你找,但前提是,你怎么报答我呀?"

秦延亲了一下她的耳朵,轻声问:"你想怎样?"

"我想……"温茗把秦延拉起来,"看你今晚表现喽!"

两人牵着手上了楼,温茗的高跟鞋踩在木质楼梯上,发出"嗒嗒嗒"的声音,仿佛踩出了欲望的火花。

一进门,秦延就把温茗抱了起来。温茗贴在秦延身上,抱着他的脖子,整个人高出他一个头。她笑着,低下头去亲吻他。

寒夜漫漫,欲望在酒精的作用下变得格外绵长。楼下的人还在狂欢,而属于他们两个人的狂欢似乎才刚刚开始。

第二天,两人温存到傍晚才出门。街上的人格外多,秦延紧牵着温茗的手,慢慢在人海里散步。

天很快黑下来,八点左右,家家窗台都点起了酥油灯,远远望去,就像繁星坠入人间，连成了长长的线。温茗被眼前的景象惊艳到了。

"今天是燃灯节？"她问。

"对。"

"果然好美。"

秦延笑了一下，目光略过这雪域灯火，笔直地看着她："是很美。"

人潮往青山寺方向涌去。

"我们也去看看吧。"

秦延点点头，牵起她往前走。青山寺门口，围满了男女老少，经筒飞转，白烟蒸腾，一张张面孔，在灯火的映照下，格外虔诚。

"我可以在这里许个愿吗？"温茗轻声地问。

"当然可以。"

千盏酥灯照众生，他们都是芸芸众生。

温茗双手合十，正要祈愿，耳边忽然传来一阵哭声。她循声望过去，看到不远处的佛塔前，一个小男孩与家人走散了，正失声痛哭。

温茗还没来得及有所反应，就听身边的秦延说："你别动，等我一下。"话落，他朝着小男孩快步走过去，那高大的身影，在众多信仰者之中显得那么与众不同。

是啊，他当然是不同的。人人都祈求佛陀守护，而他守护着人人。

秦延在小男孩面前半蹲下来，他没有先摸摸孩子的头以示安抚，而是拍了拍他的肩膀，像男人与男人的对话。小男孩揉着哭红的眼眸，打量着秦延，起初有所防备，很快又敞开心扉。

这一幕，让温茗想起很久以前的平平。那个经历了世事的孩子，不知道现在过得好不好。

有人说，孩子是最接近天使的生物，他们能看到最干净的灵魂，并与之相认。或许，秦延身上就有那样的灵魂，所以，他总是很容易得到孩子的信任。

温茗出神的空当，秦延已经帮男孩绑好了松开的鞋带，伸手把他抱了起来。他把小男孩举得很高，男孩借着秦延身高的优势，以俯视的视角，飞快地在人群里找到了自己的母亲。

第八章 生死茫茫

"叔叔,我妈妈在那儿!在那儿!"男孩指着他的母亲,开心地大叫。

秦延把孩子放下来,牵着他的小手,将他送回到母亲身旁,那位粗心的母亲甚至都没发现自己的孩子丢了。好在,一切只是虚惊一场。

温茗听话地站在原地一动不动,她看着秦延和那对母子道别,转身时,目光一下穿越人群,找到她。

她踮起脚尖,朝他招招手。他笑着向她走来,身后是漫天的星光灯火和人间的璀璨流年。

温茗在心里一遍遍默念:"佛啊,我愿奉上我的所有,只求你替我护佑他,无论他走出多远,都让他平安回到我的身边。"

秦延带着温茗又在附近玩了两天,大魏就打电话过来了。大魏说,上次那批货,金熊试过觉得很好,穆伟让他回瑞吉大本营,商议接下来的深度合作。

温茗远远看着秦延接电话时凝重的表情,便知道他们要回去了,于是她主动收拾好了东西。果然,秦延回来时,对她提了要回沁源的事。

"走吧。"温茗说,"你能陪我这几天,我已经满足了。你还有任务在身,我不能耽误你。"

秦延揉了一下她的发心,把她抱住了。

温茗有种预感——等回到沁源,他就会让她离开北疆。她心里忽然多了一丝惆怅,可算算日子,她也的确应该走了。能陪在他身边真的很好,但是她在柏香也有自己的生活和责任。

回程中,秦延一路无话,温茗也没出声。这样的沉默,让离别的气氛变得愈加浓烈。

秦延把温茗送回清平的房子。他连车都没下,就径直去了瑞吉大本营。

温茗拿着他给的钥匙,站在门口。看着他的车子开远,她才开门进屋。

家里没人,任玥和大魏都不在。温茗踏进院子,不由得想起那日的枪响——贾天波就是死在这幢房子里,虽然她不怕什么鬼神,但心头总归有点异样。

她进屋放了行李。没多久,任玥就来了,手里提着菜,还买了一个新围裙。她似乎还有点不太情愿，别别扭扭地把新围裙递给温茗，说："你和我一起做饭吧。"

温茗笑了笑，系上新围裙，跟着任玥走进厨房。厨房是真的小，两个女人站在一起也是真的拥挤。不过拥挤总好过一个人冷清。

"你怎么回来了？"温茗一边洗菜，一边问。

"秦队担心你一个人在家会害怕，让我回来陪你。"任玥看着温茗，"你会害怕吗？"

"什么？"温茗装傻。

"你不是看到了吗？那天家里死人了。"任玥指指大厅，提醒道，"贾天波。"

温茗撇了撇嘴，不承认也不否认。

任玥轻哼了声，毫不客气地说："真是胆小鬼。"

温茗笑道："你不怕死人吗？"

任玥摇头。这两年，比贾天波死得更惨的人她都见过。穆伟那个恶魔生性多疑，眼里揉不得沙，但凡他觉得有问题的人，最后都没有好下场。

温茗把一个洗干净的萝卜递给任玥，顺势打量了她一下。任玥的年纪应该比她要小几岁，五官端正，皮肤有点黑，但看起来很健康，她眼神清澈，但没有同龄女孩该有的娇与柔，反而透着一股坚韧的劲儿。

"你为什么当警察？"温茗好奇。

任玥拿起刀，手法娴熟地把萝卜切成丝。她说："这是个秘密，我不想告诉你。"

"喊。"温茗翻了个白眼，"不说拉倒，我也不是很想知道。"

任玥学着温茗的语气，也"喊"了声。两个女人对视一眼，前一秒还彼此看不上，后一秒就不知怎么的，一齐笑了出来。

瑞吉大本营。

穆伟和手下几个交代完事情，把秦延单独留下："大欧，你跟我去个地方。"

秦延下楼开车，发现外面不知何时下起了雨。北疆的雪还未全化，这点

第八章 生死茫茫

小雨又添了一丝阴冷。大魏和小马他们正坐在廊下掷骰子，赌着什么，看到秦延经过，大魏不动声色地对他点了点头。

秦延上了车，发动车子，等着穆伟下来。如果没有猜错的话，穆伟是要带他去见穆达。

果然，穆伟一上车就说："大欧，今天带你去见一下我大哥。"

秦延把着方向盘的手心忽然沁出了细汗，他有点紧张，不过这种紧张感是正向的。他终于等到这一天了。

穆达住在沁源北边的一个小别墅里，这座别墅位置很偏，远离沁源的商业中心，像在荒郊野岭。秦延一下车，就被别墅门口的枯黄杂草绊了脚，他抬起头，看到门廊上结得密密麻麻的蜘蛛网，心里隐隐觉得哪里不对。

一代传奇毒枭，住得隐蔽些倒是可以理解，但住得这样荒凉，怎么说得过去？

秦延看向穆伟，穆伟面无表情，直接推门进去。秦延又扫了一眼周围的环境，跟着走进去。

别墅内原本应该装潢得很华丽，但因为太久没人打理，四处都布着厚厚的灰，沙发和窗帘已经看不出颜色。大厅寂静，厨房空置，这个地方完全没有活人生活的迹象，它分明是一座空屋。

秦延蹙眉盯着穆伟的背影，摸了下腰上的枪，提高了警惕。走廊幽深，越往里，越阴森。

穆伟在一个房间前停住脚步，他转过脸来，看着秦延，露出一抹笑："我哥就在里面。"

秦延上前敲了下门，听里面很久没有传来回应，便直接推开了门。

屋里并没有人。

秦延站在门口，望着眼前的画面，全身僵硬。房间正中央摆着一座佛龛，后面墙上挂着一张黑白照片。照片里的男人微笑着，面容和穆伟有几分相像。

"这是……"秦延说不出话来。

"这就是我哥，穆达。"穆伟上前，拿出随身带的雪茄盒，点了三根雪茄，供在佛龛上，顺势鞠了一躬。

秦延有点恍惚，一动不动地站着。

穆伟看了他一眼，笑起来："我早和你说过，我哥一点都不可怕。现在，你相信了吧？"

"这是，什么时候的事情？"

穆伟想了想，语气轻飘飘的，没有半分感伤："一年多了吧。"

一年多？秦延有点自责，没想到他追了这么久的毒枭，其实早已变成墙上的遗照，而他竟然丝毫没有察觉。

"达哥是怎么……"他欲言又止。

"怎么什么？怎么死的吗？"

秦延点头。

穆伟在佛龛前来回踱步，忽然停在秦延面前，神色阴狠，一字一顿道："我杀的。"

小房间四面封闭，但此时忽然起了阵阴冷的风。穆伟又喃喃重复了一遍："我杀的，是我杀了他。"

"他说钱赚够了，想要带着我收山，去过正常的生活。哈，这个世界上竟然还有人觉得钱能赚够，太蠢了，是不是？"穆伟点了支烟，吹出缭绕的烟雾。

他忽然情绪上头，扬手重重指了一下照片里的人："我走上这条路，就是他带的。那时候我年纪小，没得选，现在我刚尝到点甜头，他就让我收手。我当然不能听他的！这一次，选择权在我自己手里，谁敢拖我后腿，挡我财路，谁就得死！"

秦延看着穆伟，他的眼睛似乎有点红，但这点红对于穆伟这样的人来说，根本不是动了感情的表现。他是没有情感的。秦延耳边忽然响起《兄弟》的旋律，他回想起每一次穆伟唱《兄弟》时那种真挚的表情。

原来，一切都是伪装。谁能知道，他竟亲手杀了自己的同胞兄长。

穆伟走到秦延面前，扬手搭上了秦延的肩膀。

"大欧，这是一个没人知道的秘密。我把它告诉你，就说明我已经把你当成了自己人。"他的手微微用力，半是威胁半是哄诱，"你明白我的意思吗？"

第八章 生死茫茫

"明白，二哥。"

"很好。"穆伟收手，又在房间里踱起步来，"现在，金熊那边已经认可新货。只是，他在合作之前，想见一见我大哥。金熊仰慕我大哥的盛名很久了，这次合作多少也是看了他的面子……可他已经死了。换作是你，你会怎么办？"

秦延陷入沉思。过了一会儿，他说："不如坦白告诉金爷，达哥已死。"

穆伟眯眼。

"二哥……"秦延挑眉，"难道甘心永远屈居第二吗？"

穆伟看着秦延的眼神瞬间变得复杂起来，那是种一下被人戳中心事的感觉。

秦延观察着穆伟的反应，继续说："这两年来，达哥高挂在墙上，没有任何作为，却被人奉为传说。而二哥铤而走险，冲锋陷阵，好不容易得来一点成果，却还得被外人说成是沾了达哥的光。我想着，都替二哥憋屈。"

穆伟沉了脸，可不就是这么个熊事吗！

"那你再说说……如果换作是你，你会怎么对外解释？大本营里，还有很多是我大哥以前的手下，他们都对我大哥忠心不二。"

"这还不容易？"秦延笑了笑，"就说是意外。"

"意外？什么意外？"

"什么意外还不是全凭二哥说。最简单的，车祸。"

"他们能信？"

"为什么不信？意外可不挑人，不管多大的人物，遇到意外一样都是死。"

穆伟揉着太阳穴，神思飞转。

"到时候，二哥再给达哥补个葬礼，表达一下自己的丧兄之痛，把人心都笼络过来不就行了？"

"行啊，大欧。"穆伟轻哼了声，他的手按在秦延的后颈上，"你的脑子果然好使，我有时候会想，如果这么好使的脑子转过来对付我，我该怎么应对？"

"大哥。"秦延把"大哥"二字咬得特别重,"我怎么可能对付你呢?我永远记得,我的命是大哥救的。再说了,我现在拖家带口地在这里,我比谁都希望大哥发展得好。大哥发展得好,就是我发展得好!"

"好,你最好记住今天说的话!"穆伟大笑起来。

在穆伟的笑声里,秦延转头看了看墙上的穆达和佛龛上的那三支雪茄,心绪复杂。

面馆。

外面下着雨,街道上空荡荡的,只有往来车辆匆匆。面馆没什么生意,老板和老板娘肩并肩坐在前台看电视,电视声音开得很大。

大魏双肘支着木头桌,看着对面的秦延,一脸的不可置信。他忍不住又确认了一遍:"真的死了?"

秦延喝了一大口汤,放下碗的时候,点了点头。

大魏轻轻捶了一下桌子:"我还在你车上装了定位器!以为这次能钓到一条大鱼呢,原来是个死人墓。"

秦延低头吃着面,神色平静。刚知道这个消息时,他的心情也和大魏差不多,但此时,他已经调整好了。穆达已死,这个消息让人有点措手不及,但沉下心来仔细想想,也算是一个好消息。至少后面的任务中,他们少了一个强劲的对手,只需要专心对付穆伟和金熊就可以了。

"那制毒基地呢?"大魏压低了声音问。

秦延摇摇头:"还不确定具体位置,但以穆伟的性格,我猜很有可能是我们都知道的地方,只是我们一直没有发现。"

大魏在脑海里搜索了一下穆伟手下的几处产业,但没有一个能让人联想到制毒基地。

"不用着急,现在穆伟很信任我,形势对我们有利,迟早能找到,你先吃面。"秦延用筷尖指了指大魏手边的那碗面,"都糊了。"

大魏大口吸着面,秦延点了一支烟。

电视机里,八点档的狗血剧正播得起劲,老板娘看得春心荡漾,可旁边的老板已经打起了盹。老板娘一边嫌弃地瞟了瞟自己的老公,一边给他披上

第八章 生死茫茫

了外套。

秦延无意扫到这一幕，忽然有点想温茗了。只要这次任务顺利完成，他也可以回去，和她过这样的生活。不过，温茗一定不喜欢看这样的剧……她喜欢看什么电视剧呢？

秦延觉得自己对温茗的了解还是太少。好在一生很长，他和她还有无数时间去相互认识，彼此了解。

大魏吃完面，两人走出面馆，正准备去取车，一个戴着口罩打着伞的男人从弄堂里拐出来，笔直地撞到了秦延。

"嘿，你怎么回事？"大魏忍不住上前。

那人伞沿一倾，一双炯炯有神的眸子看着秦延，说："对不起。"

大魏还想说什么，被秦延拉住。打伞的男人对他们点点头，再次表示歉意，随即走进面馆。秦延回头看了一眼，一头扎进雨幕里，大魏紧跟着他。

两人的车停在一起，秦延对大魏喊："你先回去吧，我还有点事。"

"好的。"大魏的车原地转了个弯，消失在雨幕里。

秦延坐在车上，盯着面馆的方向。没一会儿，刚才撞他的男人从面馆里走了出来。那人撑开了伞，却站在面馆门口没有动。雨还在一直下，他的伞沿不停落下水花。秦延发动车子，打开了双跳灯。那人看到秦延发出的信号，打着伞朝他走过来。

副驾驶的门被拉开，一阵冷风吹进来。那人收了伞，抖落伞面上的水花，坐进车里。车厢里的气氛一下就变了。

秦延端正坐姿，在狭小的车厢里侧了侧身，敬了个礼："乔队！"

男人摘落掩面的口罩，露出一张刚毅的脸。他对秦延点了点头。

这人名叫乔宇，北疆缉毒大队的队长，秦延的上峰。之前在火车上遇到温茗的那晚，在慈临站与秦延接头的人也是他。

"我收到你的消息了。"乔宇没有过多的寒暄，直接开门见山，"正好，我也有好消息要告诉你。"

乔宇看着秦延，眼底充满少见的神采："穆伟的制毒基地找到了！幸亏有你之前提供的线索，分析组大大缩小范围，杨队那边带人逐一排查，终于……我们找到了。"

雨刮器摩擦着玻璃,眼前的水流不断涌向两边,秦延目视前方,视线突然模糊,又突然干净。他愣住了,有点不敢相信自己的耳朵。一天之间,穆达死了,制毒基地找到了,压在他心头的两座大山都移开了,仿佛什么都迎刃而解,顺利到让人觉得不可思议,同时也有一点不安。

人都是这样的,太过圆满,反而容易没有安全感。因为好的到了头,接下来便是坏的。

"在哪?"他问。

"孤鸣山。"

秦延眼前闪过温茗趴在车窗前遥指孤鸣山的画面。那时候,他和她都没想到,那座山会成为他们故事的转折点。果然,冥冥之中,一切自有安排。

"穆伟供给金熊的新货,就是在那里研发出来并输送出去的。"乔宇拿出自己的手机,翻出一张照片,递给秦延,"这是潜进去的同事悄悄拍的照片。"

秦延扫了一眼,照片拍得不是很好,但能看出仓库里堆了很多制毒的原材料。

车厢里一片短暂的沉默。秦延和乔宇表面平静而镇定,实则都有些感慨。

"现在穆达已经死了,制毒基地也找到了。接下来只要弄清楚金熊的身份背景,我们就可以开展行动了。"

"这是上面的意思?"

"对。"乔宇拍了拍秦延的肩膀,意味深长地道,"秦延同志,我知道这两年很难熬,现在我们终于看到曙光了。这次任务,你是中心,所有同志都在以你为方向,你肩上的担子很重啊。所以,组织希望你能专注任务,千万不要分心!"

秦延沉气,行礼:"是!"

大魏把任玥接走了,温茗一个人在家没事干,就找了纸和笔,坐在桌前涂涂画画。她一心想把秦延所谓的既像熊猫又像狐狸的图案画出来,但最后只勉强勾勒出个四不像。

又是个难题,和当年的死神一样。

温茗很想请教一下师傅韦老,但转念又想,这么晚了,他老人家肯定已经睡了,如果现在去打扰,挨骂不说,还会害他后半夜都睡不好觉。温茗想了想,把画下来的图案拍了个照,传给了当初一起学文身的一个学姐,让她帮忙找一找有没有类似的文身信息。信息传出去没多久,学姐就回复了。

"始熊猫吗?"她问。

温茗表示自己不太了解,学姐又立马发过来一大段始熊猫的资料。资料显示,始熊猫是大熊猫的祖先,食肉,最早生活在云南等热带潮湿森林的边缘。资料里还附带一张始熊猫的图片。

温茗正想把资料和照片发给秦延,他回来了。外面的雨还在下,他没有伞,淋了一身冰冷的雨。

"你回来啦。"温茗站起来。

秦延一边脱下外套,一边扫了一眼她画的图,问:"这是什么?"

"你说的那个文身。"温茗把学姐回复的资料朝秦延亮了亮,"听说这叫始熊猫,但我不确定是不是你要找的那个。我转给你,你自己看。"

她说着进了厨房,打算给他倒一杯热水暖暖身。秦延感觉到手机在口袋里一震,但是他并不急着看信息,而是跟着她进了厨房。

温茗刚一拿起水壶,他就从她身后抱住了她。他的脸贴着温茗的后颈,很凉。温茗颤了颤,在他怀里转身,抬手捂住秦延两边的脸颊。秦延搂着她的腰,一言不发地看着她。从他的眼神里,温茗能感觉到他有话要说。

"怎么了?"温茗问。

秦延不说话,低头吻了一下她的唇,又把她搂进了怀里。温茗推着他的胸膛,仰头看着他笑:"是不是要让我走了?"

她很聪明,他的小心思瞒不住她。秦延点了点头:"我查过了,明天天气会转晴,飞柏香的航班早晚都有,机票还有很多。"

"明天就走吗?"

"嗯。"秦延低头抵着温茗的额角,"你得尽快离开这里,留在我身边不安全。"

"能换个理由吗?这句话,我耳朵都快听出茧子了。"

秦延想了想,补充道:"还有一个理由。"

"什么?"

"如果你不走,我做什么都想着你,会耽误工作。"

"你的意思是,我走了,你就不想我了?"

他摇头,目光里流露几分不舍和深情:"你走了,我会更想你。"

"那我不走好了。"她开玩笑。

他的神色立马严肃起来。

温茗抱住秦延,伏在他的肩膀上,柔声说:"好,我走。但你得答应我,要注意安全。"

厨房里静谧无声,秦延沉默几秒,说:"我答应你。"

订好了机票,温茗就开始收拾行李。其实行李就那么多,翻来覆去已经收拾好几次了,这次到秦延的住处,很多东西还没来得及拿出来,就要走了。

她正蹲在行李箱前,秦延拿着一个红色的长方形盒子走了过来,盒盖上是周大福烫银的logo。他把盒子递给她,扬扬下巴,示意她打开。

"送我的吗?"温茗问。

他点了点头,神情有点别扭,大概是从没有送过女人礼物。温茗打开了盒子,看到一条黄金项链,链子不粗,但坠饰是一朵很大的玫瑰花。这可真是……

"喜欢吗?"秦延看着她。

温茗忍住吐槽的冲动,有点想笑,又有点感动。她把项链拿出来,递给秦延:"你给我戴上。"

秦延站起来,绕到她的身后,给她戴上。她的脖子很长很细,皮肤又白,这黄金项链挂在她身上,没想象中那么土。

温茗看着镜中的自己,说:"喜欢。"

秦延松了口气,好像这才放心了。

温茗抱住秦延,摸着脖子里的项链,嗔怪道:"干吗买这么贵的项链啊?"

第八章 生死茫茫

"在一起这么久,也没送过你什么东西。"

"以后别花冤枉钱了。"温茗看着他笑,"钱要花在刀刃上。"

"怎么才算花在刀刃上?"

"比如……求婚戒指啰。"她的语调微微上扬,玩笑里带着一丝小心翼翼的认真。

秦延愣了一下。求婚戒指……是的,其实那天他走进周大福的店,是想买戒指的。他在柜台前犹豫了很久,最后只买了个项链。

戒指和项链的含义完全不一样,虽然都是礼物,但戒指的意义却沉重许多,他不想在自己还未顺利完成任务之前,先把她套牢了。这样太自私,对她也不公平。

"怎么不说话了?"温茗推了推他,"我说求婚戒指,你吓到啦?"

秦延看着她,目光复杂。

温茗连忙摆摆手,装作不在意的样子,笑着说:"你别害怕,我可不是在逼你娶我。你放心,我不会缠着你,让你对我负责任的,绝对……"

"我不是这个意思。"秦延打断了温茗的话。

温茗眨巴着眼,眼眶莫名红了,那双眸子,像刚过了水的黑提。她看着他,安安静静地等着他的话。

"温茗……如果我能回来,我娶你。如果我回不来……"

屋外风雨声忽然大了起来,窗户晃动得厉害。温茗站起来,一把抱住秦延的后脑勺,啃咬住他的唇,吻断了他的话音。

秦延有几秒没动,直到他感觉到温茗的唇瓣在颤抖,才一点点清醒过来。他反扣住她的后背,轻轻将她按在自己的臂弯里,回吻着她。这个吻里没情欲,只有离别的味道。

风还在吹,雨还在下。这个属于他们的最后的夜晚,并不平静。

温茗走的那天,秦延并没有去机场送她。她走时,他只是默默地站在院子里看着她的背影,是温茗舍不得,又跑回去抱了抱他。

"秦延,我等你回来。"

"好。"

分别很简单，但转身的脚步却比以往任何一次都要沉重。

温茗走后，秦延把她留下的关于"始熊猫"的信息发给了乔宇。另外，他着重提了那日在饭局上注意到的一个细节——金熊的台湾口音。

乔宇那边很快查到了金熊的背景。

金熊本名尤天雄，祖籍云南，之后举家迁居台湾。他十三岁时，家人不幸在地震中遇难，台湾黑帮老大金成收养他为义子，从此改名为金天雄。金成去世之后，黑帮衰落，为了守住义父的产业，他带领手下拓展业务，开始贩毒。

此人表面谦逊有礼，实则狂傲不已。他在手上刻下"始熊猫"文身，自比国宝祖先，并在台湾、云南两地建立自己的"熊头帮"，有规模有组织地研毒、制毒、贩毒。

这次，他看中了穆伟团队研发的新型毒品，有意把它引进台湾和云南的市场。一旦他们交易成功，必定又有很多人因此受到毒害。

金熊的身份背景引起了多地警方的重视。上头领导紧急批示，缉毒行动刻不容缓。秦延得到命令之后，开始有计划地布筹行动方案。

行动前一晚，大魏和任玥一起去秦延那里吃晚餐。饭菜是任玥做的，大魏还悄悄买了酒。

四方桌上摆了四个酒杯，其中一个是木强的。

"来，大家喝一杯。"秦延举起酒杯，目光扫过大魏和任玥，最后看向那个空位，"希望木强也能加入明天的行动，保佑一切顺利。"

任玥眼眶微红，连连点头。一杯酒下肚，大魏还想继续倒，被秦延制止了："就喝这一杯，明天还有任务，喝多了误事。"

"好吧。"大魏把酒瓶推到边上，"那就等任务结束了，我们再喝。"

三人默默地吃着饭，因为平时养成了习惯，他们吃饭都很快。

"尝尝这个牛肉吧。"任玥用筷子拨了一下，"这是我自己酱的。"

大魏立马夹了一块，放到嘴里："嗯，好吃。"

"喊。"任玥斜了他一眼，"还没嚼呢，就说好吃，你是不是太敷衍了？"

"本来就好吃。"大魏眨眼一笑，油嘴滑舌道，"你亲手做的都好吃。"

任玥不理他，把盘子推到秦延面前："秦队，你也尝尝吧。"

第八章 生死茫茫

秦延夹了一块，盖在自己的米饭上，拌着饭吃下去。任玥一脸期待地看着他，但等了很久，秦延都没有发表看法。她微微垂头，掩饰住了自己的失落。

大魏将两人的反应尽收眼底。他笑了笑，把整个盘子拉到自己面前："看来秦队不怎么喜欢，我喜欢！交给我吧，我会都解决的。"

"美得你！牛肉多贵啊，就你一个人吃，也不怕撑着！"任玥把牛肉抢回来，自己尝了一片，五官顿时扭曲到一起，"哎呀，怎么这么咸？"

大魏和秦延对视一眼，无声笑了起来。

"看吧，就我喜欢。"大魏又夹了一片，放进嘴里。

"你神经。"

大魏一边嚼一边看着任玥："我真喜欢。"他眼神炙热，明明是在说牛肉，又让人觉得并不止于此。

任玥的脸有点红，她躲开大魏的眼神，下意识地瞄了秦延一眼。秦延低头，自顾自地吃着饭，并没有任何反应。这种没反应，带着点乐观其成的姿态。她的心又开始悄悄失落。

吃完饭之后，秦延点了一支烟，走到门口，坐在门槛上，望着天边的圆月若有所思。大魏帮着任玥收拾了一下桌子，便坐到秦延身边。秦延给大魏递了支烟，大魏自己掏出打火机点上。两个男人面色平静，但眼底的情绪都很沉重。

任玥端着空盘走进厨房洗碗。洗完了碗，她拿着抹布出来抹桌子，刚走到厨房门口，听到大魏正在问秦延："秦队，你为什么当警察？"

秦延没有马上回答，而是看向大魏，把同样的问题抛给了他："你为什么当警察？"

大魏歪了下唇，沉思了一会儿，吹出口烟，脸上的神色是难得的正经。

"我也不知道怎么就稀里糊涂地成了警察。可能，是因为我爸希望我当吧。"大魏靠在门框上，原本生机勃勃的音调变得有点黯然，"我原本还有个哥哥，比我长十九岁，吸毒死的。我哥死了之后，我妈一度崩溃，觉得生活没了意义。为了让我妈重新振作起来，我爸提议再要一个孩子，于是就有了我。我是老来子,但是我爸一直以来对我都特别严格。他不止一次地表示希望我成为一名警察,我妈不同意,觉得当警察又苦又危险。两人经常为这事吵架,但我爸特别坚持。他总说,他的大儿子被毒品害死了,所以希望自己的小儿子能为缉毒事业做点贡献,避免更多的人像我大哥那样,年纪轻轻,死得毫无价值。"

大魏说着说着,忽然勾唇笑了:"我爸那老头,平时看着挺讨厌的,情怀倒挺高尚。"

"没想到,你还有这样有情怀的老爸呢。"秦延打趣道。

大魏沉默了几秒,点头:"对,我到今天还是个好警察,都是因为我有这样的老爸。警校毕业之后,我就被分去了缉毒大队,因为头脑灵活,领导让我去做卧底。我在西亚区待了好几年,像个混混一样地活着,在花花世界里待久了,很多时候会忘了自己是个警察。可每当我困惑、迷惘时,我都会想起我爸说起我哥时的眼神。我心里一次次地提醒自己,可不能让那老头再失望一次。"

秦延轻轻摸了一下大魏的后脑勺,大魏害羞地躲了躲,再次望向秦延:"秦队,你呢?你为什么做缉毒警察?"

秦延摇头:"没有故事。"

真的没有故事。只是干了这一行,觉得值得干下去,他便一门心思扑在上面。而万千警察之中,大部分人都和他一样,并非受过什么伤害、有过什么曲折经历才成为警察。对于他们来说,这就是一份普通的工作,一点都不特别。

大魏看向任玥:"那你呢?"

任玥正抹桌子,见话题转到自己身上,她也摇摇头,给了和秦延一样的答案。大魏还想问点什么,任玥没给机会,直接转身进了厨房。

她记得,这个问题温茗也问过。当时她告诉温茗,这是个秘密,可这会儿当着秦延的面,却没有勇气把"秘密"两个字说出口。

因为这个秘密,和秦延有关。

两年前,在柏香警察局,任玥遇到秦延。所有人都以为,那是他们第一次见面。或许，连秦延都是那样以为，但其实并不是。

任玥第一次见到秦延那年，她才十九岁。

那一年，也是盛夏。她高考结束，在一家奶茶铺子做兼职，想赚点外快给母亲补贴家用。奶茶铺子的老板娘人很和善，工作也挺轻便。唯一的不足是下班时间不稳定。平时还好，客人一多，就要到很晚。

那天晚上，她一直忙到十点才收拾东西关门。因为太晚，公交已经停运，她为了省下打车的钱，在街道路口扫了一辆自行车，决定骑车回家。

夏夜无风，路上行人稀少，她铆着劲蹬自行车，只想快点回家洗澡吹风扇。哪知，自行车一拐弯就撞上了灌木丛里跑出来的醉汉。醉汉笔直倒地，手里的酒瓶碎在水泥地上。任玥自己也摔得不轻，可是她顾不得膝盖上的伤口，立马爬过去看那醉汉。醉汉紧闭着眼，怎么叫都叫不醒，她吓坏了，以为自己撞死了人。

秦延就在这时候出现了。

他看了一眼现场，大概明白了是怎么回事。他立马拦了辆出租车，把醉汉扛上车，然后带着任玥一起去了医院。

一路上，任玥怕得直哭，他以为她疼，便拿手轻轻替她扇着伤口，不停安慰她。到了医院，做了检查，才知道醉汉什么事情都没有，只是睡着了而已。倒是任玥的膝盖，因为摔得严重，得有好几天不能正常活动。

任玥打电话叫来母亲。母亲刚到，那醉汉就醒了。他喝了很多酒，神志不清，一边对任玥母女破口大骂，一边索要高额医药费，还动手动脚威胁她们母女。

母亲是个胆小妇人，但为了保护她，哆嗦着挡在前头，装成很强大的样子。任玥心疼坏了，可是又疼得动弹不了。

秦延原本已经打算走，转头看到这画面，又立马折回来。醉汉嫌他多管闲事，出手要打人，可他哪里是秦延的对手，三两下就被秦延扣在了墙上。

那一夜的很多细节，任玥都记不清了。她记得最清楚的，就是秦延掏出手铐将醉汉双手铐住的那一瞬间。

他太帅了。那种帅不仅让人怦然心动，还有点神圣。也是那一瞬间，让任玥确定了此生的志向。她想如他那样，做个警察，做个保护弱者的警察。

高考分数线出来之后,她去了警校。大学四年,她勤学苦练,就为有朝一日站在秦延身边时,显得不那么逊色。

可是,这个男人太优秀了。

当她毕业回到家乡,他已经是警队的传奇,是队内公认的英雄。她和他之间,仍有一大段距离,她只能默默站在角落里,仰望着他。

她以为,她还得仰望很久,直到北疆的任务落到她肩上。当领导询问她,是否愿意加入北疆之行,以秦延妻子的身份投入任务时,她想也不想就答应了。

她愿意,她当然愿意。这么多年来,她就是在等一个机会,能和这个男人并肩作战的机会。终于,她等到了。

秦延一夜没有睡好。

早上,天刚蒙蒙亮,他就起床把随身携带的枪支都检查了一遍。确定没有问题之后,他走到院子里,坐在门槛上抽烟。没一会儿,任玥也起来了。两人一起吃了个早餐,就出发去了瑞吉大本营。

大魏早就在那里等着了,看到秦延,一脸凝重,似有什么事情发生。秦延对大魏使了个眼色,两人走到门口。

"怎么了?"

"小马死了。"大魏看了一眼灯火敞亮的瑞吉大本营,轻声说,"昨天半夜,尸体被人从大本营里抬出来的。"

"怎么死的?"

大魏摇头:"不知道,尸体盖得很严实,不让打开,直接就去埋了。"

"穆伟那边有什么动静吗?"

"暂时没有,一切都很正常。"

"那你是怎么知道的?"

"刚刚听黑子说的。"

秦延舔了一下下唇,蹙着眉,陷入了沉思。

"翰哥……"

"你和任玥在这里盯着,我去抽根烟。"秦延说着,叼了根烟,往山间的小路上去了。

大魏看着秦延的背影，心头沉沉的。他知道这件事情肯定没有那么简单，秦延一定也知道。一支烟的工夫，秦延回来了，他的神色已经恢复平静。

"大魏，等下交货的时候，你和任玥别进去了。"

"为什么？"大魏上前，在秦延面前压低了声调，"之前不是说……"

"情况有变。你们两个在外守着，如果里面有什么不对劲，立刻发信号，采取行动。"

大魏沉了一口气，闷声不响。

"听到没有？"秦延瞪着他。

"不行，就算情况有变，也不能让你一个人置身险境。我不同意……"

"这是命令！"

大魏梗着脖子别开脸。

秦延拍了拍他的肩，神色缓和了些："大魏，你们都是我带来北疆的，我得让你们都平安回去。已经少了木强，你和任玥不能再有事。"

正说着话，穆伟一行人从屋里走了出来。穆伟走在最前头，他身后跟着两个小弟，手里各提着两个箱子。秦延越过大魏，走到他身边，喊了声："大哥。"

穆伟的目光扫过秦延，如往常一样，点头"嗯"了一声。阿吉捧了个竹筐过来收手机，秦延把自己的手机关机，放进竹筐，他身后的人也都一一照做，一切有条不紊。

稍微等了一会儿，穆伟的黑色商务车开过来，停在大门口，司机鸣了下喇叭。

"好了，准备出发。"穆伟说着，大步往前。秦延几个跟着他走到车前，正要上车的时候，穆伟转头，抬手指了一下任玥。

任玥一时错愕。

"怎么了大哥？"秦延问。

"女人不用跟着。"穆伟挠了下头心，有点不耐烦的样子，"女人别掺和这些事情。"

典型的大男子主义，不喜欢和女人共事，这是穆伟一贯的做派，大家都习以为常。

秦延并未起疑，朝任玥使了个眼色，任玥就乖顺地退到边上。

黑色商务车在山路上颠簸，阳光被挡在玻璃之外，车厢里暗沉沉的。

穆伟坐在最靠里的位置，秦延坐在他的对面。那四个装有新货的箱子，放在两人腿边。秦延时不时抬眸，盯着箱子上的密码锁。

车子开到一半，司机忽然踩了刹车。

"大哥，好像开错路了。"司机回头，有点慌张，"这里多了一条小路，我刚才没注意，走岔了。"

穆伟掏出枪，往司机后脑勺一顶："给老子打起精神来！要是误了大事，老子要你好看！"

"是是是！大哥，我错了！"司机小心翼翼地避开枪口，掉转了方向盘，"我这就掉头，这就掉头！"

秦延拨开衣袖，看了一眼手腕上的手表，对穆伟笑："大哥你放心，时间充裕，来得及。"

穆伟没作声，只是收起了枪，神色难看。

"大哥，平时不都是小马开车吗？今天怎么不见他？"秦延明知故问。

"小马见阎王去了。"

"怎么？"

"你不知道？"穆伟挑眉，"这小兔崽子昨晚去我那里偷钱，被我一枪崩了。"

"偷钱……"

"哼，赌得都没有魂了，竟然敢把手伸到我的口袋里来！呵，这种吃里爬外的东西，还留着他的命干什么？过年哪。"

秦延不作声。

大魏在后座上看了他一眼，微微舒了下嘴角。穆伟这番解释，已经让大魏对小马之死打消了疑虑，可秦延却没那么乐观。为了摆平贾天波那件事情，制造不在场证明，秦延曾给了小马一大笔钱，那不是他三五天就能输完

第八章 生死茫茫

的数额,他怎么可能那么快去偷钱赌博?

秦延觉得,事情绝对没有那么简单。

穆伟见秦延沉默,扬手拍了一下他的大腿,意味深长地笑着:"怎么这个表情?你又不是第一天跟我了,应该比谁都清楚,背叛我或者挡我的路是什么下场。"

"我知道。"

"你知道就好。"穆伟直视着秦延的眼睛,"大欧,我现在最信任的人就是你。你一定要争气,千万不要让我失望。如果连你都背叛我的话……"

穆伟的手在秦延腿上暗暗发力,掌心的温度都透着一股子狠劲儿,秦延立马握住穆伟的手。

"大哥。"他眼神真挚,"你对我这么好,我怎么会背叛你?我还等着跟你一起发大财呢。"

穆伟勾了下唇,不再多言,只是转头看向车窗外。秦延暗自沉了口气,也跟着看向窗外。

窗外的天,不知什么时候阴了。

穆伟与金熊交易的地点定在了孤鸣山旁的一间碉房里。穆伟和秦延先到,没一会儿,金熊带着两个手下也来了。

大门关上,除了他们七八个人,其他人都带着武器守在门外。此时,这个碉房固若金汤。

穆伟和金熊两人寒暄几句,就进入了正题。双方把各自带来的箱子放在大木桌上,打开箱盖,推向彼此。一方交货,一方交钱,两边各自清点。

确定没有问题之后,金熊走过来,握住穆伟的手:"老弟呀,合作愉快。"

"合作愉快,金爷,以后要货就联系我。"

"好好好。"金熊笑着松开穆伟的手,对身后的两个小弟使了个眼色。两人拿起装货的箱子,往外走。

"那我先走啦,下次再找你喝酒啊。"

"好,再见金爷。"穆伟站在原地,双手按着装钱的几个箱子,没有动的意思。

秦延上前,神色自若地说:"大哥,我送送金爷。"

穆伟拦了一下秦延,转头看向身边的其他几个手下,说:"你们去送。"

"是。"几人涌上前,替金熊打开了大门。

金熊回头对穆伟挥挥手,走了出去。秦延立在桌边,目光锁着金熊的背影。

四周突然变得很静,沙沙的风声穿梭在山林里。

金熊的车停在门外,车门敞开。他的手下正准备把货塞进后车厢,忽然,"砰砰"两声枪响,拿货的男人被爆了头,箱子跌落在地,鲜血溅满了车身。

一瞬间,外面的人彻底乱了。

"有埋伏!"

"警察来了!"

凌乱的枪声里,有人抱头逃窜,有人负隅抵抗。金熊借着手下的掩护,弓着腰往西边小树林里逃去,大魏快速往那个方向追过去。

第一声枪响的时候,秦延立马拔枪。可就在他的枪口指向穆伟的同时,穆伟的枪口也对准了他。两人望着彼此,冷冷对峙。

"原来真的是你。"穆伟轻哼了声,"小马说你不简单,你果然不简单。亏我还想着给你一个机会!"

"给我机会?"秦延笑了笑,"谢谢了,大哥。"

他把"大哥"两个字咬得格外清晰。

穆伟晃了晃脖子,眼神里压着几分恼怒:"欧翰,老子拿你当兄弟,你却想要老子的命!"他扣动扳机,枪口朝秦延顶过来。

秦延猛地一撞,撞落了穆伟手里的枪。他利落地攥住穆伟的手腕,往后背上一压。穆伟欲躲,却被他一脚踢中膝盖。两人过了几招,最后穆伟被秦延按在地上。

秦延用枪口抵住穆伟的太阳穴,警告道:"老实点,外面都是警察,你已经被包围了。"

穆伟单膝跪着,整个人动弹不得,看样子是处于弱势,但他却并不恐慌。他仰头,看向秦延,嘴角扬着一抹阴森的笑意:"大欧,你老婆现在在

第八章 生死茫茫

我手上。"

　　任玥被五花大绑地推着往前。山路崎岖难走，她多次趔趄，差点跌倒。
　　黑子走在她身后，时不时地踹她一脚："走快点！"
　　"你要带我去哪儿？"
　　"闭嘴！"黑子瞪着她，露出凶恶的神情，"去哪儿要向你汇报？还拿自己当回事儿呢，你这个叛徒！"
　　任玥不出声了。她想起早上，自己刚被穆伟拦下之初，还未觉得有什么异样，因为两年来，她多次因为性别被穆伟拒之门外。可秦延一行人离开，她一转身，就被黑子他们绑了起来。
　　"嫂子，你可别怪哥儿几个不懂怜香惜玉，要怨，就怨那小马临死都要拉上翰哥做垫背的。你放心，大哥说了，若是今天的交易没出岔子，就证明翰哥是清白的，大哥就会放了你。所以，只是暂时委屈你一下。"
　　任玥听了黑子的话，顿时明白过来。他们暴露了，或许还未完全暴露，但穆伟已经起疑。这次和金熊的交易，不止是一次交易，更是一次对秦延的考验。她静悄悄的，没有反抗。她知道自己无论如何不能先露出马脚。
　　没过多久，黑子接了个电话，对她的态度就来了个一百八十度的大转弯，不仅没有了笑脸，更开始拳打脚踢。
　　这是一个信号，行动开始的信号，任玥也不再静默，正式奋力反抗。但对方人多，她撂倒了两个，还是寡不敌众。之后，她被带到了孤鸣山。
　　黑子把她带来的用意不得而知，但任玥明白，一旦在这里动起手来，无论是进是退，形势对穆伟他们更有利。制毒基地就在这里，他们比谁都了解孤鸣山的地势。
　　"别东张西望的！能不能走快点！"黑子又是一脚。
　　任玥忍着痛，没吭声。她又被推搡着走了一段路，快要登顶的时候，她看到了秦延和穆伟。秦延拿枪指着穆伟，穆伟脸上却没有任何害怕的神色，他依然志在必得，就像掌控全局的人一直是他。
　　是的，他了解秦延。尽管这两年里，他误信了秦延，没有分清楚他是敌是友，但对于秦延的性格，他了如指掌。

这个男人重情重义至极,这是他的优点,也是缺点。

所以明知秦延可能有问题,穆伟依然敢带着他去交易。他知道,只要控制了任玥,就等于控制了秦延的软肋。

"秦队!"任玥叫了一声,带着几分自责。

秦延对她点了一下头,眼神安抚。

"你……你!放了大哥!"黑子瞪着秦延,把任玥拉到自己身边,揪着她的头发,恶狠狠地说,"不然,我就杀了这娘们。"

"秦队,你别管我!"任玥被黑子卡着脖子,但眼神依然倔强。

秦延忽然想起两年前那个红着脸说自己不娇气的女孩子。

她做到了。这两年,她在他身边,无论碰到多棘手的情况、多艰苦的条件,她都没有一句怨言。她安静沉稳地做好自己的工作,扮演好自己的角色,她成长得那么快,有时候快得让秦延觉得心疼。

她不应该在这个地方吃这样的苦,她该活得更像个女孩子些,该有人宠,有人爱,无忧无虑地过自己的生活。

山林里传来杂乱无章的脚步声,听着是穆伟的人。

"秦队!"任玥神色焦灼,"别管我了!我不要给你拖后腿,你快走!"

"任玥。"秦延看着任玥。

任玥以为他要对她下达什么命令,不敢懈怠,专注地看向他,却听他说:"回去,跟你妈好好学学怎么酱牛肉。"

秦延的语调带着几分调侃,任玥的眼眶却倏地红了。

他什么都记得。那年夏天,在警队食堂,她盖在他米饭上那块来自母亲的酱牛肉,还有,她临行前对母亲撒的那个谎。

他知道,有人在等她回去。可是,他也有啊。

"秦队……"

"往东走!"

任玥还没反应过来,秦延已经掉转了枪头。"砰"的一声,子弹准确无误地射中了黑子的脑门。黑子倒地,压在任玥的脚上。一旁的穆伟抓准时机,快速拔枪。

"砰!"穆伟射中了秦延的小腹。

第八章 生死落落

"秦队!"任玥踢开黑子的尸体,想松开身上的绳索,但是她上身被绑得很紧,双手根本使不上劲。

"走!"秦延大喝一声,"这是命令!"

任玥犹豫了一下,她知道此时留下来,非但帮不上忙,还会变成他的累赘。她红着眼,听他的话,踉踉跄跄地往东边跑。穆伟的人正从西边赶来,只有往东跑,才可能有一线生机。

身后,秦延还在和穆伟争斗。秦延中了枪,鲜血浸透了他的黑色衣裳,虽然看不出来,但他出招的动作已经没有之前那样利索了。穆伟扑过来,秦延侧身一避,夺走了他的枪。两人碾着枯枝落叶,扭打在一起。

"砰!"又是一声枪响。

任玥的神经好像被揪住了。她停住脚步,忍不住回头。

秦延和穆伟钳制着彼此,看不出来是谁中枪了。穆伟的人包抄上来,一下将秦延围住。他没有迟疑,用尽最后的力气,锁住穆伟的脖子,以同归于尽的方式,和他一起坠落山崖。

就像当年的展栋。

"秦队!"任玥哭号着。

温茗从床上坐起,按着脖子上累赘却舍不得摘掉的项链,眼前一片黑暗,手心里不断冒出细汗。

她又做噩梦了。

梦里,秦延倒在地上,他伸着沾满鲜血的手,想要抚摸她的脸。可是无论两个人怎么努力,就是无法碰触到对方。秦延一遍又一遍地对她说:"对不起,我回不去了,忘了我。"

温茗深吸了一口气,捻了下湿润的眼角,下床。她走到窗边,拉开窗帘,冬日的阳光带着暖暖的温度照向她。她面朝东方,出了一会儿神。

快过年了,楼下的行道树上不知何时挂满了红灯笼,节日的气氛愈加浓烈。

温茗想起,前几天去看师傅的时候多买了两坛酒。趁着今天天气好,她应该去看看父亲。

她进浴室洗漱,换了身衣服,提着两坛酒和准备好的红包,出了门。

温侯生工作的修车厂在陆河街,打个车过去二十分钟的距离。下了车,温茗找到了修车厂,修车厂的职员都不认识她,她一进门,几个大男人都盯着她看。

"我找温侯生。"温茗笑着说。

一个年长的男人走到她面前,扫了眼她手里的酒,问:"你是……"

"我是他女儿。"

众人恍然大悟,紧接着感慨道:"真没想到,老温的女儿这么漂亮。"

温茗维持着脸上的笑容,礼貌又不失温和。

男人指了指休息室的方向,说:"老温在里头呢,你进去吧。"

"好的,谢谢。"温茗转身,往休息室的方向走。

她刚走到门口,隔着门上一面方正的小玻璃,看到了里头的温侯生。他拿着注射器,正往自己的胳膊上注射着什么。

一股无名怒火一下涌上温茗的心头,她"啪"的一声踢门而入。温侯生听到声音,吓了一大跳,慌忙掩藏手里的东西,但转头看到是温茗,又平静下来。他脸上那种"破罐子破摔"的神情,让温茗更为恼怒。

她吼道:"你在干什么?"

"什么干什么?"温侯生的声音比她还响,"这是和长辈说话该有的态度吗?"

"长辈?"温茗冷嗤一声,随手把酒坛放在桌上。

她走向温侯生,从他衣兜里抢过注射器,砸在地上:"一个吸毒又复吸的人,你有脸说自己是长辈?"

"你别管我!"

"好,我不管你,我让警察来管。"温茗说着,拿出手机。

温侯生见状,赶紧扑向她:"你这蛇蝎心肠的女人,又要害我蹲监狱才罢休是不是?你给我脑子清醒一点,我是你老子!"

温茗躲开温侯生的手,继续在屏幕上按报警电话。她不能忍——她爱的人正在为了禁毒出生入死,可她的父亲却一次又一次染毒。她不明白,为什么同样生而为人,差距却那么大,将缉毒警察推入绝境的根本不是毒品,而是人类薄弱的意志。

"你把手机给我!如果你敢报警,老子就跟你断绝关系!"

"好,我求之不得!"温茗盯着温侯生,瞳仁里燃着一簇火,"就算断绝关系,我也还是要报警。你吸一次,我报一次警,你吸一百次,我就报一百次警!"

"你疯了!给我滚蛋!"温侯生一巴掌将温茗扇倒在地,还撞翻了温茗带来的酒。

器皿坠地,破碎。

这是她与过去告别的方式。从此她失去一切,无依无靠,只有一个还未归来的他。

外面的人听到动静,纷纷跑进来。脚步声和喧嚣声凌乱,可温茗什么都听不到了,她只听到自己心里有个声音在呐喊:"秦延啊,我只有你了,你快回来!"

温茗处理好温侯生的事情,已经是傍晚。天色垂暮,她一个人慢慢地往回走,心里说不清的酸楚。快到家时,她远远看到一个身影。

那个人穿着宽大的外套,一顶鸭舌帽把她原本挺拔的身姿都压得有些弯了。她站在女贞树下,头顶就是火红的灯笼。可是这温馨的节日氛围,却把她的身形勾勒得有点寂寥。

温茗走近,认出是任玥。

任玥看到温茗,瘦削的脸上强扬起一抹笑。

"你怎么来了?"温茗打量着任玥,见她额头有伤,右手打着石膏,脸色蜡黄,眼底无神。

"我来看看你。"任玥说。

"任务完成了?"

"嗯。"

"秦延呢?你回来了,他呢?"

任玥垂下头,转开脸,陷入了沉默。敏锐如温茗,几乎已经在任玥这份沉默里找到了答案。可是,她不相信。

冬日的风呼啸着，将两人的沉默无限吹大。温茗站在冷风里，尽管极力克制，却依然止不住地开始颤抖。

"温茗姐，能进去说吗？"任玥有点慌张。虽然认识温茗的时间不长，但温茗在她眼里一直都是个坚强潇洒的女人，她从来没有见过她这般模样。

温茗很久没有反应，直到任玥又重复一遍，才点头。她机械地上前掏钥匙，开门进屋，打开灯，来不及把身上的包放一放，就忍不住回身追问："任玥，秦延到底怎么了？他在哪儿？"

任玥原本也憋着情绪，看到温茗这急切的样子，眼泪流了下来。

"嫂子……"任玥"扑通"一声跪在温茗面前，"对不起，对不起……秦队他，牺牲了。"

那日孤鸣山上，他以他的方式，守护了她。

"对不起，都是因为我……"任玥哭着，声泪俱下。

温茗摇头："不可能，我不信。"她想逃开任玥，一转身撞到了茶几的边角。茶几上的一套玻璃杯震了震，发出"刺啦"一声，是撕人心肺的响。

"他浑蛋！他答应我会回来的！他怎么可以言而无信……"温茗满目仓皇，眼泪打着转，表情时而冷漠，时而决绝。

"嫂子，"任玥单手抱住温茗，"他不是言而无信的浑蛋，他爱你，他爱你！"

没有人比任玥更清楚秦延对温茗的爱。虽然他不懂如何表达，但那些温情与思念全都藏在了生活的细枝末节里。就像秦延从不喝茶，但他只要一闲下来，就会去茶室。任玥原本不懂为什么茶香能让他静心，直到后来，她认识了温茗，知道她名字里带个"茗"字，才恍然。

这个男人的爱晦涩又胆怯，也孤勇而坚贞。

他不是不了解男女情爱，相反，他太懂了。所以当别的女人向他示好，他明白怎么做才能不给别人留下一丝的希望。

这两年来，任玥与他是名义上的夫妻，朝夕相处。若换了别的男人，很可能拿捏不好分寸，可他完全不会。有时候，他们迫不得已，必须睡在一张床上，秦延也会在两人中间放上一把枪。他的心里只有温茗，可是他说，他这一生做得最自私的事，就是让温茗爱上他。

第八章 生死茫茫

"我不信,他会回来的,他会回来的……"

温茗捂着心口,那里传来一阵阵难忍的痛,忽然,她的四肢开始抽搐。任玥的哭声渐渐模糊,世界在她眼前打了个转,紧接着化为一片黑暗。她笔直地倒在地上,失去意识之前,有一道光破晓而来,她听到那个男人的誓言。

他说:"如果我能回来,我娶你。"

第九章

繁花落尽

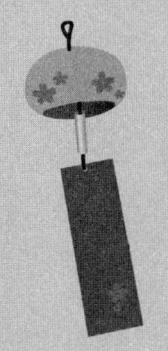

"秦延，我总在想，你为什么这么难忘。或许，是因为我从没有遇到过一个人像你一样，把死神背在身上，却极力赐予我光芒。你走吧，你可以昂然前行，你可以不必回头，我在心上刻下你的墓志铭，你永远在我暗淡的生命里绽放光辉。尔后，纵然世间仍有风景千万，我也绝不贪恋。你来过，就是我的唯一。"

温茗去杭州走了一圈。趁着这段空档，文身店重新装修，店名也改了。

"故事"，这是新店名。

旧店新开，只有一条店规——每个进来文身的客人都要给她讲一个故事，关于这个文身。

偶尔，客人防备，不太愿意，她就会撸起衣袖，亮出自己手腕上的文身，与客人交换故事。她的文身很普通，也有点特别。一朵玫瑰缀着几个字母，普通的是图案，特别的是那串字母对她的含义。

qinyan，秦延。那是她的爱人，是她一直在等的人。

很多人会好奇，是什么样的男人值得她念念不忘。每当那时，温茗就会翻出自己手机里的照片，亮给他们看。

"天哪，好帅！"女孩们看着秦延的照片，总会发出这样的感慨。

温茗佯装不开心："我也很漂亮的好不好？"

大家笑，又会不约而同地补一句："对哦，你们两个好般配。"

"当然。"

当然般配。可惜，无论如何般配，也无法相守。

"叮叮叮……"店门口的风铃响了。

"老板娘。"温茗新招的店员小尔轻推一下，提醒她，"有客人来了。"

温茗抬头看到门口站着一个身形纤瘦的女人，她穿着风衣，长发披肩，大概三十五六岁的模样。

"你好，文身吗？"小尔问。

第九章 繁花落尽

女人点点头。

温茗站起来,往里指了指,说:"进来聊一聊吧。"

两人走进工作室。温茗给女人倒了一杯水,坐到她对面,笑着问:"听说过我这里的规矩吗?"

"嗯。"

"那就好。"温茗把一本文身册子推到女人面前,"可以在上面挑图案,也可以让我设计。但是你得把故事告诉我,一时兴起的生意我不接。"

女人扫了册子一眼,推回给温茗,说:"不用那么复杂,我就想文一个简单的飞机图案。"

"飞机?"

"嗯。"女人拿起笔筒里的圆珠笔,在自己手心勾勒出一个简单的飞机形状,然后在机身上写下"MH370"。

马航MH370。温茗愣住了。

"我的爱人在那架飞机上。后天是我们交往的纪念日,我想送自己一个礼物,你可以帮我吗?"女人的眼泪在眼眶里打转,但嘴角一直保持着微笑。

温茗抬手,摁着心口,半年前那种难忍的疼痛再次席卷了她。

她不受控地颤抖起来:"你……还在等他吗?"

"对,我还在等。"女人神色柔和,但眼神坚定,她伸手轻轻覆住温茗的手背,"我妹妹之前来过你的店,她和我说起你的故事,所以我知道,你也在等人。我今天来找你,除了想让你帮我留个纪念,其实还有几句话想跟你说。"

温茗的眼泪忽然流了下来。

"我知道,爱一个人很苦,爱不到结果更苦。但是这个世界上,并不是每一段爱情都会开花结果。很多时候,遇见,就是一场馈赠。我们孤独的爱和等待或许永远不会结束,可心有归属,也是一种幸福。"

预约了时间,送走了客人,温茗又折回工作室坐了一会儿。手机里不断响起微信的提示音,她看了一眼,是任玥和霍一北。

任玥的消息是单发的。她说,下周要和大魏去莱安执行任务,走之前想一起吃个饭。

温茗回了个"好",又去翻霍一北的微信。

霍一北正在微信群里闹腾,说下午有个"优秀禁毒企业家"的颁奖典礼会直播,让大家记得去看。董凌凌和陈昊飞轮番打趣他,温茗发了笑脸表情之后,就收起了手机。

下午阳光繁盛。她伏在桌子上,面朝窗户,一边摩挲着手腕上的文身,一边感受迎面而来的温暖。

生活还是很好的,只要藏起心里的悲伤,就能触摸到阳光。

温茗闭起眼睛,想小憩一会儿。很快,她沉入了梦乡。

"叮叮叮……"外面风铃轻晃,耳边传来熟悉的脚步声。

"你好,文身吗?"

"不,我找人。"

"找谁?"

"温茗。"

"我们老板娘?"

"是老板。"

"嗯?你哪位呀?"

"秦延。"

第十章

暖春又至

温茗一整天都恍恍惚惚的。秦延去哪儿，她就去哪儿，秦延干什么，她就跟着干什么。尽管视线一刻不离，她还是不敢相信，秦延真的回来了。

"晚上想吃什么？"秦延站在超市的货架前，一手拿着西红柿，一手拿着彩椒，回头看她。

"啊？"温茗回神。

秦延笑着将手里的东西朝她晃了晃："晚上想吃什么，我给你做。"

"我不喜欢吃西红柿。"她夺下他手里的西红柿，放回货架。

"这么大的人了，还挑食？"

"嗯。"温茗昂起下巴，"我不仅挑食，还有洁癖、强迫症，我的缺点可多了。"

"是吗？"秦延勾唇一笑，转过身继续从货架上拿蔬菜，"你不用着急坦白，我以后有很多时间，可以慢慢了解你。"

他的语气很轻松，轻松得温茗眼眶发热。她看着他高大的侧影，伸手轻轻地攥住了他的衣角："秦延，你以后不会再离开我了，对吗？无论发生什么事情，你都不会再离开我了，对吗？"

秦延郑重地点头："对。"

回到家之后，秦延下厨做了一桌子菜。温茗开了一瓶客户送的红酒，两人面对面坐着，空气里飘着红酒的甘甜和长久不散的重逢的喜悦。

"吃吧。"秦延说。

温茗应了声，却一直不动筷。她定定地看着秦延，嘴角时而紧抿，时而上扬，魔怔了似的。

"多吃点，都瘦了。"秦延往她碗里夹了几块肉。

"嗯，想你想的。"

秦延的心一沉，眼底多了一抹自责："对不起。"

在孤鸣山中枪坠崖之后，秦延受了重伤，虽然没死，但也算是去鬼门关

第十章 暖春又至

走了一遭。他本想原地等待队友的救援，哪知遇到追捕中侥幸逃脱的金熊。

被背叛的金熊对秦延恨之入骨，想一枪结果他。为了保命，秦延急中生智，骗金熊说自己知道研制新型毒品的配方。金熊将信将疑，但为了弥补损失，重新打开新型毒品的市场，他还是选择留秦延一命，并把他带回自己的基地。

秦延被金熊的人关押了好几个月。为了拖延时间，他对新型毒品的配方缄口不言，金熊为了让他交代，对他严刑拷打，甚至还试图用毒品控制他。他就在那样炼狱般的环境里度过了整整五个多月，幸而，组织和上峰乔宇从未放弃过追踪金熊的下落。

金熊的毒窝被剿灭的那天，他才算彻底捡回一条命。

之后，秦延被送进戒毒所强制戒毒。因为症状严重，光脱毒治疗就花了整整半个月。医生原本不同意他刚有康复的迹象就急着离开，但秦延等不了了，他知道温茗在等他，他得回来。乔宇看出他的迫切，也相信他的意志力，出面担保，戒毒所才放人。

温茗扬手覆住他的手背，眼眶湿红："没关系，只要你能好好回来，我什么都不在意。"

秦延抬手捻了下温茗眼角的泪，将她的手反握住。

"温茗，你还记得吗？我说过，如果我能回来，我就娶你。"他的耳朵忽然红了，不过眼神依然坚定，"你愿意嫁给我吗？"

"你就这样求婚啊？"温茗强忍着想立马点头的冲动，打趣道。

秦延想起什么，双手立马往兜里摸，搜罗好久，终于掏出一个红色锦盒。锦盒里是一枚款式精美的钻石戒指。温茗下意识地摸了一下脖子，她还挂着秦延送的金项链。比起金项链，这戒指可洋气了许多。

"你愿意嫁给我吗？"秦延手托着那枚戒指，单膝在温茗面前跪了下去，"虽然嫁给我会很辛苦，会让你失去比得到多，但我保证，我秦延这辈子只爱你一个女人，我的命是你的，以后无论遇到多么艰险的情况，只要尚留一口气，就会为了你努力活下去。"

温茗不知不觉又泪流满面："我愿意，我愿意，我愿意！"

以后，他可以继续做他的英雄，而她会永远站在他背后，守护他，等待他。

两人的婚礼定在十月。霍一北为了报答他们之前的救命之恩，愿意承包所有费用，给他们办一个奢华的婚礼，但被他们婉拒了。

秦延的身份摆在那儿，总是低调为好，温茗也不喜欢搞那么复杂。两人商量了一下，决定宴请双方亲友，办个简单的仪式。

婚礼那天，冉韫作为男方家长，韦书林作为女方家长出席婚礼。宾客不算多，只有秦延警局的兄弟和温茗的一些闺蜜朋友，两帮人凑在一起，因为年纪相仿，气氛特别活跃。

席上，秦延被大荣他们一群人起哄，非让他展示身手。秦延没法子，只能脱了西装外套，在大荣他们的配合下，将全套搏击擒拿格斗术展示了一遍。大荣他们还提前准备了玩具枪和气球，让他表演射击。

大家兴致高昂，席间不停传出拍手叫好声。

董凌凌悄悄对温茗感慨："这知道的以为是在结婚，不知道的，还以为是哪里请来的杂耍班呢。"

温茗笑得直不起腰。

表演都结束后，大荣抢过话筒："嫂子，我们做这些，没其他意图，就是想让你知道，我们秦队是这个世界上最有安全感的男人，有他保护你，你以后敞开门睡觉都没问题。"

众人大笑。

大荣继续说："如果你还不放心，只要你吱声，我们警队可以全员出动保护你。秦队的事，就是我们大伙儿的事，秦队的老婆，就是我们大伙儿的……"

"哎！"众人嘘他。

大荣抹抹额头上的汗："我话还没说完呢！嫂子，是嫂子。秦队的老婆，永远是我们大伙儿的嫂子！"

众人又一阵大笑。

秦延坐回温茗身边，刚牵住她的手，手机就响了。

是夏薇打来的。她带着平平赶来参加婚礼，因为飞机误点，这会儿刚到。秦延立马让大荣出去接人。

第十章 暖春又至

没一会儿,人就来了。许久不见,夏薇气色很好,平平也长高了不少。秦延和温茗站在门口迎接他们,平平一见秦延,就冲过来把他抱住了。

"这孩子听说你俩要结婚,开心得好几晚没睡着,就等今天过来呢。"夏薇在旁说。

秦延和温茗都笑了起来。

"秦延叔叔,你和温茗阿姨什么时候给我生弟弟?"平平一边牵着两人的手进屋,一边问。

温茗看了秦延一眼,莫名红了脸:"为什么喜欢弟弟,而不是妹妹?"

"妹妹也喜欢,不过弟弟更好。"平平一本正经地说。

"为什么呢?"

"因为如果是男孩,秦延叔叔去执行任务的时候,他就可以保护温茗阿姨,就像我保护妈妈一样。"

温茗心头一暖,看向秦延:"你呢?你喜欢男孩,还是女孩?"

"都喜欢。如果是男孩,我们爷俩保护你,如果是女孩,我保护你们娘俩。"

次年,温茗生下一个儿子,取名秦麟。

秦麟长得很像秦延,机智灵敏也像秦延,唯独能说会道随了温茗。他从小跟着秦延出入警队,与大荣那群人混得很熟,大家称他为"警队小霸王",就连局长冉韫都要让着他三分,理由嘛,自然是这小霸王的射击水平也超过了即将退休的冉韫。

在秦延出任务、温茗店里又忙得脱不开身的时候,警队的人就会帮着轮流接送秦麟上下学。其中,大魏接送的次数最多。每次秦麟赖床起晚了,大魏就会扛起他,像当年的秦延扛着平平一样去追小黄帽的队伍。不过再怎么追,结局还是迟到。

对此,秦麟意见颇大:"大魏叔叔,你跑得这么慢,难怪追不到任玥阿姨!"

"你怎么知道我在追你任玥阿姨?"

"昨晚,任玥阿姨和我妈妈聊天的时候,我不小心听到的。"

"那任玥阿姨有没有说什么时候让我追到?"

"这我倒不知道,我只听到任玥阿姨和妈妈说,你这朵花开在她的花园里好像还挺合适的。"

"什么?她真这么说了?"

"对啊。"

大魏突然大笑起来,继而将秦麟抱着举过头顶,一阵狂亲。

秦麟满脸嫌弃。大魏叔叔,有什么话不能好好说吗?干吗亲人呢?

秦延完成任务回家的那天,温茗带着儿子一起去火车站接他。两人站在出口,看着一波一波的旅客从站台下来,却迟迟不见秦延。温茗有些着急,秦麟看出妈妈的焦灼,不停和她说话,转移她的注意力。

"妈妈,爸爸会给你带礼物吗?"

"不知道。"

"他上次送你的手镯,我觉得好土。"

"你爸的审美一向老土。"

"那你喜欢什么样的礼物?"

"我呀……"温茗低头,看了一眼儿子,"对我来说,你爸爸安然无恙地回来,就是最好的礼物。"

"我也这么觉得。"

两人正聊着天,秦延从站台下来了。人群里,他依然挺拔如初,仆仆风尘也盖不住他身上的精气神。

"爸爸!"秦麟大叫着朝秦延挥手。

秦延朝他们看过来,看到这一大一小伸着脖子等待的样子,冷毅的脸庞顿时扬起一抹温柔的笑。

"爸爸,我们在这!"秦麟热情地扑过去,却见他大步走向妈妈,一把勾住她的后颈,俯身吻了下去。

爸爸,知道什么是儿童不宜吗?